全一冊 小説 新撰組

童門冬二

集英社文庫

この作品は秋田書店より、『新撰組が行く　上』（一九八二年十一月）、『新撰組が行く　下』（同十二月）として刊行され、一九九四年十二月、集英社文庫化されたものを改版したものです。

小説　新撰組　目次

◆主要登場人物

近藤《こんどう》勇《いさみ》………天然理心流の剣士にして剣道場「試衛館」の主。上洛して新撰組を結成、局長となる

土方歳三《ひじかたとしぞう》………新撰組副長。天然理心流の使い手ながらいつも物静か。本物語では「歳さん」

沖田総司《おきたそうじ》………新撰組副長助勤。近藤に同行し池田屋に斬り込む

芹沢鴨《せりざわかも》…………常陸玉造の出身。近藤と並んで新撰組局長

山南敬助《やまなみけいすけ》………新撰組副長。隊士から「さんなんさん」と慕われる

井上源三郎《いのうえげんざぶろう》……近藤とともに上洛。新撰組副長助勤

藤堂平助《とうどうへいすけ》………井上同様、近藤とともに上洛。新撰組副長助勤

山岡鉄太郎《やまおかてつたろう》……浪士隊を率いて上洛。剣と槍の達人

松原《まつばら》忠司《ちゅうじ》………新撰組副長助勤。斬殺した相手の妻女と恋に落ちる

清河八郎《きよかわはちろう》………京に向かった浪士隊の実質的支配者

車《くるま》一心《いっしん》………清河の腰巾着。他人を平気で裏切る

八木源之丞《やぎげんのじょう》……新撰組発祥の家、京都壬生村、八木家の当主

佐藤彦五郎《さとうひこごろう》……自費で日野の試衛館を建設。近藤とは義兄弟の契り

市作《いちさく》……………試衛館の少年剣士。多摩の「少年新撰組」局長

近藤《こんどう》周斎《しゅうさい》……近藤勇の養父。江戸市谷に「試衛館」道場を開設

伊東甲子太郎《いとうかしたろう》…剣士にして国学にも深い。途中から新撰組に入隊

桂《かつら》小五郎《こごろう》………長州藩の指導者。後の木戸孝允

松平《まつだいら》容保《かたもり》……会津藩主。京都守護職を務め、公武合体を推進

徳川家茂《とくがわいえもち》………徳川十四代将軍。公武合体運動の中、皇女和宮と婚姻

一橋慶喜《ひとつばしよしのぶ》……徳川十五代将軍となるが、在位翌年「大政奉還」す

内山彦次郎《うちやまひこじろう》……大阪西町奉行所与力。近藤に深い恨みを持つ

宮部鼎蔵《みやべていぞう》………肥後の志士。池田屋にて新撰組に襲撃される

勝海舟《かつかいしゅう》………咸臨丸で渡米。帰国後幕府の軍艦奉行となる

坂本《さかもと》龍馬《りょうま》……土佐藩郷士。志士の蝦夷移住計画に奔走

西郷隆盛《さいごうたかもり》………薩摩藩士、通称・吉之助。討幕運動に走る

全一冊　小説　新撰組

多摩に立つ雲

道は一本道だ。両脇は桑畑《くわばたけ》が続いている。季節としては春に入っていたが、まだ寒い。時折、埃《ほこり》を巻きたてて吹きすぎる風は、かたくなに春の訪れを拒んでいる。その寒い一本道の真中にかがみこんで、木刀を脇の下にはさんだ農民の少年と少女が、豆を持った手を合わせながら、交互にこんなことを呪文のように唱えていた。

「おきた先生がくる」

「おきた先生はこない」

おきた先生がくる、と唱えているのは少女のほうである。おきた先生はこない、と唱えているのは、少年のほうである。面白いもので、それぞれ自分が唱えている文句に感情が入り、少女のほうはどこか、

「きてほしい」

という期待がこもっているようにきこえ、少年のほうは、

「こないでほしい」

という気持がこもっているようにきこえる。ただ唱えているのではなく、ふたりは唱える

前に煎《い》った豆を一粒ずつ口に入れた。ポリッと嚙《か》み下してから、くる、こないとつぶやく。つまり、花占いでの花びらをむしるかわりに豆を食っているのだ。豆占いである。豆は少年が持っていた。少女は少年の掌《てのひら》からあたりまえの顔をして一粒ずつ豆をとった。が、その豆も次第に残り少なくなっていた。豆は少年の母親がお八つがわりにくれたものだが、あといく粒もない。

「………」

少年は自分の掌の中をみてふきげんになった。

(豆がなくなる前に、先生はくるだろうか)

そんなことはおかまいなしに、平気な顔をしてポリッ、ポリッと豆をくっている少女が憎らしい。

(早くほかの先生がきてほしい)

願いをこめて少年は道の果てをみた。道の果ては甲州街道《こうしゅうかいどう》につながっている。甲州街道を左に行くとすぐ日野《ひの》の宿場だ。道はこのあたりから少しのぼり坂になるので、道の果てに誰か現れればすぐわかる。それでふたりはここにいる。村の名主さんの屋敷に集まった若者たちが、みんな木刀をにぎってふたりの報告を待っている。江戸からどの先生がくるか、若者たちは固唾《かたず》をのんで少年の報告を待っていた。だからふたりは斥候《せっこう》の役目を負っているのであり、大切な役であった。

少年は十一歳、少女は九歳、家がとなり同士で共に農民の子だ。

豆はもう数粒しかなくなった。少年は気が気ではなくなった。別に豆がなくなったからといってどうということはないのだが、少女との話しあいで、そういう占いかたをはじめた以上、やはりこだわる。こどもらしい一途さである。

三粒しかなくなった豆のうちから少女は一粒とり、ポリ、ポリッと噛み下してのみこむと、急に、

「おきた先生がくる!」

と、ひときわ大きな声を出した。少年も急いで豆を口に入れ、

「おきた先生はこない!」

と負けずに大声で応じた。そのいいかたは、もうはっきりとふたりの気持のちがいをあらわしていた。だから、負けずに大声を出しただけでなく、少年はくやしそうに少女をにらみつけた。

「おみよ、おまえはやっぱりおきた先生にきてほしいんだな?」

「きてほしい」

おみよはすなおにこっくりした。そして、

「市作《いちさく》さんは、おきた先生にきてほしくないの?」

と、ききかえす。市作少年は口をへの字に結んでうなずき、一旦《いったん》閉じた口をまたひらく。

「きてほしくない」

「なぜ」

「みんないっている、おきた先生のけいこはらんぼうでこわいって。けいこが終ったあと、突かれたのどははれあがるし、叩かれたうでは痣《あざ》になるし、痛くて夜も眠れないって。こんどう先生のほうがよほどやさしくけいこをしてくれるって」

「そうかしら」

おみよはませた口調でいった。そして最後に残った豆を口にほうりこむと、嚙んでゆっくりのみ下してから、また、

「おきた先生がくる」

と唱え、

「あたしは、おきた先生はやさしいから好きよ」

と告げた。市作はたちまちくってかかった。

「おきた先生のどこがやさしいんだ」

「鬼ごっこをしてあそんでくれるもの。それにお手玉だってうまいし、歌もじょうずだわ」

「ヘッ」

市作は軽蔑しきった態度でいった。

「女は剣術のけいこをしないからな。男の痛さがわからないんだ」

「痛いのをがまんするのが男でしょ」

「こいつ」

思わずふりあげるこぶしをみて、しかしおみよは冷静だった。

「ぶってごらんなさい、おきた先生にいいつけてあげるから」

ちくしょう、とくやしそうにつぶやいて、市作はそのまま拳《こぶし》をおろし、指をひらいた。

「豆がなくなっちゃった……」

この時、道の果てに人影が現れた。それもふたつ、息せききってこっちへ走ってくる。ふたりとも侍だ。旅の姿をしている。そのふたりを追って後方から十数人の村人が走ってきた。埃がすさまじくあがっている。

「何だろう」

少年と少女は立ちあがった。

「餓鬼《がき》がいる」

走りながら侍のひとりがいった。ふたりとも講武所風《こうぶしょふう》の髷《まげ》の結いかたをしている。しかしそれは髷だけで、からだ全体はふやけて崩れ、少しも侍らしいところはない。走るのも苦しそうだ。

講武所は、最近、幕府がすっかりなまくらになった幕臣の子弟を叩きなおすために、武道の鍛練に力をいれて設けた学校である。通う青年たちが独特の髷の結いかたをするので、まちでは講武所風とよんだ。

しかし、いま一本道を逃げてくるふたりの侍はみるからに蕩児《とうじ》然としていて、とても毎日竹刀《しない》や木刀をにぎっているようにはみえない。にぎっていたのは三味線のバチだろう。江戸にいる幕臣はいまはこんなのばかりだ。開国してしまったからいいようなものの、本当に異国と戦争になったら、何の役にも立つまい。第一、侍ふたりがどうして多摩《たま》の農民たちに追いまわされているのか。

「あの餓鬼どもを人質にとろう」

　前方の少年と少女を凝視しながら、侍はもう一度いった。走りながらである。

「考えものだ。天下の直参《じきさん》がそこまで落ちたくない」

「ばかやろう、体裁のいいことをいうな！　おれたちは甲府へ山流しを命ぜられたときから落ちているんだ。このままだと、あの農民どもに叩き殺されるぞ」

　チラと後をふりかえった。農民たちは執拗《しつよう》だ。追跡の脚をとめない。いや、それどころか距離は次第に縮まってくる。

「押しこみなんかするんじゃなかったな。きさまが悪いんだ。八王子《はちおうじ》・日野は生糸の産地で、開国景気で、いま儲《もう》けているなどというから」

「本当じゃねえか。しかも開国したのは幕府だ、幕臣のおれたちは生糸で儲けている奴《やつ》らの恩人だ、少しは儲けのおこぼれをまわしてもよかろう」

「そんなりくつが農民や商人に通用するか」

「いや、りくつはよかったのだ。予想外だったのは……」

　呼吸が苦しくなって、思わず立ちどまると大きくあえいだ。しかしうっかり休めばすぐ農民たちに追いつかれる。ふたりはまた走り出した。そしていった。

「多摩の農民どもがみんな剣術を知ってやがったことだ。しかも、みんなおれたちより強い。一体、何という土地だ！　こんな馬鹿馬鹿《ばかばか》しいことはきいたこともねえ」

話の様子からすると、ふたりとも旗本の子弟で甲府勤番《こうふきんばん》にまわされるらしい。甲府勤番は軽い罪を犯した者やグウタラ者をまわす〝直参のゴミ捨て場〟である。堕落武士を鍛えなおす鑑別所的場所だったから、直参たちは、

「甲府の山流し」

といってみんな怖れた。それに一度まわされると、ほとんど江戸には戻れない。終身刑のようなものだ。このふたりはその〝山流し〟にあって赴任の途中、おそらく布田《ふだ》・府中《ふちゆう》あたりの女郎宿でさっそく旅費を使いはたしてしまったのだろう。それで日野あたりに押しこみに入ったのだ。が、失敗して逆に農民に追われる羽目になった。捕まったらえらいことになる。必死の逃亡であった。

ふたりは市作とおみよがいる場所に辿《たど》りつき、たちまち刀を抜いた。

「ふたりともこっちへこい！」

後方から一群となって走ってくる村人たちが一斉にこえをあげた。

「ふたりとも逃げろ！　そいつらは泥棒だ」

「殺されるぞ！」

が、口々に叫ぶ農民群はもちろんのこと、ふたりを人質にしようと迫った侍のほうが、つぎの瞬間、唖然《あぜん》として口をあいた。市作少年は逃げなかった。おみよを後にかばって立った。

そして木刀をかまえた。やや下目の青眼である。

「お、お」

侍たちは声をあげた。

「あれ、この小僧も剣術をやるぜ」

「小僧の剣術だ、知れている」

ひとりはこどもをとっつかまえるほうが急務だと、タカをくって斬りこんだ。しかし、なぜか胸の中でいやな予感がした。予感はあたった。

「小僧！」

ふりおろす刀を、市作は木刀の刃の部分を斜めにひねると、そのまま思いきり上に撥《は》ねあげた。途端、侍の腕はしびれ刀は宙にとんだ。擦《す》りあげ面《めん》だから、いつもなら面へ打ちこむところを、市作は今日はいきなりのどへ突きをいれた。

「お突きイ！」

尻尾《しっぽ》を切られた犬のような悲鳴をあげて侍はひっくりかえり、道から桑畑の中へころがりこんで、のどをおさえながら土の上を七転八倒した。

「おい、大丈夫かッ」

びっくりした連れが畠へかけこもうとするのへ、さらに市作の木刀がとんだ。

「お面！」

が、打ったのは額ではなく右の横面である。連れの眼から火花が散った。鋭い衝撃のあとに眼まいがした。連れもそのまま土の上に倒れこんだ。眼を血走らせたまま、市作少年は興奮した声で、侍たちにいった。

「天然理心流《てんねんりしんりゅう》だ」

土の上からは、う、ううというううめきごえだけが返ってきた。おみよが道をみて叫んだ。

「おきた先生だわ！」

呆《あき》れていま起った光景をみつめている農民の群の中で、長身の、色のやや黒い青年が、防具をくりつけた竹刀をかついで道からこっちを凝視していた。

「おきた先生」

おみよがかけだした。それをみて、市作は落胆してつぶやいた。

「ああ、いやだ、いやだ。やっぱりおきた先生がきたのか……」

名主さんの屋敷に集まっている若者たちも、さぞかし落胆することだろう。沖田《おきた》が去ったあとは、からだ中痛くて畠仕事にも出られない。しかしそんなことはいっていられない。みんな這いずるようにして仕事に出て行く。

その沖田総司《そうじ》が笑っていった。

「市作、みごとだったぞ」

「はい」

市作は緊張してこたえた。おみよは沖田の袴《はかま》の端をにぎってからかうように市作をみている。沖田は畠の中で、こんどは農民たちになぐられ、蹴《け》とばされてころがりまわっているふたりの侍をみながらきいた。

「多いのか、こういうやつらは？」

「多いです。甲府勤番になった直参や、京都へ向かうソンジョウ浪人や、甲州から入ってくるヤクザ者が毎日のように強盗に入ります」

尊攘《そんじょう》ということばは知っているが、市作はその意味を知らない。字も知らない。暗記しているままのことばを使った。

開国後、日本の生糸は外国への最高の輸出品になった。中山道《なかせんどう》ぞいの上州・信州の絹どころはもちろん、武州でも秩父《ちちぶ》や八王子の生糸も眼をつけられた。ふたりのヤクザ旗本の話に出たこの地域の絹糸商人は、かたっぱしから近在の生糸を買い占め、自分で荷を背負い、あるいは馬の背にのせて、せっせと横浜にはこんだ。多摩郡から横浜に行く街道は、〝絹の道〟とよばれていた。

が、儲けるのは眼の色を変えて生糸をあさる絹糸商人だけで、生糸から織物を織っていた人間や、布を売買し生活していた人間たちは、原糸を根こそぎ外国に持っていかれてニッチもサッチもいかなくなっていた。多くの機織《はたおり》場や染めもの屋がつぶれ、織工は職を失った。布を売る店も埃だらけになり、クモが巣をはった。

無頼の群はこの絹糸商人に狙いをつけた。が、どの家が絹糸商人なのか見分けがつかない。

「何でもいい、大きな家を狙《ねら》え」

と、豪農が端から押しいられた。金や家財を盗まれただけでなく、家族を殺された家もある。こういう無頼対策に関八州出役《かんはっしゅうしゅつやく》という特別な役人がおかれていたが、ほかの役人と同じで役に立たない。堕落し、腐敗していたからである。おまけに、幕府の役人すべてにいえることだが、かなり前から剣術や槍のけいこをほとんどしていないから、出てきてもまごまごするだけで何の役にも立たない。

年貢《ねんぐ》を納めて、こんな奴らを養っているのが馬鹿らしくなるが、いまはそんなことはいっていられない。結局、この地域では、

「侍をたよっても駄目《だめ》だ」

という気持になった。

「自分のことは自分で守ろう」

という自衛意識が発達したのだ。財産のあるものは財産を、何もないものは生命《いのち》を守るために、多摩の農民は懸命に天然理心流にはげんだ。少年の市作が強いのもそのためだ。

「村でみんな待っています。夜のけいこをしますか？」

市作が沖田にきいた。沖田は首をふった。

「今日はけいこはしない。明日もだ。実は今夜、近藤先生からみんなに大事な話がある。半刻《はんとき》（一時間）もしたら、近藤先生がみえるだろう。土方さんもくる。みんなに今夜五つ（午後八時）に、日野の佐藤先生のお屋敷に集まるように伝えてくれ」

「…………」

けいこがないときいて、市作はたちまちうれしそうな顔をした。沖田は変な表情になった。

「何をよろこんでいる？」

「何でもありません、みんなに知らせます」

走りだす市作は、すぐふりかえってきいた。

「沖田先生は？」

「河原に芽を出した草を見に行く」

そんな答えかたをする沖田を、九歳の少女おみよは憧れの眼でみ、市作は気障《きざ》だと反発した。幼なじみのおみよが沖田に心をうばわれていることが、よけい癪《しゃく》にさわった。そのおみよは、

「あたしもいっしょに行く」

と、ぶらさがるように沖田にまつわりついていった。市作は走りだした。しかしすぐおみよのことを忘れ、走りながらつぶやいた。

（近藤先生のお話って何だろう……）

甲州街道は、いまは日野橋を渡って八王子に向かうが、江戸初期には少し下流の〝万願寺《まんがんじ》の渡し〟で渡船していた。万願寺というのは地名で、そういう寺があるわけではない。あったのはよほど古いころらしい。それが時を経て、日野橋の上流に渡しが移った。渡河後につながる道が旧道として残っている。沖田総司が生きていたころの街道はこの旧道である。

氷川《ひかわ》の奥から東南へ流れ下ってきた多摩川は、途中で秋川《あきがわ》を抱き、日野の石田《いしだ》村の先で浅《あさ》川《かわ》と合流する。石田村は土方歳三《ひじかたとしぞう》の出身地で生家が現存している。土方の墓は、浅川の堤す

れすれに建っている日野高校の真裏の石田寺《せきでんじ》にあり、通常の日でも詣でる若い娘があとを絶たない。

先日も改めてこの界隈を歩きまわり、土方の墓の前に行ったら娘がふたり、一生懸命墓に水をかけていた。

そのあと、手を合わせて真摯《しんし》に何か祈っている。ふりかえるのを待って、

「土方歳三のどこがいいんだ？」

ときいたら、声をそろえて、

「愚問！」

という答えが返ってきた。高校二年だそうだ。中学上級から関心をもちはじめ、高校を出るころには、別な人物に関心をもち、一応新撰組《しんせんぐみ》を卒業するのが新撰組ファンの心理的サイクルらしいが、後続隊があとを絶たないのも事実らしい。

しつこいぼくの問いに、

「親や友達に話せないことでも、土方さんには話せる」

とふたりの娘はいった。そしてこの日、泉下の土方に何を訴えたかはついに教えてくれなかった。土方家はいわゆる高幡不動《たかはたふどう》の檀家《だんか》で、石田寺は墓だけを預ける墓檀那寺《だんなでら》だという。高幡不動（金剛寺）も石田寺も新義真言宗智山派の流れで、高幡不動は別格本山、石田寺はその末寺である。

その高幡不動の森を対岸にみる浅川の流れは、いまもきれいだ。川底に石が多いのと、水

の流れが速いので、少しくらいの汚れはたちまち濾《こ》される。だから雨でにごらないかぎり、水はいつも澄んでいる。

沖田総司はその浅川のほとりにいた。なぜかここが好きだった。川岸には、すでに春の草が芽を出していた。風がいかにその訪れを妨げようと、春は確実に多摩の土に浸透していた。草の芽は敏感にそれを知るのだ。誰もみていなくても、誰に知られなくても、自然は着実に自分の生命のいとなみを続けていく。そういう草たちの生きかたが、沖田の気質にピッタリ合っていたのである。

沖田は特に、夏になるとこの岸で咲く月見草の花が好きだった。月見草は夜だけ咲く。それもひっそりと咲く。眺めているのは月だけだ。だから月見草は、朝、光の訪れとともに仮死の状態に入る。誰もみていないところで精いっぱい咲く月見草の生きかたに、沖田は純粋な青年らしい共感をおぼえていた。

（その花にくらべれば、いまの世の中は、人がみているところだけで生きる奴が多い）

人がみていないとすぐ手をぬく、怠ける、そういう要領のいい人間が多い。小狡《こずる》い人間がふえて、祭りのときにワッショイ、ワッショイとかけごえだけは勇ましいが、ミコシの棒の下に入れた肩には全然力をいれずに、担いだフリをしているような奴ばかりだ。

特に、いま江戸の三大道場と評判の高い練兵館《れんぺいかん》（斎藤弥九郎《さいとうやくろう》道場）・士学館《しがくかん》（桃井春蔵《もものいしゅんぞう》道場）・玄武館《げんぶかん》（千葉周作《ちばしゅうさく》道場）に集まっている全国の青年たちはすべてそうだ。

向こうが流行《はや》ってこっちが繁昌《はんじょう》しないからひがんでそう思うわけではない。沖田からい

わせれば、

「三大道場にいる奴らは、剣術を修行しているのではなく、議論を修行しているのだ」

ということになる。朝から晩までワイワイ政治論争ばかりやっていて、ロクに剣術のけいこもしない。だから口ばかり達者になる。そういう道場がなぜ流行るのか、実にふしぎだ。

沖田には理解できない。

(あんな奴らが牛耳《ぎゅうじ》る世の中はぜったいにゆるせない)

と心にきめている。いまはそういう口先だけの奴が、京都に行って天皇や公卿《くげ》をおだてあげ、政治をややこしくしているという。

(叩っ斬りたい!)

江戸市中でさかしらな口舌の徒をみるたびに沖田はそう思った。そういういらだちがあるものだから、多摩へ出稽古《でげいこ》にくると、どうしても荒っぽくなる。村の若者はひとりとしてあんな小狭い人間に育ってほしくないと思うからだ。

沖田がこの川が好きな理由はもうひとつあった。それは大好きな土方歳三と、よくこの川岸で牛革草《うしかわ》という草を刈ったからだ。土方の家はこの草で薬をつくる。石田散薬といって打《う》ち身《み》や骨折に効く。村の若者も使う。

沖田が乱暴なけいこをしたあとは特に需要が多い。

「総司のあとを追っかけて歩くと、薬が馬鹿売れに売れる」

色の白い役者のような顔をほころばせながら、土方歳三はよくそういって笑う。そして事実、沖田と一緒に薬箱をかついで歩いた。土方も試衛館《しえいかん》の人間だから、行った先の村では変な顔をする。しかし土方は平気だった。

「剣術は沖田、おれは石田散薬」

と笑って告げる。その笑顔が何ともいえずやさしい。

土方は小さいときに両親をなくした。他人の家に奉公に行った。女の苦労もした。そういう経験が土方に味をつけた。それでいて一本太い芯が通っている。剣術歴からいえば沖田のほうが先輩だが、沖田には土方が兄のように思える。近藤勇《こんどういさみ》も沖田にはやさしいが、やはり道場主だから父親的なところがある。

この川原の草の中にひっくりかえって、沖田は土方の話をきくのが好きだった。

「誰がやってもいい、おれはピーンとした世の中が好きだ」

土方はよくそういった。ピーンとした世の中ということばが必ず出た。誰がやってもいいといいながら、土方自身が、そのピーンとした世の中づくりに参加したいことはあきらかだった。土方は土方なりに、苦労した経験を通して、辿ってきた道に沢山のおかしなことがあるのを知っていた。土方はそれを糺《ただ》したいのだ。それも剣で。

(その土方さんと大仕事に出る)

沖田は身ぶるいした。川原に漂う寒気のせいではない。武者ぶるいだ。川原はすでに暮れていた。

「時刻だ」

沖田は堤を登った。そして日野に向かって歩きだした。

市作は沖田の指示を確実に実行していた。沖田が日野の名主佐藤彦五郎《さとうひこごろう》邸の門をくぐり、敷地内の天然理心流の道場に入ったとき、まだ五つには多少の間があったが、道場内は集まった門人で立錐の余地もなかった。道場といっても、近藤勇のものではない。佐藤彦五郎が自分の金で、自分の敷地の中に建てたものである。町田の小島家もそうだが、多摩地域の豪農たちは自衛意識のたかまりをそういう形で示し、自分だけのためでなく、村全体の防衛のために道場を村民に開放した。

近藤勇一門は、こういう道場から道場へと巡回稽古をつづけて歩いた。一か所に大体四、五日いる。その間の宿泊、食事などの世話は一切名主の家でした。現代風にいえば道場は、剣術を媒介にして、その地域のコミュニティづくりをする公民館のようなものである。

佐藤彦五郎は自身が熱心な天然理心流のまなび手であるだけでなく、学問も深かった。近藤勇は佐藤彦五郎から学問の指導をうけていた。それと、彦五郎の妻のぶは土方歳三の姉であった。父母のいない土方は、よく佐藤家に出入りした。佐藤夫妻は土方にとって、父母がわりの存在だった。土方が近藤を知り、その弟子になったのもこの佐藤道場においてである。

が——五つをすぎ、そのあと半刻たっても近藤勇は一向に現れない。土方歳三もこない。道場内はさすがにざわめきだした。

「何かありましたかな?」

芯は強いが態度は温厚な佐藤彦五郎がきいた。若いながら試衛館の塾頭《じゅくとう》として、佐藤と

いっしょにひときわ高い段の上に坐っている沖田は弱った。近藤は、

「五つには必ず行く」

とはっきりいったのだ。わけがわからないだけに沖田はよけい居心地が悪くなる。同時に、本当に何か起ったのか、と心配になってきた。この心配は当っていた。牛込柳町の試衛館では悶着《もんちゃく》が起っていた。

突然、道場荒しが入ってきたのだ。沖田が出たすぐあとである。車一心《くるまいっしん》と名のった。ひとめみてそうだとわかった。顔つきと態度に荒れた内面が露骨に出ている。竹刀を叩いて叩きぬくと、竹の表皮が一斉にササクレ立つ。あのササクレは、触れるものの肉体だけでなく心にも深く刺さるような気がする。

車一心はそういう男だった。からだのいたるところがササクレ立っていた。応対には一門の藤堂平助《とうどうへいすけ》が出たが、ジロリと上眼づかいに蛇のような眼で藤堂をみながら、

「修行中の者です。一手ご教授をお願いしたい」

とかすれた声でいった。

（道場荒しだな）

藤堂はすぐ察知した。しかも相当に年季の入った奴だ。藤堂は本来天然理心流でなく、千葉周作道場で目録をもらった北辰一刀流《ほくしんいっとうりゅう》の剣士である。しかしまだ二十歳になるかならないかの若さだから、車のような態度に出る人間には甚だしい嫌悪感をおぼえる潔癖性がある。そして青年の潔癖性はすぐ火がつく。

「お上がりなさい」

試衛館では今日一日、朝からカンカンガクガクの争論をして、ついにひとつの合意に達した。合意にはこの道場を閉じることが含まれていた。

（閉じついでに、この野郎を思うさま叩きのめしてやろう）

よせばいいのに藤堂はそう思った。道場主の近藤勇は門人の土方歳三と山南敬助《やまなみけいすけ》を連れてこれから多摩に行くという。支度中だ。塾頭の沖田総司を先発させてある。

いつもならいまごろは道場にごろごろしている永倉新八《ながくらしんぱち》（神道無念流《しんとうむねんりゅう》）や原田左之助《はらださのすけ》（宝《ほう》蔵院流槍術《ぞういんりゅうそうじゅつ》）たちも、それぞれ道場閉鎖を伝えに知人のところへ行った。

「天然理心流というのは、どういう剣法ですか？」

車が道場へ通りながら、山犬のような眼で内部をうかがいつつきいた。

「天に象《かたど》り、地に法《のっと》り、もって剣理を究める……」

藤堂平助は謳《うた》うように答えた。

「ただし、私は天然理心流じゃありませんよ」

「ほう」

「北辰一刀流です」

「へえ」

ほうもへえも馬鹿にした返事だ。藤堂はカッとした。そしてカッとしたことで車の術策にのせられた。立合ってうちあうこと数合、藤堂は右の脇の下に、うっとうめくほどの抜き胴をくらった。

「ほかに？　道場主にお立合いねがおう」

右脇の骨をおさえている藤堂に、道場破りは勝ちほこっていた。ちく生、めんどうなことになった、と藤堂は惑乱した。奥に入って近藤に告げると、

「出かけるところだが」

と渋い顔をした。土方歳三はしかし、微笑みながら、

「金をやって玄関ばらいすべきでしたな」

と鋭い眼をした。そのとおりだった。道場へ通したのがまずかった。

「練兵館の渡辺さんにたのみますか」

しかたなく藤堂はいった。立合いぶりをきいて、近藤は、

「それは、大道の賭け碁剣法だ……」

といい、

「おれは立合いたくない、汚れる」

と仏頂面《ぶっちょうづら》のままだ。藤堂はいよいよ責任を感じ、

「練兵館へ走ります」

とたちあがった。山南敬助が、

「その間、おれが相手に出よう」

と立った。

「でも……」

と藤堂が恐縮すると山南は、

「それよりも早く渡辺さんを呼んできてくれ」

と微笑んだ。山南も以前千葉道場にいた。どういうわけか近藤勇の人柄に魅せられ、藤堂といっしょに内弟子になった。練兵館の渡辺というのは名を昇といい、大村藩士で剣術修行にきている青年だ。近藤と仲がいい。手におえない道場破りがくると、近藤はすぐ渡辺にきてもらう。道場の看板を守るためには見栄も外聞もない。渡辺はいま練兵館の塾頭をしているくらいだから剣は強い。試衛館は何回か渡辺に助けられている。

藤堂が渡辺を呼びに走ったあと、山南敬助が道場に出た。

「主《あるじ》か？」

車がきいた。ひとめみて、ああきたならしい奴だ、と山南は感じた。学者肌の山南は人間の品性を大事にする。この人間は卑しいとみぬいた。立合えばこっちが汚れるといった近藤のことばは正しいと思った。近藤には立合わせたくない。

「門人です」

馬鹿にしたように車は鼻を鳴らした。

「主と立合いたい」

「私がお相手をします」

「練兵館をはじめ江戸の剣術道場は、目下、剣技をまなぶ者は皆無で口舌の徒ばかり育てておる。がまんならん。そこで各道場を立合って歩いている」

「当道場は剣術以外教えません」

「おや」

かまえた山南をみて車は軽蔑した。

「あんたも北辰一刀流か？」

「そうです」

「この道場の門人は他流ばかりではないか」

「道場主の雅量です」

「天然理心流と立合いたい」

「私のあとに出てきます」

しかし山南は、こいつには負けるとかくごしていた。ササクレ立ち、卑しくなったこの道場荒しは勝つ技法をよく知っていた。いや、勝つ技法だけを知っていた。近藤が大道の賭け碁と同じだといったのは当っている。

ただ、できるだけひっぱらなければならない。藤堂が渡辺昇をつれて戻ってくるまで時間をかせがなければならない。ぜったいに間合《まあい》をちぢめずに、山南はがんばった。車が前へ出れば退き、車が退いても進まなかった。

「近藤先生！」

藤堂が汗をいっぱいかいてとびこんできた。ひとりの侍をつれている。が、渡辺昇ではなかった。そしてその侍をみると道場破りの顔色が変った。侍がいった。

「おれと立合うか？」

「いや、けっこうです」

「やろうよ」

「いえ、本当にけっこうです」

藤堂がつれてきた侍と道場破りとの会話は奇妙なやりとりになった。車は腰をひいてしきりに手をふる。表情も一変して卑屈な笑いを浮べ、侍におもねっている。様子をきいて近藤も土方も道場へ出てきた。車はついに尻尾をまいて逃げた。ただ、逃げ去るときに、

「しかし、先生とここの道場主とはどういうご関係ですか？」

とさぐるようにきいた。うむ、と侍はチラと近藤をみてから、

「道場主の近藤先生は尊敬している方だ。いつもおせわになっている」

と、はっきり答えた。車は納得したようにはみえなかったが、退散した。逃足も早い。

「こちらは……」

近藤は藤堂にきいた。侍が笑って答えた。

「渡辺さんがちょっと手が放せないのでたのまれました。長州《ちようしゆう》の桂小五郎《かつらこごろう》です」

「かつらこごろう先生……」

近藤たちは啞然《あぜん》とした。桂小五郎は長州藩の青年重役であり、練兵館では渡辺の前の塾頭だった。いま江戸に蝟集《いしゆう》している政治青年群が憧憬の眼でみる指導者であった。この男だけ

は口舌の徒ではない。いや、弁も立つが剣もすばらしく立つ。さっきの道場破りはどこかで桂と遭遇しているのだろう。尻尾をまいて逃げるわけだ。

「これは恐縮でした。高名な桂先生にこんな貧乏道場を救っていただくとは」

近藤はことばだけでなく、本当に恐縮して頭をさげた。桂は快活に手をふった。時流に乗っている貫禄があった。

「奥で酒でも」

と誘う近藤に桂はいやと手をふった。

「京からきたばかりですが、すぐまた京に戻るのです。大樹《たいじゅ》（将軍）がいよいよ上洛するようですから」

「そのようですね……実は、それでこの道場も閉じるところです」

「閉じる？」

桂小五郎はいぶかしげに近藤をみた。眼が鋭くなった。

「近藤先生のお噂《うわさ》は、いつも渡辺君からうかがっていますが、しかし、先生、まさかこんどの幕府の話に乗るおつもりではないでしょうな？　あれは、裏で清河八郎《きよかわはちろう》という策士が糸を引いている危険な話ですぞ」

「いや、その話に乗るつもりです」

近藤は笑って答えた。桂はみるみる不快な表情になった。軽侮の色さえ浮き出た。態度が一変し、倉皇として去った。

「われわれを援《たす》けるんじゃなかった、という顔になりましたね、変な人だ」

藤堂がつぶやいた。

「われわれの志がわからないのだろう」

山南が木刀を壁に戻して応じた。

「そうだ、山南のいうとおりだよ」

近藤はうなずいた。そして、

「大藩の人間には浪士の気持はわかるまい。まして多摩の農民の子の心などわかるまい。行こう、その多摩の里へ。大分おくれて、総司の奴が気が気ではあるまい」

と微笑した。


「私たちは、京に行く」

近藤勇はそう告げた。道場を埋めつくした門人たちはどよめいた。そして一斉に土方歳三をみた。土方歳三のことを村人は、

「歳さん」

とよぶ。略称や愛称でよばれる人間には、必ず愛敬《あいきょう》がある。そしてその愛敬は人徳につながる。

その歳さんは、今夜はまじめな顔をして沖田総司とならんで近藤の脇に坐っていた。試衛館での序列を重んじているのだろう。塾頭の沖田を立ててその下座に坐っているのも、苦労

人の歳さんらしい。近藤勇の反対側の脇には佐藤彦五郎がいた。それにもうひとり土方歳三のとなりに、時々稽古にくる山南敬助という温和な侍が坐っていた。試衛館の中でも、多摩によく稽古にきた人間を近藤は連れてきたようだ。

しかし、突然、京都に行くと宣言されて、門人たちは動揺した。歳さんをみたのは、歳さんは一体どう考えているのだろうと思ったからだ。どよめきと私語をおさえて近藤はつづけた。

「みんなも知っていよう。さきごろ江戸にみえた帝《みかど》のお使いに対し奉り、将軍家はきたる二月末、攘夷《じょうい》実行の奉答《ほうとう》をしに上洛することを決められた。そこで幕府は、将軍上洛の道中警護、ならびに在洛中の宿所警護のために、異例ながら特に誠忠の浪士を募ってこれにあてると公表した。私は試衛館一統と真剣に討議し、これに応ずることに決めた。みんなには本当に世話になったが、そういうことで、これを機に試衛館は閉じることになる。ひとことあいさつにきたのだ」

あいさつというよりは、近藤の気持にすれば仁義を切りにきた、というべきだろう。近藤の心はいつも多摩にあったから。

近藤勇は三十歳になる。いかつい顔をしているが根はやさしい。剣術は沖田のほうがうまいそうだが、しかし貫禄がちがう。近藤を深く知る人間は、

(この男は、小さな町道場主で終る男ではない、大名だってりっぱにつとまる力量がある)

とみぬいていた。そういう内からの力が本人がおさえても雰囲気としてほとばしり出る。

いまもそうだった。

近藤は武州多摩郡上石原村の豪農宮川久次郎《みやがわきゅうじろう》の三男に生れたから、土方と同じく農民の子である。町田小山村《まちだおやまむら》の名主島崎休右衛門《しまざききゅうえもん》の五男で、天然理心流の三代目を継いでいた近藤《こんどう》周助《しゅうすけ》（周斎《しゅうさい》）の養子になり、いま四代目の当主である。

情勢は近藤が告げたとおりであった。勅許を得ないで外国と開国条約を結んでしまった大老井伊直弼《いいなおすけ》が、雪の日に水戸浪士らに暗殺されると、幕府の威信は一挙に失墜した。外様大《とざまだい》名《みょう》の発言がつよくなり、特に薩摩藩と長州藩の勢いが増した。

関ケ原で徳川に敵対したこのふたつの藩は、京都朝廷を背景に公然と幕政に口を出した。単に藩主の父でしかない無位無官の薩摩藩の島津久光《しまづひさみつ》は、その部下から井伊大老の暗殺犯（有村雄助・次左衛門兄弟）まで出しておきながら、幕政改革を要求し、人事にまで干渉する勅諚《ちょくじょう》を江戸城に突きつけた。しかもその帰途、行列を横切ろうとしたイギリス人を殺傷し、賠償の尻ぬぐいを幕府におしつける無法ぶりだ。

一方の長州藩もこれに負けていず、三条実美《さんじょうさねとみ》を正使とする勅使を発向させ、ついに十四代将軍徳川家茂《とくがわいえもち》に攘夷奉答のための上洛を確約させた。親幕大名や旗本はくちびるをかんでくやしがったが、これこそまさに時のいきおいであった。そしてそれに抵抗できるほどの力が、幕府にはすでに尽き果てているのも事実であった。だからよけいくやしいのである。

近藤はその将軍家茂を守るために、試衛館一門と京に行くという。

「近藤先生！」

門人の中から手があがった。

「うむ」

近藤はしずかに質問者をみる。

「おれたちは、ようやく剣術をおぼえはじめたばかりです。でも、多摩をおそう泥棒や追いはぎはふえるばかりです。先生たちがそっくり京へ行ってしまって、おれたちはこれからどうすればいいんですか？　心細くて心配です」

そうだ、と共感の声があがった。近藤は微笑した。そして道場の中を見渡した。

「市作いるか」

「はい」

頰《ほお》を紅潮させて後の方で市作少年が立った。

「ここへおいで」

近藤はやさしく呼んだ。からだをななめにして道をつくってくれる門人たちの重なりの間を通りぬけて、市作は前へ出た。そばにきた市作の肩を、力強く大きな手でつかんで近藤はいった。

「みた者もいるはずだ。今日、市作は押しこみに入った旗本をふたりも叩きのめした。天然理心流は、もうおまえたちのものだ」

「われわれとちがって市作は剣術の天才です！　沖田先生と同じです！」

という声があがった。哄笑《こうしょう》が起った。近藤も笑みを深めた。沖田は苦笑した。

「市作はひとつのたとえだ。私たちがいなくても、佐藤先生がおられる、小島先生がおられる。そしてさらに、八王子にはもっとも頼りがいのある千人隊がいる。千人隊の中にも天然理心流を使う人が何人もいる……」

場内を見渡しながらの近藤のことばに、門人たちはちょっと黙したが、すぐ反論した。

「それにしても、将軍さまを守るだけなら、別に試衛館を閉じることはないでしょう。試衛館をそのままにしておいて、将軍さまが江戸にお戻りになるときは一緒に帰ってきて下さい。そして、もう一度、おれたちを教えて下さい」

切実な、しかも筋の通った論であった。そうです、そうして下さい、という同調の声が続いた。近藤は黙した。が、眼光がひときわ鋭くなった。近藤はいった。

「京では、何が起るかわからない……」

「…………」

衝撃的な重い静寂がきた。その中から、

「じゃあ、お戻りにならないつもりですか」

という高い声がとんだ。近藤は、

「私たちは、生命をかけて出かける」

と応じた。再び場内はどよめき、しばらくしずまらなかった。はじめは、門人の中には、京行きの話を、昔の戦国期のように近藤たちが立身を求めて、ひとつやってやろうという気になったのだとうけとめた者もいた。

が、どうもちがう。近藤の態度には一発当ててやろうなどという山師的様子はみじんもない。第一、近藤がそんな人物でないことは誰もが知っていた。では、近藤はどうしてそこまで将軍に入れこむのか。

「多摩生れの先生が、どうしてそこまでやらなきゃいけないんですか？　江戸には旗本が八万人もいるんじゃないですか！」

立って、真赤になりながら、突然起った理不尽さに憤るような声を投げつける門人がいた。多摩生れということばづかいには、農民の子なのにという意味が含まれている。近藤はその門人を凝視した。そして、

「多摩の人間だからこそ私は京に行く。私たちは徳川家に恩をうけた、いまはその恩を返すときだ……」

「どんな恩をうけたんです！　その徳川の直参が私たちの家に押しこみに入るようなありさまじゃありませんか！」

「私のいう恩は昨日、今日の話ではない。武田家がほろびた二百八十年前にはじまっている。私にあるのは、八王子千人隊の精神だ。うけた恩は返さねばならぬ。第一、押しこみに入るような旗本どもに、将軍が守りきれると思うかッ」

突然近藤は大声を出した。門人たちはその大声にもおどろいたが、八王子千人隊の名が出てきたのには、なおおどろいた。場内は疑問の続出でさわがしくなった。近藤は腕をくんでもう口をひらかなかった。悲痛な表情になっていた。説明にいつまでもことばを費やすのは

近藤はきらいだ。あるところまで話して、それでもわかってもらえないと、近藤は沈黙してしまう。そして一旦黙ったら強情なくらいその沈黙をつづける。近藤のくせだ。

「私から少し話をしよう」

佐藤彦五郎が微笑して脇から説明を買って出た。そして近藤に、

「近藤先生、この連中を怒らないで下さい。あなたに突然京に行かれては、これからどうしていいかわからないんですよ。皆、あなたを慕っているのです……」

わかっています、というふうに近藤はうなずいた。眼がたちまちなごんだ。門人たちは、

(近藤先生は怒っていない)

と安心した。いじらしいくらいであった。佐藤彦五郎が話しだした。

「近藤先生が、多摩には八王子千人隊の精神がみなぎっている、というのはこういうことだ」

武田家は、勝頼《かつより》を最後に天正十年（一五八二）にほろびた。家臣団は四散した。織田信長《おだのぶなが》は自分がほろぼした敵の家来など眼もくれなかったが、徳川家康《とくがわいえやす》はちがった。丹念に拾いあげては自分の家臣団の中に加えた。八王子千人隊もそうだった。千人隊は、ほろびた武田家の旧臣群であった。創始者はやはり武田家の旧臣大久保長安《おおくぼながやす》である。多能な異才だったが、死後、改易に処された。長安は、家康が武田の旧臣を厚遇してくれるので、その恩にむくいるために江戸と甲府間の要衝《ようしょう》八王子に千人の同心をおいた。そして、

「いざというときには、徳川家死守のためにたちあがれ。何が何でも徳川家を守りぬけ。そ

れが千人同心の役目である」

と命じた。はじめのころは、千人同心の中にも、武田か徳川かとその忠誠心のおきどころに迷う人間もいたが、代が替って年月を経ているうちに、千人同心の忠誠心は徳川一途になった。処世術も思惑も必要ないから、江戸城に勤める大名や幕臣よりも、むしろ千人同心のほうがその忠誠心は純粋だったといえる。

この八王子千人同心の徳川家への忠誠心は、陰に陽に多摩一帯の農民たちに伝わっていた。それはこの地域に天領が多いことと、当初、武田の旧臣に混じって、この地域からも数百人の農民が千人隊に加わったからだ。

千人隊は徳川直参《じきさん》だったがその生きかたは異例だった。自分の食糧は自分で得た。つまり自ら鍬《くわ》をにぎって土を耕しつづけたのである。この半士半農の生きざまは、幕府の儒者荻生《おぎゅう》徂徠《そらい》に、

「これこそ真の武士道だ」

と眼をみはらせ、八代将軍吉宗《よしむね》は、多摩の下流川崎の庄屋田中丘隅《たなかきゅうぐ》の献上した幕府農政に関する意見書『民間省要《みんかんせいよう》』に、本当の治世のありかたをみて感嘆した。さらに千人同心の特質は、幕臣・大名が完全に武技から遠ざかってしまったのちも、決して武技を怠らなかったことだ。それはまさに永遠の一念といってよく、二百六十年の間、黙々と土を耕し、黙々と剣槍の技をみがいてきたのである。しかも剣術は天然理心流が多かった。

「近藤先生がおっしゃるのは、この千人隊の精神のことだ。即ち、土に生き、土を忘れず、

しかも徳川家への恩を決して忘れない千人隊の伝統のことだ。この伝統は私たちの胸にも生きている。それは人間の道として生きて生きている」

佐藤彦五郎の声は熱をおびてきた。もはや道場の中では咳ひとつする者もいなかった。燃える眼で彦五郎を凝視していた。

「この人間としての誠《まこと》の心は、近藤先生にも沖田さんにも、歳さんにも生きている、血として流れている。おまえたちの苦手な沖田さんなんか特にそうだ。沖田さんのお姉さんの旦那さんはそこにいる井上源三郎《いのうえげんざぶろう》の本家から出た。井上の本家は歴とした八王子千人隊だ。その前は由緒ある武田家の家臣だ……」

彦五郎は、一段と声を大きくした。

「どうだ？　皆、近藤先生のお気持をわかってあげてくれ！」

寂として声は返ってこなかった。みんなははじめからわかっている。が、ただ近藤が行ってしまうのがさびしいのだ。歳さんや沖田がいなくなってしまうのが悲しいのだ。そう思うと、沖田のあの乱暴な稽古でさえなつかしい。

話を終った彦五郎に、近藤は謝意をこめた深い眼で黙礼した。

「うまくいえないんだが……」

突然、土方歳三が発言した。皆は一斉に歳さんをみた。歳さんはいつものように柔らかい微笑を浮べていった。

「おれたちが行かなければ、本当に誰が公方《くぼう》さま（将軍）を守るんだ、っていう気がする。

それともうひとつ」

歳さんは舌でくちびるをなめた。

「おれは京へ行って日本をピーンとした世の中にしたい。いまの日本をピーンとできるのは、はばかりながら多摩の人間だけだと思う。そうじゃないかね？」

世間話のような歳三の語り口に道場内の空気が急にほころびた。そしてこのほころびがきっかけになって、こんどは一緒に連れて行ってほしいという志願者が続出した。それを近藤は制した。制していった。

「おまえたちは多摩の精神をここで貫け。土からはなれてはならぬ」

喚声と慟哭《どうこく》で場内は異常な興奮状態となった。その状態の中で、近藤勇一門はじっと坐りつづけていた。いま、それぞれの胸に、大きな雲が湧き立っていた。それは時代に立ち向かう巨《おお》きな志の雲であった。

こうして、試衛館一門は将軍警護を目的とする幕府浪士隊に応募、中山道へ旅立った。文《ぶん》久《きゅう》三年（一八六三）二月八日のことである。

沖田よ、これが京の灯だ

いまも日本の交通機関は、遠距離といわず近距離といわず、その進行方向によって〝上《のぼ》り〟だとか〝下《くだ》り〟だとかいっている。遠距離でいえば、北海道からでも九州からでも、東京に向かう列車はすべて〝上り〟であり、東京から地方へ行く列車は〝下り〟だ。東京都内でも、都心に向かう電車は〝上り電車〟であり、郊外へ行く電車は〝下り電車〟だ。

誰も上りだろうと下りだろうと、あまり気にはしないが、実はこのことばの使いかたには意味がある。勝手につくった価値に基《もと》をおいている。〝上り〟のほうが価値が高い。上ることと自体に価値があるのではなく、上った先にある土地や場所に価値があるのだ。

多摩の近藤勇たちが、幕府で募集した浪士隊に加わって、中山道（木曾街道）を京都に向かって歩いたころ、その行程を「上《のぼ》る」といっていた。京都は江戸より上位にあった。だから京都へ行くことを、どの土地からでも「上る」といった。反対に京都から各地方へ向かうことを「下《くだ》る」といった。江戸も例外ではない。だから、忠臣蔵の大石内蔵助《おおいしくらのすけ》がいよいよ主君の仇を討つために江戸へ向かったときのことを、

「大石東下《あずまくだ》り」

という。また、近藤たち浪士隊が京都での任務とされているのは〝将軍警護〟だが、その将軍が京都に行くことを、

「将軍上洛」

といっている。下洛とはいわない。洛というのは中国古代の都「洛陽」からきている。だから上洛は都に上るという意味だ。

実質的には、京都の天皇は、幕府からたかだか三万石の領地を認められる小大名くらいの存在でしかなかったが、やはり伝統の持つ権威は大きい。徳川幕府は実際には日本を代表する中央政府だったが、江戸に向かうことを、上るといえとは国民に強制しなかった。天皇から使いがくれば、肚の中ではどう思っていようと、

「勅使下向（あるいは東下）」

として、素直に頭をさげたのである。やはり京都には千年の都としての重みがあった。これだけは、どうしようもない。

浪士隊が京都に入ったのは、文久三年（一八六三）の二月二十三日である。江戸を発《た》ったのは二月八日だから、十五日かかった。が、当時の距離で京都まで百三十五里二十三丁（約五百四十キロ）あるから、一日の歩行速度は三十六キロになり、当時としては平均的な所要日数だ。

中山道というのは俗称で、正しくは東山道《とうさんどう》木曾路《きそじ》、日本橋を起点に板橋《いたばし》から草津《くさつ》まで六十九の宿があり、草津で東海道と合流し、大津《おおつ》を通って京に入る。京の諸街道の起点（よそからは終点）は鴨川《かもがわ》にかかる三条の大橋である。

近藤勇も土方歳三も沖田総司も、山南敬助も永倉新八も原田左之助も試衛館一門はすべて

京はじめてだ。典型的な〝お上《のぼ》りさん〟である。

江戸を発って以来、道中でいろいろな事件があったが、頭の隅では、みんな京にあこがれる気持を持っていた。旅のたのしみは、行先の光景をあれこれ想像することだ。もちろん、徳川家への誠忠、将軍の護衛という責任感はつよく抱いていたが、それはそれとして、京への関心がまったくなかったといったら嘘《うそ》だ。

「どんなところだろう」

「女はきれいだろうな」

「おれたちは、まじりっけなしの東男《あずまおとこ》だ。もてるぞ」

そんな話を交しあった。また、隊の実質的支配者をつとめる清河八郎という男が、

「目下、京に集結する同志は千人をこえる。そろって諸君を歓迎するはずである」

と、耳にタコができるほどいいつづけている。

知らない土地で歓迎されるのは心づよい。何といってもはじめての土地に行くのだ。一抹《いちまつ》の心細さがある。さわやかな声で告げる清河八郎のことばは、浪士隊を大いに勇気づけた。

話によれば、この浪士隊の発案者は清河であり、幕府の老中その他のお偉方にも相当顔がきくという。現に、浪士隊取締として幕府から派遣された鵜殿鳩翁《うどのきゅうおう》や山岡鉄太郎《やまおかてつたろう》などの旗本は、清河のことを、

「先生」

とよび、ひどく気を遣っている。宿場宿場でも最上等の宿の最上等の部屋に泊る。まるで

大名だ。清河先生付きという当番浪人がふたりつき、一切の身のまわりの世話をする。清河八郎は浪士隊の中で、実質的な隊長であり、その勢いは肩で風を切った。従ってふたりの当番は虎の威をかる狐であり、こいつらがまた威張った。そして、そのひとりに、近藤勇たちはみおぼえがあった。その浪人をみたとき、

「あの野郎だ」

とすぐ気がついた。車一心である。試衛館に道場破りにきて、けっこう強かった男だ。沖田がいなかったので泡くって九段の斎藤弥九郎道場（練兵館）に救援をたのんだ。やってきた長州藩の桂小五郎の姿をみると、車は態度を急変させて卑屈な笑いを浮べて逃げた。近藤勇が、

「あいつの剣法は賭け碁だ」

といった卑しい剣術使いである。その車一心が機敏にも浪士隊に参加して、しかも清河八郎の当番をつとめていた。どこにいても誰が権力者かを敏感に嗅《か》ぎ分ける鼻の持主だから、命ぜられたのではなく、自分から買って出たのだろう。行軍中も、隊列の前から後まで歩きまわっては、

「清河先生のご意向を伝える」

と、何度も居丈高《いたけだか》に連絡の役をつとめ、宿に泊っても、

「きけえ！　清河先生のお話を伝える！」

と得意気にどなって歩いた。

「いやな野郎だ」

「面《つら》をみただけでもムシズが走る」

沖田や永倉は、そのたびに文句をいったが、近藤や土方は、

「気にするまい、気にするまい」

と微笑んだ。特に土方は柔らかい笑顔で人の好い〝歳さん〟ぶりを発揮し、試衛館員をおさえた。が、癪《しやく》にさわるのは、この車が試衛館一門をみると、鼻の上にしわをよせて、肚の底から馬鹿《ばか》にした表情をすることであった。試衛館は多摩地域でこそ有名だったが、江戸市中では強力道場群に圧倒されて影もない。道場主の近藤勇以下、塾頭《じゆくとう》の沖田総司も含め、一門がそろって参加したのに、浪士隊での扱いは平隊士《ひらたいし》であった。やくざの祐天仙之助《ゆうてんせんのすけ》でさえ隊長になっている。そこへいくと、近藤は隊長になれないどころか、宿場に先行して、お偉方から隊士全員の宿の確保と、その割りあてにかけずりまわらされる始末であった。

「馬鹿にするにもほどがある」

と、門人は怒ったが、近藤は意に介《かい》しない。

「そう怒るな」

と、逆に門人をなぐさめる。車一心は、そういう近藤たちをみては、

「おたくたち平隊士なの？　私は清河先生付きだよ。近藤さん、つぎの宿場では清河先生の宿は特に気を遣ってな。昨夜の部屋は畳に醬油《しようゆ》のシミがあったぞ。ま、私がとりなしておいたから心配は無用だが」

と、殺したくなるようなことをいう。近藤たちはその都度、侮辱に耐えた。こういうゴミかハエのような人間は、いつ、どこにでもいる、気にするな、気にするまいと思うよりしかたがなかった。車一心もまた、試衛館で桂小五郎の姿を見ただけで逃げ出した屈辱のうらみを抱いていた。

その車一心は、清河先生のお話だと前おきして、いつもこう告げた。

「京では千人をこえる同志が諸君を迎えるはずである。同志とは、まず長州藩の桂小五郎君ひきいるところの尊攘派《そんじょうは》諸君、土佐藩の武市半平太《たけちはんぺいた》君ひきいるところの尊皇派《そんのうは》の面々、ならびに在洛中の諸藩有志、浪士諸君である。おそらく、三条大橋には、これらの諸君が列をなして、諸君を拍手で迎えるはずである！」

有名な志士を君づけで呼びながら、自分のことばに酔っている車に、おう！　と声をあげてよろこぶ浪士が多かった。しかし近藤一派だけは信じなかった。

「車のいうことなど信用できるか。第一、あの清河八郎って奴《やつ》自体がどこかうさんくせえ」

藤堂平助はよくそう毒づいた。そして藤堂のこの予言は当っていた。浪士隊が京に入ったとき、拍手をする同志などひとりもいなかった。代りに、とんでもないものが三条大橋の袂《たもと》で待っていた。

浪士隊を待っていたのは三個の首である。首といっても生首でなく木像の首だったが、この木像が問題だった。足利尊氏《あしかがたかうじ》・義詮《よしあきら》・義満《よしみつ》の三人の木像から首だけひきぬいてきてさらしたのだ。

京都に幕府をひらいた足利尊氏は、寺をよくつくり、室町文化のきっかけをつくった。かれの法名からとった等持院《とうじいん》をはじめ、天竜寺《てんりゅうじ》、西芳寺《さいほうじ》（苔《こけ》寺）、金閣寺、銀閣寺、竜安寺《りょうあんじ》などの、いまでも京都の有名な観光対象になっている名寺は、すべて室町時代に整備された。

足利氏は十五代つづいたが、それらの木像が等持院にまつられていた。誰かが等持院に押し入ったのだ。三個の木像の首は、罪人の梟首《きょうしゅ》と同じように高い台の上にさらされ、冷たい鴨川の川風をうけていた。台の脇に高札が立っていて、こう書かれてある。

「逆賊足利尊氏・同義詮・同義満、名分をただすべき今日にあたり、鎌倉以来の逆臣をいちいち吟味したが、この三賊はその巨魁である。よって醜像に天誅《てんちゅう》を加えて首をはねた。三日間、さらすが、もし首を持ち去る者がいれば、同罪に処するから、そのつもりでいろ」

京都に少しでも滞在した人間なら、きかなくてもこの犯人は、いま流行の尊攘派浪士のしわざだとわかる。が、このいたずらは手がこんでいた。あきらかに足利三代の木像のさらし首は、徳川将軍家に対する挑戦であり、まもなく京都に入ってくる十四代将軍家茂に対するいやがらせであった。いや、いやがらせどころではなく、

「家茂よ、きさまもこうしてやるぞ」

という尊攘派浪士群の示威運動であった。浪士隊は首と高札の前で立ちどまり、口々にわめきあった。隊をひきいる鵜殿鳩翁と山岡鉄太郎は顔色を変えた。山岡は若いだけに怒気で満面を朱色に染め、浪士たちに、

「すぐ首をかたづけろ」

と命じ、自分は高札をひきぬこうとした。途端、橋の向こうから十数人の浪士がとんできた。すでに京に滞在している尊攘派である。その数はたちまち五十人になり、百人になった。

「何だ、何だ」

と、はしゃいだ声をあげる。どうも待ちかまえていた気配がある。そのひとりが、からかうように山岡にきいた。

「おぬし、何をしている?」

山岡はその浪士をにらみつけ、さらにその浪士のまわりにいる浪士群をにらみつけて脚を大きくひらいた。山岡は真影《しんかげ》流《りゅう》および北辰一刀流の剣と、さらに槍までよく使う達人だから、場合によっては、こいつらを斬る、と心をきめていた。山岡は大声を出した。

「私は幕臣山岡鉄太郎だ。将軍家上洛の先発警護浪士隊をひきいて、いま京に到着した。この木像梟首はあきらかに将軍を誹謗《ひぼう》するものである。よって将軍警護の手はじめにこの高札をとりのぞき、木像をもとの寺に戻す!」

ほうとかへえとかいう声が返ってきた。馬鹿にしきっている。先頭に立った浪人は嘲笑し、

「どうぞ」

といった。

「?」

山岡は眉をよせた。浪人はつづける。

「どうぞおやりください。やれるものなら」

やれるものなら、というときに、はじめて笑いの色を顔からひき、鋭い眼をした。それが合図であったかのように背後の浪人群も一斉に刀に手をかけた。そして一斉に前に出てきた。情ないことに、こうなると、こっちの浪士隊は烏合《うごう》の衆である。集団闘争の訓練なんかまったくうけていない。たちまち逃げ腰になってうしろへ退いた。山岡だけが孤立した形で橋の上に残った。

「幕臣さんよ、やるかね」

嵩《かさ》にかかった口調で浪人がきく。このとき、山岡の脇に数人の浪士がとびでた。近藤勇以下試衛館一門である。山岡はちょっとおどろいた眼をして近藤たちをみた。近藤勇は微笑んだ。

「山岡先生、存分におやり下さい」

お、お、と向こう側の浪人群は声をあげた。近藤たちへのあきれ声だ。とんで火に入る夏の虫がまたふえたと思ったのだろう。車一心が近藤の脇に走り出てきて袖をひいた。

「近藤君、ばかな真似はよせ。こんなことで京の諸君と争っては、清河先生のせっかくの大秘策が元も子もなくなるぞ。出すぎるぞ、きみは！」

したり顔の忠告である。しかもおしつけがましい。近藤が顔色を変える前に、さすがに土方歳三も憤りをおぼえた。一門はもちろん険しい表情だ。

近藤は車一心をまっすぐみた。おし殺した声で車にいった。

「そういうことをいうのなら、逆にきみにききたい。きみと、きみのいう清河先生は今日まで何といってきたか。京都に着けば、長州・土佐の有力者をはじめ、在洛同志千余人が、われわれ浪士隊を、この三条大橋で大拍手をもって迎えるといったはずだぞ。車君、これがその拍手か？　熱烈な歓迎か？　もちろん私はきみのいうことなどはじめから信用してはいない。私は、いや私たち試衛館一門は、浪士隊の責務である将軍警護の本分をつくす。たとえここで斬り死にしても山岡先生を援護する。それが多摩の農民武士のど根性だ！　車君！」

近藤勇は、ひときわ声をはりあげた。

「われら多摩の農民武士からいわせれば、きみのような人間は、いたずらに虎の威をかるふたまた者だ！　口もききたくない、去れ！」

京の寒気を裂くような鋭い語調であった。今日までの怒りが一挙に噴き出た。車はまっさおになって顔をひきつらせ、じりじりとあとずさった。

山岡は満足そうにうなずき、近藤に感謝のまなざしを送ったが、しかし在洛の尊攘派浪人群とは、決定的な対決状況になった。近藤勇の言も山岡に輪をかけた挑戦である。

（入洛早々、三条大橋で決戦か）

双方がそう感じて緊張の極に達したとき、

「しばらく、しばらく」

と手をあげて叫びながら、京都町奉行所《まちぶぎょうしょ》の与力《よりき》が、にらみあいの真中にとびこんできた。

が、京都町奉行所の与力のいうことがまた山岡や近藤一門を怒らせた。手っ取り早くいえば、

「このまま、だまって宿所にひきあげてくれ」

というのだ。そのことばを、まるで手なれた商家の番頭のような態度でいう。揉み手をせんばかりだ。おまけに、

「せやけど」

とか、

「どうでっしゃろ」

とか関西特有のことばを使うから、女ならともかく男の、しかも侍が使うと何かしまらない。きいているうちにいらいらしてくる。山岡鉄太郎は文字どおりいらいらしていた。

「われわれに、宿所に急げ、というのはありがたい。しかし、この木像の首と高札はどうするのだ」

「こちらで善処します」

「善処？　いつかたづけるのだ」

「ええ、それはまあ……」

「おい！」

山岡は険しい眼になる。

「これはあきらかに上様に対する侮辱だぞ。おぬし、本当にかたづける気があるのか？　いや、かたづけられるのか？」

山岡はすでに京都町奉行所の無力ぶりをみぬいていた。そのことは誰でも気がつく。こんなことが堂々と京のど真中でおこなわれるということは、すでに京では幕府の権威などまっ

たく地に墜《お》ちている証拠だ。そして、それは町奉行所だけでなく、所司代も同じだろう。京はもはや浪人群の天下なのである。その浪人群の頂点にいるのが長州藩であり、しかも長州藩の指導者は桂小五郎であった。結局、

「おぬしは一体どっち側の人間なのだ？　それでも幕府の役人か？」

と、山岡にののしられながらも、与力は卑屈な笑いで執拗《しつよう》に拝み倒し、ここはとにかく、まず宿所へ、とねばりぬいて浪士隊を三条大橋から退けた。そのねばりたるや大したものだった。もちろん足利尊氏たちの首はそのままだった。勝ちほこった浪人群は一斉に声をあげた。

「幕府に身を売った犬！」

「食いつめ者の群め！」

「京都へ何しにきた？」

調子にのった悪罵がつぶてのように浪士隊にとんできた。これが浪士隊を迎える京都浪人群の歓迎ぶりであった。清河八郎の話は土台いい加減なのだ。近藤たちは知らなかったが、桂小五郎は、かなり前から、

「清河八郎など相手にせず」

と宣言していたし、土佐の武市たちも、

「清河は信用できない、つきあうな」

と同志に触れていた。はじめから浪士隊を迎える京の空気は冷たかった。熱烈な拍手など

誰も用意せず、用意したのは、食うために清河の策にのって幕府に飼われた、志のひくい浪士たちへの冷笑と侮蔑の念であった。

試衛館一門は、この空気をまっすぐにうけとめた。空想と期待で自分たちの落胆と絶望をごまかすようなことはしなかった。近藤勇たちは、江戸を発って以来、ずっときかされた話とは百八十度もちがう京の現実を知った。そして、人間らしく落胆し絶望した。

しかし、持ち前の多摩魂はそのままひっこまなかった。絶望と落胆の中から、

「ようし、このままにはすまさんぞ」

という気持が頭をもたげた。闘魂であった。

浪士隊は宿所へ案内された。この宿所がまた問題であった。

京都の四条通りにそって四条大宮というところから京福電鉄《けいふくでんてつ》の嵐山線《あらしやません》が出ている。京福電鉄というのは、京都と福井を結ぼうという鉄道計画があったそうなのだが、戦争で消え、線名だけのこったという。しかし、この鉄道の経営者は、福井でも電車業をいとなんでいるそうだから、京福という名は、それなりの意味をもっている。

この京福電鉄にそって四条通りを少し西に歩くと、左の角に梛神社《なぎじんじゃ》という小さな神社がある。昔、西国から京の八坂神社《やさかじんじゃ》へ牛頭神《ごずしん》がはこばれる途中、ここでちょっと休憩した。この社のところを左にまがり、坊城通《ぼうじょうどお》りとよばれる一方通行（北進しかできない。ということは社のほうから車は南下できない）の小路をすすみ、さっきの京福電鉄の線路を渡ると左側の角に、昔のおもかげそのままの前川屯所《まえかわとんしょ》がある。いまは製袋業の人が入っているが、いつまでも屯

所のおもかげを大切にしてくれている。向かい側に菓子司があり、そのとなりが八木屯所《やぎとんしょ》だ。ここもいつまでも保存努力がつづいている。

前川邸、八木邸の少し先の左側に新徳寺《しんとくじ》も健在であり、その向かい側の壬生寺《みぶでら》には、いまだに新撰組ファンの連絡コーナーがある。俳優上田吉二郎さんの寄進した近藤勇の胸像にも、いつも花が供えられている。

一帯が静かな町だが、八木家は古くからの名族であり、有名な壬生狂言の宗主でもあるが、この日、つまり浪士隊が入ってきた文久三年二月二十三日ごろは、邸の裏は西と北、南にかけて広大な田畑地であった。遊廓島原《ゆうかくしまばら》も同じである。このころの地図では、この地帯は京都の西部の最尖端を示し、寺と田畑と林ばかりで、夜はまっくらだ。

浪士隊は、壬生寺をのぞく各寺、豪家にそれぞれ分宿させられたが、豪家の好意に感謝の気持をもちつつも、こういうさびしい田畑地帯に泊らせる幕府京都駐在者の魂胆をみぬいて、不満の声をあげた。

「これでも京都か」

「田舎じゃねえかよ」

そういう声がとびかい、結局は、

「おれたちは全然歓迎されてないぞ。いや、むしろ厄介者なんだ。だから、にぎやかな町中《まちなか》には泊らせないんだ」

と、さとった。そしてひがんだ。その中で、近藤一門だけは宿の主人の郷士八木源之丞《やぎげんのじょう》に、

「おせわになります」

と、ていねいに頭を下げた。農家の生れの近藤は、農村の実態をよく知っていたし、宿をする家のめいわくがどんなに大変なものであることか、を知りつくしていた。だから、ほかの浪士のように、

「こんな田舎が京都かよ」

などという悪態はつかなかった。八木源之丞も、近藤の礼儀正しさには好感をもった。

「平隊士なのに、あの人はちがう。大名のような重みがある」

と家人に語った。

清河八郎が突如、反撃に出た。ほら吹きとか策士とかいわれて評判は必ずしもよくないが、かれの尊皇攘夷の精神は本物である。生活に窮して浪士隊を編んだわけではない。清河八郎というのは変名で、本名は斎藤元司《さいとうもとじ》という。出羽国庄内《でわのくにしょうない》の清川《きよかわ》村の出身で、生家は金持の郷士だ。父は趣味ゆたかな文化人で、母は三井家の出だというから、生れたときから金に困ったことはない。

清河八郎の自由な言行は、この生れ育ちと無縁ではない。同時に、かれが東北の一介の郷士でありながら、全国の志士群に重きをなしたのは、かれの見識と発想と情熱にもよるけれど、それを助ける形で、惜しげもなくまき散らした多額な金にもよるだろう。金はすべて生家からもらった。

近藤勇たちが京に入ってすぐ感じとった在洛志士の冷たい歓迎を、清河もまた敏感に感じた。いや、一匹狼で生きてきただけに、他人が好意をもっているか、悪意をもっているかは、清河のほうが嗅覚は鋭い。三条大橋上のやりとりで、清河は在洛浪人群が長州藩の桂小五郎を核に、大きく結束しているのを知った。

（よく飼いならしやがった……）

と思う。そして、浪士群は大きな川となって、ひとつの方向に流れていた。とても新しく流れこむ隙はない。かれらは清河たち浪士隊の合流をはっきりと拒んでいる。清河は浪士隊にいる草野剛三《くさのごうぞう》や河野音次郎《こうのおとじろう》、宇都宮左衛門《うつのみやさえもん》らと、宿所の新徳寺で密談した。そして奇策を思い立った。奇策というのは、

「われわれ浪士隊を、そっくり攘夷実行のための天皇直属の親兵にしていただきたい。幕府からはビタ一文、俸禄をうけるつもりはないから、ぜひこの願いをかなえていただきたい」

という願書を直接、京都朝廷に出すことである。これを到着日の翌日に実行した。たちまち混乱する浪士隊を大喝でおさえつけた。清河は清河なりに、長州系在洛浪人群からうけた屈辱に報復したのだ。幕府に飼われた志のひくい犬の群とののしられたことにがまんできなかった。

（ようし、それなら、こっちもやってやる）

と、いきなり天皇に直結する策を考えだした。だから幕府から生活費なんかもらわないとまで書いた。

これを知って山岡鉄太郎は怒った。山岡は幕臣だが清河を尊敬している。山岡もまた熱烈な攘夷《じょうい》論者だったからだ。しかも山岡は幕府全体を攘夷色に染め変えようという大それた考えをもっていた。老中の板倉勝静《いたくらかつきよ》（周防守、備中松山藩主）をはじめ、江戸のお偉方が浪士隊を編成したのは、江戸市中にうようよしている過激派浪士を、名目をつけて京都に追っぱらってしまえ、という意図からだ。さらに京都で浪士群同士を衝突させ、互いに自滅してしまえばせいせいするという肚だ。動機はきたない。

が、山岡鉄太郎は純粋だった。名目どおり浪士隊は将軍を守りぬき、将軍もまた天皇にきちんと攘夷実行の誠意を示し、江戸に戻って徳川幕府の名で日本全国に、

「攘夷実行」

の宣言をしてほしい、というのが山岡の考えだった。それを清河は浪士隊を天皇の直属軍にしてしまうという。正直に、

（やられた！）

と思った。将軍が老中の板倉勝静や多少の大名や旗本をつれて京に入ってくるまでに、まだ十日ほどかかる。在洛中の幕府勢は腰ぬけで、足利三代の木像の首をさらす浪人たちすら取りしまれない。清河八郎はその虚を衝いた。しかし、いま怒っても手が出せない。山岡も鵜殿も孤立している。浪士隊の大半は清河にいいくるめられてしまっている。よくわからない奴までが、

「攘夷だ！」

「天兵になろう！」

などと、熱に浮かれた怒号をあげている。

その中で、ほんの数人だが山岡鉄太郎と同じ怒りを抱いた人間がいた。近藤勇を中心とする試衛館という小さな道場の一門だ。三条大橋の上で、山岡にぴたっとついて決死のかくごをみせた男たちである。山岡はこの近藤たちにかなり前から、骨太な男らしい誠心を発見している。たのもしい。

（浪士隊が全部、いや幕府が全部、この近藤さんたちのようだったら、幕府もこうガタガタにはならなかったろうに……）

折にふれて山岡のもつ偽らない感懐だった。

思いを同じくする山岡と近藤一門は自然に身を寄せた。近藤勇はひそかに一門に告げていた。

「清河の出した願書が、たとえ天皇に認められても、おれはなかまには入らない。あくまでも将軍を守りぬく。そうしなければ男の本分が立たない。まもなく東海道を将軍といっしょにやってくる八王子千人隊にもわらわれる」

誰も異存はなかった。一門はすべて、

「同じ考えです。近藤先生にどこまでもついて行きます」

と眼を輝かせた。たとえ清河の主張を正しいと認めても、皆、策はきらいだった。こんなときにも土方歳三は微笑みつづけ、そうだ、そのとおりだとうなずいた。

「土方さんはえらいな。皆、腹を立てているのに、よく笑っていられますね」

多少の皮肉をこめて沖田総司がそういうと、土方歳三はそういわれても笑顔を失わずに、こう答えた。

「おれには妙な癖があってね、腹が立てば立つほど笑っちまうんだよ」

そういって、さらに笑みを深めた。石田村の〝歳さん〟の奥深いところにひそむ一面をみせられて、沖田もほかの連中も、一瞬、土方に不気味なものを感じた。

土方はそんな皆の視線に照れたのか、立ち上がって縁に立つと、暗いこの地域の闇のかなたにひろがる京都の中心街の淡い灯の群をみた。そしてつぶやくようにいった。

「総司さんよ、あれが京の灯だ。日本の臍《へそ》の灯だ。だが、いまその臍はまがっているなあ。日本をピシッとさせるには、まず、臍からピシッとしなければいけねえなあ……腕が鳴るぜ」

いい終るとふりかえってこんどはニヤッと笑った。眼が光っていた。土方歳三はすでにある決意をしていた。その決意は近藤たちが心に燃やしはじめたものと同じものだった。

翌日、浪士隊は、京都守護職会津藩が木像の首をさらした浪人の一斉捕縛《ほばく》にふみきったという話をきいた。あいづ藩という名が近藤たちの耳にのこった。同時に京都朝廷は、清河八郎の願書を受理した。

「われわれは天兵だ、もう幕府に飼われる犬ではない！」

浪士隊全員に緊急集合を命じた清河はそう叫んだ。その叫びは目前の浪士たちだけでなく、京都中の浪士にむけられていた。特に清河をさげすんだ桂小五郎たち雄藩の志士に。

異常な雰囲気の中で、近藤勇は、

(いよいよ、おれたちの正念場だ)

と、かたくくちびるをかんでいた。そして試衛館一門は一糸乱れず、近藤のもとに、いよいよ男の結束をかためていた。

清河去って再びかえらず

清河八郎《きよかわはちろう》は小さな手帖を持っている。〝残恨帖〟と名づけていた。中には人の名が何人も並べて書いてある。清河が遺恨を抱いている人間の名だ。深夜、ひとりになると清河は、暗い行灯《あんどん》の下でこの手帖をひらく。そしてそこに書かれた名を凝視する。ひとりひとりの名の上に、ひとりひとりの人間の実像が重なって浮いてくる。

そのひとりひとりの像に、清河は、

「いつかは恨みを晴らすからな」

とつぶやく。毎夜欠かしたことはない。

幕府や藩という組織に属したことはなく、従ってその庇護《ひご》をうけたこともない清河は、まったくの一匹狼で、自己の頭脳と弁舌だけで生きてきた。生活安定からくる組織人の倨傲《きよごう》さと、生活不安定からくる浪人群のいやらしさは、共につねに清河が渡る人生の川に満ちていた。その川で清河八郎がいつも直面したのは〝人間の本性〟である。そして、その本性が自分に好意をもつか悪意をもつかが、清河が自分の行動をきめる重要な物指しであった。

だから、いわゆる洞察力は鋭く研ぎすまされた。ひとめみれば、すぐその人間の本性をみぬくまでに清河の人間観察力は鍛《きた》えぬかれた。その清河が、

「これだけはぜったいゆるさない」

と心に誓ったことがある。それは清河に対する人格侮辱だ。相手が何人《なんぴと》であれ、清河に対して屈辱の思いをさせた人間には必ず報復する、というのがその誓いであった。そして、その報復する相手の名を並べて書いてあるのが〝残恨帖〟なのだ。名はかなり多い。はじめのほうには、江戸町奉行所内お蓮《れん》の吟味《ぎんみ》役人などというのがある。

お蓮は、清河が江戸を放浪中のころの妾《めかけ》だった。江戸の女だからそれほど学問があるというのではなかったが、清河のやろうとしていることを勘で理解した。まさに心身ともに清河に捧げつくして悔いない火の玉のような女であった。時にはそのいきおいにやや押されぎみになることもあったが、清河はこの女を愛した。微塵《みじん》も疑念をもつことなく、お蓮を信じれたからである。外でササクレ立った神経をもち帰っても、お蓮のそばにいるとなぐさめられた。口をきかなくても、お蓮がいるだけで、清河八郎のその日の苦悩は溶けて消えた。

そのお蓮を、江戸町奉行所の吟味役人が拷問で責め殺した。理由は殺人で指名手配になっている清河の逃亡先を白状しなかったからだ。

ある日、清河は町で町人を殺した。町人が清河に侮蔑的なことばを吐いたからだ。こと自身に対する侮蔑には清河は自制心がない。それに、清河は千葉周作にまなんだ剣の達人である。カッとして衝動的に抜いた刀はたちまち町人の首を宙にとばした。

幕府の江戸の治安に対する姿勢は、武士の一方的な斬り捨てごめんを横行させるほど甘くはない。清河は追われた。関西から九州に走った。お蓮はその行先を決して吐かなかった。拷問をうけてついに舌をかんで自殺した。それを知った清河の恨みは深い。

「いつか必ず報復してやる」

心に誓った復讐の念は、一小役人の抹殺よりも、そういう権力をふるう徳川幕府そのものへの憎悪になった。

「幕府を倒して、そういう小役人どもを路頭にまよわせてやる。そして、もし遭遇することがあれば殺してお蓮の恨みをはらす……」

そこまで考える。一匹狼の屈折した執拗《しつよう》さだ。

九州へ逃げたとき、薩摩の志士群と共鳴し、京都で攘夷親兵蜂起《じょういしんぺいほうき》の策を立てた。同志は伏見寺田屋《てらだや》に集結したが、計画のよき理解者だと信じた薩摩藩主の父島津久光《しまづひさみつ》は、逆に、

「虫けらのような浪士に煽動《せんどう》されての蜂起などもってのほか！ 不忠の臣である。斬れ！」

という命を下し、薩摩藩士が薩摩藩士を殺すという大悲劇が生れた。だから〝残恨帖〟には、島津久光の名もある。清河を、虫けらのような浪士と侮辱したからだ。

さらに、この事件で清河は純粋な志士群の信望を一挙に失った。寺田屋を脱し、生きながらえたからだ。

「清河は口舌の徒だ。無責任な煽動者である」

という噂《うわさ》がたちまちひろまった。だから〝残恨帖〟にはそういう噂を立てた志士たちの名もズラリとならんでいる。これも報復の対象である。特に長州の桂小五郎、久坂玄瑞《くさかげんずい》、薩摩の大久保《おおくぼ》一蔵《いちぞう》（利通《としみち》）、土佐の武市半平太《たけちはんぺいた》などの著名人もいる。この連中にも清河は深い恨みを抱いている。清河に悪意をもち、軽蔑し、

「あんないい加減な奴《やつ》とはつきあうな」

ということばを盛んに吐きちらしているからだ。この連中のことばの影響力は大きい。京都に入って以来、在洛の浪人群がそろって清河の浪士隊を馬鹿《ばか》にしきっているのは、背後に桂や久坂や武市たちがいるからだ。だからこの連中も、

「いつか報復してやる」

と、夜な夜な鬼のように不気味な姿になる清河に陰湿な怨念を燃やされていた。

文久三年（一八六三）三月三日の夜、清河の〝残恨帖〟に、さらにふたりの名が書き加えられた。清河はこう書いた。

「水戸浪士芹沢鴨《せりざわかも》、武州《ぶしゅう》多摩の農民近藤勇」

近藤勇の名の上に農民と書いて少し溜飲《りゅういん》をさげた。浪士隊はまだ壬生村《みぶむら》にいる。界隈の寺や郷士の家の厄介になっていた。しかし清河八郎がいまこのふたりの名を書き加えたのには切迫した事情がある。

（明日にでもこいつらを始末しなければ、おれの立場はえらいことになる）

という認識であった。このふたりは、清河八郎への個人的侮辱者でなく、清河の立てた大計画への侮辱者であった。その報をもたらしたのは、車一心《くるまいっしん》である。新しく書き加えたふたりの名をにらみながら、清河八郎は心の中でこうつぶやいていた。

（くやしいが……おれは大きなみこみちがいをした）

「ガンデンデン　ガンデンデン、こうですか？」

沖田総司と土方歳三のふたりが宿主の八木《やぎ》源之丞《げんのじょう》に鉦《かね》と太鼓《たいこ》の叩きかたを習っている。里では壬生狂言がすんだばかりだ。毎年三月十四日から二十四日まで（現在は四月二十一日から二十九日まで）、壬生寺でおこなわれる三十番の狂言は、京の名物だ。その狂言は、ほとんど里の人が演じ、八木源之丞が宗主をつとめている。

　長き日を　云はで暮れ行く　壬生念仏

という蕪村《ぶそん》の句がこの狂言の特色をよく表している。云はで暮れ行く、というのは、狂言の一切が無言劇《パントマイム》で演じられることをさし、長き日をというのは、狂言のいかにものんびりした懶《ものう》さを示していた。

　そののんびりした狂言が閉じられて、沖田と土方は宿主に改めて鉦と太鼓の叩きかたを教わっているのだ。

「ご主人に悪いぞ、いい加減にしろ」

と近藤勇が叱ったが、沖田も土方も笑うだけだ。八木源之丞も、

「いや、私のほうは一向にかまいませんよ。おふたりによくおぼえていただいて、来年はぜひ狂言に出ていただきましょう」

と微笑んだ。沖田は八木のことばにいきおいを得て、

「近藤先生も笛を吹いたらどうですか？　似合いますよ」

と本気ですすめた。近藤はこれをきくといきなり立ちあがってきて、

「総司、おれをからかうんじゃねえ！」

と沖田の頭を張りとばした。痛い！　と頭をかかえる沖田は、

「冗談をいっているのになあ」

とうらめしそうに近藤をみた。近藤は、

「冗談をいっている場合ではない」

ときびしい顔をした。

そのとおりだった。八木源之丞はそのへんの事情を知っていてそういったのか、知らずにそういったのかわからなかったが、近藤勇たち試衛館一門はいま窮地に立っていた。来年はおろか、果してあと幾日この京にいられるのかわからなかった。昨日、清河八郎の画策で、浪士隊は勅命をうけ、近く再び江戸に帰ることに決っていたからだ。ところが、今日、一日ちがいで将軍家茂《いえもち》が京に着いた。「将軍の警護をどうするのだ」といぶかる近藤たちを尻目に、清河八郎は、江戸へ戻ることを勅 諚《ちょくじょう》を片手に掲げながら、ほとんど恫喝《どうかつ》するような態度で全浪士に告げた。異を唱えればその場で斬り捨てるようないきおいだった。

「あの野郎……」

と、試衛館員は怒りに身をふるわせたが、近藤の、やめろという無言の身のかまえで、皆こらえた。

江戸に戻るときまると、浪士隊の〝旅の恥はかきすて〟がはじまった。壬生寺には参詣人が多い。寺の周囲には酒亭もある、茶屋もある、遊廓《ゆうかく》もある。ちょっと南に島原があるが、

ここは格式があって金のない浪人にはとても出入りができない。出入りしているのは薩・長・土など各藩の京都駐在員だ。藩の交際費がふんだんに使える奴らだ。

　壬生に屯集している浪士隊は、こういう連中を指をくわえてみていた。時は春だ。心はむずむし、からだはうずく。ついに堕《お》ちはじめた。無銭飲食がはじまったし、タカリもふえた。通行人にまでからむようになった。特に若い娘や女房は、欲情した浪士に腰に抱きつかれ、尻をつかまれ、しまいには、

「こら、やらせろ」

と、裾をまくられた。苦情は殺到する。町奉行所から役人が文句をいってくると、浪士たちは、

「攘夷浪士も満足に取りしまれないで、何をホザくかッ！」

と逆にどなりつけた。役人は、

「ほなら、よろしうおたの申します」

と卑屈な笑いを浮べて退散するよりしかたがなかった。清河八郎はもちろん出発前の息ぬきだといって黙認した。山岡鉄太郎だけが苦虫をかみつぶしたような顔をしていた。江戸への出発はまだ決っていないが、それほど遠い日ではあるまい。近藤たちが窮地に陥ったのは、近藤一門は、おれたちは江戸には戻らないと心をきめていたからである。

「京に残って将軍を守りぬく」

と一党は金打《きんちょう》を交していた。

が、そのことをいつ態度にあらわすか。いまそんなことをいえば清河はじめ浪士隊の大半を敵にまわすことになる。清河の煽動で、この烏合《うごう》の衆は一門に詰腹を切らせかねない。そんなことになったら犬死だ。近藤の苦悩は日を逐《お》うて深くなった。それを、沖田の奴はのんきに笛でも吹けという。だからついカッとしたのだ。

三月六日、井上源三郎《いのうえげんざぶろう》の兄の松五郎《まつごろう》が八木邸を訪ねてきた。源三郎も松五郎も天然理心流の使い手で、源三郎は浪士隊に加わっていたが、松五郎は八王子千人隊員である。

「大樹（将軍）のお供をして三日に着きました。すぐこようと思いましたが、将軍宿所の二条城の警衛の受持がなかなかきまらず、今日になってしまいました」

弟の源三郎も温厚だがそれ以上に温厚な松五郎は、そう近藤に話した。話しながら弟に、どうだ、元気か、というようないたわりの眼を投げた。そして、

「京の空気は思いのほか悪いようですな」

と沈痛な表情をし、

「将軍警護も容易ではないと思います」

とつけ加えた。近藤はうなずいて、

「そのことについて、折入ってお話があります」

とじっと井上松五郎の眼をみた。みかえす松五郎は、近藤が、ここでは話せない、という表情をしているのをさとった。松五郎は誘った。

「どうです、ちょっとその辺で一杯やりませんか？」

「それが……」

急にもじもじする近藤たちに、

「旅費が余っています。延着のおわびに私がおごります。皆さんも一緒にきて下さい」

と松五郎はいった。近藤はほっとし、一緒にこいといわれた皆さんはにこにこした。どうせのことなら、京の繁華街をみようと、四条通りに出て西高瀬川に沿って東へ東へ歩いた。江戸の町とちがって、京の道はすべてタテヨコが碁盤《ごばん》の目のように整備されている。わからなくなると町の人にきいた。物見（観光）客の多い土地なので、町の人も、

「そこをお上りやして、お下りやして」

と親切に教えてくれる。もっともお上りやして、お下りやしてといわれても、多摩の人間にはどうすればいいのかわからない。やっと鴨川のほとりに出た。高い店には入れないので安そうな酒亭をさがして入った。

「おいでやす」

という声にむかえられて、一同、ひさしぶりに酒をのんだ。そしてこもごも京の険悪な状況を井上に語った。井上は実直にきいていた。何度もうなずいた。

店の中には数組の浪人がたむろしており、さっきから嫌な目つきでこっちをみている。好意の目ではない。清河八郎ならたちどころに〝残恨帖〟に名を書く侮蔑の目だ。

「どうもおもしろくねえな」

若い藤堂平助《とうどうへいすけ》が目を光らせながら浪人たちをにらみかえす。永倉新八や原田左之助も血の気が多いから、

「ごあいさつ代りに一丁やるか」

とすでに戦闘的だ。

「まあ、やめときましょうや」

歳さんが笑いながら首をふった。

「馬鹿を相手にするとこっちも馬鹿になる」

「それはそうだが」

そんなことをいっていると、井上が立ち上がった。

「二条城に戻ります。今夜は寝ずの番なので」

「ごちそうになりました、いずれお返しをいたします」

恐縮して礼をいう近藤も皆をうながして井上のあとに続いた。背後から、

「幕府に飼われた犬浪人！」

という罵声がとんできた。思わずふりむくと、浪人たちはとぼけて自分たちの話に熱中しているふりをしている。いったか？　ときけば、いわないよ、と応じてくる汚い手合だ、とこらえて歩きだすと、

「近藤さん」

と、いきなり呼ばれた。汗をかいた浪士が血相を変えている。車一心だ。

「ずいぶん捜したよ！　イヤになっちゃうな、のんきに酒なんか飲んでいて」

チラと羨望の念をまじえた表情になりながら、車は皮肉った。

「清河先生づきのきみが、私たちに何の用かね」

近藤が応ずると、車は、

「芹沢先生がその先でかこまれている。君たちは助けるべきだ」

といった。助けるべきだといういいかたが押しつけがましい。しかしムッとする気持をおさえて近藤はきいた。

「かこんだのは在洛の奴らか」

「いや、清河君の配下だ」

「？」

何だかわからなくなった。いや、芹沢という男を清河八郎の腹心群がかこんだという話もわからないが、車の話しぶりもおかしい。昨日まで先生、先生と腰巾着のようにつきまとっていた清河八郎を、いまは君づけで呼んでいる。そして芹沢には先生という敬称をつけている。

（ははあ）

近藤たちは納得した。

（この野郎、はやくも清河に見切りをつけ、芹沢に寝がえったな）

と思ったのだ。芹沢というのは鴨《かも》という妙な名をつけた水戸の浪士で、始終酔っぱらっていた。京へくる間もおよそ素面《しらふ》でいたことはない。気にいらないことがあると手に持った重い鉄扇ですぐ人をなぐる。本庄宿《ほんじようじゆく》では近藤もこの芹沢にひどいめにあった。清河ならたちまち〝残恨帖〟に名を書きいれるような屈辱のめにあった。が、いまはそのことは措《お》こう。

「芹沢さんがなぜ清河さんに狙《ねら》われるのだ」

「君たちと同じだよ、江戸へ戻る気がないからさ」

車はさぐるような目をした。なに、と応じて近藤はおどろいた。近藤たちが胸の中で誓ったひみつをこの男ははやくもみぬいている。

（全くゆだんも隙《すき》もならない奴だ）

しかし、それだけ機敏だからつぎつぎと寄りかかる実力者をとりかえて生きていけるのだろう。車はいった。

「馬鹿だね、清河君は君たちも殺す気だぞ」

近藤たちは顔をみあわせた。これはありうることだ。歳さんが笑顔を捨てずにいった。

「とにかく助けよう。鴨さんに恩を売ろう。そしていずれネギを背負って返してもらいましょう」

誰も笑わなかった。皆、走りだした。車がいった。

「とにかく、芹沢先生はベロベロに酔っぱらっているから、こういう時、弱っちゃうんだよな……」

ひとりごとのような悲鳴だった。

「おう、近《こん》ちゃんか！」

白刃の林の中から芹沢鴨がうれしそうに手をあげた。すでに数か所斬られている。血だらけだ。芹沢の脇にはかれの配下の平山五郎《ひらやまごろう》と平間重助《ひらまじゅうすけ》がついていたが、芹沢を守るよりも自分を守るのに精いっぱいだ。対して囲んだ浪士は十五、六人いる。近藤たちは一斉に抜刀してとびこんだ。おどろいた浪士群は、しかし近藤一門だと知ると、

「捜す手間がはぶけた、ちょうどいい」

と会心の笑みをもらした。が、笑っていられたのは束《つか》の間で、つぎつぎと倒された。

「殺すなよ、一匹か二匹生かしておけよ」

歳さんがそう指示する。斬りむすびながら近藤は眉をよせた。

「何をする気だ」

「清河と談判ですよ、証拠に連れて行くんです」

歳さんは笑って答えた。芹沢鴨は、

「近ちゃん、強いねえ。ま、あとはたのむわ」

と自分は安全な大木の下に退いてしまい、ズルズルと寝ころんでしまった。天然理心流は実戦剣法だ。その強みを実際に斬りあってみて近藤自身が発見した。

（これはいけるぞ）

とうれしくなった。浪士群はとてもかなわないとさとり四散した。ふたりつかまった。それをひきずって、近藤たちはすぐ壬生村にとってかえした。清河八郎の宿所である新徳寺に

のりこむ。そうなると、

「談判はおれにまかせてくれ」

と芹沢鴨が前に出てきた。

大声で自分をよぶ声に、清河八郎は自室から不機嫌そのものの顔で出てきた。それまでいつものように〝残恨帖〟をにらみつけていたのだ。そして今夜、腹心たちが芹沢鴨と近藤勇の一味を全員殺してしまうことを希《ねが》っていた。

だから大広間に出てくると顔色を変えた。近藤はその清河の前につかまえてきた浪士を突きとばした。さわぎをきいて草野剛三、西恭助《にしきょうすけ》、河野音次郎、森戸鉞四郎《もりとじゅうしろう》、和田理一郎《わだりいちろう》、宇都宮左衛門らの清河派がけわしい目をしてとびだしてくる。

「何のさわぎだ」

草野がにらむ。

「こっちがききたい！　今宵《こよい》のわれらへの襲撃は何か？　清河君、あんたは同志を殺すのかッ」

声の大きいことにかけては芹沢は誰にも負けない。寺のすみずみまでひびく。浪士が皆出てきた。

「何のことか……わからんなあ」

清河八郎は平静さをよそおいながら苦しい応じかたをする。肚の中は煮えくりかえっている。このばかやろう、と失敗した浪士たちへの憤りでいっぱいだ。

「白ばくれるのか！　卑劣漢め、侍ならば腹を切れ！」

芹沢は怒号しつづけた。芹沢はさすがに頭がよかった。どなりつづけることによって、自分と近藤たちが後日京に残ることを宣言したときに、決して文句をいわせないための主導権をにぎってしまおうというのだ。だから嵩《かさ》にかかって声が涸《か》れるまでどなった。

清河八郎は屈辱感で顔を鉛色にした。これほど他人にどなられたことはない。こいつめ、殺したい！　と胸の中でわめきつづけるがどうにも歩《ぶ》がわるい。そのうちに酔いが手伝って芹沢は悪乗りした。近藤をふりむいて、いきなり、

「近藤さん、こいつを斬れ！」

といった。近藤はおどろいた。芹沢はわめく。

「斬ってしまえ！　自分で腹も切れん奴は斬れ、斬れ！」

そうするか、と近藤は思った。井上松五郎と話して、八王子千人隊魂が再び燃えだしていた。清河を斬ってその首を二条城に届けるのも、徳川家への誠忠心の表明だ、よし、本気で斬るか、とその気になった。どうやら土方歳三以下の試衛館員も同じ気持のようだ。近藤は一歩前に出て刀の柄《つか》に手をかけた。

「清河さん、武士道に悖《もと》る人間として、あんたを斬る」

不気味にしずまった大広間で近藤は告げた。清河は嘲笑した。

「農民のきみが、武士道などということばを使うのは笑止だ」

「あんたも出羽庄内の郷士、農民であることに私とちがいはない。が、農民をそういうふう

にさげすむな。江戸ではな、多摩の農民が誰よりも武士の道を心得ている」

農民といわれて近藤の怒りは頂点に達していた。ほかの連中も同じだった。本ものの殺気がみなぎった。

「きさまらあッ」

草野たちがこの反乱に腹を立てて抜刀した。

「近藤さん、斬りあいはまかせるぞ」

芹沢がそういって退いたとき、

「近藤さん、待ってくれ」

太い声がして山岡鉄太郎《やまおかてつたろう》が出てきた。そして、

「済まぬ、ここは私に預けてくれ」

と拝むように近藤にいった。

「われわれは京に残りたいのです。あくまでも大樹を守りたいのです」

「わかっている、私も近藤さんにぜひそうしてもらいたい」

「しかし、このことを口にすれば再び清河一派と決闘に入ることは眼にみえています」

「そのとおりだ。しかしいまは何としても流血をさけたい。そのための策がある」

「策とは？」

「大樹のお供をしてこられたご老中の板倉《いたくら》（勝静《かつきよ》）さまと相談した。幕命という形で、改め

て浪士隊から京都残留者を募ることにする。そうすれば、あなたたちは反乱人ではなくなる」

「それは助かります。私どもも、清河さんと決闘しに京へきたわけではありませんので……、あくまでも大樹の守護が目的です」

「よくわかります。近藤先生にそこまで誠忠をつくされながら、われら幕臣のていたらく、まことにおはずかしい。近藤先生」

山岡鉄太郎は顔をあげた。

「板倉ご老中は、京にいる不逞《ふてい》浪士どももすべて一緒に江戸に連れて行けといわれた。そんなことはできぬ。ご老中は京の実態をご存知ない。私が残れればあなたと力を合せることができるのだが、役目上、私も清河さんと江戸へ戻らねばならない。あとをたのみます。おそらく、大変なごくろうになると思います。が、たのみます」

眼から熱誠の涙が溢《あふ》れんばかりの山岡のことばであった。新徳寺《しんとくじ》の大広間から引きあげて、八木邸の一室での山岡との会談だった。近藤はじめ試衛館一門は心をうたれた。

(幕府にもまだ本ものの武士がいる)

と思った。しかし数は少ない。山岡は微笑みをみせていった。

「近藤先生、いろいろあるでしょうが、清河さんをあまり責めんで下さい。策は弄するが、あの人の尊皇攘夷《そんのうじょうい》の気持は本ものです。私はあの人を尊敬しているのです」

「………」

近藤はあいまいな笑いをうすくみせただけで、答えなかった。

三月七日、山岡鉄太郎の義兄泥舟《でいしゅう》高橋謙三郎《たかはしけんざぶろう》が、新しく浪士隊総隊長を命ぜられた。翌八日、幕府は、浪士隊員のうち篤志ある者は京都残留をゆるすという命を伝えてきた。近藤一門即ち近藤勇、沖田総司、土方歳三、山南敬助、永倉新八、原田左之助、藤堂平助、井上源三郎の八人は即座に願書を出して認められた。

芹沢一派も願書を出した。一派は芹沢のほかに新見錦《にいみにしき》、野口健司《のぐちけんじ》、平山五郎、平間重助の四人である。そして、いまははっきり清河八郎を見限ったヒラメ的浪人、車一心も残留を願い出ていた。

三月十日、老中板倉勝静は、残留浪士差配《さはい》を京都守護職である会津藩主松平容保《まつだいらかたもり》に命じた。近藤、芹沢両派は守護職の預かりとなった。隊名は浪士隊のままである。しかし会津藩の預かりになったことは、近藤たちをよろこばせた。

「会津というのは、木像事件で気骨あるところを示した藩だな」

と、語りあった。

三月十二日、明日はいよいよ江戸に出発するときまった日の前夜、新徳寺の大広間でもう一度残留問題が論争のタネになった。

「裏切者だ、腹を切らせろ」

という意見もかなり出たが、近藤たちは無言のままうす笑いを浮べていた。その笑いは不気味だった。

芹沢は、相変らず酔っていて、

「このうすら馬鹿！　われわれはちゃんと幕府に手続きをすませてある。それを裏切者とは何だ？　え？　何だ、こら！」

と、文句をいっている浪士の頭を片端から鉄扇でなぐって歩いた。浪士たちは辟易《へきえき》してついに黙った。勝負はすでに三月六日の夜についていたのである。清河八郎ももう何もいわなかった。天皇親兵となった浪士をひきいて江戸に戻れば、かれの計画は大成功であった。とにかく、いままで日本では誰もやれなかったことを成しとげたのだ。

その十二日の深夜、ひとりの直参《じきさん》が近藤を訪ねてきた。

「夜分、申訳ないが明朝江戸へ出立いたしますので。私は浪士隊出役の佐々木只三郎《ささきただざぶろう》です」

と丁重になのった。

明日は浪士隊が出発する、もう関係ねえやというわけにもいかないので、近藤たちはもちろんまだ起きていたが、佐々木の来訪には首をかしげた。佐々木はいった。

「会津藩の重役、手代木直右衛門《てしろぎなおえもん》は、私の実兄です。只今、よく話をしてまいりましたので、こんごはどうかご遠慮なくご相談下さい。できるだけのことはしてくれるはずです」

「これは、ありがたいことです。京都残留を願いでたものの、全く知己もなく心細い思いをしておりました。見ず知らずのわれらへのご厚意、何とも痛みいります」

心の底から近藤は礼をいった。

「いや、近藤先生のご誠忠、とくと承っております。このたびの不祥事、山岡さんはけしからん男です。清河ごときに騙《だま》されるとは」

そういって佐々木は、急に目を光らせた。

「しかしご安心下さい。私のほかに速見又四郎《はやみまたしろう》、高久安次郎《たかくやすじろう》、多田哲二郎《ただてつじろう》、永井寅之助《ながいとらのすけ》、広瀬六兵衛《ひろせろくべえ》らが同じ出役を命ぜられて江戸に向かいます。いずれも講武所の剣術師範です。道中あるいは江戸へ着いてまもなく、清河の身に何ごとか起るはずです」

そんな機密を佐々木は自信をもっていった。近藤はその佐々木の目の底に殺人者のそれをみた。

文久三年三月十三日、浪士隊は京都滞在わずか二十日で再び江戸に旅立った。壬生村には急に火の消えたような静けさが戻った。が、まだそののこりかすのようなのが十数人ごろごろしていた。

「何をする気だろう」

里人は不安な気持をもちつづけた。

「ああ、せいせいしたな。清河のあの毒気が村に充満していたものな」

沖田総司が庭に出て、腕を宙に突きあげながらそういった。井上源三郎がいった。

「兄貴のところに、飲ませてもらいに行きましょうか」

「そうしよう、松五郎さんもきっとよろこぶ」

近藤が反対する前に、歳さんが笑っていった。その歳さんをみながら沖田は、

（試衛館では塾頭《じゆくとう》のおれのほうが番付が上だったけれど、これからは土方さんに上に立っ

てもらおう)
と考えていた。
一か月後、近藤たちは清河八郎が江戸麻布一の橋で殺されたことを知った。殺したのは佐々木只三郎ほか浪士隊出役の面々であった。

われら壬生の居残組

交替で、二条城の警備に出ていた永倉新八と原田左之助が顔色を変えて走り戻ってきた時、近藤勇は八木《やぎ》源之丞《げんのじょう》の部屋でひどく恐縮していた。

「村人がどうしても、近藤先生にお話ししたいことがあるそうです。私が代ってきくからといったのですが、いや、おまえにはいくら話しても埒《らち》があかないから駄目《だめ》だと申しまして……相すまないことです」

八木はそういった。そして、

「顔をみせていただくだけでおさまると思いますから。ご不快でしょうが、とにかく話だけでもきいてやって下さいますか」

まるで自分が不始末をしたように、申訳なさそうに告げる八木に、近藤は手をふった。

「いや、ご主人にそうおっしゃられると身がちぢまります。村の方々《かたがた》のお話が何であるか、およその見当はつきます。すぐうかがいます」

「あなた方は実にきちんとした日常をお送りになっているのに、とんだトバッチリでおきのどくです。しかも当のご本人たちは相変らずお留守で、何とものことばがないのですが、村人《むらびと》からみると、近藤先生ご一門も芹沢さんのご一派も区別がつかず、どうも同じようにみえるようで……」

八木は近藤勇はじめ試衛館員には好意をもっているので、真実、当惑していた。近藤は八木源之丞の部屋に行った。険しい眼をした村人が数人、肩をいからせて待ちかまえていた。近藤が坐ってあいさつをするやいなや、堰《せき》を切ったように苦情と文句がとんできた。

曰《いわ》く、

「せりざわとかいう浪人のふるまいは何だ！　朝から酒ばかり飲んで、しかも酒屋の勘定は一文も払わない」

曰く、

「一緒に連れ立っている弟子たちも、村人にわるさばかりする。すぐなぐるし、若い女にはからみつく。女たちは怖がって買物に出るのさえいやがっている」

曰く、

「なぜ、きよかわさんと一緒に江戸に帰らなかったのだ？　江戸に帰れないような傷が脛《すね》にあるのか」

曰く、

「それでなくても、あの浪士隊がこの村にいたときは、皆がひじょうにめいわくした。それでも全部ひきあげてくれたので、やれやれとほっとしたら、何のことはない、まだ十四、五人残っている。村では浪士隊の中でも一番性質《たち》の悪いのが残ったのではないか、と噂《うわさ》している」

ざっとこういう内容だ。全部、芹沢鴨一味の行動に対する文句なのだが、近藤にすればそういう言訳はいやだ。ひたすら、ごもっともです、よくわかります、明日からよく注意します、と頭をさげつづけた。

村人は決して納得したわけではなかったが、結局、八木源之丞が中に入って、

「私が責任をもつ」

といったので、不承不承ひきあげて行った。

「いや、ただお顔をみせて下されば結構ですと申しあげたのに、ひどいめにおあわせしました。さぞ、ご不快だったでしょう」

「とんでもない。私も江戸とはいっても多摩の農民の生れです。村の人の気持はよくわかります。それよりも、ご当主にごめいわくをおかけして、おわびのしようがありません」

このとき、庭のほうから、近藤先生、と呼ぶ藤堂平助の声がした。話が長いので、門人たちが用事にかこつけて藤堂を救出によこしたのだろう。が、近藤を呼ぶ声はそういうサクラの語調ではなかった。切迫したひびきがあった。

「何か起ったようです」

近藤は立ち上がった。

八木源之丞の屋敷は奥が深い。近藤たちが借りている離れはその奥のほうにあった。壬生の里は湿地帯で、湧き水がゆたかだ。どこを掘ってもすぐ清冽《せいれつ》な水が湧いてくる。

畠の脇を縦横に走る小さな川は、いつもたっぷりと水をたたえ、しかも流れが早い。岸から垂れた草の葉の一部を洗いながら、水はすばやく流れ去る。里一帯は京都名物の壬生菜の

産地であった。

近藤が離れに戻ったとき、試衛館員は夕飯の支度の手をとめていた。清河八郎たちが二百数十人の浪士をひきいて東帰したあと、

「いままでどおり、こちらでやりますよ」

という八木家の好意を謝して、近藤たちは自炊生活に入った。宿泊費が払えないのだから、せめてそのくらいのことはしよう、と館員一同が申しあわせた。その点、みんな器用だった。今日も庭に出て、みんなで支度を分担している。沖田総司は七輪《しちりん》に火を起し、井上源三郎は壬生菜を洗い、土方歳三は庖丁で大きな豆腐《とうふ》を切っていた。山南敬助は膳の上に茶椀をならべていた。

が、みんなその手をとめていた。一斉に作業を中止して、外から走り戻ってきた永倉新八と原田左之助をみつめている。手をとめていないのは土方歳三だけだ。土方は、音を立てずに庖丁で器用に豆腐を切りつづけていた。しかし、耳は立てている。近藤勇は、

「どうした」

と誰へともなくきいた。近藤を呼びにきた藤堂平助が答えた。

「大樹（将軍）が江戸へ帰るそうです」

すると壬生菜をつかんだまま、井上源三郎がすぐにいった。

「しかし、また話だけじゃないのか、といっていたところです」

「話だけじゃない！」

永倉がいら立った声をあげた。

「だが、すでに二度も騙《だま》されている。帰る、帰るといいながら、大樹はその都度とりやめているじゃないか」

井上もいいかえす。

「大樹がとりやめるわけじゃない。朝廷の公卿《くげ》や尊攘《そんじょう》浪士が大樹をつかまえて帰さないんだ。大樹はいま尊攘派の人質《ひとじち》だ。こんな馬鹿な話があるか！　ええッ？」

感じやすい永倉は将軍の身になって痛憤した。まあ、落ちついて話せ、と割って入った近藤は、昂《たか》まる気持を抑えながら、

「くわしくきこう」

と縁に腰を下ろした。そこにいた山南が身をずらした。永倉と原田はこもごも家茂東帰の報を改めて近藤に告げた。

「わかった。その話の出所はどこだ？」近藤はたしかめた。

「出所も何も、すでに先発隊はひそかに二条城を出て、粟田口《あわたぐち》をぬけ大津に着くころです」

「大樹も、いま急遽《きゅうきょ》、帝にお別れを告げに参内されました」

いままで二条城の番についていたのだから、二人のいうことに間違いはあるまい。

「われわれも、大樹と一緒に江戸に戻りますか」

沖田がきいた。近藤は首をふった。

文久三年（一八六三）三月四日に京都に入った将軍家茂は、江戸を発《た》つときに、

「幕府財政窮迫の折でもあり、また朝廷に無用な刺激を与えないためにも、供はできるだけ少なくせよ」

と指示した。幕府はこの指示に従い、老中板倉勝静と老中格小笠原長行《おがさわらながみち》を核に、わずかの軍しか供につけなかった。九州唐津《からつ》の城主で、長州藩の動向を知りつくしている小笠原は、

「反対です。こんなに供が少なくては、上様《うえさま》は二度と京から出られなくなります。万一にそなえて、新鋭の西洋銃隊一万人を連れて行くべきです」

と強調した。家茂は、

「愚かなことを申すな。私は京へ合戦をしに行くのではない」

とたしなめた。小笠原は納得しなかった。同行の板倉に、

「上様は楽観的すぎる。が、命令とあらばやむをえません。いざという場合は、この小笠原が急遽、京を脱して江戸に戻り、改めて幕軍をひきいて上様の救出に向かいます」

と告げた。板倉は、

（少し大げさだ）

と思った。が、小笠原の危惧《きぐ》は当っていた。京都の状況は家茂や板倉の予想をこえて凄まじかった。家茂の指示は裏目に出た。彼の善意の方針は、まったくの誤算であった。家茂は入洛早々そのことを思い知らされた。

京都はすでに治安力を失っていた。幕府の京都支店である所司代も町奉行所も、京都にむ

らがった尊攘派にはまるで歯が立たなかった。優に千人をこえる在洛の尊攘派浪士群の背後には、薩摩がいた、長州がいた、土佐がいた、対馬がいた。西南の強藩がなかば公然とこの浪士群を支持していたのである。しかも、この浪士群は朝廷内過激派公卿と結びつき、自分たちのやることはすべて、

「叡慮《えいりよ》である」

と主張した。天皇の意志だというのである。江戸でこそ〝公方《くぼう》さま〟とよばれて市民の畏敬をうける将軍も、京都ではその権威は全く通用しなかった。通用しないだけでなく、逆に冷笑の的《まと》だった。

三月十一日、折からの雨の中を、家茂は無理矢理天皇に供奉《ぐぶ》させられ、上賀茂《かみがも》・下鴨《しもがも》両社に攘夷祈願をした。数十万の見物人が沿道に満ちた。その見物人の中から、突然、家茂に、

「いよう、征夷大将軍！」

というかけ声がとんだ。あきらかに失墜《しっつい》した将軍の権威をあざわらう声であった。群集は爆笑した。屈辱の思いで顔を鉛色にしながら家茂は社への道を辿《たど》って行った。そのときの行列の歩みはことさらにおそく、社殿への道がこれほどはるかに遠く思えたことはない。帝の妹和宮《かずのみや》を妻とするこの善意の将軍は、ようやく十八歳、とうていいまの国難を負える力はない。また京都でくりひろげられている各藩の凄まじい政争をおさめるだけのしたたかさはない。家茂は雨にぬれて風邪をひき、寝こんでしまった。肉体よりも心のほうが風邪をひいてしまったのだ。幕府は将軍にとんだ揶揄《やゆ》の声ひとつ取締まれなかった。

激昂した小笠原は、

「即刻江戸へ戻って軍勢をひきいてきます」

と息巻く。老獪《ろうかい》な板倉は、

「まあ、待ちなさい。それではいよいよ政局は混乱におちいる」

ととめた。しかし板倉にも別にいい考えがあるわけではない。さらに二人の老中がひじょうに心細く思ったのは、江戸から家茂の警護につれてきた旗本どもが、京都の浪士群のいきおいにおされて、すでに怯《おび》え、ふるえあがっていることである。長い泰平に馴れて、碌に刀槍の稽古《けいこ》もしていない。刀や槍の代りに三味線のバチばかりにぎってきた手合である。何かあればたちまち算を乱して逃げ散るさまは容易に想像できた。

江戸を発つとき、頼みにしていた公武合体派の大名、越前の松平慶永《まつだいらよしなが》（春嶽《しゅんがく》）や宇和島の伊達宗城《だてむねなり》も、薩摩の島津久光も、こんな京都に嫌気がさしてとっくに自分の藩国にひきあげていた。家茂はおき捨てられたのだ。

文字どおり尊攘派の人質になった家茂は、毎日のように、これでもかこれでもか、といびりぬかれた。モミクチャにされた。そして自分で将軍の無力ぶりを天下にさらした。それが尊攘派の狙《ねら》いだった。

「上様が、あまりにもお可哀想だ……」

深夜の二条城で、小笠原は毎夜ひとりで落涙した。その城の外を、壬生村に拠点をおく近藤勇たち多摩の農民浪士が、誰に命じられたわけでもないのに、ひそかに夜を徹して警備していることを、さすがの小笠原も知らなかった。

絶望した家茂は、ついに、

「江戸に戻りたい」

と音《ね》をあげた。板倉は反対したが小笠原は賛成した。正直な家茂は、このことを公表した。

京都はたちまち混乱した。尊攘派を束ねる長州藩の桂小五郎は学習院出仕という朝臣の資格をもっていたが、御所で、

「攘夷《じょうい》の確約もせずに退京するのは不埒千万《ふらちせんばん》」

と過激派公卿を煽《あお》った。家茂はたちまち朝廷によびだされ、

「無責任きわまるぞ。攘夷の確約もなく、京を去るとは何ごとか！」

と青年公卿たちに面罵《めんば》された。幕府に二百数十年間いびりぬかれた公卿たちは、いま攻守逆転して、この青年将軍を苛《いじ》めぬくことに報復の快感を味わっていた。

家茂が御所内で攻めたてられ、やむなく、

「退京を取消します」

と屈辱の思いでそのことばを口にするころ、洛内三条大橋には、強藩が指揮をとる在洛尊攘浪士群が武装して集結していた。

「家茂を帰すな」

「奴《やっ》の駕籠《かご》を奪え」

と口々にわめきながら。

そういう状況に、近藤勇たちはただ歯を噛みならし、腕を撫《ぶ》すより手がなかった。清河八郎のひきいる二百数十人の浪士隊が東帰したいま、壬生村にのこったのは試衛館員わずか八人である。八木家の母屋のほうには、水戸浪士芹沢鴨以下その派が五、六人いるが、こいつらは朝から酔っぱらっていてどうしようもない。近藤が村人に文句をいわれたのも、この一味のためだ。

近藤勇は永倉、原田の話をきくとすぐ決断した。

「守護職邸に行って事実をたしかめよう。もし事実なら」

一斉に自分をみる館員たちに、

「二条城にかけつけて、大樹の東下をとめなければならぬ」

と告げた。後世の近藤勇に貼られたレッテルから考えれば、この近藤の言動は奇異の感をもたれるかも知れない。しかしそれは、レッテルがまちがいなのであって、近藤は多摩にいた時からもともと尊皇・攘夷・敬幕の思想の持主だ。いや、死ぬまで朝廷と幕府が力を合せて攘夷を実行することを希《ねが》っていた。だから近藤はいった。

「いま、大樹が逃げるように京都から去るのはまずい。退京するのなら、きちんと攘夷実行の期日を、帝に約定して去るべきだ」

胸の中に燃えていた攘夷の思想の炎が外にとびだし、それはただ番犬のように将軍を警護しようという域をとうにとびこえていた。

この限りでは、桂小五郎たち尊攘派と近藤の考えはまったく同じである。が、大きくちがう点があった。それは、近藤が、すでに将軍個人を護りぬくことよりも、京都を正常に戻さなければならない、という使命感のほうにつよく傾いていたことだ。それがすべての出発だと感じた。たった二十日間の京都での体験がかれをそうさせたのだ。

「豆腐はどうしよう。もったいないな」

土方の手もとをみながら、藤堂が惜しそうにいった。原田が、

「そりゃそうだ。食っていきましょうや」

と空腹を訴えた。が、歳さんは、

「豆腐は逃げやしねえよ。それより、まごまごしていて、母屋の酔っぱらいどもが戻ってくるほうが、よっぽどめんどうだ。急ごう」

と、思いきりよく庖丁を投げだし、さっさと支度にかかった。沖田はせっかく起した七輪の火に、桶の水をザッとかけて一度に消してしまう。

「男のやることは乱暴だな」

永倉がそんなことをいった。これも出かける前に豆腐が食いたかった口だ。とにかく京都へきて、

「京都の豆腐がこんなにうまいとは思わなかった」

と、一番最初に感激したのは永倉だ。まめな男で、このごろはあちこちの寺へ行っては寺の自製の豆腐を分けてもらってくる。豆腐さがしにかけずりまわるのが、いまの永倉新八の最大の楽しみだ。毎日、豆腐ばかり食っているが、皆、金がないのだから仕方がない。

急いで支度をして外に出ると、悪いことに門のところで芹沢一派に会った。新見錦、野口健司、平間重助、平山五郎、それに車一心を連れている。どこへ行くのにも金魚の糞《ふん》みたいにつながって歩いている。

「おう、近《こん》ちゃん」

芹沢は手をあげて人なつっこい笑みを浮べた。変な男で、近藤たちに侮蔑されているのを知りながら愛想がいい。

「どこへ行く」

近藤は手短にわけを話した。すると芹沢は、

「よし、おれたちもいっしょに行こう」

と、よろめく足を踏みしめて廻れ右をした。

「しかし芹沢さん、あなたは」

近藤は暗に芹沢の酔態を責めた。が、芹沢は、

「心配無用。この芹沢は酔っているほうが交渉ごとがうまい。まかせてくれ」

と歩いて行く。向こうから里の人間が歩いてきたが、こっちをみるとパッと横の小路に逃げこんだ。めざとくそれをみた芹沢は、

「こら、逃げるな！」

とどなった。横丁まできてのぞいたが、里人はもうどこへ逃げたのか影も形もない。芹沢は口惜しそうにどなった。

「村のやつら、よくきけよ！　きさまら、女をどこへかくした？　この村には女はひとりもいねえじゃねえか。女を出さんと明日は村に火をつけて焼きはらうぞ！」

さすがに新見が芹沢の袖をひいた。芹沢はニヤニヤ笑って、

「これだから、おれたちは評判が悪いんだよな」

と近藤の顔をのぞいた。近藤は無言だったが、沖田が、

「おかげでわれわれもひどくめいわくをしていますよ。さっきだって、あんた方のために、近藤先生は村の人にさんざん油をしぼられたんだ。それから近藤先生を近ちゃんと呼ぶのをやめてくれませんか！　きくたびに頭にくる！」

と怒りをほとばしらせながら芹沢をにらみつけた。若僧！　と平間と平山がむきなおった時、

「さ、急ごうや」

と土方歳三が急に走りだした。それは、

（こんな酔っぱらいどもは置いて行くんだ）

という意思をこめた走りかただった。だから、酔っぱらいには息が切れてとても追いつけないような速度で走った。近藤たちはすぐ土方の意図を悟った。試衛館員は一斉に土方のあとを追って走りだした。

が、走り着いた東山黒谷《ひがしやまくろだに》の金戒光明寺《こんかいこうみようじ》内の会津藩本陣で少し待たされたため、結局はふりきったつもりの芹沢一味とまた一緒になってしまった。

東山連峰の重味とそこに漂う夜の深さをひしひしと身にうけとめながら、近藤たちは待ちつづけた。数日前、はじめてここにあいさつにきたときは、家老の横山主税《よこやまちから》、田中土佐《たなかとさ》、それに直参《じきさん》佐々木只三郎の実兄の手代木直右衛門が応接してくれた。浪士の身で、しかも初対面なのに、ひじょうに丁寧《ていねい》な遇しかたをされて、一同は感激したものだった。

この寺は「黒谷さん」とよばれる浄土宗の総本山だ。宗祖法然上人《ほうねんしょうにん》が庵を結んでいた由緒ある地である。いい寺が建てられる土地には必ず特有の霊気が漂うもので、ここもそうだった。近藤たちはさっきからその霊気にうたれ、さすがの芹沢も喚《わめ》くのをやめていた。

「ご都合をうかがってまいります」

最初、応対に出て近藤の口上をきいた侍はそういって奥に入ったきり出てこない。すでに三十分たつ。

(こんなことをしている間に、もし大樹が出発してしまったら、どうするのだ)

近藤の胸の中に次第にそういう焦りが深まる。小一時間すぎて、やっと手代木が出てきた。

「おめにかかるそうだ。こちらへ」

と先に立つ。おめにかかるって、誰が？ と思いながら手代木のあとについて廊下を渡り、広間に入ると、近藤たちは、思わず、あ、と声にならない叫びをあげた。

正面に痩身の大名がいた。先にきて待っていたのだ。近藤たちは、すぐにその大名が、京都守護職《しゅごしょく》をつとめる会津藩主松平容保であることを知った。圧倒されて思わず膝《ひざ》をつくと、

「ちかくへおいでなさい」

容保の脇にいた田中土佐が手をあげて坐るべき場所を示した。そこは容保の真前であった。座について下げた頭をあげて容保をみたとき、近藤たちは、

（ああ）

と声を立てそうになった。

松平容保は役者のような美男である。年齢も二十八、九歳だ。が、いま眼の前にいるこの若い京都守護職は、幽鬼《ゆうき》のように瘦《や》せ細っていた。顔色も真蒼だ。からだ中が痛んでいるのだろう、わずかな身じろぎにも苦痛の色をみせた。重臣の田中や横山がことばを発すると、そのことばのひびきにも歯をくいしばった。からだ中痛みきっているようだ。

近藤勇は直感した。

（京都が、この守護職をここまでむしばんだ）

王都守護の重責に、着任以来、たった半年で容保は疲れきってしまったのだ。が、その病軀をおして容保は一介の浪士に会うために、こうして出てきた。

「…………」

近藤の眼に涙がにじんだ。酔っぱらいの芹沢もさすがに呆然《ぼうぜん》としたまま、声も出せない。

「頭領は近藤、芹沢と申すか」

よくとおる澄んだ声で容保が声をかけてきた。はっ、と思わず一同は頭をさげた。

「そのほうたちの誠忠の志、重臣どもからよくきいている。先夜はわざわざのあいさつにもかかわらず、二条城に赴いていたため、会えずに済まなかった。ゆるせ」

「はっ」

苦しい胸からしぼりだすように容保はいう。近藤たちはうつむいたまま、ポロポロ泣きだした。松平容保はいま帝がもっとも信任している大名だ。浪士にも公平だ。尊攘派の浪士にも意見をのべる機会を与えよ、といつも力説している。が、そんなことをしているからご自身がこんなに痩せてしまうのだ、と近藤は腹が立った。容保が痛ましかった。

「その方らが、大樹退京に反対し、攘夷誓約こそ急務とのべる考えに、この容保も賛成である。近藤、芹沢」

「は」

「即刻、二条城に赴き、閣老板倉殿にその志をのべよ。大樹はすでに参内の由、ことは急ぐ。これは容保からの添え状である。また、容保の意を伝えるため、その方らに同道する家臣たちもすでに別室で待機中である」

そういって容保は田中を通して芹沢に一通の書状を渡した。そうか、この手紙を書いていて時間がかかったのだ。おそらくいまの容保にとって、これだけの手紙を書くのは死ぬ苦しみだったろう。

「かしこまりましてございます」

涙だらけの顔で芹沢が手紙をうけとった。この酔っぱらいにも、容保の誠意にうたれて感動する気持はのこっていたのだ。

容保は、たのむ、と芹沢にいったあと、

「先日、その方たちに会えれば申すつもりでいたが、その方ら、心を合せ、明日からでも隊をくめ。入用《いりよう》は守護職で持つ。が、いたずらに浪士とことをかまえるな。法にそむく者のみをとりしまれ。そうはいうものの、目下、京に法はない。が、いずれつくる。それまで、こらえよ、自重せよ」

一語、一語、それはしかし近藤たちにいっているよりは、容保自身にいいきかせているようなことばだった。

実をいうと、このときの容保が何をいっているのか近藤たちにはよくわからなかった。それがわかるのは五か月後である。五か月後に、そのことが起ったとき、近藤たちは、自分たちが依って立つ法が、はじめて京都にできたことを知るのだ。

将軍家茂といい、この守護職容保といい、若い純粋な人間を、いまの尊攘派はここまで追いつめている。近藤は、

（京都は狂っている）

と痛切に感じた。そして、京都を真当な都に戻すことこそおれたちの仕事だと思った。

「えらい殿様がいるものだ。幕府はまだまだ大丈夫だ」

容保の悲痛な姿に感動した近藤、芹沢たちは、そのまま二条城へ急いだ。東海道の出入口の粟田村《あわたむら》や三条大橋付近には、武装した尊攘派がすでに蟻《あり》の群のように集まっていた。

「家茂を京から逃がすな！」

と声高に喚いていた。道を急ぐ近藤たちはたちまち見とがめられて検問にひっかかった。

「どこへ行くッ？」

「二条城に行って、大樹東帰をとめる！」

近藤はどなった。浪士たちは一瞬あっけにとられ、すぐ爆笑した。

「どこの馬鹿だ？　そんな大口をたたくのは」

「行かせろ、行かせろ、大言を実行させせろ」

そんな声があって近藤たちは解放された。まっしぐらに二条城に走った。

二条城内は混乱と喧騒のかぎりをつくしていた。家茂退京のためである。しかし、

「こんどこそ、本当に江戸に戻れる」

と供をしてきた旗本たちは、そのよろこびで興奮していた。もうこれ以上京都にいるのはこりごりだったのである。が、供の支度はどんどん進むのに、肝心の家茂が参内したまま御所から出てこない。

「また公卿どもにつかまったな」

眉をよせる板倉に、

「だから帝へのあいさつなどせずに、さっさと退京すべきだと申しあげたのです」

と小笠原がくってかかる。小笠原にはどうも板倉のやりかたがなまぬるくて気にくわない。

この期におよんでも、まだ、

「上様は退京すべきではない」

と主張している。馬鹿な、上様をこれ以上京においておいたらいびり殺されてしまう。さ

っさと江戸へ帰るべきだ。そんな口論をつづけているときに、

「ご老中」

といって侍が一通の書状を持ってきた。ひらいて読んだ板倉は、ちょっと窓の外の夜空をにらんでいたが、すぐ、

「会おう」

とうなずいた。城内の一室で、近藤勇たちは老中板倉勝静に会った。破格のことだ。が、それほど京都の情勢は切迫していたのだ。それに、自分に面会を求めているのが、壬生村に残留した浪士だということが板倉の関心を呼んだのである。なぜなら、清河の策を入れて、江戸で浪士隊を編成させたのは、この板倉だったからだ。

「壬生村に残留した浪士が、毎日、毎夜、自発的に二条城の警備に当っている」

という報告もさっききいたばかりだった。そこで板倉は、近藤たちの待っている一室に通ると、すぐこのことをいった。

「知らなかったが、礼をいう」

と率直に頭をさげた。この率直さに近藤たちは好感をもった。老中らしくないと思った。板倉はつづけた。

「上様は退京せずに攘夷の約定をすべきだ、というおまえたちの意見に私は賛成だ。会津殿の意見も心づよい。おかげでふんぎりがついた。すぐ御所に行って上様を連れ戻してくる」

そして板倉はことばどおり、すぐ侍臣にそのことを指示した。まもなく小笠原が満面に怒

気をたたえてどなりこんできた。

「板倉殿、常軌を逸されたか！」

「正気だ」

冷然といいかえす板倉と、小笠原は鋭くやりあっていたが、やがて小笠原は、

「それでは私は退京します！　江戸から幕軍をひきいて上様を救い出しにきます。全く馬鹿げている。こんな食いつめ浪士どもの世迷いごとに耳をかすとは何ごとだッ」

と、憎々しげに近藤たちをにらむと、出て行ってしまった。食いつめ浪士だと？　この野郎！　と芹沢が立ち上がりかけたが、まあ待て、と板倉がとめた。そのあと板倉は、

「清河八郎の建策にのって、江戸で浪士隊を編んだのはこの私だ」

といい、清河と山岡鉄太郎をこっぴどく罵倒した。特に山岡に対しては、

「一体、幕臣なのか長州の手先なのかわからん」

と憎しみの色をかくさなかった。近藤は、山岡に好意をもっていたから板倉のことばに共感はしなかった。ただ、板倉のことばつきから、佐々木只三郎たちに、

「清河を暗殺しろ」

と命じたのは、この板倉だなと感じた。その予感は当っていた。佐々木たちは、板倉の密命で清河を殺したのである。板倉は、

「しかし、その策士清河から勅諚《ちょくじょう》は騙《だま》しとってやったよ。山岡が持ってきたのを、ちょっとみせろといって、そのまま返さなかったのだ」

と狡《ずる》そうに笑った。近藤たちは、いま会ってきたばかりの容保にくらべ、この老中はなかなかのムジナだと思った。が、そのムジナもまだ四十歳かそこいらの年齢なのである。

将軍家茂はこうして三度退京を断念した。近藤たちは欣喜《きんき》した。翌日、近藤勇は、容保に命じられたとおり、芹沢派と合体し、隊を組んだ。江戸に戻った清河らの浪士隊は新徴組《しんちょうぐみ》と名づけられていた。

「それでは、われわれは新撰組《しんせんぐみ》だ」

近藤は告げた。

「しんせんぐみ？　どういう字を書く」

そうきく芹沢に、近藤は筆をふるって紙に大書した。芹沢は大きくうなずき、

「よし、それでいこう。今日からおれたちは新撰組だ」

と酒臭い息を吐きとばして大笑した。京都名物壬生菜の里に、十四人の新撰組が生れた。

誠旗の下で犯された

えらい見幕で、旦那の太兵衛《たへえ》が庭から入ってきた。こでまりやレンギョウが咲き乱れる中へ、まるで嵐のようないきおいだ。

そんな太兵衛に、木につながれていた二頭の犬が二頭ともはげしくほえた。すると、太兵衛はいきなり一頭を拳《こぶし》をかためてなぐりとばし、もう一頭を下駄《げた》の先で蹴《け》った。キャン、キャンという悲鳴に、お梅は自分がなぐられたように胸をえぐられ、おどろいて縁にとびだした。

「旦那はん！」

思わず声をかけたが、太兵衛はそのお梅にけわしい憎しみの眼をむけた。そしてはげしい語調で毒づいた。

「わしがくると、きまってこいつらは吠えよる！　おまえがそういうふうにしむけているのだろう？　まったく根性の腐った妾《めかけ》だ。このせちがらい世の中で、一体誰のおかげでそんなきれいなべべ着て、三度三度ごはんが食べられると思っていよるんか。それほどわしが憎いか」

「そんな……」

お梅は動顛《どうてん》して口もきけない。考えてもいないことを、この旦那はどうしてこう悪く悪くとるのだろう。今日にはじまったことではないが、まごころが通じないというのは本当に情《なさけ》ない。

「こら、ミブロ！」

太兵衛はかがみこむと、一頭の犬の首をつかまえて、つづけざまにその頭をなぐりはじめた。

「あんなに沢山の品物の代金も返さんで、ようわしに吠えられるものやな。ええッ、こらミブロ、金を返せ、早く返さんかい！」

まるで人間にいうような態度だ。二頭の犬にはそれぞれゴローとジローという名がついている。お梅がつけた。秋田犬である。が、太兵衛はその名をよばない。一頭をミブロ（壬生浪）、一頭をキンノー（勤皇）とよんでいる。ともに、いまの太兵衛がこの世でもっとも憎んでいる相手だ。勤皇は、京の商人に、

「攘夷《じょうい》のための志を申しうけたい」

と献金を強要する。ことわって殺された商人もいる。しかも勤皇は殺しただけですまさず、

「この商人は外国と組んでボロ儲けをしている悪人である。よってみせしめのために天誅《てんちゅう》を加えた」

という貼紙をそえて首を鴨川畔にさらす。町奉行所は無力で、そういう無法浪士に手が出せないから、京の商人たちは皆、戦々兢々《せんせんきょうきょう》としている。いつ自分が狙われるかわからない。太兵衛が今日出席した寄合もその話だった。だから太兵衛は勤皇を憎んだ。

「あいつらがきてから、京はまったく風儀が悪くなった」

と始終口にする。そこで憎い勤皇の名をお梅が飼っている犬につけ、こら、キンノーとぶんなぐることでせめてものうっぷんをはらしている。

ところが、最近、新手《あらて》が出てきた。何でも壬生村《みぶむら》に屯集している江戸からの食いつめ浪人が、新撰組と名のってどっかと腰をすえたという。こいつらが勤皇と同じように商人から金をまきあげていく。堀川通りで菱屋《ひしや》という太物《ふともの》（木綿を中心にした反物）を商っている太兵衛は、この新撰組に反物をごっそり持っていかれた。反物は隊士たちに着せる着物を作るのだそうだ。だから大量に要った。先に立っていた奴《やつ》はセリザワカモとなのった。それっきり、いくら催促しても代金をくれない。壬生村の宿泊先に番頭や手代をやっても必ず追い払われる。

「そのうちに払う」

の一点ばりだ。そこで太兵衛はもう一頭の犬にミブロという名をつけて、思いきりなぐることにした。本当はシンセングミと名づけたかったが、こら、シンセングミではちょっと長いし、締まらない。それに、太兵衛は歯が悪いからシンセングミというとシとセのサ行音が歯の間から空気が洩れて気が抜ける。よけい腹が立つ。

そういえば、お梅は犬のほかにもう一匹猫を飼っている。お梅はタマと名づけているが、太兵衛はブギョウとよんでいる。町奉行のブギョウだ。太兵衛たちの苦難を全然救えない無能の役人の頭《かしら》だ。

「高い冥加金《みようがきん》（税金）ばかり取るくせに、何の役にも立たない連中だ」

そうののしる太兵衛は、そのくせ身をすりつけてミャウオと媚態を示す猫に、奉行所役人はよく似ていると思う。だから、ここへくるたびに猫をつかまえると、

「こら、ブギョウ！　キンノーやミブロに金を返させろ」

と尻尾《しっぽ》を持って宙でふりまわす。猫は目をまわす。そのたびにお梅は、

「ああ……」

と失禁しそうになってくずおれ、自分が折檻《せっかん》されている思いで、太兵衛の暴行がすむのを待つ。しかし、妾の身ではつよいこともいえない。太兵衛のいうとおり、まったくせちがらいいまの世の中で、三度三度、何もせずにめしを食わせてもらっているのだ。

呼吸が苦しくなるほど犬をぶんなぐった太兵衛は、もう一頭を、こらキンノー！　とこいつも思いきり叩いて、ようやく座敷に上がってきた。

洛外中堂寺村《らくがいちゅうどうじむら》にちかい寺町の一角である。島原のちょっと北になるが、静かな場所だ。家は小さいが気のきいた一軒家だ。前の持主の農民から借金の担保《かた》に取りあげて、その後、妾宅にしてしまった。

「今日の寄合は？」

お梅がきくと、

「何もわからんくせによけいな口を出すな。そんなひまに酒でも出さんかい！」

太兵衛はどなった。ふだんからきげんの悪い男だが、今日はとりわけ悪い。よほどいやな

ことがあったらしい。温めた酒を持ってきて注ぐと、

「ぬるい！　馬鹿《ばか》女め」

また文句をいった。とにかくこの男はお梅をほめることは一度もない。どなりまくっている。まるでお梅を妾にしたのはどなるためのようだ。

「せっかく、わしが商人で組合をつくって、いっしょにキンノーやミブロから貸金を取ろうといったのに、どいつもこいつもせせら笑いやがって……くそ！」

太兵衛はそう独白した。そしてぐいぐいと酒をのんだ。たちまち眼が血走り、狂った光を湛える。ギラリとお梅をみた。お梅はぞっとした。また、どんな方法でからだを責められるかわからない。太兵衛はしつこい。

「お梅……」

「ここへこい」

案の定、太兵衛がよんだ。獣《けもの》のような眼がじっとお梅の腰に据えられている。

「でも」

「いいからこいッ」

そばへ寄ると、

「四つに這え」

といわれた。え、と思わずききかえすと、

「犬になれ」

という。そんな、と抵抗すると、いきなり頰《ほお》をはりとばされた。

「かんにんして下さい。こんな格好はいやです」

と哀願したが、

「やかましい！」

とまたなぐられた。そうすることによって、太兵衛はいよいよ興奮した。

「こらミブロ、そらミブロ」

と、まるでかけごえをかけるように、からだのうごきに合わせてわめいた。哀しいことに、それをつづけられると、いつのまにかお梅もからだの奥からいいようのない感じを掘り起されるのだった。

やがて果てると、太兵衛は蛙《かえる》が腹を上にしてひっくりかえったように自分の身を投げ出した。そしてこういった。

「お梅、ミブロのところに行って代金をとってこい」

「え」

「考えたんだ。男の番頭や手代より、おまえのほうがいい。おまえは女だからな」

「…………」

意味のある眼つきだった。お梅は慄《りつ》然《ぜん》とした。この旦那は一体何を考えているのだろうと恐ろしくなった。

「……でも、そんな恐ろしいお人のところへ。怖い」

「何が怖い」

太兵衛は気味悪く笑った。

「女に怖いものなどあるものか。必ずゼニをとってこいよ」

この日、新撰組は大忙しだった。八木《やぎ》家で小さな女の子が死んだからである。この家に泊めてもらうようになってから、新撰組の連中が代る代る抱いて可愛がっていた子である。幼女は特に沖田と芹沢《せりざわ》になついた。

「沖田さんはわかるけど、芹沢さんはなぜだろう？」

と八木家の家人は首をひねった。

「ばかをいっちゃ困る。そんなことは自明の理だ。あんたがたはこの芹沢のことを、酔いどれだとか乱暴者だとかいって毛ぎらいするが、おれの心の底には、本当は清くて美しいみどり子のような気持があるんだ。それがわかるのはこの子だけだ。あんたたち大人《おとな》は心がよごれ、目がくもっているからそれがみぬけない。この子は本当にいい子だ」

芹沢はよくそういって抱いた幼女に頬ずりした。奇妙なことに、そうされるたびに幼女は奇声をあげて芹沢の首にかじりついた。だから、今日、いちばん嘆きの状態におちこんでいるのが芹沢だった。くどくどと長い悔みを主人の源之丞《げんのじょう》に告げたあと、

「葬儀の手伝いをさせてくれ」

と申し出て、

「近藤さんとおれは受付をやる。おまえたちは門のところで会葬者の送り迎えをしろ」

と隊士に命じた。そして、ことばどおり、近藤勇とふたりで殊勝な顔をして受付に坐った。香典を整理し、字の書けない農婦の代りには自分がその名を書いた。達筆である。

はじめは、うまいことをいって香典でもごまかす気ではないか、と疑った近藤も、次第に今日の芹沢は心の底から幼女の死を悼《いた》んでいるのだと知った。何か芹沢を再発見した気がした。

土地の名家だけに、たとえ小さな女の子の死でも、会葬者はひきもきらない。が、急に人が絶えることもあった。そんなとき、近藤は、

「芹沢先生を見なおしましたよ」

と正直にいった。え、ときかえした芹沢は、急に顔を赤くすると、

「ばかをいっちゃいけないよ！　近藤さんがそんなことをいっちゃいけない、これは参った、ははは、照れる、照れる」

とひとりで狼狽《ろうばい》した。異常な照れかたであった。そういえば今日の芹沢は酒をのんでいない。素面《しらふ》のときの芹沢を近藤ははじめてみた。照れかくしに芹沢は無意識に目の前にあった紙と筆をとると、ツ、ツーと画を描いた。死んだ幼女の顔を描いたかと思うと、風景画を描く。川の岸辺の風景である。なかなかうまい。

「ほう」

近藤は感心した。

「お上手《じようず》ですな」

微笑んでいうと、

「あのねえ」

芹沢は顔をあげた。

「近藤さん、おれはあんたを尊敬しているんだ。それはあんたがお世辞をいわんからだ。おれにお世辞なんかいうと落胆するぞ」

「お世辞ではありません、実にうまい。どこの川ですか」

「常陸《ひたち》の川だよ。常陸は川だけでなく、沼、湖も多い、海も大きい。常陸は水の国だ……」

遠いその国を偲ぶように芹沢はいった。こういういい面をかくして、悪い面ばかりをことさらに世の中にさらけ出すこの芹沢の生きかたというものは、一体どういうものなのか、と近藤はふしぎに思った。まさか五か月後にこの男を殺すことになろうとは、この時の近藤は考えもしない。

門のところから近藤と芹沢の様子をみていた新撰組員は、一様に首を捻った。

「どうしたんだろう」

「ばかに仲がいいな」

「仲のいいふりをして、二人で香典をごまかしてるんじゃねえだろうな」

皆、怪訝《けげん》な表情だった。

沖田総司は一番若いくせに一番冗談をいう。それがきまっているので、周囲はよく笑う。

今日もそうだった。隊士たちだけでなく、焼香にきた土地の人間につぎつぎと当意即妙な冗談をいった。中には、笑いをこらえて苦しがりながら受付へ向かう者もいた。出てくる人間に沖田は、

「お帰りはこちらァ」

とか、

「また、きてね」

とかいった。若い娘など真赤になって走りだすが、道に行き着くと、くるりとこっちをふりかえって沖田を盗みみた。決して悪い感情をもっている顔ではなかった。そうかも知れない。ミブロ、ミブロと遠い地域ではいろいろ噂《うわさ》されているが、当の壬生村では、沖田がいるおかげで村全体が明るくなっていた。

特にこどもが好きな沖田は、ちかくの壬生寺の境内でこどもたちとよく、〝かあごめかごめ〟をやっていたし、京のまちの名をおぼえるための唄である、

〽坊さん頭は丸太町　つるっとすべって竹屋町　水の流れはエビス川　二条で買《こ》うた生ぐすりを　ただでやるのは押小路　御池《おいけ》で会うた姉三《あねさん》に　六銭もろうて蛸《たこ》買うて
などというのをいっしょによくうたった。

唄には、丸太町・竹屋町・エビス川・二条・押小路・御池・姉小路・三条・六角・蛸薬《たこやく》師《し》・四条などのまちまちの名が、巧みにうたいこんであった。

こどもたちは無心に沖田にまつわりついたが、乳児を背負った子守り娘たちはそうはいか

なかった。淡い、あるいは濃い慕情をこの若い江戸の青年に燃やした。

しかし、

(子守りなんかに、この人が眼もくれるはずがない)

という絶望がその慕情を屈折させた。子守りたちの沖田をみる眼は、だから濡れて燃えていた。

あまりにも門前が朗らかなので、ついに近藤が大声で注意した。

「こら、総司」

「はい」

「今日は葬式だぞ、祝いごとではない!」

「はい! わかりました」

そう答えて、総司はぺろっと舌を出した。周囲はどっと笑った。若さというものは、葬式をすら陽気にしてしまうのだ。

「おい」

道を見ていた永倉新八が、藤堂平助《とうどうへいすけ》の腕を突いた。

肌が絹ごしの豆腐のようになめらかだ。さわればきっと搗《つ》きたての餅だろう。全体にゆったりと柔らかい、それでいて無駄な肉のない、そんなからだを持った美女が、道からそっとうかがうようにこっちをのぞいていた。ぞくっとする感触が隊士たちをおそった。

「これは、美形だ」

ふだん、女に感想なんかもらさない山南敬助《やまなみけいすけ》がめずらしくつぶやいた。眼が燃えている。

「おれ好みなんだよな、ああいうのは」

と、藤堂平助が腰に手をあててうめくようにいう。原田左之助は、その女をみた瞬間から夢精に突入せんばかりの風情になった。そういう隊士たちを尻目にかけて、沖田総司がさっそうと道のほうに出て行った。

「ご婦人」

と、さわやかな声をかける。声をかけられて女はびくっとからだをふるわせ、そのまま去ろうとした。

「待って下さい」

沖田は追っかける。路上で話がはじまった。

「焼香にきたのかな」

「八木さんのコレかね」

藤堂が小指を立ててヘッヘッへと笑った。こういう話は大好きだ。

「おれの生きがいは、世の中をひっくりかえすことと女だけだ」

といつも豪語している。

「葬式の女か……風情がある」

山南が顎《あご》のひげをなでながらそんな気取ったことをいう。大分興趣をそそられたようである。沖田が渋い顔をして戻ってきた。女は路上に立っている。

「何だ?」

藤堂がきく。

「借金取りだ」

「なに?」

「堀川通りの太物屋菱屋の主人の代理できたという」

「菱屋? だってあの反物は芹沢さんが……」

「そうだ。だからその芹沢さんに会わせろという」

「焼香にきたのかと思ったぞ。借金取りにはとてもみえん」

一同の落胆を後に沖田総司は受付に行った。芹沢に、

「門に面会人です」

と告げる。

「面会? 誰だ」

「太物屋菱屋の使いです。代金をくれと」

「ばかもの!」

突然、芹沢は真赤になって机を叩いた。硯《すずり》から墨の汁がとびはねた。

「目下、当家は深い悲しみに包まれ、荘厳なる葬儀を執行中である。そこへ貸金取りとは何ごとかッ。それが京の商人道かッ。おのれ、天誅を加えてやる!」

芹沢は座を立ち上がりかけたが、ここまでくると、これはもうかなり芝居がかっているの

で沖田は手をあげた。

「わかりました。要するに、今日は会えないということですね」

「今日だけではない、明日もだッ」

芹沢はわめいた。家の者も会葬者もおどろかない。静かな芹沢のほうがかえって気味がわるい。わめいて暴れまわっているほうが芹沢らしいのだ。

沖田はそのとおりのことを女にいった。ところがこんどは女のほうがきかない。沖田の袖をつかまえてくどくどと訴える。袖をつかまえただけでなく、沖田の着ているおろしたばかりの着物をゆびさしてとがめるような表情になった。沖田の顔は次第に当惑の色を増した。が、

「今日はとにかく葬式だから……」

とか何とかいいくるめたのだろう、やっとふりきって戻ってきた。しかし、重い表情は去らない。

「大分、苦戦の様子だったな」

永倉新八がなぐさめるようにいうと、

「うん、女のいうことに理があるんだ」

と、沖田は情なさそうに応じた。そして隊士たちの着ている新しい着物をゆびさし、自分の着物をつかみながら、

「女がいうのには、あんたがたは何でも芹沢さんのせいにしているけれど、自分たちだって

菱屋から持っていった反物の着物を着ているじゃないか、それなら当然、代金を返す義理は着物を着ているみなさん全部にある、と。筋が通っている」

「そりゃそうだ」

原田が応ずる。皆、黙った。

「着物、脱ごうか」

藤堂がいう。

「脱いで、またシラミのついた綿入れに戻るのか。それはかまわないけど、元の反物には戻らないぜ」

井上源三郎がそういった。沖田は皆からちょっとはなれたところに立って、さっきから腕をくんだまま考えごとをしている歳さんに声をかけた。

「土方さん、どう思いますか？」

江戸の試衛館では沖田のほうが剣技もすぐれ、格も塾頭《じゅくとう》だから上だった。だから多摩の村の人がよぶように沖田も土方のことを歳さんとよんでいた。

が、京都にきてからどうもよびにくくなった。というのは、ことばとおこないの中に、土方はジリジリといままで沈潜していた特異な重味をみせるようになり、その重味はあきらかに周囲を威圧した。多摩の里でいつも微笑し、気軽に冗談を交しあっていた薬売りの歳さんが、にわかに大きくみえはじめた。

具体的にどこがどうとうまくいえないが、新撰組の中で、いまの京都の状況にいちばんぴったり応じていけるのは歳さんであり、沢山の人間を束ねていくのも歳さんのような気がしたのだ。近藤先生は、さらにその上にのる巨《おお》きな人だと思った。だから、沖田はもう土方を歳さんとよばない。きちんと土方さんとよぶ。それは土方歳三の変化であり、沖田総司の変化であった。京都に集約した形であらわれている時代の波が、多摩の人間を変えるのである。いや、土方歳三には、はじめからそういう素質があったのかもしれなかった。

「うむ？」

土方はこっちをみた。遠い眼をしている。まだ自分がいまさまよっている想念の中からぬけきっていない。よほど大事なことを考えていたらしい。

「芹沢さんが持ってきた反物の代金なんですが」

「うむ、それがどうした？」

「こうしてわれわれも、その反物でつくった着物を着ているわけですが、心配しなくてもいいですか？」

「必要ない」

土方は言下にいった。すでに想念から自分をひき剝《は》がし、ちゃんとした眼になっている。

「それは芹沢さんが始末する」

「………」

突き放したそのいいかたに、隊士たちは、ややあっけにとられて土方をみつめた。土方だってその反物でつくった新しい着物を着ているのに。

そこへ芹沢鴨がとびだしてきた。隊士たちをみるとニヤリと笑い、

「メダカどもが何の相談だ？　どうせまたおれの悪口だろう」

そういうと道の前の畑に行って袴《はかま》をまくり、音を立てて小便をはじめた。そして、

「おれの小便はいい肥料になる、壬生菜も育つ。あっはっは」

沖田たちはちょっと不安になって道をみた。が、女はすでに消えていた。あきらめて去ったらしい。

「何だ？　何をキョロキョロしている？　誰かいたのか」

つつ先のしぶきを切りながら、再びこっちへ戻ってくると、芹沢は、

「こら、菱屋の勘定なんか心配するな、明日、大坂の鴻池《こうのいけ》の店に行く。ゼニはできる」

「鴻池？」

沖田はびっくりした。芹沢は微笑んだ。

「総司ちゃん、そうおどろくな、ゆすりに行くんだ。そこで」

芹沢は表情をひきしめると、隊士たちを順に一瞥《いちべつ》して早口で告げた。

「永倉、原田、井上、平山、野口、平間、それに車、おまえたちもいっしょにこい。それから」

芹沢の眼は山南敬助の顔に据えられた。

「山南、おまえもくるんだ。泥をかぶるということがどういうことか、学者のおまえに教えてやる」

「…………！」

山南の眼に怒りの色が奔《はし》った。芹沢はその山南を凝視しつづけ、やがて隊士たちに視線をむけ変えると、

「素面ってのはつらいなあ。油が切れるとおれは駄目《だめ》なんだよ。鴻池でうまくいったら、また飲もうや、はは」

そう笑ってまた受付のほうに走って行った。皆があきれている中で、土方歳三だけが、芹沢の姿をじっと鋭い眼で追っていた。

「法がいります」

歳さんはいった。

隊士の大半は芹沢について大坂に行ってしまった。本当に鴻池をゆすりに行ったのである。残った隊士は二条城に警護に出かけて行った。たまたま近藤勇と土方歳三だけが八木邸の離れにのこった。

「法がいるといっても、いまの京に法はない。おれたちがいかに偽勤皇を取締ろうとしても、楯《たて》にするものは何もない。守護職さまも、しばらく軽挙せずに自重して待てといわれたぞ」

そう近藤は応じた。歳さんはうなずいた。

「そのとおりです。楯も持たずにいま新撰組が打って出れば自滅する。私がいうのは隊内部の法です」

「内部の法？」

「ええ、このままだと隊はまもなく自壊《じかい》する、自ら崩れます。目的がないからです。それを早めるのは、あの芹沢です」

「なぜだ？　芹沢さんは私たちにはとうていできない金づくりなど、人の嫌がることを率先してやっているではないか。全部泥をかぶっている。隊士の人気もたかまっている。このごろでは、総司の奴でさえ、あまり悪口をいわなくなった」

「そこが危険なのです。私は新撰組を士道を貫く隊にしたい。隊士の気うけばかり気にする甘い隊ではありたくないのです。そんな隊では、一朝、京に法ができて私たちの出番がきたとき、新撰組は何の役にも立ちません」

「…………」

近藤は腕をこまねいた。ちょっと考えた。やがて、

「士道といったな」

「はい、侍の道です。しかし私のいう士道はいまのなまくら武士どもの武士道ではない。近藤先生が多摩を出るとき、門人たちに告げた八王子千人隊の精神です。あくまでも士を忘れず、士を軽んじない精神です。あの話には感動しました。まだ耳の底にのこっています」

「あの話は別に私の創意ではない。町田の小島鹿之助《こじましかのすけ》先生に教わったことだ。儒学でいうまことの士とは、農庶民のために、やさしさと思いやりに溢れた徳の政治をおこなう者である、と。それが真の士道であると懇々《こんこん》とさとされた。私は正しいと思っている」

「私もそうです。近藤先生、それでいきましょう。その士道を新撰組の根本に据えましょう」

「士道ニソムクマジキコト、か」

「そうです、そむく者は容赦《ようしゃ》なく切腹です」

「切腹？　きびしいな」

「他にきびしくするものは、まず自らにきびしくすべきです。昨日、葬儀の間中、私はずっと考えていた。京の市中に法をおこなう日は、新撰組自身がまず隊内で法を実現していなければならない、と。目的のない日々がつづけば、隊士も人間です。飲む、打つ、買うがはじまる。金がないのですから借金もするようになるでしょう。そうなると気持がササクレ立ち、隊内がギスギスして喧嘩《けんか》口論にもなる。いやになって隊から脱する者が出るかも知れない。だからその一切を禁ずる法をつくるのです」

「きびしすぎないか？　そんな法を持った隊は日本のどこにもあるまい」

「ですから新撰組がつくるのです。すべて士道の何たるかを、身にしみて思い知らせるためです。それから、すでに隊を組んだ以上、役職もきめましょう。えらい人、えらくない人をきめるのではなく、むしろえらい人の責任と義務をはっきりさせるのです。法と役職は芹沢さんが戻ってきしだい、きめましょう」

「…………」

近藤はじっと土方をみつめていた。やがて苦笑した。

「そうです。京都が私を変えたんです。でも近藤先生、先生も変ってくれなければ駄目《だめ》ですよ。あなたはもう試衛館の館長ではない、新撰組の局長ですよ」

「局長？　そんなことはまだきまっていない」

近藤は狼狽した。土方は笑った。

「私が芹沢さんとかけあって必ずそうします。近藤先生、私は多摩の里に脈々と流れている本当の士道を貫く新撰組にしたい。そしてその新撰組を大きく育てたいんです」

眼が燃えていた。薬売りの歳さんがはじめて口にする男の野望であった。実はこのとき、歳さんの胸の底には、すでに芹沢鴨に対する恐ろしい想念が湧いていたのだが、歳さんは口にしなかった。近藤の気質が、短兵急にたたみこむ急激な変化をきらうとみていたからである。案の定、近藤はいった。

「歳さんにまかせよう。が、法も役職も芹沢さんとはよく相談してくれよ」

「わかっています」

土方はうなずいた。その歳さんに近藤が思いだしていった。

「芹沢さんといえば、菱屋からのあの女、昨日今日と、根気よく門の前に立っているな」

「金をとるまでは戻らんでしょう。男とちがって女はしつこいですな」

歳さんのいいかたは冷たかった。二日後、

「芹沢先生がお戻りです！」

「歳さん、変ったね」

と、新しく選んだ虎の威をかりながら、狐《きつね》浪人の車一心《くるまいっしん》の得意気な前ぶれとともに、芹沢たちが埃《ほこり》をまいて壬生に帰ってきた。

「うまくいったぞ！　二百両せしめた！　ははは」

鉄扇をふりまわしながら上機嫌で近藤や土方にそういう芹沢は、もう酔っぱらっていた。みやげは二百両だけではなかった。芹沢はその二百両で隊服（ダンダラの羽織）と隊旗を大丸でつくらせて持って帰ってきた。さらに大坂で、新撰組に入りたいという浪人をかなり連れてきた。

が、芹沢は決して自分の功を誇らなかった。それより新調の隊旗をひろげて近藤に示し、

「近藤さん、みろ」

と相好をくずした。みて近藤は眼をみはった。誠の一字が大きく染めぬいてあった。

「これは」

「どうだ、いいだろ？　近藤さんの好きなことばだ。な、いいだろ？」

無邪気そのもので近藤に、いいだろ、いいだろ、とくりかえした。近藤はうなずいた。そして心の中で、

（この男は、決して悪人ではない）

と改めて思った。山南、永倉、原田、井上らのゆすりの共犯者たちは何とも複雑な顔をしていた。芹沢は、そうだ、と思いついたようにいった。

「門の前に立っている女に入れといえ。金を払ってやるとな」

え、と一同が芹沢をみかえすと、芹沢の眼は異常に燃えていた。それは酒の酔いのためだけではなかった。

この日、誠の隊旗は新撰組の宿所にひるがえった。そして、菱屋太兵衛の妾お梅は、貸金をもらうかわりに、芹沢鴨に犯された。

天皇もおれたちを認めたぞ

堺町御門《さかいまちごもん》での押しあい、へしあいに一区切ついて、薩摩軍と長州軍がそのままにらみあいに入ったころ、やっと弁当が出た。局長の芹沢鴨は、

「おう、おう」

と無邪気なよろこびの声をあげた。真先に、

「早くよこせ」

と手を出す。いま、新撰組には局長が三人いる。芹沢鴨、新見錦《にいみにしき》、近藤勇の三人だ。司令官が三人もいるなんて変な軍だが、隊内の派閥均衡のためにそうなった。そのかわり副長は近藤派の山南敬助と土方歳三が占め、副長助勤という伍長格の役職も、沖田総司以下試衛館員でかためた。が、このままではすまない。いずれ両派が激突するのは誰の眼にもあきらかだった。

三人の局長はそれぞれ小具足に身をかため、頭には烏帽子《えぼし》をかぶっている。手に鉄扇をもち、なかなかりっぱだ。

「馬子《まご》にも衣裳だ」

沖田総司が蔭口をたたく。隊士たちはどっと笑った。隊士もすでに百人ちかくなり、今日は五十二人出陣してきている。みんなそろいのダンダラ羽織を着て、黄色いタスキをかけて

いる。黄色いタスキは会津藩の目印だ。ところどころに騎馬提灯《きばちょうちん》を立て、赤い山形のしるしをつけて、その下に大きく「誠忠」と書いてある。誠の隊旗は三人の局長が腰をおろしている具足櫃《ぐそくびつ》の脇に重々しくかかげられていた。

指揮のとりかたは近藤勇が群をぬいていて、刻々と変るめまぐるしい状況報告のききかたや、指示の与えかたはさながら一藩の部将だった。とても江戸の三流道場の主だとは思えない。これは新撰組隊士だけでなく、御所内に陣を布《し》いた各藩の軍勢がみんな注目した。

「誰だ、あの男は」

「壬生の浪士組の頭領で、こんどういさみとかいうそうだ」

「こんどう？　なかなかみごとだな。浪士組の扱いも規律厳正だ」

そんな話をかわしあった。それが芹沢鴨の耳にも入ってくる。おもしろくない。男の嫉妬が湧く。腹もへっているからよけいむしゃくしゃする。つまらないことをいい立てては、

「この馬鹿者ッ」

と、鉄扇で部下をなぐる。いらいらしているところへやっと弁当がとどいた。

が――この弁当がひどかった。包んだ竹の皮をひらいてみると、小さな握りめしが一個、生の味噌が隅にベチョッとついているだけで、あとは梅ボシがひとつ。芹沢は、うっ、とうめき、たちまち顔色を変えた。

「こんなものが食えるかッ、新撰組局長を何と心得ておるッ」

と怒声をあげた。竹の皮ごと地面にたたきつける。そのさまを、しずかな微笑でみつめな

がら、近藤勇はゆっくりと握りめしを食った。梅ボシは皮と実《み》をしゃぶりつくし、のこったタネもカリッと歯で嚙《か》み割った。それを手にとると、割ったタネの中から白い実をとりだした。

「これはテンジンさまといいましてな、うまいんですよ」

そういって口にほうりこんだ。

「…………？」

芹沢鴨は呆《あき》れて近藤をみている。その芹沢に近藤はいった。

「私は多摩の農民ですから、たとえ梅ボシひとつでも、米の飯が食えるということはありがたいことです」

皮肉でも何でもなかった。近藤は本心からそう思っていた。芹沢はもともと近藤が好きだし、近藤が嫌味をいう人間でないことはよく知っている。ちょっと後悔して地べたで泥まみれになっている握りめしをみた。が、たちまち、

「茶だ！　茶をもってこい！」

とどなった。すぐ、

「茶なんてありません」

という隊士の声がかえってくる。

「ない？　では、湯だ！」

「湯もありません」

「湯もない？　まったく会津の兵粮方《ひょうろうがた》（食事係）は何をやっているのだ！」

八つあたりする芹沢は、すぐ目の前の花畑の中を流れている細い川に目をつけた。

「その川から水をくんでこいッ！」

江戸城とくらべて京都御所は平和そのもののつくりだ。各館舎は平地に貼りつくように低く建てられているし、庭もひろびろとしている。新撰組がいま陣をおいている場所は花でいっぱいだ。ここへ陣をしくときに、いきなりそこへ入った隊士に、

「花をふむな、花をふんではならんッ」

と近藤勇は叱咤《しった》した。それが今日の近藤の最初の命令だった。しかもこうつけ加えた。

「花にもいのちがあるッ」

脇できいていた芹沢は感心して、

「……花にもいのちがある、か。なるほど、近《こん》ちゃん、いいことをいうなあ」

と近藤の肩をたたいた。近藤のことをまた近ちゃんと呼んだので、沖田総司がギラッと眼を光らせた。その肩を歳さんがニコニコ笑いながらおさえた。芹沢の腰巾着《こしぎんちゃく》の車一心がかけだして行って器《うつわ》に川の水を汲んできた。さしだしながら、

「鴨川の水をひきこんでいるようです」

と、知りもしないくせにそんなでたらめを告げた。

「鴨川の水か。さぞうまかろう」

車のおべんちゃらをマにうけて、芹沢は器を口にあて思いきりのんだが、途端、バッと吐

きだして、

「ばかやろう、これが鴨川の水かッ」

と、のこりの水を車の顔にたたきつけた。車はびしょぬれになる。その車に、

「この水は小便だ！」

どなりながら芹沢は立ち上がっていた。そして川の上流の仙洞御所《せんとうごしょ》のほうをにらみつけて罵声をあげた。

「おそれ多くも、一天万乗の君のお庭内で、こともあろうに川に小便を垂れた奴《やつ》は、どこのどいつだッ」


今日未明、というより前夜（文久三年八月十七日）深更、壬生の新撰組に守護職会津藩から急使がとんできた。

「ただちに御所に出陣ありたい」

という。

「御所？　御所を攻めるのですか！」

早トチリする応接の隊士に、

「そうではない。御所の門をかため、長州藩と過激派浪士を京都から放逐するのです」

会津藩の使者はそう説明した。新撰組は湧いた。いままでわがもの顔に京都を牛耳《ぎゅうじ》り、新撰組を、江戸の食いつめもの、幕府の犬とさげすんでツバをはきかけてきた長州藩と、その

長州藩に寄生虫のようにまといつく浪士たちに、どれほどくやしい思いをしてきたかわからない。面と向かって喧嘩《けんか》を売られたこともある。しかし、そのたびに近藤は、

「こらえろ。おれたちには拠《よ》るべき法がない。法をもたずに争えば私闘になる」

と、とめてきた。それが今夜急転直下、反攻に出る。政治がうごいたのだ。どこの誰がどういう仕掛けをしたのかわからないが、とにかく大快挙だ。

「出陣、出陣！」

勇躍して新撰組は四条通りに出、右折して堀川通《ほりかわどお》りに出ると、北上し、二条城の前を走りぬけて丸太町通《まるたまちどお》りを東へ向かい、御所の前に出た。目標は堺町御門だ。この門は長州藩が警備を命ぜられている。

「長州が出てくる前に、うばいとれ」

会津藩の使者はそう指示した。

御所に着いておどろいた。真夜中なのに数千の武装兵がかけつけて大混乱だ。どなり声と武具のふれあいで喧騒音が空いっぱいにひびく。きいてみると軍勢は会津・淀・薩摩の藩兵だった。

「薩摩？」

新撰組は首をかしげた。薩摩藩も今日までけっこう長州藩と同調してきたからだ。

「その薩摩がなぜ急に幕府と手をくむのか？」

そんな疑問をもった。しかし薩摩藩はすでに堺町御門を占拠していた。すばやい。そして

新撰組はここでひっかかった。赤穂浪士の討入りみたいな妙なかっこうをしているものだから、向こうの隊長が通してくれないのである。通せ通さぬでこぜりあいになる。ついに、芹沢鴨が前に出た。

「京都守護職預かり、京都新撰組局長芹沢鴨である！　朝命によって御所内の警備にまいった。通されい！」

　ドスのきいた声だ。大声を出すことにかけては誰にもまけない。薩摩軍はぐっとおされた。後部から別の隊長が出てきた。そして、

「通せ」

と命じた。しかし、と眼をむく兵にその隊長は、

「いいから通せ」

ともう一度命じ、ニヤリと笑って、

「ごくろうです」

と新撰組をみた。しかしその視線は芹沢でなく、なぜか近藤をみつめていた。

「貴殿、ご尊名は」

芹沢がきいた。隊長は近藤をみつめたまま、

「中村半次郎《なかむらはんじろう》です」

　とこともなげに答えた。新撰組はどよめいた。中村半次郎は、人斬り半次郎とよばれ、同じ薩摩の田中新兵衛《たなかしんべえ》、肥後の河上彦斎《かわかみげんさい》、土佐の岡田以蔵《おかだいぞう》らとともに、尊攘派《そんじょうは》の有名な暗殺

者だ。新撰組の危険人物表のはじめのほうに載っている人物だ。

(こいつが人斬り半次郎か……)

近藤勇もさすがに緊張した。しかし、いずれにしても今夜の薩摩藩の急旋回は理解できなかった。

堺町御門を入って東側は関白鷹司邸《たかつかさてい》、西側は九条邸《くじようてい》になる。その奥に花畑が展開し、花畑の北端は仙洞御所の南門につながる。門内はすでに会津、米沢、阿波《あわ》、京極《きようごく》などの軍勢でいっぱいだった。会津と米沢はズラリと大砲の砲列をしいていた。

「これは……おれたちの出る幕じゃありませんね」

目をみはりながらそういう沖田に、歳さんは首をふった。

「そうじゃないね。これから先のことを考え、新撰組に名をあげさせてくれるんだ。守護職さまの深いお気持さ」

「そうか……」

沖田の脳裡にふっとこの間みた痩《や》せほそった会津容保《あいづかたもり》の姿が浮んだ。帝と将軍の両方に、忠誠一途を貫く若き大名の痛々しいおもかげが浮んだのである。

今夜の争乱は、その会津容保が中川宮《なかがわのみや》といっしょになって決行したクーデターだった。

五日前、長州藩と組んだ過激派公卿《くげ》は、

「天皇は大和に行幸される。在洛大名ならびに志士群はその供につけ。天皇はそのまま関東に向かわれる。供は義軍となる」

と宣言した。これではまるで討幕の軍だ。おどろいた中川宮は、孝明帝に、

「本当にそんなことをなさるおつもりですか？」

とたしかめた。本当は孝明帝も過激派の三条実美《さんじようさねとみ》たちにおされて、内諾を与えていたのだろうけれど、どたん場になって首を横にふった。

「そんな考えはない」

と答え、さらに、

「三条らは朕《ちん》を利用している」

と不満をもらした。これをきいて中川宮は容保と密談し、この際一挙に過激派から政局の主導権を奪取しようと決意した。それにはまず長州藩と、これと組む千余人の尊攘浪士群を京都から逐《お》うことだ。そして幕府と協力して国難打開にあたろうとする穏健派がいきおいを盛りかえすことだ。密謀に薩摩藩も参加した。薩摩藩が参加したのは、少し前に姉小路公知《あねのこうじきんとも》という公卿が暗殺され、その犯人に薩摩藩の田中新兵衛が目されていたからだ。町奉行所に連行された田中は無言のまま自決してしまったが、薩摩藩は御所警衛の任をとかれた。これでは政治の潮流からおきすてられてしまう。そこで急に会津藩と手をくんで、勢力挽回のためにこのクーデターに参加したのである。

もちろん、こんな上層での政治の駆け引きなど、近藤たちにはわからない。しかし、会津容保の愛情で、この夜、新撰組がクーデター側の一翼に陣をはったことは事実であった。

お花畑の中を流れる細い川をさかのぼって、上流のほうに布陣している米沢や阿波の陣を、

「小便をした奴《やつ》は誰だ、出ろ！」

と芹沢鴨がどなりまわっている間に、事態はどんどん進展した。異常事態を知って、長州軍や三条実美たちがかけつけてきたときは、もうおそかった。佐幕派の軍は蟻《あり》一匹通さぬほど密集していたし、長州藩には、

「門の警衛の任をとく」

という勅命が出ていた。三条実美以下二十人の公卿には参内禁止の命令。過激派浪士のための朝廷の窓口はすべて廃止。さらに、

「浮浪の徒の巨魁として、つぎの者は見つけ次第捕えよ。手向かう場合は斬殺も可」

として、久坂玄瑞、桂小五郎、佐々木男也《ささきおとや》、楢崎弥八郎《ならざきやはちろう》、時山直八《ときやまなおはち》、益田右衛門介《ますだうえもんのすけ》、真《ま》木和泉《きいずみ》、松村大成《まつむらたいせい》、宮部鼎蔵《みやべていぞう》、河上彦斎らの名が指名された。孝明帝は、

「今日までの勅命は、すべて三条ら暴臣や浪士の圧力で出されたもので、偽りのものである。今日以降の勅命が朕の本心である」

という空前絶後の声明を出した。

いずれにしても、こういうまきかえしの策が、八月十八日午前一時からひらかれた朝議でめまぐるしくきめられた。反対派は全部閉めだしてしまったのだから、話のきまりかたは早い。それと思いのままだ。三条実美ら、閉めだされ組は鷹司邸に集まった。長州藩の領袖や真木和泉たち志士の指導者もかけつけてくる。痛憤するが、さすがに御所に向かって発砲はできない。

「薩賊、会奸め！」

と、薩摩と会津を憎んでギリギリ歯を噛みならすだけである。朝廷からは、昨日まで過激派に痛めつけられてきた穏健派の公卿が、こんどは勅使として鷹司邸にのりこんできて、

「何を集まっているか！　さっさと解散せよ」

と居丈高《いたけだか》に退去を命ずる。白い眼でにらみかえすがどうにも分がわるい。一時は、

「薩長、ついに激突か」

と思われた堺町御門での対峙も、この日の夕暮、長州藩がついに軍をひいた。そのまま東山阿弥陀ケ峰《あみだがみね》の麓《ふもと》にある妙法院《みょうほういん》に集結した。三条実美や真木和泉のように、行きどころのないものは、

「当初予定のとおり、大和に行って義軍をおこそう」

と決死の作戦を主張したが、長州藩上層部が乱れた。特に藩主代理で京にいた吉川経幹《きっかわつねもと》（岩国領主）や毛利讃岐守《もうりさぬきのかみ》（清末《きよすえ》支藩主）は、

「ひとまず長州に戻って、藩公のご指示を得、大挙して再上洛の軍をおこしましょう」

と主張した。結局、この言に決定された。

雨がふりはじめていた。初秋である。七人の公卿をいただいて、長州軍と在洛志士のほとんどが京都から落ちた。その七卿落ちの旅で、

世は苅菰《かりこも》と乱れつつ
茜《あかね》さす日もいと闇《くら》く

蟬《せみ》の小川辺霧立ちて
隔ての雲となりにけり
あら痛ましや　玉きわる
内裏《だいり》に旦《あけ》くれとのいせし
実美朝臣《さねとみあそん》　季知卿《すえともきょう》
壬生《みぶ》　沢　四条《しじょう》　東久世《ひがしくぜ》
そのほか錦小路《にしきこうじ》殿
今うきぐさの定めなき
旅にしあれば　駒さえも
………

久坂玄瑞は、もちまえの詩心で、自分たちと行を共にする七人の公卿の名をよみこんだ、軍歌を即吟し、天与の美声で朗々とうたいながら、ともすれば湿《しめ》りがちな敗北軍を勇気づけた。しかし、心の中で誰よりも男泣きに泣いていたのはその久坂だった。

（必ず戻ってくる！）

歌いながら久坂玄瑞は、つよく、そういう決意をかためていた。三条大橋のたもとや市中のその他の触《ふ》れ場に、新しい制札が一斉に立った。こう書いてあった。

京都守護職預かり新撰組に市中昼夜とも見まわるよう命じたので、そのように心得ること。

布告者は京都の治安責任者京都町奉行だ。

壬生の新撰組はよろこんだ。

「日かげ者に陽があたった！」

と、とびあがった。歳さんは、

「近藤先生、これでおれたちが楯《たて》にする法ができましたね」

と、眼をかがやかせた。京都へきて歳さんがみせたはじめてのよろこびの表情である。尊攘浪士がどんなに乱暴をしようと、いままでの新撰組にはとりしまれる権限がなかった。依拠する法をもっていなかったからだ。しかし、この布告で新撰組は一挙に公認の法の執行者になった。これからの新撰組の行動はすべて公のものとなる。幕臣ではないが、私設団体でもない。ほかに例のない、まったくの特別な隊なのだ。

が——その取締権を与えられた新撰組が、初仕事として実行したのは、実はビラはがしであった。八月十八日のクーデター後、朝廷と幕府が手を組んでことに当ろうという、いわゆる公武合体派が政治の主導権をにぎったが、過激派尊攘派も決してそのまま沈黙したわけではなかった。七卿をまもって、長州へ落ちるふりをして一旦は京都を出たものの、かなりの長州人や浪士はすぐ舞い戻ってきた。市内に潜伏し、地下活動をはじめた。その地下活動の手始めがビラ貼り作戦であった。そしてビラの中身も次第に悪質になった。たとえば、こんどのクーデターの張本人である中川宮や松平容保に対して、最初のうちはクーデターがいかにまちがっているかを告げる政治的攻撃文が書かれたが、やがて文章は二人への個人攻撃に

なり、誹謗《ひぼう》、中傷、さらにデマに変った。中川宮は、

「孝明帝をたぶらかして、皇位をねらう大逆人」

と書かれたし、容保にいたっては、

「毒に当って死んだ」

などと変死の噂を流された。そして、何も知らない京都人の中には、

「ほんまか……おかわいそうに」

と、この噂を信ずる者もかなりいた。

容保は、たしかにからだも神経も弱り、隣室での家臣の咳ばらいや、行灯《あんどん》の灯火にもピリピリするほどの健康状態だったが、気力は盛んで死んでなどいなかった。容保は、

「けしからぬ。新撰組にはがさせよ」

と命じた。ビラ貼りが潜伏浪士のしわざであり、それを妨害する以上は、当然武闘になると思ったからだ。

新撰組は出動した。しかし浪士と遭遇することは全くなく、来る日も来る日もビラはがしだった。ビラは糊をたっぷりつけて貼ってあるのでなかなかはがれない。隊士はタワシを持って町から町へと走りまわった。市民はそんな新撰組を嘲《わら》笑った。

「何や、新しく市中を見廻らはるシンセングミというのは、ビラはがしか」

屈辱が隊士をおそう。壬生の本営へもどってくるころは、みんなふきげんでふくれっ面《つら》になっていた。

「何とかしないと、隊士の不満が爆発しますよ」

若い隊士の気持を代弁して、沖田や藤堂平助たちが近藤のところに意見をいいにくる。近藤はうなずくが、

「気持はわかるが、がまんしてしばらくはビラはがしに専念してくれ。いまは下らないと思うことを、くりかえしくりかえし実行することが大事なのだ」

といいきかせる。歳さんもニコニコしながら、

「近藤先生のいうとおりだ」

と同調する。そういう空気の中で、芹沢鴨だけが隊士の人気を集めていた。芹沢は夜になると、

「こら、ビラはがしども！　いっぱい飲みに行くからついてこい！　奢《おご》ってやるぞ」

と大声で告げ、誰彼の差なく隊士を酒亭にさそった。若い隊士は金なんかないから、みんなよろこんでついて行く。

「芹沢先生、芹沢局長」

と芹沢の人気はいよいよあがる。新見錦、野口健司、平間重助、平山五郎、それに車一心らのとりまきは得意げに芹沢をかこんで行く。まるで親衛隊きどりだ。特に車の態度が憎たらしい。試衛館員はくちびるをかんでそのさまをにらみつける。

「しかし、よく飲む金がつづく」

そう感心する近藤に、

「ゆすりですよ」

総長の山南敬助が苦い顔で応ずる。

「この間なんか、金を出さなかった丁字屋《ちょうじゃ》という店を鉄扇で目茶目茶に叩きこわしたんですぜ」

槍の達者な原田左之助が憤懣《ふんまん》やるかたない声をあげた。たしかに芹沢のゆすりはここのところ度を越していた。飲む店もこのごろは、かつてのように安いおでん屋などでなく、島原の遊廓なんかに行くから金がかかる。いくらあっても足りない。結局、町の商家にゆすりに行く。

「おれたち新撰組のおかげで、きさまたちは毎日安穏《あんのん》に商売ができるのだ。少しくらい儲《もう》けを献上しろ」

というのが芹沢のゆすりの論理だ。苦情は町奉行所や守護職に殺到し、近藤にも何回か注意がきているが、人のいい近藤は、

「いや、本人は必ず悔悟するでしょうから」

と、芹沢をかばっている。それが試衛館員にははがゆい。原田や永倉新八など、このごろでは、

「いっそ殺しちまおうか」

とひそかに相談している。不穏な空気を近藤がその人格だけでおさえていた。芹沢鴨の悪口が出るたびに、沖田総司は、(あの女の人が可哀想だな)と思う。あの女の人というのは、

菱屋という商人の妾《めかけ》のお梅のことだ。芹沢がふみ倒した菱屋の代金をとりにきて、逆に芹沢に犯された女である。

が、この女は変っていた。以来、そっと八木邸にかよってくる。そして台所の隅で芹沢がよぶのを待っている。自分を犯した男を憎まずに逆に魅《ひ》かれてしまったのだ。沖田は膳をかたづけたり、水を飲みに行ったりするときに、よくそんなお梅の姿に出会う。沖田をみると、お梅ははずかしそうな弱い笑みを浮べる。心のやさしい沖田は微笑する。自分を馬鹿《ばか》にしない沖田に、お梅はふっと涙ぐんでしまう。しかし沖田にはこういうお梅の気持は不可解だ。

「犯されたのに、その男を好きになるものかね」

そうきくと、〝女の通《つう》〟をもって任じる藤堂平助は、

「それが女ごころという奴《やつ》さ。総司さんはまだ勉強が足りない」

とわかったようなことをいう。そうかな、と沖田は考えこみ、おれもそういうやさしい女の人と恋をしてみたいな、と思い、たちまち、馬鹿者、おまえは新撰組副長助勤だぞ、と自分を叱りつける。そして隊則第一条の、

「士道ニソムクマジキコト」

ということばを大急ぎで暗誦するのであった。

九月中旬になって、会津藩を通じて、朝廷から新撰組隊士に賞金が下賜された。八月十八日の働きがみごとだったというのである。しかし天皇が新撰組なんて知るわけがない。

「会津さまのご配慮だ」

近藤勇は感激した。その会津容保は、朝廷から下賜された金は出動隊士一人につき一両ということで、五十二人分しかこなかったのを、

「留守隊士にも渡るようにせよ」

と命じて、自分が不足分を出し、約百両にして届けさせた。使いの侍からその話をきいて近藤たちは、

「えらい殿さまだなあ」

と、まぶたをうるませた。そしてこういう容保を毒死したなどという噂を流す浪士たちに、いよいよ深い怒りを燃やすのであった。近藤勇は、全隊士を広間に集め、このことを全員に告げて、

「ところで、下賜金の配分についてはみんなの意見をききたい」

といった。大衆討議にかけたのだ。たちまち脇から、

「問答無用、パァーッと島原へくりこもう！」

と芹沢鴨が声をあげた。笑声で賛同する隊士たちがたくさんいた。苦笑して近藤が、

「それでいいか？　ほかに意見は」

ときくと、隅のほうからおずおずと手があがった。中年の隊士である。

「何だ？」

近藤はそっちへ目をむけた。その隊士は、

「まことに申しあげにくいのでありますが……」

「遠慮しなくていい、何でもいってみろ」

「はい、ありがとうございます。実は、拙者は大坂に妻子をおいてありまして、妻は目下病中であります。縁者とてありませんので、その、朝廷からのご下賜金を頂戴《ちょうだい》できれば大変に助かるのでありますが……」

額に汗を浮べての、本当に苦しそうな発言だった。はずかしかったのだ。でも、はずかしさより家族の生活が切羽つまっていた。

「情《なさけ》ないことをいうな！」

「それでも武士か！」

「一旦入隊した以上家族のことなんか口に出すな！」

そんな声が諸所で起った。中年の隊士は眼に狼狽《ろうばい》の色を浮べて坐った。が、手が数本あがった。

「意見あり！」

「よし、きこう」

近藤がうなずくと、若い隊士が立った。

「いまの意見を黙視できません。家族に後顧のうれいがあっては、われわれは戦えません。私も私の分をいただきたい。そして私の分はその方《かた》に献じます。新撰組は、そういう同志愛のみなぎる隊であってほしいと思います。ただ酒を飲むだけが能ではありません」

すでに、いろいろな地方から新しい隊士が入っている。いろいろな考えの人間がいるのも当然だ。近藤はおもしろいものだなと思った。

「なまいきなことをいうなッ」

「パッと飲んで、士気をあげるほうが意義がある！　それでなくても、みんなビラはがしで腐っておる！」

芹沢のとりまきがそういう声をあげた。

「そうだ、そうだ！」

と唱和する声も多かった。近藤は土方歳三をみた。歳さんは相変らず笑っていた。が、眼が語っていた。近藤はその意味を理解した。

「こうしよう」

近藤は断を下した。

「何といっても、朝廷からのご下賜金は例がない。たとえ一両でもひとりひとりがそのありがたみを感ずるために、全員に配分する。あとは飲もうと仕送りをしようと勝手だ」

この決定には芹沢派も、もう何もいわなかった。金の配分がすんだあと、近藤はじめ試衛館員は自分たちの分をまとめて、さっきの中年の隊士に渡した。

「……局長」

涙を浮べてその隊士は礼をいいにきた。近藤は、

「いやあ、少なくて、勘弁してくれ」

と手をふった。隊士が去ると近藤はきいた。

「芹沢さんたちはどうした？」

「島原へ行ったんじゃないですかな」

「一両ではどうにもなるまいに」

そんな話をしていると、井上源三郎《いのうえげんざぶろう》が血相を変えてとびこんできた。

「大変です。芹沢さんたちが大砲をひきずって出て行きました！」

「なに、どこへ行ったのだ？」

「大和屋という商家です。生糸交易で儲けた金を吐きださせ、その金で全隊士の慰労会をやるんだといっていました。近藤局長は御所出陣の慰労会もやらないと悪口をいっています……」

「……まいったな」

近藤は苦笑した。

「芹沢さんは毎晩慰労会だものな。歳さん、どうする、とめに行くか？　ちょっと大ごとになるぞ」

「ほっときましょうよ」

歳さんはそう応じた。何か考えている眼つきだった。しかしいつもとはちがう眼をしていた。

「ゆすりもとうとう大砲まで使うようになったか……」

そうつぶやいて、沖田は立ち上がった。

「どこへ行く？」

近藤がみとがめた。芹沢のところへ走るのかと心配したのだ。沖田は微笑した。

「台所に水を飲みに行くだけです」

沖田が去ると近藤が眉をよせた。

「あいつ、このごろ、よくのどがかわくようだな。どこか、からだが悪いんじゃないだろうな」

近藤のつぶやきに皆は思わず顔をみあわせた。

その沖田総司は、台所の桶から水を飲みながら、今夜も隅にひっそりと坐っているお梅をそっとみていた。お梅は、哀れ蚊のように、かぼそい雰囲気を漂わせていた。まもなく、沖田総司はこの女を殺すことになる。お梅は芹沢鴨に抱かれたまま、沖田に斬られて死んでいく。

恋をしてしまった隊士たち

京都ではいくつかの寺が、普段はかたく「拝観辞退」している建築物や庭を公開する。その中に、大徳寺《だいとくじ》境内にある小堀遠州《こぼりえんしゅう》の〝孤篷庵《こほうあん》〟が入っている。ここには有名な茶室〝忘《ぼう》筌《せん》〟の間がある。

「真理を伝えれば、ことばはすでに不要である、つまり目的と手段とを履きちがえるな、というのが忘筌の意味だとうかがっております。そこへいくと現代は、真理を忘れたことばだけが、いかに多くはびこっていることでありましょう……」

ネタ本にそう書いてあったのか、あるいは自分の所感の一端を挿入しているのか、同志社大学からきたという学生アルバイトの解説員はそんなことをいった。

わるい話ではない。ちょうど雪が降っていた。小堀遠州の作庭は、この庵の庭では白砂を使わずに、枯れた松葉を波に見立てて散らしてある。その松葉の海に、白いこまかい雪がハラハラ落ちるのをみているうちに、私は突然〝黒谷《くろだに》さん〟が恋しくなった。

黒谷さんというのは俗称で、東山岡崎の金戒光明寺《こんかいこうみょうじ》のことである。法然《ほうねん》がこの地に紫の雲がたなびくのをみて、草庵を結んだ浄土宗の本山だ。幕末時には、京都守護職会津容保《あいづかたもり》が本陣をおいていた寺だ。

数十段の石段をのぼりながら、広壮な山門をくぐりつつ、会津藩士や新撰組の群が出入りしていた在りし日をしのんだ。

が、お寺まいりにきたわけではない。この日、私は会津藩士たちの墓所に行くのが目的だった。この寺の墓地には、山崎闇斎《やまざきあんさい》や竹内栖鳳《たけうちせいほう》、八橋検校《やつはしけんぎょう》などの墓があり、海保青陵《かいほせいりょう》の墓などは参道へもたれかかるように朽ちてしまっている。

会津墓地は、石にきざんだていねいな標示があるから、ただ辿《たど》って行けばいい。山の奥の一角に石柵でかこまれた数十基の墓の群は、今日もしずかに土に坐っていた。まさしく坐っているといういいかたが正しく、それぞれの墓石は、ふつうの墓の半分から三分の一くらいの小さなものである。維新前後に京都で戦死、病死した藩士たちの墓で、京都で好きな場所のひとつである。墓の群は、相変らず無言である。ことばはない。沈黙したまま白い雪をうけていた。

私は孤篷庵できいた〝忘筌〟の説明を思いだした。真理を伝えることが大事なので、ことばが大事なのではない。会津藩の使者たちはそれを実行している。まったくの無人の地の片隅で、この墓の群が伝えるのは真理のみである。生命《いのち》のかぎりを燃やした誠の士の群の真実は、まぎれもなく百余年後にここに佇立《ちょりつ》する者の胸に伝わってくる。ここではことばは不要である。

文久三年（一八六三）の九月某日、新撰組局長のひとり近藤勇は、苦虫を嚙《か》みつぶしたような表情でこの黒谷さんの石段をおりた。会津藩の重役から、慇懃無礼《いんぎんぶれい》に、しかし内実は相当きびしくしぼりあげられた。局長のひとり芹沢鴨《せりざわかも》の行状に対して、少し思いきった注意をするようにという小言であった。

前月、芹沢は市中の大和屋という商人に押し借りを申しこみ、ことわられると隊の大砲をひきずって行って弾丸をぶちこんだ。このころの砲弾は火薬の入っていない鉄のかたまりだから、ものをこわすのが目的ですぐには火災は起らなかったが、市民は仰天し、自衛組織や町奉行所員も出動して、水の入った桶をもって初期消火態勢に入った。まわりをぐるりとそういう層にかこまれながら、芹沢鴨は大きな鉄扇をひらいて、

「愉快だな、ああ愉快だぞ」

と、ご機嫌だった。もちろん酔っぱらっている。市中は憤激して、黒谷さんに文句をいいに行った。いいに行った連中の中には京都に駐在している各藩の責任者や、京都町奉行所役人もいた。

「町奉行所だと？　不逞浪士《ふていろうし》のとりしまりもできないくせにふざけるな！」

伝えきいた芹沢は、反省するどころか、こんどは自分を非難した層をひとりひとり訪ね、鉄扇でそこら中の調度品を叩きこわしながら、

「新撰組局長芹沢鴨、不行跡の謝罪にまいった！　さあ、どうする！」

と大声でお礼参りをはじめた。特に各藩の用人を狙《ねら》った。用人たちはびっくりし、たちまち非難を取消して芹沢に謝り、金品を贈るという始末になった。水口《みなくち》藩の用人など、このために島原の角屋《すみや》で芹沢に大変なごちそうをさせられた。が、このときの店の態度が新撰組を

舐《な》めているというので、芹沢は大あばれにあばれ、鉄扇で店の中を目茶目茶に叩きこわしてしまった。それでも腹がいえず、

「七日間、営業を停止する」

と店主に宣言した。店主はせせら笑った。

「ご浪人はんの集まりの新撰組に、どないして、うちの店を閉じさせる権限がおますのや？」

とひらきなおった。

これは京都の市民群が共通してもっている疑問だった。新撰組って一体何なのや、ということだ。たしかに辻には高札が立って、

「こんご新撰組は市中とりしまりに当る」

という町奉行の布告はみた。しかし、それでは新撰組は町奉行の下役なのか、守護職さまの家来なのか。

「はっきりしてえな」

と、市民の誰もがそう思っていた。権限を行使するのなら、お役人はんにならはったらええやないか、公方《くぼう》はんもちゃんとお給金出して雇うたらええやないか、それもようでけんと、どうもおかしい、シンセングミいうのは、ほんまにうさんくさいなあ、というのが京都市民のかけねないいまの気持だった。

そして、それもこれも芹沢鴨に原因があった。芹沢が新撰組の評判をいちじるしく落して

いるのである。島原の角屋《すみや》の店主の抗議には、京都町奉行所が、

「新撰組の宣言は有効である」

という見解を出して、そんな馬鹿《ばか》な、法的根拠を示せ、という角屋の再審請求を却下してしまった。それみろ、といきおいづいた芹沢は、またゾロゾロ一味をひきいて行って、もう一度店を叩きこわした。角屋は完全に慴伏《しょうふく》した。

「いっそ、思いきって……」

暗い東山の山道を歩きながら、同行した副長の歳さんが闇の中でつぶやいた。

「いっそ、何だ？」

近藤はききとがめた。歳さんは黙した。近藤には歳さんの考えがわかった。

「歳さん、無謀はいけないよ、無謀はいかん。芹沢さんには私からよく話すよ」

「話してわかる相手ですかね？」

歳さんは笑いながらいう。近藤はうなずいてこう応じた。

「誠意をつくして話せば必ずわかってくれると思う。芹沢さんは本当はいい人だよ、いや哀しい人かも知れない。しかし、いずれにしても酒がわるい。酒は魔の薬だ……」

(先生は人が好い)

と歳さんは声に出さずに胸の中でつぶやいた。そしてそこがおれには真似ができないこの人の巨《おお》きさだ、と感じた。

壬生《みぶ》の里は恋の花ざかりだった。

まずネコが恋をしていた。一年に何回も訪れないサカリの季節がきて、ミャウオ、ミャウオと、オスとメスが呼びかう声が里中にみちた。ネコのよびごえは人間の赤ん坊の泣きごえに似ていた。八木邸でも、庭のすみや、塀の上で懸命によびあいながらも、なかなか成立しないネコの恋を、非番の隊士たちは飽きずに眺めた。ネコのおチンチンは、赤くて針のように細い。それを露出しているところが、かなり知的で狡《ずる》いはずのこの小動物の限界だった。

隊士の中には、剣術の稽古《けいこ》の途中、

「うるせえぞ、いいかげんにしろ！　このネコ野郎め」

と、いきなり手桶で塀の上のネコに水をブッかける者もいたが、

「そんな可哀想なことをなすっちゃいけませんよ」

と、ふざけた口調でとめるのが沖田総司だった。沖田は、ミャウオ、ミャウオとネコのよびあいがはじまると、脇からネコ語を翻訳した。

「ミャウオ、どうや？　今晩、おれと寝ないか」

「ミャウオ、うちイヤヤワ」

この「うちイヤヤワ」といういいかたに、沖田独特の雰囲気があり、きいている隊士たちはドッと笑う。というのは、新撰組の青年たちにとって「うちイヤヤワ」というのは目下隊内を席巻している流行語だったからだ。

他国から集まってきた隊士たちは、青雲の志に燃えながらも、時に故郷が恋しくなる。そ

ういうときに、何よりもかれらの心をなぐさめてくれるのは京の娘であった。が、とても手が出せない。その娘たちは、からかうと、

「うちイヤヤワ」

といって、恥ずかしそうに袂《たもと》で顔をおおってしまう。その風情をみると隊士たちの胸はやるせなさでいっぱいになり、そろって、

(これが青春だ)

と思うのである。

「うちイヤヤワ」は、そういう隊士たちの京娘へのあこがれと恋情とを、十二分に表す象徴語であった。が、隊士の中には幸運な奴《やつ》がいて、この「うちイヤヤワ」をイヤでなくしてしまう者もいた。

金沢脱藩の山野《やまの》八十八《やそはち》は、若い美男でもあったが、壬生寺門前町の水茶屋《みずぢゃや》〝やまと屋〟の娘から恋文をもらっていた。この娘は大変な美人で、隊の青年は給金の前借りをしながら争って通っていたから、これは事件だった。しかし、青春はなかまの恋を祝福する。隊士は一斉に手をひき、山野と娘はいまは公然と恋人同士になっていた。

大坂の職人のせがれ佐々木愛次郎も幸運なひとりで、二条衣棚《ころものたな》の八百屋の娘に惚れられていた。この娘も評判の美人だった。あぐりという妙な名をもっていた。佐々木は十九、あぐりは十七、ふたりが鴨川の岸を連れ立って歩いていると、行きかう通行人はまるで芝居の道行きの舞台をみているような気になった。

「うまくいかねえもんですね……恋する奴には恋されず、恋せぬ奴に恋されて」

一日、永倉新八がぼやいた。

「ほう、永倉は誰に恋されているのかね」

秋の陽ざしをいっぱい溜めている縁側に出て、長五郎餅《ちょうごろうもち》を食いながら近藤がきいた。

近藤は酒を飲まない。江戸にいたころは大福餅ばかり食っていた。だから酒のかわりに玉露をいつもそばにおいている。そしてひとりで茶をいれてはすすっている。一口すすっては、そのうまさに、

「ふわあ」

と、溜息に似た、さも感に堪《た》えぬような声を出すのが癖だ。だから今日も、餅を食いながら近藤が茶をすすると、近藤がいわない先に沖田が、

「ふわあ」

といった。途端、近藤は、う、とのどをつまらせ、ぷわっ、と茶を吐いた。真赤な顔になって、

「総司！　この」

野郎という前に、沖田は、

「局長がこの野郎なんて卑しいことばを使っちゃいけませんよ。ところで、今日は何を食っているんですか」

と近藤の手もとをのぞいた。菓子のことをきかれるとごきげんになる近藤は、すぐニコニ

コして説明をはじめた。

「いま食っているのは長五郎餅といってな、昔、太閤秀吉《ひでよし》が食ったものだ。ここにあるのは北野天神前の粟餅《あわもち》だ。これは上賀茂《かみがも》の葵餅《あおいもち》、こっちはヨモギ大福、これは下鴨《しもがも》のミタラシ団子だ。さすがに京都だ。いい菓子が沢山ある。どうだ、皆も食わんか？」

と楽しそうにすすめる。皆は、けっこうですと辟易《へきえき》した。井上源三郎が、

「でも、先生、それを全部ご自分で買っていらっしゃったんですか」

ときいた。近藤は首をふった。

「いや、いや、私にそんな隙はない。馬詰《まづめ》君がまちを走りまわってはさがして買ってきてくれる」

「馬詰？　ああ、あいつか」

原田左之助がさも軽蔑した口調でいった。

「あのおやじは一体何ですかね、刀のさしかたも知らないよ。隊の便利屋になっちまって、毎日、隊士にたのまれた買物に走りまわって、あれで新撰組かね」

「せがれのほうは金がねえもんだから、子守り専門だしな」

永倉新八が口をはさんだ。

「また、となりの南部《なんぶ》さんのところの子守りの腹がふくれて、犯人は馬詰のせがれだって噂《うわさ》だぞ」

「いいじゃないか、もてない奴がひがむな」

ひとつ、いただきます、と葵餅に手をのばした歳さんが、微笑みながらいった。そして、

「女ってのはな、黙っていれば名をよび、追えば逃げるもんだ」

と、気障《きざ》な台詞《せりふ》をつけ加えた。皆、感心した。

「さすが、女で苦労した土方さんだよな」

すると沖田総司が突然、うたうようにこんなことをつぶやいた。

「しればまよい　しらなければまよわぬ　恋の道」

「何だ、それは？」

一斉に沖田をみる。その中で、歳さんは顔色を変えている。それに気づくと沖田は中腰になった。

「土方豊玉宗匠の、恋をうたった名句であります」

いい終わると沖田は、庭にとびおりて逃げだした。そのあとを、

「総司、てめえ、ひとの発句集をみたな！」

と、血相を変えて歳さんが追いかけた。珍しくニコニコ顔を捨ててムキになっている。まもなく遠くから沖田の声があがった。

「新撰組のみなさん、助けて下さい！　土方副長がらんぼうをしていますッ」

しようがねえ奴らだ、と苦笑しながら、近藤は茶をすすった。そして、

「ふわあ」

と存分に感嘆の声を出して山南敬助にいった。

「山南君、恋もいい、若さもいい。しかし、おそらくいろいろ問題が起っていると思う。若い隊士はあんたを慕っている、どうか相談にのってやって下さい」

「ええ、わかっています」

山南は柔和な笑顔で応じた。近藤はもう一度茶をすすって、また、

「ふわあ」

といった。塀の上でネコがミャウオとないた。


東寺《とうじ》の五重塔の高さは二十六メートルほどあって、鴨川の勾配は、どこかで水位がこの塔と同じ高さに按配《あんばい》されてつけられているという。だから流れが早い。

その場所が出町柳《でまちやなぎ》のあたりなのか、もっと下流なのか、よくわからない。とにかく今日の佐々木愛次郎はあぐりとふたりで、相当鴨川の上流まできてしまっていた。夕暮である。川風は冷たい。それに暮がたの川にはある種の瘴気《しょうき》があって、これが漂いはじめると人体をおかす。よく風邪をひいたり熱を出したりする。

いつもなら、この時刻になると、あぐりをいたわって帰路につくのだが、今日はそれどころではなかった。愛次郎は動顛《どうてん》していた。

「やや子ができた!?」

「……ええ」

「産むな、そんな子は産むな！　な？　そうしなかったら、おれは隊にいられなくなる。切

腹だよ、あぐり、腹を切らされてしまうよ！」

こういうときになると、男は自分だけの立場でしかものをいわないものだということは、町家で育ってきたから、あぐりもよく知っている。でも、そういう男の身勝手さをあぐりは憎めない。いま、自分の胎内に芽ばえた新しい小さな生命は、この男のものなのだから。

「そんな子やなんて……佐々木はん、ようきいておくれやす」

まるで分別のある中年女のように、あぐりはいった。

「うちは、やや子をおろすのはいやどす、きっと産みます」

「あぐり！」

愛次郎は青ざめた顔の中で両の眼を吊りあげた。

「おれを困らせないでくれよ、おれが好きなら産まないでくれ」

「愛次郎はんが好きやさかい、産むのや……」

あぐりは涙声になった。そして自分の考えを話した。自分の責任で産み、育てる。父親としての愛次郎の名は出さない、一切めいわくはかけない、だから愛次郎は新撰組の隊務に精励してほしい、と。

「せやけど……」

あぐりは泣きながらいった。

「市中見まわりで、そばを通らはることがあったら、そっと、やや子を見てほしいわ……」

「あぐり……」

若さに思慮はない。あるのは感情だけだ。それも溢《あふ》れ、滾《たぎ》るゆたかな感情だ。これからの展望がもてずに、十九歳の新撰組隊士佐々木愛次郎は慟哭《どうこく》した。

そして――不幸は重なるものだ。この日の帰り、ふたりは芹沢鴨一派と遭遇した。真赤になって一礼し、急いで去るふたりを、芹沢の酔眼が執拗《しつよう》に追った。その視線の方向を、とりまきの中で、車一心《くるまいっしん》と、長州を脱藩して入隊したばかりの佐伯亦三郎《さえきまたさぶろう》のふたりがこれも執拗に追っていた。佐伯は実力者芹沢の歓心を買おうと、日々、必死だった。

この事件で、佐々木愛次郎がもし山南敬助《やまなみけいすけ》に相談し、なやみをうちあけていたら、結末はあんな悲劇にならなかったかもしれない。しかし山南は武士であり、佐々木は職人であった。いまの隊には姓をなのってはいるが、その前身に果して姓があったのかどうかよくわからない隊士が沢山いる。身もとがあやふやなのだ。近藤勇はこういう層にははっきり告げた。

「新撰組に入った以上、おまえたちはすべて武士である。堂々と姓をなのれ。おまえたちの姓については、おれが責任をもつ」

たのもしい宣言だ。経歴詐称で、町人が武士だといってもその責任は局長がもつというのだ。町人隊士の士気は上がった。が、そういうのは近藤ほか一部だけで、多くの武士出身者はやはり馬鹿にする。

「元は町人だろう」

とジロリと冷たい眼でみる。眼にみえない差別の壁が生れていた。いくら、山南に、

「気軽に話しにこい」

といわれても、やはり佐々木にはちかづきがたいのだ。山南は歴とした武士なのだ。

鴨川畔で芹沢たちと会った翌日、佐々木は佐伯と車に近所の酒亭によびだされた。

「最初にことわっておくが……」

と車はいった。

「これはきみにとって名誉の話だから、今日の勘定はきみが払え、いいな？」

と変な念をおして、それからふたりは勝手に飲みながら、こもごも話しだした。話というのは、あぐりを芹沢の妾《めかけ》にさし出せということだった。佐々木は呆《あき》れかえってふたりをみつめた。何という理不尽さだろう、まして、あぐりは妊娠しているのだ。が、そのことはいえなかった。そんなことをいえば、ふたりは嵩《かさ》にかかって佐々木を攻めたて、あぐりとは別にふたりのいいカモにされる。ゆすられつづけるにちがいない。佐々木は窮した。その窮したさまを、佐伯はじっと凝視しつづけた。

佐伯亦三郎は、長州の久坂玄瑞が潜入させた間者だという説がある。しかし、その間者活動はとにかく、あぐり事件に関してこんな卑劣な男はいなかった。数日たつと、こんどは車を連れずにひとりで佐々木を呼び出した。そして、どうしたのかまったく前言をひるがえし、

「段取りをつけてやるから、ふたりでかけおちしろ」

といった。佐々木はびっくりした。いきなりの話である。第一、この男が信じられるのか。佐々木はためらったが佐伯は本気である。ついに佐々木はこれに乗った。あぐりを説得し、ある夜、本当に屯所《とんしょ》を脱走した。そして朱雀野《すざくの》の竹藪《たけやぶ》あたりまできたとき、突然おどり出て

きた佐伯に滅多斬りにされて死んだ。狂ったように泣きわめくあぐりを、佐伯は藪の中にひきずりこみ、散々に犯した。あぐりは藪の中で舌をかんで自殺してしまった。

あれほど隊士たちから羨ましがられ、しかも公認されていた幸福な恋人同士の痛ましい最期であった。

佐伯亦三郎はなぜこんなことをしたのだろう。佐々木があぐりを芹沢に渡さないものだから、親切ごかしにかけおちをすすめ、佐々木を殺して、あぐりを芹沢に提供するつもりだったのかもしれない。しかしその前にちょっとツマミぐいを、という悪い了簡《りようけん》を出したのであぐりは自殺してしまった。

ひっこみのつかなくなった佐伯は知らぬ顔の半兵衛をきめこんだ。が、あぐりの親もとの八百屋から真相が近藤に伝えられた。話をきいた近藤は顔色をかえて立ち上がり、猛然と芹沢に、

「あぐりという娘を妾に出せといったのは本当ですか」

と糺《ただ》した。普段とまったくちがう近藤の態度に、芹沢は一瞬ギクッとしたが、

「ああ、たしかだ」

とゆがんだ笑いで応じた。近藤との一線がこれで切れたとかくごしたようなひらきなおりであった。事態を察した佐伯が脱走した。しかしあとを追った沖田、永倉、原田に斬られた。皮肉にもその場所は朱雀野の藪であった。この間、近藤はずっと腕をくんで考えていた。必死に自分と闘っていた。

が、九月十七日の夜、土方歳三ら試衛館の腹心に、

「……芹沢を殺せ」

と命じた。その表情は険しく、眼の底にはっきり殺意が燃えていた。

「わかりました。明日やります」

歳さんは大きくうなずいた。


名目は、「八月十八日の御所出陣の慰労会」ということで島原の角屋で大宴会をひらいた。豪雨の夜である。

「近ちゃん、前におれがいったことを気にしてるんじゃねえだろうな」

隊士たちの、近藤は慰労会ひとつひらかない、という声をいつか代弁したことがあるので、芹沢は宴会に満悦しながらもちょっと気にしてそういった。近藤は笑って首をふった。しかしその眼は冷たかった。芹沢はごきげんで大さわぎにさわいでベロベロに酔い、おひらきを待たずに八木邸に戻った。そして台所でひっそり待っていたお梅を、

「おい、お梅、こい！」

と連れ去り、そのまま倒れるように寝てしまった。

深更、その芹沢を殺した刺客は、歳さん、沖田総司、原田左之助たちである。歳さんたちが芹沢に殺意を抱いたのは、何も京都へきてからではない。江戸を発《た》って中山道を辿った途次、近藤勇は浪士隊の先番として隊の宿割をうけもたされた。本庄宿《ほんじょうじゅく》での宿泊の時、近藤

は慣れないせいもあって芹沢鴨の宿をとるのを忘れてしまった。

「ああ、そう。おれの宿はないの？　いいとも、いいとも、今晩はここで寝るからいいよ」

すでに酔っぱらっていた芹沢は、宿場の路上で大きな焚火をはじめ、取りまきの平山、平間、野口たちと一晩中飲みあかす態度に出た。近藤は平謝りに謝り、ついに路上に正座して手をついた。京都へきてからも近藤は一度もこのことを口にしないが、あのときの屈辱は試衛館一門の胸に鋭くきざみこまれた。

（芹沢の野郎、いつか……）

という思いは、黒い炎になって皆の心の底で燃えつづけてきた。

暗殺者たちは、従って今夜は芹沢だけでなく、芹沢の一派も全部殺す気でいる。芹沢と同盟者的立場にあったもうひとりの局長新見錦は、最近の度のすぎる遊興と、その費用を単独で民家から強奪している不行跡を責め立て、隊規に照らして腹を切らせてしまっていた。以来、芹沢の荒れかたにいままでの陽気さが失われた。漠然と、近藤一味の威圧を感じはじめたのかも知れない。

寝室で、芹沢はお梅を抱いて寝ていた。お梅は下半身はどうか知らないが、上は真裸で胸を出したまま深い眠りの中にいる。腹心の平山五郎、平間重助もそれぞれ商売女を抱いて寝ている。暗殺者たちは野口健司と車一心がいないと思った。

沖田総司は部屋のすみにあった屏風《びょうぶ》をとって芹沢の上にかぶせた。そしていきなりズブッと刀を突き立てた。歳さんも同じことをする。芹沢は酔っぱらったままあの世へ行ってしまった。文字どおりの酔生夢死だった。

屏風をはずすと、お梅はまだ何も知らずに寝入っている。その寝顔が夕顔のように哀しい。

「…………」

土方は沖田の顔をみた。土方をみかえした沖田は、一瞬泣きそうな眼をしたが、思いきって刀をふりおろした。音を立ててお梅の首がとんだ。この女も寝たまま死んでしまった。お梅を殺しながら、沖田は、

(あんたは、このほうが幸福なんだ。苦労するのはもういいでしょう)

と、語りかけていた。いつも台所のすみでひっそりと芹沢が呼ぶのを待っていたこの女の姿が、沖田の脳裡をよぎっていった。平山も平間も同じ方法で刺された。平山は死んだが平間は死んだふりをしていて、暗殺者たちが去ったあと、大声でわめきながら逃げだした。娼婦二人は暗殺者たちが逃がした。

近藤勇は端座して待っていた。手を洗い、血まみれになった衣類をとりかえて暗殺者たちが戻ってくると、

「……ごくろう」

と沈痛な声でいった。歳さんたちは無言でうなずいた。そして、こもごも近藤がいれてくれた茶をうまそうにすすった。やがて、

「先生、よくご決心下さいました」

歳さんがいった。そして、

「これで明日から隊はひきしまるでしょう。芹沢のように、隊士の気うけばかり狙っていては、新撰組は遊興の徒の群になります。これでけじめがつきました」

といった。それは、土方の芹沢暗殺の理由だった。

「本庄のうっぷんも晴らしたしな……」

原田左之助がいった。皆は共感した。が、近藤はかすかに首を横にふった。

「芹沢さんは隊のために泥をかぶりつづけたんだ。あの人の金づくりで、実はおれたちだって救われた。おれがあの人を殺そうと思ったのは、本当のことをいうと佐々木愛次郎のことだ……」

といいはじめた。

「佐々木愛次郎のこと？」

皆は怪訝《けげん》な表情をした。近藤はうなずいた。

「そうだ、上位者は下位者の女を奪ってはいかん、まして好きあっている者の女を奪ってはいかん……そんなことは局長のすることではない」

重い声だった。皆は、ふうんと心の中で近藤のそういう動機もあるのか、と思った。

このころ、車一心はようやくかくれていた厠《かわや》から出た。暗殺者たちが開けば一度で発見される拙劣なかくれ場所だったが、逃げこんだのではなく、たまたま用便に入ったところへ暗殺者たちがきて出られなくなったのだ。

（それにしても、よく助かった）

身の幸運にホッとしながら座敷に入って呆然《ぼうぜん》とした。血の海だった。お梅の首がころがっていた。芹沢と平山は死んでいる。

「これは、ひどい」

つぶやいて車は即座に頭を回転させた。もう新撰組にはいられない、と思った。どこへ行こう、そうだ、新撰組の情報を持って長州藩に行こう、と心をきめた。

近藤勇は、翌日、会津藩に、

「芹沢局長ほかが、何者かにおそわれて殺されました」

と届出た。会津藩の重役は深い眼をしてこの報告をきいた。隊内には、長州系のしわざだという噂が、意識的に流された。佐伯亦三郎殺害への報復かも知れない、というような解釈さえ生れた。

数日後、芹沢、平山の盛大な新撰組葬がいとなまれた。この葬儀で近藤勇は声涙ともに下る態度で弔辞を読んだ。事情を知る隊士たちは、

(自分が殺しておいてソラ涙を流している。誠実そうにみえて、近藤局長も大した演技者だ)

と思った。が、歳さんや沖田総司ら旧試衛館員は、近藤先生は本当に泣いていると感じた。芹沢鴨が心から近藤に好感を持っていたように、近藤も心の一部で、まぎれもなく芹沢に好感を持っていたからである。芹沢鴨は壬生寺に埋められた。その墓は現在もある。

歳さんは京の紅葉に酔った

十七歳の時、歳さんは女の問題を起した。相手は江戸大伝馬町《おおでんまちよう》の呉服屋にいた女中である。歳さんもこの店に奉公していた。

歳さんの家は、多摩の石田村でもお大尽《だいじん》とよばれたほど裕福だったが、それは富農といわれるほかの農家と同じで、基本的には田畑、つまり土地を広く持っているということだ。土地はたしかに金に換算すれば大変な額になるが、それも売った時の話で、売れば何もなくなる。財産にはちがいないが、ただ持っているというだけでは何ということはないのだ。

だから自分で耕したり、小作人に貸したりする。それと、家の財産はほとんど長男が相続するので、四男に生れた歳さんには分けてもらえる土地はない。歳さんは、生れてすぐ父を亡くし、六歳の時に母を亡くした。

兄の喜六とその妻のなかの夫婦が育ててくれたが、十一歳になると江戸の伊藤松坂屋へ奉公に出された。父のいない沖田総司が、九歳の時に試衛館の内弟子になったのと境遇が似ている。沖田は何もいわないが、当時の試衛館の使いかたは相当に荒かったらしい。特に道場主の近藤周斎《こんどうしゆうさい》がつぎつぎと取りかえる妻が、いいように沖田をコキ使った。イビる女もいた。

（が、沖田はまがりなりにも侍だし、行った先は剣術道場だ。そこへいくと、おれは農民の

子で、行った先が商家だったせいもあるが、とにかくひどかった)

いま、京都にも少しずつ冬が迫っている。古代、湖の底だったといわれる京都は、そのせいか、夏は異常に暑く、冬は異常に寒い。ことしの夏も暑かった。

やがて冬がくると思うと、歳さんが思いだすのは、その十一歳の日々に、自分の手足にやたらにできたヒビ、アカギレ、シモヤケの痛さである。特に寝てからちょっと温まると、手足の先から身体中の神経を逆なでする、シモヤケのあの痛痒さには七転八倒する。眠れない夜さえある。

(明日は、また朝早くから叩きおこされる。眠らなければ駄目《だめ》だ)

と自分にいいきかせるが、からだのほうが眠らせてくれない。手足の傷を鋭く刺す、冷たい水を使っての未明からの掃除、朝飯の支度などのことを考えると、いらいらして泣きたくなる。辛かった。歳さんはついにがまんできず、石田村に逃げ戻った。兄夫婦からは、

「この意気地なし、それでも男か」

とこっぴどく叱られた。

大伝馬町の呉服屋は、その後の奉公先である。前の松坂屋のころより年をとっていたせいもあるが、どだい、歳さんは人に使われるのが性に合わない。ああしろ、こうしろといわれると腹が立ってくる。いや、筋の通った指示ならいいけれど、先輩のいうことは大体筋が通らないことが多い。後輩いじめが多いのだ。

そういう指示に、歳さんはよく抵抗した。突っかかった。それも自分のことだけでなく、

他人のことでも文句をいった。だから、どれだけひっぱたかれたかわからない。番頭や先輩の小僧に、深夜になると呼びだされて、私刑をうけた。

またとびだそうか、と思ったが、戻れば兄に怒られる。家に戻っても分けてもらえる財産もなし、厄介者視されるのがオチだ。長男に生れなかったために、同じ村で、まるで実家の使用人のような扱いをうけて、嫁ももらえず独身のまま朽ちてしまった男を、歳さんは何人も知っている。

（ああはなりたくない）

しかし、この店にいても将来どうなるのか。それがこのころの歳さんの苦悩だった。ちょうど江戸湾にペロリとかいうメリケンの海賊がきて、日本中、ひっくりかえるような騒ぎの時期だった。家事手伝人とできたのはそんな時である。そしてすぐ主人にばれた。歳さんは逃げだした。

あの時、寄ってたかって叱りつける親族の中で、

「起した不始末をいまさらとやかく責めても仕方がない。歳三、自分で起したことは自分で始末してこい。それが男だ」

と、きびしさの中に温かみを湛えて、そういってくれたのが、姉の夫佐藤彦五郎《さとうひこごろう》である。人間は、北風にビュウビュウ吹きまくられると、つい、こっちもからだを固くするが、暖かい陽光にはすなおに心もひらく。歳さんは彦五郎のことばに従い、呉服屋に行ってきちんと女性問題を始末した。さすがに親族も、

「歳三はどうも奉公には向かない」

とあきらめ、それではこれを売って歩け、と家伝の〝石田散薬〟の行商を命じた。

これは楽しかった。といっても薬を売ることが楽しいのではなく、ぶらぶら歩けるのが楽しいのだ。佐藤彦五郎には急接近した。この義兄は、近藤周斎《こんどうしゅうさい》やその養子の勇から天然理心流の出稽古《でげいこ》をうけていたが、学問も深く、字もうまく、俳句もよくつくった。そういう厚みのある教養を、歳さんは彦五郎からかなり身につけさせられた。歳さんは薬の行商をしながら、多摩の里の四季を俳句に詠んだ。自分の句集を〝豊玉句集〟と名づけて、ひとり微笑み、ひとり胸を温めた。この間、沖田総司にスッパぬかれた、

しればまよい　しらなければまよわぬ　恋の道

というのは、その中の一句である。

夏、土用のウシの日に、土方家は、浅川や多摩川の土手に生えた牛革草を刈った。石田散薬の原料にするためである。大勢の里人を動員した。そのときの歳さんの指揮ぶりはみごとだった。草のあるところへの人の配置、作業のすすめ方、そして笑顔で人間を気持よく働かせる巧妙なことばと行動――そのさまを見て、

(この男は、人に使われるより、使う人間だ)

佐藤彦五郎はよくそう思ったものである。

「白牡丹　月夜月夜に　染めてほし。来た人に　もらい歩くや　春の雨……」

いま、京都の西院村《さいいんむら》の藤《ふじ》の家の茶室で、歳さんは古い自分の句をつぶやいた。藤が江戸の女であるためか、ここにくると、なぜか江戸での日々が思い起される。それもどちらかといえば、悔恨の小鬼に胸の肉をカリカリと嚙まれる痛い思い出が多かったが。

茶筅《ちゃせん》で緑色の液をかきまわしていた藤は、顔をあげてこっちをみた。

「どなたの句かしら」

「私の句です」

歳さんはちょっと赤くなっていった。

「まあ」

藤は微笑んだ。柔らかい温かみが湧いた。

「土方先生は、発句《ほっく》もなさるんですね。もう一度きかせて下さい」

「からかっちゃいけません、あなたも人が悪い」

それと、といって歳さんは藤をみた。

「それと？」

藤は微笑んだまま、小首をかしげてききかえす。人妻の経験が十数年あるというのに、小柄で色が白く、まるで京の宝鏡寺《ほうきょうじ》（人形寺）に納まっている御所人形のような容姿なので、そのしぐさが娘のように可愛い。このしぐさに接するたびに、歳さんの胸はうずく。やるせない、という表現を、歳さんは藤のこのしぐさで実感として知った。

「その先生というのをやめて下さい。私には何の取柄もないし、また、あなたより先に生れてもいない……」

「あら、失礼しちゃうこと」

藤は笑ったままにらんだ。しかし歳さんのいうとおりであった。歳さんはいま二十九歳だが、藤は三十二歳になる。藤の夫は幕府の直参《じきさん》で大坂城に勤めていた。学問の好きな人間だったという。それも、天保八年（一八三七）に乱を起して自殺した、大坂東町奉行所元与力大塩平八郎《おおしおへいはちろう》の学説にかなり傾倒していた。

乱からすでに二十六年も経っていたが、江戸から大坂城勤務になったのを幸いに、藤の夫は勤務のひまをみては、熱心に大坂のまちを歩き、大塩の乱の真因を探求していた。そのことが、大塩の捕縛《ほばく》の指揮をとった、大坂西町奉行所与力の内山彦次郎という男に知られた。内山は幕府一途の男で、もう老人だが大坂では大変な勢威を持っていた。藤の夫の直属上司である大坂城代のところにも、よく出入りした。内山は大塩平八郎を、

「幕臣にあるまじき狂乱の徒」

とののしって、いまも憎んでいた。だから藤の夫のことを城代に告げた。しかし内山の態度は密告ではなかった。堂々と正面からの告発である。かれには許せないことなのだ。

藤の夫は窮して職を辞した。そして神経を病みつづけ、まもなく死んだ。反乱人大塩に共感するわりには気の弱い人間だったのだ。

夫の死後、藤は江戸に帰らず、夫の残してくれた金で好きな京の西方の土地に小さな家を建てた。茶室に趣向をこらした家であった。ここでひとり住み、そしてひとりで死んでいく

つもりであった。

歳さんが藤とこの家を知ったのは、しかしそういう風雅な理由からではない。もっとなまなましく、血なまぐさい出来事からである。

文久三年（一八六三）のいわゆる〝八・一八の政変〟とよばれるクーデターで、長州藩とこれと結ぶ過激派浪士群を京から逐《お》い出したあと、京都守護職は、

「浮浪の徒の巨魁として、つぎの者を見つけ次第取りしまれ」

という令を新撰組、所司代、町奉行所等に下した。この場合の「取りしまれ」は、逮捕もしくは斬殺せよということだ。指名されたのは、久坂玄瑞《くさかげんずい》、桂小五郎、佐々木男也《ささきおとや》、楢崎弥《ならざきや》八郎《はちろう》、真木和泉《まきいずみ》、宮部鼎蔵《みやべていぞう》、平野国臣《ひらのくにおみ》らである。

御所内の過激派公卿《くげ》七人とともに、長州軍は京から落ちて行ったが、大坂まで行くとすぐ京に舞い戻ってきた志士が沢山いる。おめおめとひき退れないので、地下に潜り、政治工作を続けるつもりなのだ。

「久坂を祇園の茶屋でみた」

とか、

「宮部が高瀬川のほとりを歩いていた」

とかいう情報がつぎつぎともたらされた。新撰組はそのたびに出動した。しかし志士たちは、逃げ足が早く容易に捕まらなかった。指名された志士の中でも、もっとも頻繁に行動しているのが、福岡の出身者平野国臣と長州藩士桂小五郎であった。この二人については、毎

日のように情報が入った。

「桂ほか数人が祭木町で密謀中」

「木屋町《きやまち》三条下ル山中成太郎《やまなかなりたろう》宅に平野が入った」

「平野、古東領左衛門《ことうりようざえもん》宅に潜伏中」

というような報告がくると、新撰組は間髪をいれず出動した。が、平野も桂もとうに逃げ去っていた。

「情報が洩《も》れていますね」

ある日、歳さんは近藤勇にいった。

「情報が洩れているとは？」

「隊の中に間者がいます」

「まさか」

近藤は信じなかった。

「いや、たしかです。これほど隠密にしている隊の出動計画が、志士側にわかるはずがないのです。隊内に志士と呼応している奴《やつ》がいます」

「歳さん」

近藤はさとすようにいった。

「志士たちは京都滞留が長い。名の通った奴は花街にも相当の金をバラまいている。白ばくれてはいるが、京の人間は案外志士を好いているのかもしれない。根っこのところでつながっている。志士はむしろ京の人間がかばっているので、おれは隊に間者がいるとは思いたくない」

「近藤先生のお気持はよくわかります。しかし、いますよ、隊内に間者が」

必ずいます、と歳さんはいい切った。一両日中に、オトリ情報を流してでも間者を焙《あぶ》り出してやる、と思っていた。

ただ、桂小五郎の扱いについては、近藤たちは悩んだ。江戸の試衛館にいたころ、車一心のような職業的道場破りに手を焼いたことがある。九段の斎藤弥九郎《さいとうやくろう》道場の塾頭《じゅくとう》渡辺昇がよく助太刀にきてくれたが、一度、渡辺の代りに桂がきた。車は桂をみるとたちまち逃げ去った。

いってみれば、桂には恩がある。京へきて対極の立場に立ってしまったが、桂を追いまわすのはどうも気がすすまない。

「江戸の仇ってえのは昔から長崎で討つ、と相場がきまっていますよ。それが京じゃね。やりづらいなあ」

桂を追う出動のたびに、沖田はそんなことをいいながら当惑した。

が、ある日、その桂小五郎が四条通りにある津の藤堂藩邸に現われたという情報が入った。藤堂藩邸は蛸薬師通《たこやくしどお》り堀川の空也堂《くうやどう》のそばにもあるが、四条通りの法雲寺《ほううんじ》の脇にもある。屯所《とんしょ》とは目と鼻の先だ。

「いやなところに現われやがったな」

江戸にいたころから、尊攘派志士の行動にかなり共感している藤堂平助《とうどうへいすけ》が、真実弱った声を出した。しかし、同じ情報をうけた守護職の兵が二十人ばかり、

「共同で桂を捕えよう」

と壬生村《みぶむら》の屯所にかけつけてきた。近藤は隊に出動を命じた。そして自分が指揮をとると先頭に立った。

ガセネタではなかった。桂はたしかにいた。三人ばかりの同志と藩邸から出てきた。新撰組は藩邸門前の東側を重点に待ちかまえていた。門を一歩出て、ハッと緊張した桂はすぐ身をひるがえして西に逃げた。西は一帯が田圃《たんぼ》だ。灌漑用の西高瀬川が道に沿って流れている。高山寺《こうざんじ》（栂尾《とがのお》の同名の寺ではない）、宗円寺《そうえんじ》の前を走りぬけると、田圃のど真中に西院村がある。村に着くと、桂と三人の同志は、いきなり一軒の民家にとびこんだ。

それが、この藤の家だった。

近藤たちは足が早い。西院村に着いたときは守護職の兵を大きくひきはなしていた。歳さん、沖田、永倉、藤堂らがピタッとついてきている。いずれもかつての試衛館員で気の合った連中である。

他人の家にとびこんで、みごとな庭を踏みつぶしながら抜刀した桂に、近藤は荒い呼吸をおさえていった。

「桂さん、その節はお世話になりました。逃げて下さい」

新撰組より桂のほうがおどろいた。三人の同志が妙な表情になって桂をみる。桂の表情が

ひきつった。狼狽して近藤にくってかかった。

「その節のお世話とは何だ？　おれは新撰組の世話なんかしたおぼえはない」

その声がたかぶっている。あきらかに平静さを欠いていた。近藤は微笑んだ。

「いや、いまの話ではなく、江戸でのことですよ。私たちが試衛館という貧乏道場を営《いとな》んでいたとき、あなたが道場破りを追っぱらって下さった、まだ恩に着ています……」

近藤先生のいうとおりです、というような顔をかつての試衛館員たちはした。しかし、そうなると桂はいよいよ逆な態度をみせた。

「いい加減なことをいうのはよせ。おれは、きさまたちの道場へなど行ったことはない！」

といいつのった。そういう桂をみて、歳さんは、

（ああ、この男は誇り高いんだな。かつておれたちとかかわりがあったことを、同志たちに知られたくないんだ）

と感じた。そして詰らない男だと思った。詰らない男なら斬っちまえ、そう思って、

「近藤先生」

とうながした。自分の好意を踏みつけにされて、みるも無残にみじめな表情になっていた近藤は、うむ、と悲しそうなうなずきかたをすると、一歩退いた。代って歳さんが前に出てこういった。

「それじゃあ、見ず知らずの桂小五郎さん、遠慮なくいきますよ」

新撰組は一斉に抜刀した。守護職の兵も追いついて垣の外を固めた。こうなってはもう桂

を逃がすわけにはいかない。

この時、突然、座敷の中から一人の浪士がとびだしてきた。

「桂先生、こちらへ！」

大声でどなると、桂と三人の志士を誘導し、一瞬の間に四人を座敷から裏へ連れ去ってしまった。近藤たちは呆気《あっけ》にとられた。桂たちの逃げ足の早さにおどろいたのではない。近藤たちがおどろいたのは、四人を誘導した浪士にである。車一心だった。芹沢鴨の腰巾着《こしぎんちゃく》だったが、芹沢が暗殺された夜、巧みにかくれ、そのまま逃亡してしまった男である。

「あの野郎、こんどは尊皇志士かよ、呆《あき》れたなあ」

藤堂平助が悲鳴のようなあきれ声を立てた。

「車の野郎じゃあ、何の不思議もありませんね」

沖田総司が応じた。引きあげるとき、歳さんは庭に面した右隅の茶室の窓から、恐怖と憎悪の眼でこっちを凝視している女の姿に気がついた。それが藤だった。歳さんはひきかえし、女に丁重に詫《わ》びをいった。

翌日、歳さんはもう一度女の家へ謝まりに行った。その翌日もまた謝罪に行った。

「そんなに謝まるほど、おれたちは悪いことをしたかね」

さすがに近藤が妙な顔をした。歳さんは、

「悪いことをしたかなんてものじゃありません。あんなりっぱな庭を目茶目茶にしたんですから。あの家にとっては大変な損害ですよ」

「でも、会津が弁償《べんしょう》したんだろう」

「金さえ払えばいいってことにはならないんですよ」

「そうかね」

相変らず自室で京の菓子を前に、双の掌でいとおしむように茶碗を持ちながら、茶をすすっては、ふわあっと息をついていた近藤は不得要領な顔をした。そして、

「今日も謝まりに行くのかね」

ときいた。

「そのつもりです」

「この菓子を持って行ったらどうだ。女は甘いものが好きだろう」

「いや、あの人は漬けものが好きですから、壬生菜かスグキを持って行くつもりです。では」

では、と、ちょっと間が悪そうに立ち上がって歳さんが去ると、近藤は、

「あの人？」

と、いま歳さんがのこしていったことばの一片をききとがめてつぶやいた。そして、

「歳さん、惚れたかな」

といった。ニコリともしない。茶をすすると、またふわあっと息をついた。

藤の家にはみごとな楓の木が三本あった。その楓をかこむように太いイチョウの古木が五本ばかり立っている。家を建てる前から立っていた木である。自然を庭にとりこんだのだ。

楓もイチョウも、いま、みごとに紅葉していた。楓の紫がかった紅の色と、文字どおり黄金色になったイチョウの葉の色とが、鮮烈な調和をみせていた。歳さんはその紅葉をあきずに眺めた。酔ったような気分になる。

「美しい。私の生家にもイチョウの木がありますが、これほどみごとではない。さすがに京です」

「私の家の前はお城のお濠《ほり》でした。春の桜がたとえようもなくきれいで」

「藤殿の家はどちらでしたか」

「番町《ばんちょう》です」

スラッと答える藤に、歳さんは一瞬劣等感をおぼえる。江戸もよその城下町と同じだ。お城にちかいほど身分の高い人間が住む。番町といわれると、歳さんは、忘れていた、

(ああ、この女はいい家の娘なのだ)

ということを思い出す。

「桜の花にくらべると、紅葉は悲しくて」

藤がいった。

「紅葉が悲しい、なぜです？」

「楓の葉が赤くなるときは死ぬときでしょ。イチョウも同じです。葉が最後のいのちをふりしぼって自分のからだを燃すのでしょ。だから、紅葉するとまもなく、葉は散ります」

ああ、藤殿はやさしいな、と歳さんは思った。紅葉は葉のいのちが死ぬ前に燃えてるんだ

なんぞということは、とてもそんじょそこらの女にはいえないよ、とそう思って、また胸がやるせなくなった。そして、

(おれは、この人に惚れたな)

と感じた。あわててひとりで赤くなった。そんな歳さんに気づかずに、藤がいった。

「人からききました。大坂の西町奉行所与力が新撰組を狙《ねら》っています」

唐突な話なので歳さんはびっくりした。

「大坂の町与力がわれわれを狙っている?」

「ええ」

「誰です」

「内山彦次郎という人です」

死んだ夫のことについて、藤はくわしい話は歳さんにしていない。しかし、うちやまひこじろうという名を口にしたときは、深い思いが胸によみがえった。無念の感情であった。藤は内山彦次郎が夫を死なせたと思っていた。その内山彦次郎が歳さんのいる新撰組を狙うというのも、何かの因縁だ。

「……狙う、というのは何をする気かな」

ひとりごとのようにつぶやく歳さんに、藤はいった。

「潰《つぶ》すつもりでしょう」

いいながら点てた茶をすすめた。そしてきちんと坐って手を膝《ひざ》の上におき、歳さんが一気

に飲みほす動作を凝視する。一瞬、きびしい茶のお師匠さんのような雰囲気が藤から発散する。

「結構なお点前でした」

作法どおり茶碗を戻す歳さんに、藤は、よくできましたという表情で、満足そうな笑みを浮べる。

「土方様は、内山彦次郎をご存知ですか」

「知っていますよ」

「内山彦次郎が狙っているのは、近藤先生です。大分、深い恨みがあるようです」

「それは心あたりがあります」

あれはたしか、ことしの六月の話だ。大樹（将軍）はついに攘夷《じょうい》期限として文久三年（一八六三）五月十日を約束させられ、やっとの思いで朝廷から江戸に帰ることを許された。大坂の天保山沖《てんぽうざんおき》から軍艦で帰ることにした。新撰組はダンダラ羽織の制服を着て送って行った。

その後、新撰組は京屋という宿に滞在し、涼みがてらに舟遊びをした。このとき、地もとの角力《すもう》たちともつれ、大乱闘になった。角力側では二十人ちかくの死傷者を出した。乱闘の先頭に立ったのは、まだ生きていた芹沢鴨である。

京屋に残って菓子を食いながら本を読んでいた近藤勇は、事件の報告をきくと眉をひそめた。

（また芹沢が面倒を起したのか）

と憂鬱《ゆううつ》になったのだ。そのままほうってはおけないので、

「おれが町奉行に届けてくる。皆は控えていてくれ。これ以上、面倒を起すな」

特に芹沢にきこえるようにそういうと、近藤は西町奉行所に出かけて行った。歳さんが供をした。直接、西町奉行の松平大隅守《まつだいらおおすみのかみ》に会いたいと申しいれた。が、このとき取次ぎに出たのが与力の内山彦次郎だった。内山は、

「お奉行に会わせる前に、私のほうでうかがいたいことがある」

といった。近藤はムッとした。

「貴殿にお話することはない。奉行に会わせていただきたい」

こんどは近藤のこの態度に内山のほうがムッとした。事件はすでに内山の耳にも入っている。散々な目にあわされたのは大坂角力の小野川の部屋の者だ。部屋をひいきにしている内山にはわがことのようにくやしい。それに、新撰組とかいうこの江戸の食いつめ浪士どもは、春にも大坂の大商人鴻池《こうのいけ》の店から二百両の金をゆすりとっている。

あのとき、店から奉行所に照会がきた。店の者の話をきいた内山は激昂し、

「けしからん、おれがすぐ出役してそいつらをひっくくってやる」

ととび出そうとしたとき、奉行にとめられた。奉行は、

「あとの祟《たた》りが面倒だ。鴻池には金を渡すようにいってやれ」

といった。内山は啞然《あぜん》とした。

「新撰組のゆすりを認めろ、というのですか」

「この際、むずかしいことをいうな。私のいうとおりにしろ」

奉行は不機嫌になっていった。内山は猛然とくってかかった。

「お奉行がそんな弱腰でどうなさる。だからあんな食いつめ浪士がわがもの顔に跋扈《ばっこ》するのです。浪人が市中取締の任にあたるなどというのは、神君（徳川家康のこと）以来、きいたこともない不祥事ですぞ。京都町奉行所はともかく、この大坂にあってはそんな乱暴は許しません。この内山が断じて許しません」

興奮していいつのる内山を奉行はもてあました。と同時に腹を立てた。ついに、

「わしのいうとおりにせい！」

とどなった。そのときの憤懣《ふんまん》がその日の内山の心でいぶっていた。だから新撰組にははじめから含むところがあった。その気配はそのまま近藤に伝わった。

近藤は淡白な性格である。粘りづよい交渉は得手ではない。また、いつも自分のほうは誠意をつくすから、わけもわからずにいきなり喧嘩《けんか》を売られるとカッとする。このときの内山彦次郎の態度はまさにそれであった。内山の高圧的なもののいいかたは、即時反応的に、近藤に、

（この与力ふぜいが何だ）

と思わせた。そしてその心理は内山に伝わり、内山は内山で、

（この農民上がりが何だ）

と思った。新撰組幹部の出身については、内山もすでに調査ずみである。近藤と、近藤に

ついてきた土方歳三が、ともに江戸郊外の農民の出であることはとっくに知っている。

いま思いだしても、あの日の近藤勇と内山彦次郎の口論は凄まじかった。最後には近藤も、ふだんみせたことのない仁王《におう》のような怒気満面の顔になって、

「私は事件を奉行に届けにきただけだ、訊問をうけにきたのではない！」

とどなったし、内山も、

「人命を多数そこなっておいて、ただ届けるだけですむと思うかッ。徹底的に糾明する。私の問いに答えろ！」

とどなりかえした。

「新撰組局長に何たる雑言《ぞうごん》か！　許さんぞ」

「許さんとは何をする気か！　斬るか？　はっきりきく、新撰組とは、そも何ものぞ」

瞬間、近藤の眼にサッと殺意が奔《はし》ったのを歳さんははっきりみた。結局、奉行の意をうけた用人がとびだしてきて二人をなだめた。用人は近藤に平身低頭し、

「このままお引取りになって結構です」

といった。内山が、そうはさせんぞ、こいつは牢にぶちこむといきまいたが、用人に押し出されるかっこうで、近藤と歳さんは奉行所を出た。帰途、近藤はずっと口をきかずくちびるを噛んでいたが、ひとこと、

「歳さん、おれはくやしい……」

といった。その眼に再びさっきみた殺意が燃えていた。近藤勇が本当に人を憎む姿を歳さ

んはじめてみた。

近藤勇は、内山の多摩の農民に対する侮蔑に憤り、内山を憎んだ。ない、といっても近藤にも武士に対する劣等感がある。新撰組内にもそういう空気は漂っている。

「局長は農民出だそうだ」

そういう陰口をたたく隊士もいる。試衛館員のように深く近藤を知らない者は、そんな陰口も自然に出る。とめられない。

歳さんは憂鬱になった。藤からきいた話を近藤に告げるべきかどうか、迷った。告げればおそらく近藤は怒髪天をつくだろう。そしてあの時の殺意をよみがえらせるにちがいない。近藤の内山に対する気持は、公憤だけでなく私怨も相当に含まれている。

しかし、ようやく育ちはじめた新撰組に対して、ことばをつくして悪口をいい、潰しにかかっている奴を、たとえ大坂の町奉行所与力であってもそのままにしておいていいのか、どうか、歳さんは考えつづけた。

屯所に戻ると、近藤は居室で手紙を読んでいた。読み終ると、入口ちかくにひかえていた歳さんをみ、

「周斎先生が病気だ」

と暗い眼で歳さんに手紙を渡した。眼を走らせて歳さんは、近藤勇の養父周斎（先代の試衛館長）が、四谷舟板横町の隠居所で中風を病んでいることを知った。看《み》ているのは、歳さんのすぐ上の兄粕谷《かすや》良順《りょうじゅん》であった。兄は医者であった。

手紙には、周斎が会いたがっているから、近藤にとにかく一度江戸に帰ってきてくれ、と綿々と書いてあった。

「周斎先生が……」

歳さんが試衛館にいたころ、周斎は講釈が好きで、近藤からこづかいをもらっては浅草に出かけ、帰りにうなぎを食うのを何よりの楽しみにしていた。歳さんも何度か一緒について行った。洒落《しゃらく》な老人だった。

「一度帰るかな」

ポツンという近藤に、歳さんはうなずきながらも、思いきって藤からきいた話をした。

「なに、内山彦次郎が」

近藤の形相が一変した。鬼のようになった。そして、眼の底にあの殺意がよみがえった。そのいきおいにおどろいたのか、屯所の庭ではらはらと楓の紅い葉が散った。京都はいま、みる者の眼を染める紅葉の真盛りであった。

幕臣になるか解散か

桑畑を埋めつくした濃い闇の中に、提灯《ちょうちん》がひとつ浮き出た。

「誠」

と書いてある。村の道を日野宿の方角に向かって歩いて行く。十人ばかりのこどもの群だ。農民の子なのに、皆、木刀を腰にさしている。提灯は先頭に立った少年が持っている。宙に突き出すようにかかげていた。誠の字をことさらに誇示しているようにみえる。目をこらしてよくみると、提灯の脇に旗もあった。風にカサカサ鳴っていた。音からすると紙の旗だ。紙の旗にも、

「誠」

と書いてあった。誰か書《しょ》の心得のある大人《おとな》に書いてもらったのだろう、字は相当にうまい。

少年たちは石田村のほうからきた。石田村は、いま京都で新撰組の副長になっている土方の歳さんの生れた村だ。村のちょっと先で、そばを流れている浅川が西北から流れてきた多摩川と合流する。雨が降ると、よく水が溢《あふ》れる。ふたつの川にはさまれて三角州になっている石田村は、そのたびに水びたしになった。川のほとりには石がゴロゴロしている。水が溢れると、まるで石の田のようになる。それで石田というんだ、と村の古老はいう。

宿場がみえてきた。日野宿は甲州街道の一宿で、二百戸くらいの家数だ。多摩川の渡しを

管理し、舟はいつも二艘《にそう》用意してある。問屋場には人足五人、馬五頭が常備されていた。しかし、この街道を使って参覲交代《さんきんこうたい》する大名は、信州の高島、飯田、高遠の三藩にすぎず、日野の先の八王子宿でさえ、一日の通行量は、人が五十人、馬が三十頭というからタカがしれていた。人も富士登山者が多い。

甲州街道は、もともと江戸城が非常の際、半蔵門から将軍がまっしぐらに甲府城に退避するための道路だ、ともいわれていたから、いわば非常用の〝待ち〟の道路だ。東海道とは大分ちがう。宿場の景気もパッとしない。

日野宿の名主は上・下の両佐藤家が当り、下の佐藤家の現在の当主が彦五郎だ。彦五郎は、近藤勇とは義兄弟の約を結び、土方歳三の姉のぶを妻にしているから、新撰組とは縁が深い。縁が深いだけでなく、彦五郎は京都の屯所《とんしょ》にもしきりに金や物資を送っている。また、近藤が残していった天然理心流を預かり、自ら稽古《けいこ》に立つほか、柳町の道場も荒れないように気をくばり、先日も屋根を修理したばかりだ。

宿場に入ると、少年たちは足取りを改めた。歩調をそろえ、上体をシャンと起した。街道の埃《ほこり》をまきたててもろに吹きつけるこがらしに、顔をしかめて耐え、冷えきった手をかたくにぎった。列の先頭に立った市作《いちさく》が突然大声を出した。

「火の用心！」

少年たちは一斉に和した。

「火の用心！」

火の用心、火の用心と連呼しながら、少年隊は佐藤彦五郎家の門内に入って行った。午後九時ごろである。佐藤家の門はあいていた。母屋にも灯火がみえたし、剣術の道場も明るかった。少年隊は道場の中に進んだ。板の間の中央に、当主の彦五郎が温かく笑いながら待っていた。少年たちは、その彦五郎のやさしい顔をみると、鋭いこがらしの中を歩いてきた寒さを忘れた。

そして、彦五郎の脇をみると、もっと寒さを忘れた。七輪《しちりん》の上の大鍋の中で、少年たちの大好物のアズキが、グツグツ煮立っていたからだ。少年たちは一様に頬《ほお》をゆるめた。彦五郎がいった。

「やあ、多摩の少年新撰組、ごくろうさん」

時間をたっぷりかけて煮たのだろう。アズキはやわらかかった。それに砂糖をふんだんに入れてくれたので甘い。少年たちは皆貧しい。砂糖なんか高くて、家ではとてもこんなものは食べられない。最初に、

「おれたちも新撰組をつくろう」

といい出したのは、市作だった。近藤、土方、沖田、山南などの、村に出稽古《でげいこ》にきてくれた先生たちは、ことしの二月、そろって京都に行ってしまった。

その後、佐藤先生のところにくる近藤や沖田の手紙では、近藤たちが新撰組という隊を編み、近藤先生が局長、土方の歳さんが副長、山南さんが総長、沖田さんが一番隊長になっているという。乱暴浪士をとりしまるのが仕事だという。

市作がこどもの新撰組をつくろう、といったのには、近藤勇への深い思いいれがある。市作は親よりも近藤のほうを尊敬していた。それに、もう青雲の志があった。家業は農であるが、

(農民で一生を終りたくない)

という気持はかなり前からつのっている。そう思わせるのは、周囲の誰もが認める市作の剣の才能だ。

「この子はみどころがある」

と近藤先生もいったし、沖田さんも、

「こいつをみていると、私のこどものころにそっくりだ」

とよくいった。

いま十一歳だが、はっきりいえば、市作は京都へ行って新撰組に入りたい、というより、近藤勇のそばで働きたいのだ。市作は近藤が好きで好きでたまらないのである。走り使いでも洗濯でも、近藤の役に立つことなら何でもやりたい、そして大きくなったら、正式に新撰組の隊士にしてもらいたい、それが、もういまはふくれにふくれて、胸の壁を破りそうになっている市作少年の夢であった。いつか佐藤先生が近藤からきた手紙の要約をしてくれて、

「天朝さまも新撰組をお認めになったそうだ。その新撰組には農民の子も商人の子もいる。しかし、皆、姓をなのり、刀をさすことをゆるされている。近藤先生はそういう隊をつくったのだ」

と告げたときから、市作の夢は一挙に膨脹してしまったのである。

多摩の里に、少年新撰組をつくった市作の思いは、そういう熱いものにつらぬかれていた。その情熱がほかの少年をまきこんだ。そして、ただ隊を編んだだけではない。市作たちは、夜、村を巡回して村人に火の用心をうながし、また、時折、侵入する甲州あたりの無頼や盗人を叩きのめして役人に渡した。市作ほどではないにしても、少年たちはいずれも天然理心流をよく使う。佐藤道場で年季をいれている。

少年新撰組の活動を村人は重宝した。佐藤彦五郎は特に賞めた。宿場の寄合でも必ず話題にした。礼金を出そうか、という宿役人もいたが、彦五郎は、

「こどもに金を与えてはいけない」

と反対し、

「その代り、私が汁粉をふるまおう」

と笑った。今夜のアズキはそういう経過を踏んで用意されたものだ。

少年新撰組がかかげている提灯や旗の「誠」の字は彦五郎が書いた。この隊にも職制がある。皆、局長になりたがったが、彦五郎が市作を任命した。副長には金太《きんた》、総長には半平《はんぺい》、一番隊長は小吉《こきち》がなっている。京都の新撰組は十番隊まであるようだが、それでは隊長ばかりになってしまうので、こっちはとりあえず一番隊しかない。いまのところ全部で十五、六人いる。少年新撰組の行動が評価されると、市作は嬉しい。佐藤先生が、

「京都への手紙に、おまえたちのことも書いておいたぞ」

といってくれるからだ。

（近藤先生はその手紙をどう読むのだろう）

と、市作の心ははずむ。

ほう、こどもの新撰組か、と、きっと先生はにっこりするだろう。ふむ、局長は市作か、なかなかよくがんばっているようだ。ひとつ京都へ呼んでやるか――そういうふうに思うかな、などと自分に都合のいい空想を、市作はつぎからつぎへと育てるのだ。

そして、この空想は必ずしも現実からまるきり離れたものではなかった。五日ばかり前に佐藤先生のところへよこした手紙の中で、

「近々、何としても帰府して、養父をみまい、また諸兄と撃剣などいたし、あわせて少年新撰組ご一統にもおめにかかりたく……」

と近藤は書いていたからである。少年新撰組ご一統がおかしい。近藤先生らしい諧謔《かいぎやく》だ。

（近藤先生が戻ってこられる！）

彦五郎が教えてくれたこの情報は市作を有頂天にした。もちろん、京都の仕事の寸暇を利用しての帰府なのだろうけれど、そのときにあるいは、

「市作、どうだ、いっしょに京都にこないか」

と声をかけて下さるかも知れない。いや、きっとかけて下さる、というふうに市作の期待は直線的に突っ走っていた。

アズキの湯気をとおして、しきりにチラリチラリとこっちをみる市作のそういう気持を、

佐藤彦五郎はさっきからみぬいていた。彦五郎も、もし本当に近藤が帰府してきたら、

「どうだろう、小姓がわりに市作をそばにおいては」

と、市作のために話をするつもりだった。が、

(……弱った)

彦五郎はさっきから、どう切り出そうかとなやんでいる。というのは、近藤は戻ってこない。今日、急便がきた。京都に陣をかまえる会津藩からのもので、広沢富次郎、大野英馬の署名がある。内容ははっきりしていて、

「近藤周斎先生ご病気の件はよくわかり、また近藤氏もしきりに帰府を希望している。しかし京都の情勢は実に治安安危で、しかもその鎮静は近藤氏の統轄する浪士局の任にかかっている。その浪士局も芹沢鴨病死後は不穏で、もしいま近藤氏が東帰すれば、たちまち分崩離散するのは眼にみえている。一日片時たりとも近藤氏が局を離れるわけにはいかない。親子の情はお察しするが、どうかもう少し京都が鎮まるまで、東帰を延期してほしい。近藤氏になりかわり、われわれからお願いする」

そういう文面であった。おそらく近藤も承知のうえでのふたりの手紙だろう。近藤はこの間はぜひ帰りたいといってきたのだから、自分では書きづらかったのだ。このことを市作に話せば、どれほど落胆するか眼にみえている。やさしい彦五郎は市作の身になってものごとを考える。

(弱った)

というのは、彦五郎のいつわらざる気持であった。しかし、その佐藤彦五郎にしても、いま近藤たちがおかれている京都のササクレ立った空気を、実感としてうけとめることはできなかった。無理であった。どうしても現場にいなければ味わえない、現場には現場の空気があった。しかも京都は遠かった。

近藤たち新撰組は、このころ、広沢、大野のふたりの会津藩士でさえうかがい知れない、大きな危機に直面していた。それは京都の治安維持などよりもっとさしせまった、現代流にいうならば、新撰組そのものの路線の選択の危機であった。

試衛館員が、

「周斎先生」

とよぶ近藤周助《こんどうしゅうすけ》は、多摩の小山村（東京都町田市小山町）の名主島崎休右衛門《しまざききゅうえもん》の三男に生れた。若いころ、マンジュウを売って歩いたというから、歳さんの人生航跡に似ている。小がらだったが、眼が涼しく、眉も濃く、鼻も高い、役者のような美男だったという。このへんも歳さんに似ている。もてた。死ぬまでにとりかえた妻の数は九人、さらに七人の妾《めかけ》をもった。いつも数人の妻妾を同居させていた。

天然理心流の二代目近藤三助《さんすけ》の養子に入って三代目をつぎ、養子の勇に四代目をつがせた。大酒のみである。ヘビをつかまえてはピッと皮を剝《は》いで食う癖があるので、ヘビのほうが周斎の姿をみると逃げてしまうといわれた。江戸に居をかまえてからはヘビもあまりいない。

そこでヘビの代りに隠居してからはウナギの蒲焼きが好物になり、それも浅草の講釈場へ講釈をききに行っては、その帰りに食ったという。

近藤勇は周斎が浅草へ行くたびにこづかいを二分渡した。当時のウナギは二百文くらいだったというから、講釈をきいて酒を飲んでもけっこう余る。余った金はせっせと溜めこんだ。妻妾にはやらない。この苦情が近藤のところにいく。こういうとき、近藤の意をうけて周斎を説教しに行くのが歳さんである。歳さんが行くと、周斎先生は玄関先に本妻と妾を四人も五人もズラリとならべて、真中に神妙な姿で坐りこんで待っている。

金の話はしたくないから歳さんは、

「老先生、若先生がおっしゃるには、そろそろお年ですから、女のほうはほどほどにと……」

その女がズラリと並んでにらみつけているのだから、歳さんもやりづらい。しかし周斎はニコニコして、

「へい、よく承りましたと若先生にお伝え下さい」

と応じる。悪びれたところは全然ない。ちょっと勝海舟《かっかいしゅう》の親爺《おやじ》の小吉《こきち》に似た気性だった。

いま、京都で、その周斎が病気だという手紙を読むと、近藤、歳さん、沖田は、それぞれに周斎先生への思い出をよみがえらせる。近藤は周斎が女癖だけでなく酒癖も相当に悪いことを知っている。酒乱にちかい。

だから近藤は酒を飲まない。悪い見本が身近なところにいるので、近藤は大福餅を食って

は茶ばかり飲んでいた。

「酒は人間を変える」

まったくの魔性の水だと思っている。

沖田総司は九つの年齢から試衛館の内弟子として周斎とつきあっている。周斎はやさしかったが、十数人の妻妾の中には意地のわるい女もいた。沖田を周斎のかくし子だと疑ったのもいた。試衛館員が一様に閉口したのは、周斎が、

「どうも女がみてねえと、稽古がつけにくい」

といって、毎日、妻妾のうち、閑な女を道場の上座に坐らせて、門人たちにつける稽古をみさせたことだ。女がいると周斎は覿面《てきめん》にはりきり、活き活きする。いきおい稽古は荒っぽくなり、いい格好をするのはつねに周斎であった。

そういう憎めないところを皆愛した。わけても、歳さんは世話になった。世話になったというのは歳さんも役者のようにいい男だからもてる。が、素人女はもうこりた。女郎買いによく行った。しかし金がつづかない。そんなとき、そっと周斎にたのむと、

「ああ、いいともさ。女は男に欠くことのできねえ肥料《こやし》さ」

といって、いくらでも貸してくれる。が、

「病気の女にひっかかっちゃいけないよ。鼻が落っこっちまうからね。それとカサをかくとからだに力が入らなくなるから、剣術が弱くなるよ」

と妙な武術心得を説教した。

（剣術の先生というより、人生の先生だったな）

と、歳さんはいまでもそう思う。

その周斎先生が持病の中風がひどくなり、どうしても近藤勇に会いたい、という。近藤もその気になって帰府の準備をすすめていたが、守護職会津藩の反対で中止になった。

そしてそれ以上に大問題が起った。幕府が新撰組を正式に召し抱えたい、と会津藩を通じて内意を伝えてきたのだ。隊は騒然とした。

局長の近藤勇が、この話を、

「隊士全員の意見をきいてきめる」

といった時、正直にいって歳さんは、そうしないほうがいいと思った。正確にはそうする必要はないと思った。幹部だけでどうするかをきめればいいと思ったのである。何でも隊士全員に相談するのはまちがいだ、と歳さんは考えていた。それは、皆に相談するという、一見、ひじょうにひらかれた隊の運営方法に仮託しながら、実は、本来幹部が果すべき責任を隊士たちに転嫁するように思えたからである。

もうひとつは、たとえ相談しても、平隊士《ひらたいし》群が果してほんとうのことをいうかどうか、歳さんは疑っていた。地位のひくい層がどこまで本音を出すか、得てしてその場の空気に支配されて、付和雷同してしまうことを、歳さんは弱い人間たちの業《ごう》として知っていた。

もちろん、歳さんが多くの人間を、それも侍を軸にした多人数を管理するのは、この新撰組がはじめてである。が、歳さんは石田村にいたとき、家伝の散薬をつくるために牛革草を刈る共同作業を何度も指揮した。散薬は二種類あって、ひとつは骨折や打身《うちみ》に効き、ひとつは肺患に効いた。骨折・打身用はいまでも隊の常備薬として使っている。もう一種類のほうを、最近、実はいやな咳をし、夕方になるとぼうっとうすい熱を出している沖田にすすめようか、と思っているのだが、おそらく沖田は、

「冗談じゃないですよ、私を肺病だと思っているんですか。土方さんもひどいなあ」

と笑われそうなので、まだ黙っている。が、歳さんは、

(沖田は確実に胸を病みはじめている)

と思っていた。心配だ。

その散薬の原料になる草を刈るのは、きまって土用のウシの日だったが、石田村の村民は手伝いに大動員され、

「まるで戦《いくさ》だ」

といわれるくらいのさわぎであった。この大人数をさばくのは歳さんだった。場所の選定、人数割、目標量の決定、おおよその作業時間の目安、刈った草の運搬、集積、終らない場所への応援、慰労などの一連の工程を、歳さんはいつもみごとにやってのけた。そういうとき、手伝いの農民たちに、いちいち、

「これをどうしますか」

ときくことは、逆に馬鹿にされた。

「そんなことは、歳さんのほうできめてくれよ。今日のおれたちは牛や馬と同じだから。ハ

ハハ」

と皆笑った。それは〝お大尽〟とよばれた歳さんの家に対する、農民の屈折した感情のあらわれであったが、もうひとつは、指揮者はいちいちヒラに相談するな、自分で決断して命令を下せ、という指揮者観が全体にあった。農民たちにすれば、相談されることはめいわくであり、だから逆に、相談する指揮者を無責任な奴《やつ》だと思うのである。

そして、もっとも大事なことは、幼いときから貧しさの海を泳ぎぬいてきた農民たちは、えらい人や金持の前では、ぜったいに本音をいうな、というかたくなな処世術を固持していた。その点、農民たちの心はサザエの殻《から》のようだった。

それと同じものを、歳さんは新撰組隊士にも感じていた。試衛館員の連中はまだ気心が知れている。しかし、京都や大坂で新しく加わった者をどこまで信用していいのかよくわからない。出身、素性なども、いちいち照会するわけではないから、嘘《うそ》をついている奴も沢山いるだろう。農民や商人が、侍の出身ですといっているかもしれない。が、そんなことは歳さんも農民の子だからどうでもいい。歳さんがいちばん心配なのは、やはりどこまで信じられるか、ということだ。近藤勇は歳さんのそういう心配をきくと、

「歳さん、まず、おれたちのほうから信じようよ。隊士にだまされても、だましちゃいかん」

と微笑む。それはそれで立派だが、局長がそういうふうだからこそ、補佐役の歳さんは逆にヤキモキするのである。こんどの幕府からの話にしても、近藤が皆の意見をききたいとい

う理由のひとつには、

「吉村のような隊士もいるからな」

というつぶやきがあった。

吉村というのは、東北の南部藩（岩手県）の出身で貫一郎《かんいちろう》という中年の侍だが、南部にいたころひじょうに貧乏で、ウルシの木から樹液を採る内職をしていたという。しかし、それでも妻子を養えないので、ついに脱藩して大坂に出た。典型的な出かせぎ人である。そして新撰組に入った。この間の〝八・一八の政変〟で、その功労金として朝廷が金をくれたとき、ほとんどの隊士がパアーッと飲んじまおうというのに、

「大坂の妻子に送金したいので、私は分け前を頂戴《ちょうだい》したい」

と申し出た男だ。その惨めさは隊士全員を白けさせたが、逆にその切実さが隊士に生活のきびしさという人間の原点を思いださせた。隊士の中には自分の分を吉村に渡す者もいた。近藤たち幹部もそうした。

以後、吉村ときくと、その名はそのまま生活苦の代弁者であり、仕送りの代表者になった。家庭の生活安定のために新撰組に入ったという気持を、これほど露骨に、臆面もなく表出している男はいなかった。だから、

「男ってのはね、ただ食うために生きてるんじゃねえや」

と、原田左之助のように、きこえよがしな嫌味をいう人間もいた。

その吉村貫一郎が幕府の内意をきいたら、どれほどよろこぶことだろう。それこそ、

「幕府お抱えになった……」

といって泣きだすのではないか。近藤の温情主義もいいが、そういう生活一辺倒の、まるで失業浪人の救済団体に新撰組がなっていくことには、歳さんは相当な抵抗があった。しかし尊敬する近藤と角突《つの》き合わせて論争する気は、このころの歳さんにはまだなかった。

「それじゃあ、皆に話しましょうかね」

と、例によって柔らかい笑みを浮べた。

ところが、この方向が思わぬ層から反対された。思わぬ層というのは、総長の山南敬助と副長助勤の藤堂平助のふたりであった。

ふたりはこもごもいった。

「隊士全員に話す前に、幹部の意志を統一する必要があります」

普段は温厚で、人の好さにかけては無類、壬生の里でも山南敬助は沖田総司とともに村人からもっとも愛され、尊敬されている。藤堂平助も若者らしい純粋さをいつも発散させている男だ。そのふたりが今日は真剣な表情で近藤に自分たちの考えをいった。意見を要約すると、

○もともと、われわれが試衛館をたたんで京都にきたのは、尊皇攘夷《そんのうじょうい》の志を実現するためだ。

○それが、肝心の大樹（将軍）も幕府もうろうろするだけで一向に攘夷の方針をきめない。

○その間、新撰組は王都警衛の美名の下に、奉行所警吏と同じような任務にばかりつかさ

れている。
○その結果、本来は同志であるはずの尊攘派《そんじょうは》志士を弾圧する側にまわっている。
○このままだと、新撰組は幕府の犬だという誤解がそのままひろまり、ついに元の道に戻れないことにもなりかねない。
○いまなら引きかえすことができる。そのためには、絶対に幕府の禄位を辞退し、新撰組が攘夷派であることをもう一度改めて天下に表明することだ。
ということだ。ふたりは、この意見はふたりだけでなく、隊内にもかなり共鳴者がいる、と告げた。

「うむ、それはそうかも知れないな」

きき終った近藤は渋い顔をしながらもうなずいた。近藤は外見はいかつい顔をしているが、心は本当にやさしい。局長になってもいつも平隊士のことを心配している。隊士から不満や不平が出ると、近藤はすぐ、

「それは局長のおれのいたらなさだ」

と自分をふりかえる。どこか自分のやりかたがまちがっているのではないか、と反省する。歳さんからみると、それは近藤の反省過剰だ。近藤の胸には襞《ひだ》がいっぱいあって、いつもその襞に平隊士の不平や不満がひっかかっている。山南と藤堂の意見で近藤はうちのめされた。それは、

「王都警衛の美名のもとに、奉行所役人と変らない治安維持の仕事をさせられている」

という一言だった。近藤は、そういう仕事をさせられている現状にうちのめされたのではなく、させられていると思いつつ、毎日を送っている隊士たちの鬱屈《うっくつ》した精神への同情であり、そういう仕事を命じている局長としての自身への嫌悪感でうちのめされたのだ。

そしてそれは、一方で公認の組織になれたというよろこびとは裏腹の、しかし、幕府の犬ではないのか、という疑いを、近藤自身もいつも持っていたからだ。

そういう近藤の心理を、歳さんは深い愛情をこめてじっとみつめている。歳さんは、薬の行商で歩きながら、二、三度〝浜《はま》街道〟(現国道十六号線につながる多摩の道。このころ、横浜へ行く絹糸商人の往来が頻《しき》りだったので、こうよばれた。いま、〝絹の道〟の標示がある)を通って、絹糸商人といっしょに横浜に行ったことがある。そこで夷国《いこく》をみた。夷国人をみ、船をみ、文明をみた。

(とても、こいつあかなわねえや)

と思った。正直、攘夷なんぞ絵空ごとだと思った。

だから、歳さんがみる攘夷派の攘夷はみんな嘘だと思っている。みんな、できもしねえことを喚《わめ》いているんで、あれは、ただ幕府を困らせるための策略だと思っている。はっきりいえば、歳さんはこのころ、もう心をきめてしまっている。

(おれはいつでも弱いほうに味方する。苛《いじ》められているほうの助《すけ》っ人《と》になる)

と。いま苛められているのは大樹だ、弱えのも大樹だ、たとえあと戻りができなかろうと、おれはその道を行きてえんだ、ヘッ、攘夷なんぞ糞喰らえだ、と思っていた。だから、歳さんは新撰組は幕府が行く道を行く、ときめていた。だって、もうそういう一歩をふみだしてしまったじゃねえか、今日まで散々攘夷派を追いまわしておいて、ある日突然、

「いやあ、あれは本心じゃなかったんです、どうも済みませんでした」

なんぞという弁明が通るかよ、そう思っている。そう思っているがそんなことは一言もいわずにニコニコしている。

というのは、山南や藤堂の攘夷論は本ものだからだ。ふたりとも本当に攘夷ができると信じている。そのあたりは、京都という土地や、政治をくいものにしているいい加減な浪士とはちがう。山南たちのほうがはるかに純粋だった。

近藤勇は山南、藤堂に代表される〝禄位返上〟論に従った。このことを決定して全隊士に告げた。予想したとおり、吉村貫一郎が蒼白な顔になって落胆ぶりを示したが、近藤は黙殺した。

このときの新撰組の意志は「上書」として守護職と守護職公用人に提出された。文久三年(一八六三)十月十五日付である。文中に、

「われわれの京都滞在は、あくまでも皇命を奉じて攘夷のさきがけになりたいがため……」

とはっきりのべられている。このかぎりでは、この年の春に朝廷に建白書を出した清河八郎の考えとそれほどちがわない。上書を出し終って屯所に戻ると、幹部の間ではそういう話も出た。歳さんがはじめて笑いながらではあったが、こういった。

「考えが同じかもしれないが、やりかたがまったくちがう。おれたちは、いつもきれいなや

りかたを大事にするんだ。これは清河とは大きなちがいだよ」

　このときの歳さんの発言を、近藤、沖田、山南、藤堂、原田、井上らは、後になってもう一度思いだす。原田がいった。

「しかし、ああはっきり新撰組は攘夷派だと書いたんじゃ、守護職も幕府も、解散しろ、というかもしれませんね」

「そのときは解散するんだ。いや、むしろそのほうが出直しのきっかけができていいかも知れない」

　山南敬助が頬を紅潮させてそう応じた。一座のそういうやりとりを凝《じ》っとみながら、歳さんは、

（解散命令なんかくるものか。あの上書は、改めて新撰組を幕府に高く売りつけただけさ）

　と思っていた。

「多摩の里には……」

　近藤が口をひらいた。

「こどもの新撰組ができているそうだ。ほら、あの剣術のうまい市作という少年が局長をつとめてな」

　近藤は微笑んで一座をみまわし、

「もし解散命令がきたら、私は市作にたのんで、こどもの新撰組にやとってもらうつもりだよ」

といった。座は大笑いになった。

このころ、多摩の里では、今夜も少年新撰組が、誠の提灯と旗をかかげて、

「火の用心！」

と、声を大きくあげながら浅川の岸の道を日野宿に向かって歩いていた。

川は一本でも岸はふたつある

大坂八軒家《はちけんや》は、船宿が八軒並んでいたことから、そう呼ばれ、そのまま地名になった。が、そのころ（元治《げんじ》元年＝一八六四、初夏）は十軒あった。

京屋・大和屋・山口屋・若松屋・堺屋・板並屋・有馬屋・大津屋・銀屋・升屋などだ。これらの船宿は、淀川《よどがわ》の天満橋《てんまばし》から天神橋《てんじんばし》にかけてズラリと並んで建っていた。大坂では西北方面になる。〃水の都〃とよばれる大坂は全体に川が多く、舟は重要な交通機関だった。橋も八百八橋《はっぴゃくやばし》といわれるほど多い。江戸の八百八町《はっぴゃくやちょう》に対抗しているのだろうか。

新撰組は大坂に出張するたびに、京屋に泊った。十軒の船宿群の中では一番東にあった。天満橋のすぐ脇である。

山崎烝《やまざきすすむ》が京屋に戻ると、ほかの四人はすでに帰ってきていた。風呂をすませ、手もちぶさたに部屋に集まって話をしていた。

「よう」

山崎は手をふって如才なく笑った。

「酒でも飲んでいればよかったのに」

「そうはいかないよ」

従弟の林信太郎が真顔で応じた。

「働いている人がひとりでもいるうちはね」

「そのとおりだ」

巨漢の島田魁《しまだかい》が共鳴する。

「われわれはいつも一心同体、行動は一糸乱れずだ」

ほかのふたり、つまり浅野薫《あさのかおる》と川島勝司《かわしまかつじ》は黙ってニヤニヤしている。

（このふたりは臆病者だ）

と、山崎は前から感じている。いずれ何かやらかすにちがいない。膳がきて、酒がくると、山崎は酌をつづけようとするふたりの女中を、

「ちょっと話があるから」

といって追いはらった。女中をからかいながら飲もうと思っていた浅野は、残念そうな顔をした。

「何かわかったかね」

何気なく山崎は、それも、誰へともなくきいた。

「はい」

川島がうなずいた。川島は京都西部の川島村の出身だ。京都の地理にはあかるい。地名を姓にしているくらいだから、おそらく農民か郷士の出身だろう。武士に対して劣等意識を持っている。

ここにいる五人にしてもそうだが、いまの新撰組で、一体誰が本当の武士なのか、そうで

ないのか、まったくわからない。かなり履歴詐称がある。局長の近藤勇から、

〝諸士取調方ならびに監察〟

という、隊内外の探偵のしごとを命じられたとき、山崎は近藤に、

「隊士の身もとを洗いなおしましょうか」

と、そっときいた。近藤は大笑いした。

「そんなことをしたら、まともな奴《やつ》はひとりもいなくなる」

隊士の数が足りなくて、とにかく京・大坂で急募した寄せ集めの新撰組だ、いかがわしいのも沢山いる。それをいちいち糺《ただ》していたら、ラッキョウの皮をむくようなもので、はじめから芯も実もない、というのが近藤の意見だった。

(大将は、まあそのくらい大まかなほうがいいが、しかし果してそれでいいのかな……)

山崎はふっとそう思う。山崎も経歴をぼかして入隊したが、本当は大坂の鍼医《はりい》の悴《せがれ》だ。侍なんてものじゃない。大坂の実情にくわしく、創立当時の新撰組が金に困ると、山崎は、

「鴻池《こうのいけ》を脅したらいいでしょう」

と、ニコッとして告げたりした。真にうけて芹沢鴨《せりざわかも》がゆすりに出かけて行く。山崎はゆすりの標的を的確に示すので、次第に株が上がった。もちろん、いい株の上がりかたではない。それに、多少動機が不純だった。大坂でくらしているころ、山崎は町奉行所の役人と大商人が大きらいだった。一方は権力で、もう一方は金の力で庶民をいじめるからである。

ゆすりは、だから報復だった。生きていたころの芹沢が、山崎の情報を基に、その店にの

りこんで、鉄扇で調度品を目茶目茶にこわし、何百両かの金をせしめて帰ってくると、山崎は、ひとり、うっとりと胸の中で、

（ざまぁみやがれ）

と快哉の声をあげたものである。芹沢は山崎の告げた店が必ず慴伏《しょうふく》するので、

「山崎って奴は大したものだ」

と、いつも賞めていた。そんなことで、山崎はやがて諸士取調方ならびに監察という役につけられた。

「隊士の身もとを洗いなおしましょうか」

といったとき、近藤はそんなことはするな、といったが、副長の歳さんがあとから廊下へ追いかけてきて、

「山崎君」

とよびとめた。そして、

「きみの、さっきの隊士の身もと調べの件な、あれ、そっとすすめてくれ。報告は私にしてくれればいい」

副長は役者のようだという評判どおりの、役者のようにいい顔をニコニコさせながら、そういった。

「…………」

歳さんの眼の奥を凝《じ》っとみつめながら、山崎はうなずいた。

「この宿のすぐ南に西町奉行所がありますが、とにかくあの男の勢威は予想以上です。むしろ蔭の奉行とよばれるほど、町筋では恐れられています」

川島はそう報告した。

「奴は、大坂の治安というより、交易や物産に相当口を出しているな」

島田が川島につづけた。島田は美濃大垣《みのおおがき》の出身。父は木曾川奉行《きそがわぶぎょう》だったという。三十五、六歳になるが、なかなか沈着な男だ。この中では山崎は一番信頼している。

「たとえば？」

山崎は島田のほうをむいた。

「たとえば、例の大塩平八郎の事件のとき、あの男は幕府のために大坂市民の窮乏をよそに、京都その他から買いつけた米をすべて江戸に送っている……」

大塩が反乱を起した天保飢饉《てんぽうききん》のときに、あの男は大坂市民の米だけでなく、京都市民の米までとりあげて、江戸に送ったというのである。大塩はあのとき、自分の本を全部売りはらって米を買い、市民に撒《ま》いた。

「そうか、それはいいことを調べてくれた、浅野君は？」

「うん、まああだ」

「まああとは」

「川島君と島田君の調べに似たり寄ったりだ。改めて諸君に報告するまでもない。とにかく大変な玉《たま》だ、あの野郎は」

浅野はニヤニヤ笑いながらそういった。具体的なことは何もない。

（おまえのほうが、よっぽどいい玉だよ）

山崎はチラッと浅野をにらみながら、眼で非難した。それを感じた浅野は、

「それより、きみの調べはどうなんだ。きみは大坂の出身だから、さぞかしわれわれが眼をみはるようなことを調べてきたんだろう」

と逆襲してきた。山崎はうなずいた。とにかく隊から与えられた職務を果すうえで、自分が一番能力があると思っているが、山崎は決して功績をひとりじめにはしない。こんどのように共同作業を命じられたときは、自分の調べたことは全部皆に報告する。そういう筋を通すところが山崎のいいところだった。

そしてこういうさっぱりした性格を、近藤勇はひじょうに愛していた。山崎が近藤の絶大の信任を得ていることは、隊士の誰の眼にもあきらかだった。だから中には、

「どうせ役目を利用して、おれたちのあることないことを、局長に吹きこんでいやがるのさ」

と悪口する隊士もいた。そういう空気を知っているだけに、山崎は特に今回のような調査には気を遣った。隊へ戻っても、

「私の調べによれば」

などと報告する気はさらさらなかった。

「私共の調べによれば」と告げるつもりだ。浅野のように、おそらく無為に日を送ったであろう人間さえも、かばうつもりなのだ。が、そんな心遣いは浅野には通ずるまい。人間とは、もともと性悪《しょうわる》だというのが浅野の考えだから、山崎の肌理《きめ》のこまかい善意は伝わらない。山崎はいった。

「ふたつのことがわかった。ひとつはいまの島田さんの話につながるが、あいつは、ここのところ、しきりに灯油の値を操作している。買占め商人の肩をもっているのだ。もうひとつは……」

ちょっとことばを切って、なぜか浅野の顔をみた。

「奴は、新撰組に狙われていることを知っている」

「どういうことだ」

山崎の視線を撥《は》ねかえすようにして浅野がいった。

「奉行所への往復に用心棒をやとった。また、自分の住居の守りを厳重にして、塀《へい》や門を固め、外からは容易に入れない……」

さすがに四人はほうと息をもらした。やはりそこまで調べてくるのは山崎だと思った。

「大きなみやげができたな、その報告で局長も大満足だろう」

島田が嬉しそうにそういった。素直な人柄なのである。

「明日は壬生村に戻ろう」

山崎はそう告げた。手をたたいて女中をよび、改めて酒を飲みはじめると、浅野がこんなことをいいだした。

「そういっちゃ何だが、ここにいる五人は、馬鹿ぞろいの新撰組の中でも、際立って学問も深く、文も立つ。いってみれば、まあ、学者だ。それをなぜ取調方だの監察だのと、人間の裏をさぐるようなしごとをさせるのかな」

これは浅野の本音かも知れなかった。かれはその役につけられて以来、ずっとそのことにこだわっていた。

「それはだな」

島田がニコニコして答えた。

「学問をする奴は、家にこもって机にばかりしがみついている。もっと外に出て、生きた学問をしろという近藤局長の配慮だろう」

「ハイリョ？　へ、ハイリョだなんて！」

浅野は嘲笑した。そして、

「おれは、近藤局長たち東国の農民侍のひがみだと思うね。いまの新撰組は、一部の幹部はともかく、隊士の圧倒的多数は京坂人と西国人が多いだろう。学問も深い連中が多い。だから、その中でも特に目に立つおれたちに、探偵方などという醜業につかせて、一種のみせしめにしているんだと思うよ」

「考えすぎだよ、それは」

島田は一笑に付した。そして、

「なあ」

と同意を求めるように山崎をみた。山崎はこう応じた。

「島田さんに賛成だな。近藤局長たちにそんな底意地の悪い考えがあるとは思えないな。第一、学問といえば、近藤局長にしたってそれほど無学じゃなし、字だって達筆だ。土方副長や沖田、山南のおふたりも相当なものだよ」

ところが、途中から浅野は、

「その土方副長が問題なんだ」

といい出した。

「土方副長のどこが問題なんだ、あの柔和な顔をいつもニコニコさせているじゃないか」

島田魁は、どこまでも素直にうけとめようとしていた。浅野は首をふった。

「あの笑顔は曲者《くせもの》だよ、何が柔和なもんか。おそらく、おれたち学者に、こんな卑しい役をさせるのは、副長の知恵だ。あの人は恐ろしい人だ……」

最後は少し考えこむ表情になって、浅野はそういった。そしてさらに、

「こんどのことにしてもそうだ。近藤局長がなぜ、たかが大坂町奉行所の一与力にこだわって、これほど大がかりな調べをするのか全くわからない」

といった。

「一介の与力風情が、新撰組局長を取調べるなんて生意気なことをぬかすからさ。それに、新撰組が大坂へ出張するたびに、あの野郎は何かと嫌がらせをしやがる。動きにくくって仕

方がない……」

山崎は率直に自分の感情をこめていった。

「お客さん」

女中のひとりが媚態を示しながら大声を出した。

「もういやだよ、話ばっかりしていて。もっと面白く飲もうよ」

「こいつは悪かった。よし、面白く飲もう」

山崎は素直に笑って応じた。しかし、心の中では前途多難な新撰組の将来を思った。誰がその多難な隊を束ねていくのだろう、と思った。ふっと、

（それとも法度か、何でも切腹か）

と思って慄然《りつぜん》とした。

この年、大樹（将軍、十四代徳川家茂《とくがわいえもち》）が再度上洛したのは、実をいうと近藤勇が火をつけたからだ。

去年（文久三年）の初冬、京都に駐在していた諸藩の憂国の士が、一夜、祇園の茶屋〝一力《いちりき》〟で会合を持った。時勢について率直に論じようというのが目的だ。

会津藩から、秋月悌次郎、横山主税、鈴木多門、手代木直右衛門、広沢富次郎

薩摩藩から、高崎純太郎、内田仲之助、井上弥八郎、樽原幸五郎

土佐藩から、生駒清次、津田斧太郎、下許武兵衛、中山左衛士

肥後藩から、井上喜太郎、宗村左七郎、浅井新九郎、小川熊雄
久留米藩から、本荘仲太郎、大塚敬介、梯譲平
ほかが出席した。この席に近藤も招かれた。守護職会津藩重役の配慮だろう。政局不安定の折なので、話はそれぞれ肚のさぐりあいに終始し、ハッハッハとか、いや、どうも、どうもなどと、お互いに言質をとられないことばのやりとりに終始し、決して問題の核心にはふれない。ついに、たまりかねた会津藩の重役横山主税《よこやまちから》が、

「いかがだろう、報国の士として日夜ご精励の近藤氏からご高論を承りたい」

といった。横山にすれば、こういう席で近藤を売り出したいという気がある。しかし、近藤が果して時局に対し、どれだけの識見をもっているかどうかわからない。ひとつの賭けだった。

近藤は居ずまいをただした。もともと酒はきらいだから酔ってはいない。会津藩以外の出席者は近藤をよく知らない。壬生村の浪士隊の頭領だとは知っているが、必ずしも好意をもっているわけではない。

(浪士ふぜいが。会津もものずきだ)

と思っている。近藤はいった。

「私をはじめ新撰組局員一統は、いずれも尊皇攘夷《そんのうじようい》の士であります」

座は一瞬鎮まった。新撰組は尊皇攘夷の士だといいだしたからびっくりしたのだ。

(何をいうんだ、いってることと、やってることは全然逆じゃねえか)

という色が多くの顔に浮んだ。近藤はつづける。

「すでに薩摩、長州は攘夷を実行しましたが、あくまでも一藩の行為にとどまっております。攘夷は日本国をあげておこなわなければなりません。そのためには、まず朝幕一致し、挙国のかまえをとることが肝要であります。お歴々に乞い願い奉ります。何とぞ、大樹公に再度上洛をお願いし、天機を安んじまいらせることを」

これは卓見であった。理論だけでなく方法まできちんとのべている。将軍がもう一度京都へこなければ駄目《だめ》だといっているのだ。ここまではっきりいう人間はこのころいなかった。

近藤の心情からすれば、春に上洛した家茂は、ほうほうのていで逃げた、と思っている。問題は何ひとつ解決していない。家茂はひどいいいかたをすれば敵を前に逃げたのだ。敵にうしろをみせたのである。東国武人として、近藤はそれが残念だった。

（大樹は大樹らしい行動を天下に示してほしい）

というのが切実なねがいだった。

近藤の論は、早くいえば公武合体である。それを、家茂の上洛によって実現したいのだ。はっきりいえば近藤は、

（ここしばらくは、大樹は、江戸城でなく京都にいてもいいじゃないか）

と思っていた。いや、むしろいまは京都にいるべきだと思っていた。京都で義兄の孝明天皇に誠意ある協力ぶりをみせれば、大名も国民もついていくと思っていた。最後に近藤はこうつけ加えた。

「そのための王都守護ならば、新撰組は勇んで微力をつくしましょう」

この中にだっていい加減な藩がいる。京都市中にひそんでいるいわゆる志士に金をやって、操っている藩もある。薩摩なんか特にゆだんができない。いつひっくりかえるかわからない。

いま、ここでこうやって公武合体派が集まって議論しているが、ここから目と鼻の先の木《き》屋町《やまち》や先斗町《ぽんとちょう》では、長州の桂小五郎を核に尊攘《そんじょうは》派の潜伏浪士たちがなかば公然と集まっている。幕府の治安力などまったく舐《な》められているのだ。一度、京から駆逐された長州は、藩軍をひきいて再度上洛のかまえだ。かれらは、

「薩賊会奸」

を合言葉に一戦をも辞さないつもりらしい。

「玉《ぎょく》をとれ」

というのが桂の主張だ。玉とは天皇のことである。それが尊皇志士のいうことばか。

薩摩もあぶない。この藩ほど機をみるに敏な藩はない。風むき次第でどうにでもひっくりかえる。近藤はそうみている。まだ長州のほうがましだ。そうくるくるとは変らない。会津も信じられる。が、ほかの藩はどうか。信じきれるのか。酒の席で偉そうに大きなことばかりいっているが、みんな風見鶏ではないのか。風の向く方向をむいてくるくるまわるのではないのか。

おさえた語調だったが、近藤のことばの底にはそういう思いがこめられていた。出席者は近藤の遠まわしな痛憤に気づいた。が、いずれも、

（この男は政治を知らない、尻が青い）

と胸のうちでせせら笑った。それぞれがいっぱしの政治家を気取っていた。そして、いつの世でも同じだが、こういう層は、自分たちが直接手を下すのではなく、誰か他人を責め、その他人に責任をとらせることは大好きだった。だから出席者は近藤が提案した、

「大樹の再上洛」

にとびついた。京都での政情のモヤモヤをすべて将軍家茂におしつけてしまおうと考えたのである。家茂の再上洛要請は京都在藩の世論となった。朝廷から上洛をうながす勅使が江戸へ行った。家茂はゆううつな気持を抱いて江戸を発《た》った。こんどは海の路をえらび、勝海舟の操る幕府軍艦に乗って大坂湾に入った。

新撰組は、またそろいの隊服を着て迎えに出、大坂から京都まで警護した。家茂は二条城に入った。そして将軍の再上洛と、天皇と協力しての挙国態勢実現は、在洛尊攘派をひどく刺激し、再び暗殺が横行しはじめた。公武合体派や開国派がつぎつぎと斬られた。さらに、

「志士たちは、ちかく入京する長州軍を後楯に、天皇をうばって討幕の軍を起すつもりだ」

という噂《うわさ》がしきりになった。尊攘派はあくまでも朝幕をひき離そうという策謀に出てきたのである。

そして、噂を裏書きするように、常陸国《ひたちのくに》の筑波山で水戸の天狗党《てんぐとう》が反乱した。しかもその軍勢は長州の桂小五郎と、水戸の藤田東湖《ふじたとうこ》の倅の小四郎《こしろう》との密約によって起されたものだと伝えられた。さらに、天狗党は長駆して京都へ向かって行軍をはじめた。人の力ではとめる

ことのできない時代の大津波が、大きく京都をおそいはじめていた。

人間がある特定の人間に対して持つ悪感情の確定方法はふたとおりある。ひとつは、その人間の言行の例をいくつもみたりきいたりしているうちに、

(こいつはけしからん)

という悪感情が湧いてくる場合だ。

もうひとつは、はじめから、こいつはけしからんという悪感情を抱いていて、その悪感情を裏づけるような言行ばかりを故意に探す場合である。この場合は、だから悪い面ばかり探して、良い面はすべて黙殺する。

大坂西町奉行所与力内山彦次郎《うちやまひこじろう》に対する近藤勇の態度は、あきらかに後者であった。近藤の胸の中では、内山への憎悪が先にかたまっていた。去年、芹沢鴨たちが大坂の角力《すもう》たちと喧嘩《けんか》して何人かを殺したとき、近藤は内山に相当きびしく糾問された。あのときの屈辱と憤りはいまも胸の中に残っている。だから、

「内山の行状を調べてこい」

と、山崎以下五人の探偵を大坂に派遣したのも、近藤は決して、自分の胸の中にある憎悪を消したり考えなおそうと思ったわけではない。逆だ。むしろ私憤を公憤に変えるネタをさがしてこいというのが本心だった。近藤は口には出さなかったが、山崎たちは近藤のこの本心をみぬいていた。だから、内山の良いところはカケラも探さず、悪いところばかりを探し

て戻ってきた。その報告は近藤を満足させた。特に内山が、
○大塩の乱のときに、その原因となった大坂、京都の米の買占めの指揮をとったこと
○現在も開国商人と組んで、灯油の価格操作をしていること
のふたつは、近藤にある決意をさせるのに十分であった。ある決意とは、内山を殺すということである。

「内山を斬る？」

決意をうちあけられて、歳さんたちはびっくりした。口では、たかが奉行所の与力とはいっても、身分のあいまいな新撰組からみれば、内山は歴とした幕臣である。馬にも乗れる地位だ。それを殺すというのはおだやかではない。

「そうだ」

うなずく近藤は歳さんの躊躇《ためら》いに不満そうな表情をした。皆もすぐのると思っていたからだ。

「山崎たちの調べで、内山の罪状は歴然だよ。開国商人と組むなど、りっぱに天誅《てんちゅう》ものだ」

近藤は力説した。その近藤に、

「天誅というと、われわれが追いまわしている尊攘浪士とやることが同じになりますね」

歳さんはぽつんといった。何気なさそうないいかただが、歳さんは相当に深い意味を持たせている。それに近藤は気づいた。

「歳さんは、反対なのか？」

「時期がまずい、という気がしますね。大樹が京都にいるし、大坂にも軍艦の乗組員はじめ幕府の人間がゴロゴロしていますよ」

「しかし、私は、腹の虫がおさまらないのだ」

「そのお気持はわかりますよ。でも、いまの新撰組は、内山を殺す前にやらなければならないことがゴマンとあります……」

それは事実だった。日を逐《お》うて活発化する尊攘派潜伏志士たちの討幕活動と、刻々と迫ってくる長州軍の京都進撃。これに呼応するような東からの水戸天狗党の京都接近。そして近藤が予想したように、薩摩藩の微妙な変化。すでに西郷吉之助《さいごうきちのすけ》という巨漢一派は、天狗党と連絡をとりはじめたという噂さえあった。西郷は藤田東湖の弟子であり、天狗党の指揮をとっている藤田小四郎とも親しい間柄だ。ありえないことではない。

日本の各地で噴きはじめた炎は、連動しながら渦をまいて次第に京都を包囲しはじめていた。そういう中で、再上洛した将軍家茂は、必ずしも効果的なうごきをしていない。公武合体派のうごきもにぶく、家茂を軸に一挙に挙国態勢をととのえようと、指導性を発揮する藩もなかった。

近藤勇は、自分がいい出したことではあったが、将軍再上洛に対する幕府や佐幕諸藩の対応のにぶさには腹を立てていた。組織は腐り、人は死んでいる。皆、誰かやるだろうと手をこまねいているだけで、火中の栗を拾うものはひとりもいない。江戸にいるときには気がつかず、京都にきて、はじめて幕府の腐敗ぶりをまざまざと知った。

「とにかく、人材がいない」

というのは、いつわらざる実感であった。いや、いるのかもしれないが、身分の壁が厚くて人材登用の道をはばんでいるのだ。

(そんなことはあるはずがない)

と、つよく否定しながらも、近藤は時に、

(ひょっとしたら、幕府はつぶれてしまうかもしれない)

と思うことさえあった。しかし、そういうことは、考えるだけでもいけないのだ、とすぐ首をふるのだが、何かの拍子に、また、

(あるいは……)

と、幕府滅亡の予感が魔神のように近藤をおそうことは事実であった。

いらいらする日がつづいた。家茂についてきた老中は、突然、

「こっちが先に長州を征伐しよう」

などといい出し、いきなり会津容保《あいづかたもり》をその軍事総督に命じたりした。が、在洛諸藩から、

「それはいきすぎだ」

とたしなめられると、そうか、いきすぎか、といってすぐ取消した。朝令暮改のことばどおり、方針はくるくる変る。まだ十九歳の将軍はそういうありさまを統御できる力を持っていない。おろおろするだけである。

新撰組もふりまわされた。会津容保が征長軍事総督になったとき、京都守護職は越前藩主

の松平慶永《まつだいらよしなが》に変った。その日、

「今日から、新撰組は越前藩に属する」

といわれたが、新撰組は承服しなかった。そろって二条城へ抗議に行った。浪士軍の上司忌避運動であった。幕府はびっくりした。こんなことはきいたことがなかった。京都所司代稲葉正邦《いなばまさくに》が間に入って、

「わかった、わかった。新撰組はいままでどおり、会津預かりだ」

と妥協した。が、これも方針の変更である。そして会津預かりになる、ということは、京都の治安維持をやめて長州を攻めに行くということである。そうなると、こんどは隊内から異論が出た。

「冗談じゃない。局長は、新撰組は尊皇攘夷の隊だといったじゃないか。それが長州を攻めるのか、おれは嫌だ」

という者が続出した。それをなだめるのがまたひと苦労だった。主に京・坂・西国筋の人間だったが、そればかりではない。山南敬助や藤堂平助などの試衛館員もこれに同調している。

「新撰組って、一体何なのだ」

近藤勇のほうが悲鳴をあげたくなった。そんな近藤のところへ沖田総司や永倉新八、原田左之助たちが毎日のように、こんな訴えをしにとびこんでくる。

「先生、隊士の大半が市中巡察に出動しません」

「なに、巡察が気にくわないのか」

「腹をこわしたの、足が痛いのといっています」

「病気なら医者にみせろ」

「仮病《けびょう》です」

「それなら監察に調べさせろ。そんなこまかいことをいちいちおれのところに持ってくるな」


ついに近藤は怒鳴り出す。沖田たちは目を丸くする。隊士が仮病を使って出動を拒否するのは、決してこまかいことではない。隊にとっては重大なことだ。さすがに永倉や原田がムッとして顔色を変えるのを、沖田がおさえた。沖田はニコニコして、

「局長は、幕府のお偉方がくるくる変るので、お悩みだ。隊士の仮病は監察に調べさせよう」

そういいながら、皆を連れて向こうへ去る。が、廊下の隅から、

「怒鳴ることはねえじゃねえか！　局長はどうかしちまったよ！」

と、大声で不満をもらす原田左之助の声がきこえてきた。近藤はたちまち反省した。眼の前に残っていた歳さんにいう。

「おれは人間ができていないな。怒鳴ったのはまずかった、あとで謝まろう」

歳さんは、何ともいわずにニコニコしている。そして、

「先生、多摩川の流れは一本ですが、岸は左と右のふたつあります。新撰組もそろそろどっ

ちかに決めなければなりませんね。西の国の連中のいいなりになるのか、それとも私たち東の国の人間の言い分を通していくのか……」

そういって近藤をじっとみた。近藤勇は歳さんをみかえした。

梅雨どきの愛と憎

里人は、

「壬生浪《みぶろ》（壬生浪人、新撰組のこと）で、親切者は山南《さんなん》さんと松原さん」

といっている。山南さんというのは総長の山南敬助《やまなみけいすけ》のことであり、松原さんというのは、副長助勤の松原忠司《まつばらちゅうじ》のことだ。

総長という地位は局長に次ぐもので副長の上になる。が、山南は里人に対してだけでなく、隊士たちにもやさしかった。どんな平隊士《ひらたいし》にも偉ぶらず、いつも柔和な笑いを絶やさずに、ていねいに対応した。だから隊士たちは山南を兄のように慕い、よく悩みごとを相談した。もちろん、山南だって超人ではない。悩みごとをすべて明快に処理できるわけではない。

「そうか、それは弱ったねえ」

と、自分が頭をかかえこんでしまうことだってある。しかし、悩みをうちあけた側にすれば、山南がじっときいてくれただけで、胸の中がスッキリするのだ。自分が何を悩んでいるのかを、山南が理解してくれただけで満足なのである。

隊士たちは山南のことを、ヤマナミさんとよばずにサンナンさんとよんだ。山南という字を音で読むのだ。隊士なりの親愛の情がこもっていた。人間、愛称でよばれる者に悪人はいない。このため、山南のことを三南と書く記録がのちに出る。

「サンナンさん、おれの悩みをきいてくれますか」

梅雨に入ったある日、松原忠司が山南のところにきていった。鴨川畔の茶屋は、そろそろ〝床《ゆか》〟(川の中に柱を立てて張り出す、涼み台のような客席のこと)をつくりはじめていた。

松原は山南より五つ六つ歳下の二十五、六歳の若者で、関口流の柔術がつよい。播州の出身とも大坂の出身ともいう。お互いに過去のことはあまりいいたがらないから、よくわからない。自分と同じ〝親切者〟の評判の高い松原が、そんなことをいいながら部屋に入ってきたので、山南はびっくりした。山南はちょうど頼山陽《らいさんよう》の詩を読んでいた。

松原はどういうわけか頭を剃《そ》っている。体格がよく、そのくせ色が白い。ずいぶん前から山南を慕い、去年、京都御所で騒動(八・一八の政変)があったときも、長刀《なぎなた》をかまえて、

「おれは山南先生の弁慶《べんけい》だ」

と、山南の前面で仁王《におう》立ちになり、腹を出して手で叩きつづけた。愛敬者《あいきょう》である。それと、若者らしい純粋さで、近藤勇や土方歳三などの上層部にもズケズケものをいうから、隊士に人気がある。

近藤や土方の人間性がどうというのでなく、若い平隊士は、隊上層部というだけで何となく突っかかりたいのだ。松原はそのへんをよく代行した。だから隊士の中でも狡《ずる》い奴《やつ》は、自分のいいたいことを、松原をそそのかして代りにいわせたりした。また松原もすぐそそのかしに乗った。そういう単純なところもあった。

「ほう、松原君にも悩みがありますか」

山陽の本をとじて、山南は柔らかい笑みをみせながら向きなおった。

「いやだな、おれだって人間ですよ」

松原はピシャリとツルツルの頭を叩いて苦笑する。そういえば、松原の顔はこころもち痩《や》せ、色も青い。まばらに無精鬚《ぶしょうひげ》も生えている。

「どうしました？」

「ええ、それがね……」

ちょっといい渋ったが、松原は思いきって目をあげ、まっすぐ山南をみていった。

「人を殺しちまったんです」

「人を」

それだけでは何のことかわからないので、山南は短く応じただけで、先をうながすように松原をみつめた。


人間もやはり生きものである。生きものであるということは自然の一部だということだ。自然のうごきで気分がよかったり悪かったりする。その意味では梅雨期というのは、人間にとってもあまりいい時期ではない。湿度が高く、むし暑く、人間の思考自体をジメジメさせる。いらいらさせもする。松原忠司が人を殺したのは、まず、この季節のせいだ。それと、このところ新撰組にとっても面白くないことが続いていた。

近藤勇の建策によって将軍家茂は再び上洛したものの、十九歳という少年ではこの政局を収拾する能力はとうていない。朝廷と幕府がしっかり手を組んで国難に当ってほしいという近藤の希《ねが》いは、ほとんどみたされなかった。家茂は前年の上洛で〝京都恐怖症〟にかかり、こんども二条城に入るとすぐこの症状を起した。そうなると、もう一日も早く江戸に戻ることしか頭にない。何をいっても身にしみて考えることをしない。

(これでは、駄目《だめ》だ……)

様子をみていて近藤は絶望した。これが面白くないことのひとつである。もうひとつは、将軍についてきた老中の案で、旗本の二、三男を主体にした京都見廻組《みまわりぐみ》というのがつくられたことだ。やることは新撰組とまったく同じで、京都の治安を守るのだという。

「どういうつもりだ」

新撰組はたちまち角《つの》を立てた。

「こっちは浪人の集り、向うは直参《じきさん》の隊、まるで嫌がらせじゃねえか」

原田左之助の大声が隊士の感情を代弁していた。しかもその見廻組は、人数が足りないからといって、

「こっちに入らないか」

と新撰組に誘いをかけてきた。隊士の中にはそうしたい者がいたかもしれないが、近藤は厳然とことわった。

(舐《な》めるのもいいかげんにしろ)

と思ったからだ。これが面白くないことのふたつめ。

三つめに不愉快なのは、新撰組、それも特に近藤勇に含むところのある、大坂西町奉行所の与力内山彦次郎の暗躍によって、京都の町奉行所役人が妙に自信をもちはじめたことである。新撰組に対して、昨日までの卑屈な態度を捨て、侮蔑の色さえみせはじめた。

幕府のお偉方が沢山在京しているのと、更に見廻組ができたこともかれらの鼻息を荒くしたことはまちがいない。しかし、何といっても、内山が大坂から送ってくる、

「しっかりしろ。くいつめ浪人の集りに押しまくられるな。わしをみろ、たったひとりでも、新撰組なんかにビクともしないぞ」

という声援に力を得ていることは事実だった。会津藩の指揮下に入った新撰組を、幕府系の役人どもが、意地の悪い姑のように寄ってたかってイビリはじめたのだ。

こういう空気は、町が敏感に反応する。商家も飲み屋も、一般市民も新撰組をみる目がちがってきた。そうなると、新撰組隊士もいままで貧乏や、身分のひくさに苦しんだ人間が多い。他人が好意を持っているかいないか、特に侮蔑されているかいないかは鋭く嗅《か》ぎとる。最近の雰囲気は、どうもこのさげすみの空気が濃くなってきているような気がする。ヒガミの心理はすぐ怒りに変る、憎悪になる。その気持がいまの新撰組隊士にないとは決していえない。

そんなある日、市中巡察を終った松原は、めずらしく仲間も誘わずにひとりで鴨川畔の飲み屋に行った。ちょうど日没時で、どこの店もいっぱいだ。松原が入った店は居酒屋だったが、奥の小座敷に町奉行所の同心がふたりと、岡っ引が三人ばかりいた。大声でオダをあげ

ていた。が、ダンダラ羽織を着た松原をみると、急にピタッと話をやめた。岡っ引のうちふたりが立ち上がった。急いで草履《ぞうり》をはくと松原の脇をすりぬけて外へとびだして行った。このごろ、何度も味わう経験だ。

同心たちはこの席に、自分たちの上役か、あるいは癒着《ゆちゃく》している商人を呼んでいるのだ。だが松原が入ってきたので、

「いま、新撰組がいるからこないほうがいい」

と告げに行ったのだ。

(いやな奴らだ……)

純粋な松原は深くきずつく。小役人の姑息《こそく》なやりかたがうとましい。チラリ、チラリとこっちを盗みみる役人たちの視線には、あきらかに、

(この場ちがいものめ)

というさげすみの色がある。しかし、ことばに出しているわけではないから、喧嘩するわけにはいかない。せっかくの酒を苦い思いで飲んで、松原は早々に店を出た。背後でたちまちはしゃぐ役人たちの声がきこえた。

高瀬川《たかせがわ》のふちを下って、四条大橋のちかくまでくると、川岸で三人の浪人が芸妓をひとりつかまえてからんでいる。多少の酔いもあって松原は浪人たちを叩きのめした。浪人たちは、

「京の女どもは、金のある連中の相手ばかりしていやがる。たまにはおれたち貧乏志士の相手をしろといっていたのだ。きさまには、そういう人生の機微がわからんのか」

と、なぐられた頬《ほお》をおさえながらくってかかった。その口調は哀しそうだった。哀しそうだったが本気でいっていた。松原は、

「わかるよ。しかしこの女も金で縛られている。弱い者いじめはよせ」

といいかえした。

「しんせんぐみめ」

浪人たちは、憎々しげにことばを投げて、去った。

「ほんまに、おおきに……」

裾を持ちあげておさえた女は、真青になった顔のまま頭をさげた。

「どこまで行く？　送ってやる」

祇園《ぎおん》の花見小路《はなみこうじ》の茶屋に行くのだ、という芸妓を、松原は安全なところまで送った。途中、ひとりの浪士とすれちがった。浪士は、

「けっこうな身分だ……」

とつぶやいた。これがさっきからムシャクシャしていた松原にカチンときた。

「ちょっと待て」

女に、行けと目で合図して松原は浪士をよびとめた。女は倉皇と去り、浪士はふりかえった。

「何でしょう」

「何でしょうじゃない、きさま、いま何といった」

「何もいいません。ごらんのとおり、こどもにみやげを買って家に戻るところです」

浪士は手に持った風車を示した。その態度が松原の頭に血をのぼらせ、錯乱《さくらん》させた。松原は顔をゆがめてわめいた。

「きさま浪士は、どうしてそう卑劣なんだ。おれをみて、けっこうな身分だといったじゃないか!」

「私が?」

浪士はうすく笑った。

「そんなことはいいません。私は他人が何をしようと全く関心はないのです」

「いったよ!」

「いいません」

「おい」

松原はもう逆流する血の渦《うず》の中で、からだがぐるぐるまわっている思いだ。冷静さはかけらもなくなっている。京都にいる浪人群の卑劣さ、いやらしさのすべてを、いま目前にいる浪士の中に凝縮してみていた。

「おれは、新撰組の松原忠司というものだ。名乗りたまえ」

「何もいわないのに名乗る必要はありません。通して下さい」

松原をおしのけて通ろうとする浪士が、一瞬、刀の柄《つか》に手をかけたように思えた。パッととびさがった松原は抜刀し、一瞬のうちに浪士を斬り倒した。すさまじい血しぶきがあがった。

「ふところにあった手形で、浪士はこのちかくの天神横町《てんじんよこちょう》に住む安西《あんざい》という人間だということがわかりました。酔っていたかも知れませんが、私はたしかに安西が刀の柄に手をかけようとしたのをみましたし、正当な勝負だと思っていたのです。が……」

「………？」

「安西の刀を抜いて調べてみると、これが竹光《たけみつ》でした。竹に銀紙が貼ってあったのです。私は一度に酔いがさめました。そして改めて自分に問いました。おまえは本当に安西が、けっこうな身分だといった声をきいたのか、と。安西は本当に刀に手をかけたのか、と。自信がなくなりました。むしろ反対の答えがかえってきました。こどものみやげに風車を買って家路をいそぐまじめな男が、他人にからかいのことばを投げるはずがないと。まして、竹光の刀を抜くはずがないと。ああ、おれはとんでもないことをした、とりかえしのつかないという思いが胸を嚙《か》みました。私は急いで浪士の死体をかつぎ、天神横町の家に届けました。そして、そこで、またまた大失策をやってしまったのです……」

「ほう」

山南はしずかに応じた。

「どんな？」

「安西の家には、妻女と幼児がいました。妻女は美しい人でしたが、とり乱しました。むごい、むごいと死体にしがみついて泣き叫びました。深く安西を愛していたのでしょう。失策というのは、私はそのとき、私が亭主を殺したのだ、といえなかったことです。妻女は、通りがかりの私が親切にも亭主の死体をはこんできてくれたものと思ったのです。……それを、実はちがうのだ、と私はいえなかったのです」

「………」

「通夜と葬式の世話を、私は白ばくれてしまいました。妻女は私に深く感謝し、これからも頼りになってくれ、といいます。サンナンさん、私は卑劣な人間です。どうしていいのかわからんのです」

純粋な松原は、からだ中で正直な苦悩をうちあけていた。その大きな肉体のすみずみまで苦しみが染《し》みわたっているさまがよくわかった。

「……そうか。それは苦しかったな」

山南は腕をくんで庭をみた。隅のジメジメした場所にミョウガが群をなして生えている。それを食ったときの渋さが、なぜか鼻と舌によみがえった。松原の話がそうさせたのだろうか。

「松原君」

しばらくたって山南はいった。

「人間の世の中では、真実と事実とはちがうことがある。実際に起ったことは必ずしも真実ではない。夫を失ったその母子にとって、いま、真実とは何だろう。このうえ、夫を殺したのがきみだということを告げて、誰が益するだろう。みんな不幸になるだけだ。松原君、胸の中で安西氏の冥福を祈りながら、きみは母子にできるかぎりの親切をつくしたまえ」

「いまのままですか？」

「そうだ、いまのままだ」

　パッと松原の眼が輝いた。

「それで、いいんでしょうか？」

「私は、いいと思う」

「サンナンさん！」

　松原は山南の手をつよくにぎった。柔術家の松原が力をこめてにぎるので痛い。

「恩にきます、やっぱりサンナンさんはえらい、さすがです。ああ、話してよかった、本当に話してよかった……」

　と、松原は少年のように感動した。

　その日から、松原忠司はひどく幸福な日々にとびこんだ。それも、松原は不幸な安西の未亡人母子の慰め手としてでなく、自分が幸福になってしまった。山南敬助に悩みを告白し、気が楽になったせいもあるが、それだけではない。

　松原が幸福になるのに手を貸したのは、むしろ安西の妻である。この妻は外形が美しいだけでなく、その心根もまた美しかった。だから無垢《むく》に松原の親切に感謝した。やがて感謝は愛に変った。夫とはまったく対照的な松原であった。何でも思ったことをアケスケにいい、しかもトゲがなかった。

「あなたは、この世の人をすべて楽しくさせるお人」

安西の妻は松原によくそういった。幼児も死んだ父親以上に松原になついた。

「まるで、本当の父親みたい」

むつみあっている松原と幼児の姿をみながら、妻はそういい、すぐ自分で顔を赤くし、松原を狼狽《ろうばい》させた。天神横町への出入りが頻繁《ひんぱん》になった松原は、隊から支給される食物や金をほとんど安西の家に持って行った。始終、

「罪ほろぼしだ」

と自分にいいきかせていたが、もうすでに罪ほろぼしでない別な気持が、どんどん進行しているのを松原も知っていた。罪ほろぼしだ、というのは自分に対する弁明だった。そういう弁明をしなければならないほど、松原は自身の中でうしろめたい気持を育てているのだった。

そして、その思いは安西の妻も同じだった。祇園祭がちかづいたある夜、ふたりは自然に抱きあった。松原はさすがに、

(これでおれは地獄に堕《お》ちる)

と思った。しかし、それでもいいと思った。

おおっぴらな松原の行動だから、隊の中でもたちまち監察方の注目するところとなった。

苦労人の山崎烝は、

「いいじゃねえか、他人《ひと》の女房とデキたって。嫉《や》くな、嫉くな」

と問題にもしなかったが、浅野薫や川島勝司らの監察は、そうはいかないと異を唱えた。

「松原はあの女の亭主を殺しているんだ。もしバレたら、こんどは隊の不名誉になる」

と、もっともらしいことをいった。そして局長はともかく副長の耳には入れておくべきだ、と主張した。しかたがないので、山崎は歳さんに話した。

「なに」

歳さんは険悪な表情をした。こんな怖い顔をみせる歳さんははじめてだった。

「監視をつづけてくれ」

歳さんは山崎にそういった。気乗りはしなかったが、山崎はうなずいた。

五月十六日（元治元年＝一八六四）、将軍家茂は江戸に帰った。大坂から船で去った。その家茂を大坂まで送り、京へ戻る往復の間中、近藤はふきげんだった。

近藤の胸の中にも、もう朝幕一致して国難に当るのはとうてい無理であり、現実として新撰組は、歳さんのいう、

「川は一本でも、岸はふたつ」

の、どっちか一方の岸を歩まなければならない状況にきているという考えが、日増しに大きく育っていた。それは近藤の本意ではなかった。だから近藤はムシャクシャしていた。そのムシャクシャがついに爆発した。五月十九日、急に、

「大坂に行く」

と鋭い表情でいった。歳さんはピンときた。

（内山彦次郎を殺す気だな）

と思った。しかし将軍もいなくなったいま、もうよかろうと判断した。押され気味の新撰組が押しかえす時機だ。近藤は、

「歳さん、総司、源三郎、永倉、それに大坂にくわしい山崎、松原をつれて行く」

そう指示した。きき終って歳さんは、

「松原は駄目です」

と言下に反対した。

「なぜ駄目だ？」

「駄目です」

歳さんは理由を告げずに頑固に応じた。近藤は怪訝《けげん》な表情で歳さんをみつめていたが、

「それでは島田魁を加えろ」

といった。なぜ松原がいけないのか、近藤はわからなかった。大坂に着いて内山の家をうかがうと、さすがに内山は古狸《ふるだぬき》である。住居の警戒はきびしく、山崎の調べによれば、襲われたときは、床の間の掛物をめくると抜け穴があってどこかに逃げられるようになっているという。まるで忠臣蔵の吉良上野介《きらこうずけのすけ》のような用心ぶりだ。

「役所の帰りを狙《ねら》おう」

そうきめて一同は天神橋のほとりで待った。夜になった。更《ふ》けた。

「こんなおそくまで仕事をしているのかな」

四つ（午後十時）ちかくなったとき、永倉がつぶやいた。が、誰も答えない。近藤が際立ってきびしい顔をしているからだ。隊を統轄する局長というより、その顔はひとりの思いつめた復讐者のそれになっている。

（よほど憎いんだな）

近藤をよく知っている歳さんや、沖田総司でさえ、そう思った。

大坂西町奉行所は、淀川上の中之島《なかのしま》のちょっと東の、東横堀を南下して、いまの船場《せんば》センタービルに行きつく中間にある。旧府庁の脇のところだ。北上して淀川に突きあたったところに天神橋がかかっている。大坂町奉行所与力の住居は対岸の天満にあるから、必ずこの橋を渡る。

川風が多少涼しくなって、人通りがまったく絶えると、奉行所から一挺《いっちょう》の駕籠《かご》が出てきた。

「あれだ」

井上源三郎《いのうえげんざぶろう》が目を光らせた。駕籠はこっちへくる。駕籠の脇に役人ではない護衛がひとりついている。橋の袂《たもと》まできたとき、近藤たちは無言で左右から出た。駕籠屋と、あきれたことに護衛がたちまち逃げ去った。駕籠は土の上におきすてていった。

間髪をいれず、歳さんは駕籠の中に突きを入れた。手ごたえがあった。血にまみれた刀をひきぬくと、駕籠の垂れをあげ、中から刺された個所をおさえている内山彦次郎をひきずり

出した。内山は月の光で自分をおそった連中をすべてみきわめようとした。近藤の姿を発見すると、

(お)

という顔つきになった。が、そのときは、

「天誅《てんちゅう》！」

という鋭い気合とともに、近藤が一閃《いっせん》させた刀で内山の首は宙にとび、橋の上に落ちてころころところがった。その首を、近藤は異様に興奮した眼でしばらくにらみつけた。

沖田が用意してきた、先をとがらせた青竹に内山の首を突きさし、橋脇に立てた。そして、これも用意してきた捨札を結びつけた。捨札には、

「この者は奸物で、ちかごろ灯油を買いしめて諸人を困らせているため、天誅を加えた」

と書いてあった。

「京へ戻ろう」

深い呼吸をして近藤はいった。あっけない復讐で皆ひょうしぬけがしていた。そして、何となくあと味が悪かった。沖田総司など、

(この暗殺が世間に新撰組のしわざだと知れたら、隊の汚点になる)

と思っていた。同時に、

(近藤先生の恨みは、それほど深かったのか……)

と、ふしぎな気がした。ほとんど誰も口をきかず、壬生に戻った。翌朝、近藤は、

「同じ捨札を三条大橋に立てろ」

と命じた。灯油買いしめのために天誅を加えた、という行為は、一見、尊攘浪士《そんじょうろうし》のしわざのようにみえる。

しかし内山彦次郎の暗殺は、新撰組がやったという噂《うわさ》がすぐ流れた。大坂も京都も市中は戦慄《せんりつ》した。殊に京都町奉行所役人の態度は目にみえて変化した。

(新撰組に楯《たて》つくと、殺される)

という恐怖がかれらをふるえあがらせた。市中を巡察する隊士たちは、そういう町の変化を、日増しに肌で感じた。本格的な夏が、もうすぐそこまできていた。


安西のこどもを松原忠司は座ぶとんの上にのせて、せまい家の中を走りまわっていた。幼児はキャッキャッいってよろこんだ。宙をふりまわされる恐ろしさが、被虐的なうれしさに変るのだ。

「まあ、何の真似でしょう」

手の甲で額の汗をふきながら、裏の井戸端での洗いものから戻ってきた安西の妻が、あかるい声をたてた。

「うん、坊は孫悟空《そんごくう》だ、雲に乗っている」

松原はそう答えた。

「お疲れになりますよ、そんなに夢中で」

「平気さ」

そう応ずるが、松原は息がきれていた。幼児は、松原がここへきたときからみるとずっと成長し、重くなっていた。もう死んだ父親のことなど忘れてしまって、松原を本当の父だと思っているようだ。

（これではいけない）

と思いつつも、松原はすっかりこういう日常に馴れてしまっていた。下手《へた》をすると、自分がこの母子の夫や父を殺したのだ、ということを忘れることさえあった。そして、忘れているときは本当に幸福だった。妻女は目にみえてあかるくなり、そのあかるさは肌をかがやかせ、いよいよ外形を美しくした。

天神横町の中には、わけしりめいて陰口をきく者がないではなかったが、妻女は全然気にしなかった。紀州の生れだという。

「紀州へは、行ったことがおありですか？」

と松原にきいたことがある。

「いや、ない」

首をふる松原に、

「紀州の紀は、むかしは木と書きました。木の国だったそうです」

「へえ、それじゃ、あれは木の国、ミカン船か」

「山が多いですから」

「その木の国に」

松原はきいた。

「帰る里はあるのかね？」

「え」

「たとえば、あんたの父とか母とか？」

「……おります」

どうしたのか急に顔を伏せる妻女は、下をむいたまま、

「でも、帰りたくはありません」

とつよい語調で応じ、

「松原様」

と顔をあげた。

「ごめいわくでしょうか、私とこの子がここにいては？」

「え」

と、ききかえした松原は、妻女のかなしげな問いの意味にすぐ気がついて、

「ちがう、そんなつもりでいったのではない。おれもこのほうが幸福なんだ」

と狼狽してわけのわからないことをくちばしった。

妻女が、松原がそろそろ母子を厄介者視《やっかいものし》して、帰れる故郷があったら、そっちへ帰ったらどうだ、というふうにとったと思ったからである。

「いつまでもここにいてくれ、な。おれもいつまでも通ってくる」

ひどく悪いことをしたように、松原は妻女の膝《ひざ》に手をかけ、ゆすぶった。そのさまはまるでこどもだ。

（大きな赤ちゃん）

妻女は松原のひたむきさをみると、そう思う。死んだ夫は貧乏に擦《す》りきれて、あのころは気持がかなりササクレ立っていた。夫は自分のいまの窮境の原因が、すべて他人にあり、さらに妻女と知りあったことにも原因があるようないいかたになった。事実、ふたりはかけおち同様に京へ逃げてきたのだった。口うるさい紀州の城下にいるよりも、大きな都の片隅にもぐりこんでしまったほうが、気楽に生きられると思ったからである。

しかし、その生活の中でさえ、夫はきずついた。松原をみていると妻女の乳房は底がうずく。この松原は天性朗らかだった。こどものまま大人になっていた。松原はそこへいくと、母親に抱かれたように、すなおにいつまでもそうしていた。そんな毎日だった。

そして、今日、幼児を畳の上におろして、疲れた幼児がそのまま座ぶとんの上で寝てしまうと、妻女は膝の上の松原の坊主頭にそっとささやいた。

「……やや子ができたようです」

松原の坊主頭がピクリと緊張した。

そのころ、監察方の山崎烝は、近藤と歳さんに、こんな報告をしていた。

「三条小橋の袂に、池田屋という旅宿がありますが、最近、ここに浪士の出入りがひじょうに多いそうです。長州の桂小五郎の姿をみた者もいます」

近藤と土方は顔をみあわせた。

誘蛾灯に火がついた

「いい気味だこと」

え、と思わず歳さんがおどろくようなことを藤はいった。手に鋏《はさみ》を持ち、膝《ひざ》の前にはクチナシの花の枝が何本もころがっている。藤は、クチナシの花を活けていた。クチナシの花はきれいだが、乱暴に扱えばすぐ散ってしまう。

それを、藤はバチッ、バチッと、かなり思いきった鋏の使いかたで活けた。みている歳さんのほうが、花の身になって、ハラハラ身をちぢめるような力のこもった活けかたであった。

「どうでしょう」

藤はクチナシの花を挿した壺《つぼ》から身をそらすようにして活けぐあいをながめた。

「けっこうだと思います」

花の入った壺は常滑《とこなめ》の古いもので、かなり高そうだな、と思いながら、歳さんはそう応じた。

「そうかしら……」

歳さんの感想を否定するように、藤はまたバチッと鋏を鳴らして、壺から右のほうへはみ出ている花を切り落した。まるで人間の首でも切り落すような鋏の使いかたであった。

(ちく生)

歳さんは肚の中でいまいましい声をあげた。

（この女は、どうでしょうとききながら、必ずおれのことばを無視しやがる）

こんな女ははじめてだ、と癪《しやく》にさわった。しかし、怒れない自分の気持もまた歳さんはよく知っている。

「歳さん、惚れたのか」

と近藤勇にきかれたことがある。

「馬鹿《ばか》をいっちゃこまります」

と否定したが、そのとき、語調がムキになり、顔が思わず赤くなったのを歳さんはよくおぼえている。歳さんにも、自分でもどうにもならない部分があるのだった。

「誰が殺したのでしょう？」

花をみつめたまま、藤はきいた。

「尊攘浪士《そんじようろうし》だという噂《うわさ》がもっぱらです。何でも灯油の買い占めに手を貸していたそうです。天誅《てんちゆう》を加えたという捨札がありました」

「その捨札はあなたが書いたのでしょう」

「え」

「内山彦次郎《うちやまひこじろう》を殺したのは、あなたたち新撰組です。捨札もあなたがたが書いたのです」

「藤殿」

歳さんは、やや、ことばを鋭くした。

た。

「ご安心なさい」

藤はクルリとこっちへ向きなおった。ニコニコ、こぼれるような笑みを浮べている。それこそクチナシの花のように、笑みが顔から落ちそうだ。

「思うように活けることができました。クチナシの花はむずかしくて」

もういちど、チラリと花のほうに視線を奔《はし》らせた藤は、鋏をおき、膝の上から植物の枝や散った花の屑《くず》をはらい落すと、きちんと坐りなおして、手を突いて深々と歳さんにおじぎした。

「内山彦次郎を殺していただいて、本当にありがとうございました」

歳さんは狼狽《ろうばい》した。人を殺して礼をいわれるなんてはじめてだ。

「これで、亡くなった主人も、きっと安堵《あんど》すると思います」

藤の夫は、大坂城に勤める幕臣だったが、大坂西町奉行所の与力内山彦次郎の告発で、職を失い、やがて神経を病んで悶死した。その遺恨が、藤の胸には深くきざみつけられていた。藤だけではない。京・大坂の大半の人間が、内山彦次郎を殺したのは新撰組だということを知っていた。

一時は調子づいた幕府の役人たちは再び沈黙し、遠ざかった。遠くから、うす気味わるいものを眺めるように新撰組をみた。世間も、新撰組の暴力にはおそれを抱いた。

「やはり、そういう集団だったのだな」

と、ひそかに抱いていた新撰組観を、改めて確認し、したり顔でうなずく層もいた。が、誰も手出しはできなかった。

「下手《へた》なことをすれば、こんどはこっちが殺される」

という恐怖心は、十分に湧いたからである。

藤と、その夫と、内山彦次郎がどういうかかわりをもっていたかは、歳さんも、藤に話をきいてよく知っていた。だから内山が殺されたことを報告にきたのだった。が、藤が町の噂で、三条大橋に立てられた捨札の話を当然耳に入れているのであろうことは、歳さんにも予想できた。しかし、歳さんは、

「内山は、われわれが殺しました」

という告白はしなかった。下手人はあくまでも過激派の浪士だと、シラをきった。矛盾していた。にもかかわらず、そんな話でのこのここの家にくるということは、近藤勇ではないが、

（やはり、惚れたか）

ということになる。

しればまよい　しらなければまよわぬ　恋の道
歳さんは、むかしつくった自分の俳句を思いだした。そして、

（しればまよい、というのは妙なことばづかいだな）

と思った。知ればまよいだな、とひとりで苦笑した。

「何を、おひとりで笑っていらっしゃるの？」

みとがめて藤がいった。

「いや、別に」

あわてて歳さんは首をふった。

「変な方《かた》……」

藤はさぐるようにじっとみた。その視線のうるみに歳さんはゾクッとした。

空《から》の徳利がもう一本ふえた。松原忠司はそれをふって、店のおかみに追加のしぐさをした。へえ、と応じて、おかみはすぐ酒を持ってきた。

こんなことははじめてだった。安西の妻を訪ねるときには、決して酒を飲んでは行かなかった。酒を飲むのは、何かをごまかし、何かをおそれる心をおさえつけるような気がしたからである。

第一、行けばすぐ、松原は安西の幼児をあやした。幼児に酒くさい息を吹きかけるのはいやだった。が、今日はちがった。素面《しらふ》では行く気分になれなかった。気が重いのだ。安西の妻女に、妊娠を告げられてからである。告げられたときは、

「そうか、そうか」

と、無邪気《むじゃき》によろこんだ。いや、よろこんだふりをした。しかし、あんなに衝撃をうけたことはいままでにない。実をいえば、胸の中は重いものでいっぱいに詰まり、眼の前はまっくらになった。

罪をまたひとつ、それも特別に大きなのを重ねた気がした。安西という浪人を斬り殺し、その死体を遺族のところにとどけて感謝されたため、自分が殺したことをいいそびれたうえ、ついにその妻とねんごろになるという大罪を、いま重ねつつあるのに。

（さらに、おれの子をみごもらせるとは）

妻女にすれば仇のタネをはらまされたのだ。いかに何でも、これでは人の道にはずれる。松原は、夜もろくに眠れなかった。そのことが頭のすみにこびりつき、心配の波がつぎからつぎへと切れめなくおし寄せた。松原はその心配をふりはらうために、闇の中で、

「ああ」

とこえをあげ、

「うう……」

とうめいた。同室の者は、おどろいて、

「どうしたんです」

と、声をかけたが、応えもせずに、坊主頭を叩いて、ひとりで叫び、うめいている松原をみているうちに、次第に気味がわるくなり、転室を申し出た。松原は完全にいまでいう神経症にかかっていた。

が、このことはどうもがいてもあがいてもどうなるものでもない。松原が闇の中で、もがき、あがいている間にも、妻女の腹の中で、新しい生命は着実に育っていた。やがて、母親の腹を体内から蹴《け》とばすうごきは、確実になるだろう。そうなれば、

「ほら、さわってごらんなさい。中でうごいています」
と、妻女は、いとおしみをこめた語調でそういい、松原の手を、そっと自分の裸の腹の上にみちびくのにちがいなかった。それは、思っただけでもゾッとする感触であった。自分の犯した大罪を責められ、糺《ただ》される感触であった。その思いが、日夜、松原を苦しめた。隊務どころではなかった。

ところが——その隊務のほうが、この夏（元治元年）になって、にわかにいそがしくなっていた。巡察と探索の行動が、夜昼の区別がなくなってきたのだ。

そうさせたのは、隊の探索方である。山崎烝《やまざきすすむ》や島田魁《しまだかい》や川島勝司《かわしまかつじ》や浅野薫《あさのかおる》らだ。かれらが局長の近藤勇や副長の土方歳三に、何か報告をするたびに、隊士の勤務は強化された。

噂では、尊攘志士たちが途轍《とてつ》もないことを企み、その群を捕えようと守護職も所司代も町奉行も躍起になっているそうであった。しかし志士たちは、京都中の花街に潜伏し、また奇怪なことに、花街の人間がいのちがけでこれらの志士をかばうので、なかなか捕えることができなかった。

「おどろきましたよ、茶屋の下足番も芸妓もすべてグルですな」

山崎がそんな笑声を立てているのをきいたことがある。

ただ、妙なことがひとつあった。それは総長の山南敬助《やまなみけいすけ》が、このごろ、何となく干《ほ》されだしたことだ。隊士にやさしく信望の厚い山南は、しかしそれだけに、新撰組が次第に武力を行使する警察隊になっていくことをうれえていた。近藤によく意見をいった。近藤は、

「よくわかる……」

と応じながら、このごろでは少しずつ苦い表情をするようになっていた。近藤自身、

（そんなことをいったって無理だ）

という気になっていた。

「私たちは、攘夷《じょうい》の志をとげに京にきたはずです」

と山南はいう。それはそのとおりだ。が、

「その初心に忠実に生きようではありませんか」

といわれると、

（そこからが問題なんだよ）

と近藤は思う。山南のことばに忠実に従えば、新撰組は、いま歩いてる岸を捨て、川を渡って向こう岸に渡るということだ。すでに敵として対している過激派浪士とおなじことをすることになる。

「川は一本かもしれませんが、岸はふたつあります。もうどっちかにきめましょう」

歳さんが何度もいったことばを思いだす。どっちかにきめましょうというが、歳さんがいうのは、いま歩いている岸をそのまま行きましょうということだ。山南は、もういちど川上に戻って、改めて向こう岸を歩きなおしましょうといっている。いまなら、まだ間にあう、おそくはありません、というのが山南の意見だ。

が、歳さんは、いまでははっきり向こう岸を嫌悪していた。向こう岸を嫌悪しているとい

うより、向こう岸にいる連中をきらっていた。いわゆる尊攘志士をみて、

「やつらはマヤカシ者だ」

というのが歳さんの意見であった。マヤカシ者というのは、タテマエとホンネがちがい、やることが汚いということであった。あんなやつらのなかま入りをすると、こっちの心がよごれる、といった。

歳さんのその意見に、近藤勇もすこしずつ共感していた。酒と女の中にドップリ漬かって、大言壮語している志士たちは、近藤の気質からしても、たしかにマヤカシ者であった。いや、志士だけではない。京都手入れと称して、競うように藩邸をおき、花街の大座敷で、

「やあやあ」

「どうもどうも」

などといっている各藩の武士たちもおなじであった。肚にまったくないことをいいあって、とにかく交際技術に長《た》けることが、もっとも重要なしごとだと思いこんでいる、こういう連中も、近藤からみれば決してゆるせる存在ではなかった。その連中に近藤が感ずるのは、ただ虚しさだけである。

しかし、そうなると、近藤は深い孤独を感じた。

(新撰組はどうなるのだ……)

その深い孤独感を軸にして運営していくのか。歳さんほどに、まだ肚のくくりきれない近藤は、隊の最高責任者として、そんなことを考えるのだった。

しかし、いずれにしても、こういう孤独感は、多摩に育った者同士ならわかりあえた。それだけに、逆にいえば、多摩以外の人間にわかってもらうことはむずかしかった。京・大坂をはじめ、西国の各地から入隊した隊士だけでなく、たとえ東国人でも、いやおなじ試衛館員でも、山南や藤堂平助たちにもわかってもらえない。

（なぜだろう）

近藤は考える。

（壁になっているのは何だろう）

近藤は知っている。それは、畢竟《ひっきょう》、農民と武士とのちがいなのだ。近藤や土方は、あくまでも農民であった。

「山南さん、私のことで何か、きいていませんか」

このごろ、松原は山南敬助によくたずねる。そのたびに山南は、

「いや、別に……」

と、ニコニコ笑いながら首をふる。その応答を、松原は頭から信じているわけではない。疑っている。疑ってはいるが、これまた全面的に疑っているわけではない。

というのは、山南が総長という近藤につぐ地位にいながら、少しずつ、隊首脳陣からはずされているということは、松原も知っている。平隊士《ひらたいし》は敏感だ。誰が実力者かをいつも凝視している。

特にすばしこいやつは、そういう眼くばりを始終している。力のない幹部のところへなんか顔も出さない。いきおい、情報は実力者のところへ多く集まる。干された幹部には、毒にも薬にもならないゴミ情報しかもたらされない。

（山南さんもそうではないのか）

と松原は思った。平隊士全員にも、すでに山南が干されているという認識が行き渡っているとすれば、情報はとどかない。その場合は、だから山南は知らなくても、隊の中ではおれと安西の妻女のことが噂になっていることはありうる、と松原は勘ぐるのだ。

疑心暗鬼《ぎしんあんき》という奴《やつ》だ。これはかぎりがない。心配すればするほど、その心配は大きくふくれあがる。

（みんな、知っているくせにだまっているのではないか）

と、松原の眼と心は鋭くなる。眼つきもわるくなる。が、あるころから松原は、

（ええい、面と向かっていわれるまで、知らん顔をしよう）

と尻をまくった。山南だけを信じることにした。山南が、

「いや、きいていないよ」

といえば、ああ、まだ隊内におれのことをわるくいう奴はいないのだ、と思いこむことにした。そう思うことで、ずいぶんと救われた。

ただ、隊内の空気が次第に緊張してきているので、自分だけが女にうつつをぬかしていることが、日々、うしろめたさを増していることは事実だった。だから、そのうしろめたさの

分だけ、松原の勤務は熱心さを増した。

松原は副長助勤だったから、巡察のときは指揮をとった。巡察の指揮ぶりは異常であり、ききこんだ民家の探索には異常なほど執拗《しつよう》だった。移動するときは、必ず、半分駈け足だった。隊士はだから松原にひきいられるのをひじょうにいやがった。

いま――松原忠司は、

（死に場所がほしい）

と思っていた。本当は自殺したいくらいの重い気持になっているのだが、それは卑怯だと思っていた。武士らしく、尊攘派志士と斬りあえる状況にめぐりあえれば、勝敗なんかどうでもいい、たとえ斬られてもいい、いや、斬られて殺されたほうが幸福だ、とそういう極端な気持になっていた。

しかし、死にたいと希《ねが》う人間は、天がなかなか殺さない。巡察のときでさえ、つよい死への希求《ききゅう》を抱いている松原は、一向に自分ののぞみがかなう状況には遭遇しなかった。

松原は、飲み屋の中でも錯乱《さくらん》していた。結局、妻女のところに行こう、と松原は思った。

そう思うと、酒を飲んだのはまずかったな、と後悔した。だからせめてもの誠意を示すために、いま、おかみが持ってきてくれたばかりの徳利には、まったく手をつけずに店を出た。

その松原を、ものかげで待っていたひとりの浪人がそっと追いはじめた。


苦しいとき、人間はどうしてまったく逆の行動をするのだろう。この日の松原は道化者に

なった。馬鹿《ばか》なことをいい、馬鹿なことをした。安西の妻女は、ころがるようにして笑った。しまいには、

「あまり笑うと、お腹《なか》の赤ちゃんが落ちてしまいます」

と、半分本気で自分の腹をそっとおさえた。そのしぐさに、松原は、

（ああ、おれの死で、生れてくる子も含め母子三人が、つつがなく生きていけるといい）

と思った。おれの死で、というのは、斬り死にしてもし弔慰金でも出れば、それをそっくりこの母子に渡してもらえるよう、山南さんにでもたのんでいきたい、ということであった。

笑い疲れた妻女が、いつものように夜の食事の支度にかかろうとすると、松原は、

「今夜は臨時の巡察です」

と嘘《うそ》をついて支度をとめた。ここのところ、夜の臨時の巡察が増えたことはたしかだったが、今夜は松原の当番ではなかった。

めしまで食っていくのが何となくおっくうだったのだ。家族然として坐りこむことを、どこかゆるさない思いがずっと湧いていた。みるみる落胆の表情になる妻女は、

「では、明日は？」

とすがるような眼できいた。

「そうだな……」

あいまいに応じて松原は、

「こられたら、くる」

と答えた。上がりかまちで急ぐように履きものに足を突っこむ松原の肩に、妻女はそっと手をかけた。洗って、ととのえた髪から鼻にこころよい油のにおいが伝わった。思わずふりむくと、

「……捨てないで下さいね」

妻女はいった。必死の眼をしていた。

「松原さまだけがたよりなのですから」

そうつけ加えた。松原は微笑した。

「そんなことはしない……」

しかし、浮べた微笑が、どこかゆがんでいるのを、松原は顔のひきつれで感じた。

暑さがまだまだびっしりとひしめいている外に出て、一応屯所《とんしょ》に戻ろうと、壬生寺《みぶでら》の塀《へい》にそって歩きはじめた。壬生寺は大したおもむきはないが勅願寺で境内が広い。壬生というのは、天皇のこどもの養育料をふりあてられた土地のことらしいから、この地名は京だけにあるわけではなかった。日本のほかの土地にもいくつかあった。

壬生寺は古くは、地蔵寺だったそうだが、いつのころからか、里の名をとって寺の名にしたという。ガンデンデンの略称で京の人がよぶ、春の〝壬生狂言〟は、あまりにも有名だ。

長いなまこ塀の脇を歩くと、前方の塀びさしの下にひとりの浪人が立っていた。じっとこっちをみている。松原と視線が合うと、ニタリと笑った。どこかでみたことのある顔だ。二メートルほどに距離がちぢまると、

「松原さん」

気やすく名をよんで、浪人は塀から背をはがした。怪訝《けげん》な表情で松原は浪人を凝視した。立ちどまって、

「きみは？」

とききかえすと、浪人はパッと周囲をみまわしてから誰も通行人がいないのをみきわめ、

「車一心《くるまいっしん》ですよ」

といった。

くるまいっしんという男と、松原忠司はほとんどつきあいがなかった。暗殺された芹沢鴨の腰巾着《こしぎんちゃく》で、芹沢が殺された夜、巧みに逃亡してそれきり姿をみせなくなった男だとは知っていた。

それだけでなく、江戸からのりこんできた浪士隊のひとりで、道中の間から芹沢の暗殺までの期間、この男ほど、隊内の権力者から権力者へ、その腰巾着として渡り歩いた人間はいないそうで、その手の悪評判はかなり長い間残った。

松原は、しかし、車一心が新撰組にいたころの記憶はほとんどない。もともとこういう類の男はきらいだから、顔が合っても口もきかなかった。が——その車一心が何の用があるのだ。

「ちょっといっしょに歩いて下さい」

車はおしつけがましくいった。

「話があるんです」

「何の話だね？」

「松原さん」

車はとがめるような笑いかたをした。

「私が隊から出たいきさつはよくご存知でしょう。このへんは、私にとっては嫌な場所なんですよ」

「それなら、なぜ、その嫌な場所にきたのだ？」

「あんたに用があってね、それも至急の」

笑いを消して車は松原をみた。眼が光っている。弱い犬がすぐ吠えるように、人間の中にも他人の悪意には過剰に反応するのがいる。車がそうだった。すなおに自分の話にのってこない松原に、車はもう腹をたてていた。

（こいつは、おれをさげすんでいる）

と感じたからだ。卑しい人間にかぎって、他人の軽蔑心に敏感だ。ひがみっぽい。そしてそのひがみはすぐ怒りに変り、憎しみになる。車が急にあんたとよびはじめたことに、松原はムッとした。松原も短気なのだ。が、車のことばの変化の中に、松原はいやな予感を感じた。それを察したのか、

「千本通りに出ましょうや」

車は、いま松原が歩いてきた道をもう一度戻る方向に誘った。ためらう松原は、どうした

のか、さからえない心のうごきを感じた。

いわれるままに千本通りに出て、畠の中を貫くこの道を南に下り、中堂寺村に入って左にまがった。一か所に十二も寺が集まっている地帯だ。道の脇に、桂川から分流した水路が走っている。その水の澄みかたが美しい。

「私はいま、長州のために働いている……」

水路に目を落しながら、車一心はいった。え、と思わず松原はききかえした。それがまた車はさげすまれたとうけとめた。カッとする色を目に浮べながら、

「あんたは、自分のやっていることを棚にあげて、どうしてそういちいち、私を馬鹿にするのだ」

と、突然くってかかってきた。松原はゆううつになった。

「いいがかりはよせよ。きみこそ、なぜそんなにいらいらするんだね」

「いらいらなんかしていませんよ。私はおちついています。いらいらしているのは、あんたのほうですよ」

「おれは別にいらいらなんかしていないよ」

本当は互いにいらいらしているふたりは、そう否定しあった。松原は、あたりをみまわすといった。

「ここならいいだろう、用は何だね？」

「新撰組の情報を下さい」

「なに？」

「新撰組の情報というのは、もちろん、守護職、所司代、町奉行所のうごきも含めて、という意味ですがね」

「何のために……」

　唐突な話に松原の応じかたには多少の混乱が出た。

「だから、さっきいったでしょう。私はいま長州のしごとをしていると。長州のしごとをしているということは、日本の尊攘派のために働いているということなんですよ。そんなことぐらい、あんたにだってわかるだろう」

　また最後のほうのことばづかいが乱暴になった。こういう生きかたをしてきた人間は、ことばの乱れはそのまま当人の感情の乱れのようにも思えるが、一方、そういう用語法で相手の精神を巧みにかき乱す意図が含まれている場合も多い。怒らせて自分の思うとおりに操ろうとするのである。

　しかし、車のそういう心理操作にのせられる前に、松原は白けた。この男とこれ以上話をつづけるのが馬鹿馬鹿しくなったのだ。

「ことわるよ」

　松原はいった。

「ことわる？」

　車は意外な表情をした。

「あんた、ことわれるの？　いや、そんな立場にいるのかな」

「どういうことだ」

「だって、安西の女房の腹は日増しにふくれてるじゃないの。あんたのタネを仕こまれてさ」

安西の女房の腹は日増しにふくれてるじゃないの、あんたのタネを仕こまれてさ、と松原は、車がいったことばを正確に一語一語、胸の中で復誦した。そして車のそういうもののいいかたに、身もだえしたくなるような嫌悪感をおぼえた。車の下劣さは、怒るよりも、世の中にはこういう人間もいるのか、という情なさのほうが先に立った。

「きさま……」

どすぐろい憤りをふたつの眼から噴きたてて、一歩前に出る松原に、さすがにギクッとしながらも、車は硬《こわ》ばった顔でこういった。

「私を殺せば、あんたのことをことこまかく書いておいた私の手紙を、同志がそっと屯所の土方歳三に届けるよ……」

「……………」

副長の土方歳三に密告書を。じっと、冷たいまなざしでおれを狙《ねら》っているあの土方に。松原は頭の中にクルクルとはげしい渦が巻きはじめたのを知った。わあッと叫びたくなるような気持だった。こうなると、つぎつぎと衝動が突きあげてきて、何をするかわからなかった。それをかろうじておさえ、松原は水路の辺《へり》に車を追いつめ、乾いた声で告げた。

「出してみろよ、その手紙を」

はじめて、車一心は恐怖の表情を浮べた。

東山山麓の南禅寺《なんぜんじ》は、奈良風の大きな寺だ。山門が特に有名だ。

日本の尊攘派の大指導者である肥後の宮部鼎蔵《みやべていぞう》の従者忠蔵《ちゆうぞう》は、その南禅寺の境内を歩いていた。急遽《きゆうきよ》、京に入ってきた主人宮部の使いの帰りであった。この方面に潜む志士に、

「六月五日の夜、三条小橋《さんじようこばし》脇の旅宿池田屋に集まって下さい」

という口上をのべに行ったのである。

使いは無事にすんだ。早く主人の宮部に報告しようと、忠蔵は帰りを急いだ。が、境内をぬけきる一歩手前のところで、

「おい」

と忠蔵はよびとめられた。

ダンダラ羽織を着た新撰組の一群が立っていた。忠蔵は顔色をかえた。その忠蔵に、

「おまえ、肥後の宮部の従者だろう」

新撰組巡察隊の指揮をとる永倉新八がいった。

志士はおれたちを醜草と呼ぶ

南禅寺の前で、巡察隊を指揮していたのは、副長助勤の永倉新八だった。永倉は隊士のひとりに忠蔵の腕をねじあげさせ、

「宮部のかくれ家をいえよ」

と怖い表情でいった。その眼の光に、忠蔵はゾッとした。

主人の宮部が、多くの志士と接触するので、忠蔵も沢山の人間をみてきた。人間はもちろん、ひとりひとりがちがうのだから、この世に生きる人間を分ければ、正しくは、ひとりひとりがそれぞれ一種類ということになるだろう。

が、それでも志士だけに絞って観察すれば、幾通りかに区分することができた。しかし、いま、自分の前に立ちはだかっている、この新撰組の男のような型の人間は、忠蔵はいままでみたことがなかった。

つまり、主人の宮部や、そのまわりに集まって議論を闘わす型の人間ではなかったのである。眼の前にいるのは、口をきく前に手をうごかし、足をうごかすという型の人間だった。このごろ、本当に少なくなった型だ。いまは口先だけの人間が多くなり、りくつをいっていれば、けっこうこの京都では生きていけた。

忠蔵がみてさえ、志士とよばれる浪人たちの中には、そういういい加減なのがいた。もち

ろん、だからといって忠蔵は、目の前の男に好意をもったわけではない。

（殺されても、ご主人さまのかくれ家は白状しないぞ）

と心をきめていた。しかし、殺されるまでに、この男たちが自分に加えるであろう拷問のことを思うと、おそろしかった。忠蔵は汗をかいた。夏のためばかりではなかった。忠蔵のかいた汗は冷汗だった。

南禅寺は大きな寺である。山門が名物だ。名物といえば、北側の通りに沿って、僧坊が自製の湯豆腐《ゆどうふ》を参詣客に売っている。江戸ではあまり考えつかない坊主の商法だ。

（せちがらい町だな）

永倉は京という町をそうとらえている。が、いずれにしても参詣客が結構いるので人通りが多い。あまり忠蔵を痛い目にあわせているのは、他目《はため》にはよく映らない。隊士たちも通行人の眼を気にしはじめた。

「屯所《とんしょ》に連れて行って、責めましょうか？」

ほうら、いよいよきた、と忠蔵がからだの底をふるえあがらせるようなことを、隊士のひとりがいった。

「いいや」

黙秘権を顔いっぱいに行使して、眼をむき、歯をくいしばっている忠蔵をニヤニヤみながら、永倉は首をふった。

「山門にしばりつけろ」

「え？」

「さらし者にしてやれ」

忠蔵は真青になった。何ということを思いつく男だろう。こんな参詣人の多い寺の中央入口ともいうべき山門にしばりつけられたら、皆の笑い者になる。

（それだけは）

と、思わず嘆願の声がのどもとまで走り上がってきた。しかし、忠蔵はのみこんだ。誰がこんな奴《やつ》らにたのみごとなんかするものか、と思ったからだ。

この寺の山門は、むかし大盗人の石川五右衛門《いしかわごえもん》が楼上にのぼって京の町をながめ、

「絶景かな」

と、手をかざしたところだと伝えられてきた。しかし、いまの忠蔵は絶景どころではなかった。

（一体、おれはどうなるのだろう）

と、ひじょうに心細い気持になったまま、ついに山門にしばりつけられた。寺近くの志士との連絡事項を、主人の宮部に報告できなくなったことが何よりも気がかりだった。もっと気がかりなのは、やはり志士の古高俊太郎《こだかしゅんたろう》に、宮部からの連絡事項をまだ伝えていないことだった。

永倉は、隊士をふたりのこして見張りにした。しかも去りぎわに、忠蔵をみながらふたりに何かささやいた。その様子が、さらに忠蔵を不安にした。

店の主人の名が小川ていというので、店の名が小川亭《てい》というと、何か洒落ているようだが、事実、ていは洒落っ気の多い女だった。

店はもともとは魚屋だったが、亭主が死んでからは、包丁を使えないていは、魚屋当時にもやっていた素人旅館を思いきって、前面に出した。九州の肥後（熊本）藩の人間が京にくると泊った。

この日（元治元年六月四日）、小川亭には、忠蔵の主人宮部鼎蔵と松田重助《まつだじゅうすけ》、播州の大高又次郎《おおたかまたじろう》、近江の古高俊太郎などがいた。

「そうですか、いや、ここへうかがってよかった。宮部先生から直接お話をおききできて」

今日から明日にかけての、在洛志士の行動計画を宮部からつぶさにきいた古高はそういった。

古高はいま高瀬川のほとりで、小さな燃料店の店主に身を変えている。枡屋《ますや》という店の営業権を買ったのだ。木屋町というように、このあたり一帯は材木や薪炭を扱う店が多い。運搬に高瀬川の水運を利用するのである。

大高又次郎もまた商人に変装し、枡屋のとなりで武具を商っていた。その大高がいった。

「それにしても、古高君のところへ行くはずだった忠蔵はどうしたんでしょうな」

「それなのです」

宮部がうなずく。日本最大の指導者でありながら、宮部は熊本藩校の教授だったせいもあって、決して威張った口をきかない。いま四十歳余だがどんなに若い人、身分のひくい人に対しても一様にていねいな口をきく。そういう点も、志士群が宮部を深く尊敬する一因になっていた。

「忠蔵は純朴な男です。決して道草をくったり、途中で飲食をしたりするような人間ではありません。ちょっと心配なのです」

突然、大高が、

「まさか、醜《しこ》の醜草《しこぐさ》に？」

と急にカン高い声を出した。古高が、いや、そんなことはないでしょう、といったが、宮部はまっすぐに大高をみかえして、

「私も、それを心配しているのです」

と、重い表情をした。醜の醜草というのは新撰組のことである。同じ志士の平野国臣《ひらのくにおみ》は、全国指名手配中だった。その平野を、新撰組が京でみつけた。新撰組は平野を急追し、絶体絶命のところまで追いつめた。

平野は救う者があって、辛くも危機を脱したが、このとき、屈辱と怒りにまかせて、自分を追ってきた新撰組に、

「この醜の醜草め！　いつか、必ずきさまたちを刈り捨ててくれるぞ」

と、目を真赤にして憎悪のことばを投げつけた。平野にすれば、自分のような高邁《こうまい》な志士を、新撰組のような食いつめ浪士集団が追いまわすなどということがゆるせなかったのだ。

平野の怒りはそれだけではおさまらず、かれはこのときのことを歌に詠んだ。歌の中にも〝シコのシコグサ〟ということばを入れた。シコのシコグサは、尊攘志士の間で流行した。それは、一体、何の法的根拠をもって自分たちを追いまわすのかわからない新撰組に対して、志士群が共通して持っている不満の感情とうっぷんをわずかにはらすものであった。志士の間では、新撰組とよぶ者はいなくなった。シコのシコグサが新撰組の代名詞になった。

そのシコのシコグサに忠蔵がつかまったのではないか、という宮部のことばは、大高や松田や古高をひじょうに不安にした。

宿の女主人ていが入ってきた。宮部がふりむいてきいた。

「忠蔵のことで何かわかりましたか」

「はい、わかりました、知らせてくれる人がありまして。シコのシコグサに捕まりました」

勤皇宿の主人だけあって、女ながら、ていも新撰組のことをそう呼ぶ。

「やはり……」

座は暗黙となった。しかし、ていは、

「シコのシコグサは、忠蔵さんを南禅寺の山門にしばりつけてさらし者にしているそうです。私、これからちょっと行ってまいります」

「ちょっと行くって、おかみ」

古高が怪訝《けげん》な顔をする。ていは微笑んで古高をみた。

「はい、まず様子をみてみます。見張りがふたりいるそうで、おそらく駄目《だめ》かもしれませんが、お金で忠蔵さんを渡してくれるようなら、引きとってきます」

誰もが、しっかりしたおかみだなあ、と改めて感服するようなていの態度であった。すっと考えたにちがいない、忠蔵の処置方法にしても当を得ていた。

「たのみます」

宮部はていに頭をさげた。

南禅寺に着くと、忠蔵はたしかに山門にしばりつけられていた。寺内には大きな木が密集していて、涼しい風が吹くことはあるが、何といっても夏なのだから気温が高い。立ったまま、山門の柱にぐるぐるまきにされて、忠蔵は、もうぐったりとしていた。かなり前から、忠蔵は、

(もうすぐ死ぬ……)

と思っていた。通行人にみられる屈辱感など、とうに消しとんでいた。天日にさらされた魚と同じで、どんどん生気が失われていった。

(魚と同じように腐っていく)

そんな気がした。

「かわいそうに……むごいことをする」

忠蔵の姿をひとめみた途端、ていはグッと胸にくるものを感じたが、胸の中の思いとは逆に、顔にニコニコ笑みを浮べて、見張りの隊士にちかづいて行った。

「お暑い中を、ごくろうさまです」

そう声をかけた。見張りの隊士は、妙な顔をしてていをみかえした。ていは交渉を開始した。ていと見張りの隊士との交渉を、永倉新八たちは、南禅寺横の僧坊の一隅からじっとみつめていた。屯所にひきあげる風情はみせたが、永倉はひきあげなかった。山門を出て一度は大通りへ出たが、すぐ、

「引っかえせ」

と命じ、ひきいている一隊を裏道からこの僧坊に入れた。そこで湯豆腐をたのみ、

「暑いときの湯豆腐は格別だぞ」

などと負けおしみのつよいことをいいながら、通ぶった。腹のへっていた隊士は、熱いことなんか気にせずに、フウフウいいながら豆腐を食った。そして、

（そうか、忠蔵をさらしたのはオトリだったのか）

と、はじめて永倉の計略に気がついた。新撰組のやることも段々手がこんでくるな、と思った。

しかし、山門の前では奇妙なことが起っていた。柔らかい微笑で、根気よく語りかける女に、見張りの隊士は、はじめは頑強に首をふっていたが、そのうちにあたりをみまわすと、女と向きあって、女の話にのりはじめたのだ。それだけではない、女の出した紙包みをうけとった。

「あれ」

豆腐を食いながら山門のほうをみていた若い隊士が声をあげた。

「隊長、あの野郎、賄賂《わいろ》をうけとっていますよ」

永倉は笑った。

「いいんだ……」

「え？」

「筋書どおりだ」

「？」

隊士たちにはわからない。そこへ、

「やあ、おそくなりました」

と、顔中を汗いっぱいにしながら、探索方の山崎烝が入ってきた。永倉は急使を出して、屯所から山崎を呼んだのである。

「すみません、忙しいところを」

「いや、仕事です」

そう応じながら、山崎はチラと皆が食っている豆腐に目を奔《はし》らせた。

「結構なものをやってますな」

ちょっと食べたそうだ。永倉は脇の隊士に、

「もう一鍋もらってこい」

と命じた。そして、

「ところで、あの女、どこの何者です」

と、きいた。山崎は、

「これはおどろいた。さすがに永倉さんの眼力は鋭い。オトリにもう魚がかかったのですか。ちょっと待って下さいよ。ええとね、ああ、三条大橋の東《ひがし》袂《たもと》で旅宿をやっている小川ていという女です。たしか昔は魚屋の女房だったと思いますが、亭主は死んだはずです」

「小川てい？　そうですか、旅宿のおかみですか」

永倉は、それで十分だ、というようにうなずいた。脇から若い隊士が、また頓狂《とんきよう》な声をあげた。

「隊長、あの野郎はせっかく捕まえた男を逃がしちゃいますよ」

若い隊士のことばどおりの光景が、山門の前で展開されていた。ていに買収された見張りの隊士は、ついに忠蔵の縄をといてしまった。

クラクラと倒れかかる忠蔵を、ていは脇から支えた。しかし、女の力では支えきれないと知ると、見張りの隊士は親切にも手を貸した。

「あの野郎、一体、何をやっているんだ！」

怒って若い隊士たちは駈け出そうとした。

「待て」

永倉はとめた。そして、

「あれも筋書のとおりなのだ」

といった。

山門の前では忠蔵がしきりにていに頭をさげている。ていはうなずいたが、すぐひとりで去った。忠蔵はしばらく痛むからだをさすっていたが、やがて歩きはじめた。

「尾行《つけ》ろ。さとられるな」

永倉が命じた。時間をおいて、隊士たちが僧坊から出て行く。見張りの隊士が走り戻ってきた。汗をぬぐいながら、

「うわあ、参った」

と声をあげた。

「賄賂をよこすとは思いませんでした」

「いくらよこした」

永倉の問いに、その隊士は、わかりません、とあけていない紙包みをそのまま渡した。ひらいて、

「ほ、五両も入っている」

と、永倉は笑った、脇の隊士に、

「これで豆腐の代金を払え」

といった。

「いいんですか？　新撰組が賄賂なんかもらって」

「かまうもんか」

永倉は笑い捨てた。僧坊の小坊主が新しい湯豆腐の鍋を持ってきた。

「ほう、きましたな」

山崎がうれしそうに手を揉《も》んだ。が、いままで見張りをしていた隊士の視線に気がつくと、

「きみが先に食え」

と鍋を渡した。いいんですか？　と、その隊士はたちまち顔をほころばせた。山崎は小坊主に、

「恐れいります、もう一鍋お願いします」

と、声を投げた。ふりかえって、はい、かしこまりました、と小坊主はていねいにおじぎをした。永倉は、

「じゃあ、私たちは行きます。ご足労でした。ごゆっくり」

と山崎に告げた。山崎は、

「ごくろうです。私は豆腐をよばれていきますよ」

とニッコリ応じた。

このとき、忠蔵はまっすぐ小川亭に帰るべきだったのかも知れない。しかし、ていも悪かった。というより、ていは、新撰組の見張り隊士に、

「この人は、ある割木屋の薪割り男です。宮部さんとかいう人の従者なんかじゃありません」

と告げたのだった。いま、自分の店に忠蔵の主人の宮部や、その一味がいるなどとは忠蔵

にはいえない。見張りの隊士は、賄賂で忠蔵の釈放を承知はしたが、ふたりの話にはきき耳を立てているのだ。忠蔵には何もいえないし、一緒に帰るというのもおかしい。

かなりの不安な要素をのこして、ていは先に去った。あとは忠蔵のことだからうまくやるだろうと思うよりしかたがなかった。が、忠蔵は疲れはてていた。本当に夏の日にさらされた魚と同じだった。水気がすっかりなくなり、呼吸も絶え絶えだった。フラフラする頭で、ただひとつのことを考えていた。それは、

(古高先生のところへ、急いで行かなければいけない)

ということだった。宮部からいいつけられたことで、そのことだけがまだ果していない今日のしごとだった。ていと十分な話ができないのだから、まさか古高が小川亭にいて、すでに宮部から連絡事項をきいていようとは考えもしなかった。

無遊病者のように、忠蔵は歩いて行った。粟田口《あわたぐち》に出て、三条大通りを西へ歩き、大橋を渡った。小川亭の前は知らぬ顔をして通過した。高瀬川にそって南へ下り、四条通りの手前で小橋を渡って枡屋に行った。

店に古高はいなかった。急にハッといやな予感がして、忠蔵はあたりをみまわした。誰かに尾行《つけ》られているような気がしたからである。しかし、路地の入口には、誰もいなかった。忠蔵はホッとした。しかし、

(弱ったな)

と溜息をついた。古高に会えないのが困った。

高瀬川の水音をきいたせいと、その冷気にふれたせいか、忠蔵の頭の中は少しずつおちついてきた。いつまでもここにいられない、という思いがまず頭の中を走りぬけた。しかし、すぐ小川亭に戻るのもまずいという分別が働いた。その意味では、いま、無意識に小川亭の前を知らぬ顔で通過したのはよかった、と思った。

忠蔵は、姿はみえないけれど、自分を南禅寺にさらした新撰組のあの隊長の眼が、ものかげから凝《じ》っとにらんでいるような気がしたのである。

（シコのシコグサめ……）

忠蔵は、ききおぼえのそういう罵言を胸の中でつぶやいた。そして、あてどもなく歩き出した。しばらくは、歩きまわったほうがいい、と判断したのだ。忠蔵が河原町通りに出て南へ下りはじめると、もちろん、そのあとをふたりばかりの新撰組が尾行した。

そして、枡屋のそばにも見張りが立った。永倉は屯所へ急いだ。報告をきいて、局長の近藤勇は、

「すぐ張りこめ。枡屋の主人を捕えろ」

と命じた。

ある人間が、自分に悪感情を持っているのではないかと思い出すと、その人間の一挙手一投足や、目のくばりが異常に気になるものだ。松原忠司にとって、土方歳三がそうだった。

（副長は、おれに眼をつけている）

と、ここのところ、ずっと気になる。自分の一挙手一投足がすべてにらまれているような気がして、土方の前に出ると、どうも動作がぎこちなくなる。

いつもニコニコしていて、近藤など同郷の気やすさか、ふたりになると、歳さんとよんでいるようだが、松原は、何が歳さんだ、と思っている。

（副長は蛇だ）

執拗《しつよう》な、しかも冷たい眼でおれを凝視している。おれが、尻尾《しっぽ》を出すのを待っている。ああ、嫌だ、嫌だ、いっそ死にてえな、と、またしても松原はそう思う。一切のわずらわしいことから解放されて、死んでいける修羅場《しゅらば》がないものだろうか。

安西の女房とのことでもつれているのに、その上、新しく車一心のような手合まで加わってきやがった。この間は殺してやろうと思ったが、やはり車がいった、

「私を殺せば、あんたの情事のことをくわしく書いた手紙を、私の同志が土方副長のところへ届けるぞ」

という、あの脅《おど》しがきいた。今日も同じことをいっていやがった。

土方はどうも苦手だ。その土方にこっちから不利なネタをさし出すことはない。いまは、癪《しゃく》にさわるが、土方と眼が合うと、どうしてもおれのほうが眼を伏せてしまう。まるで罪人のようにだ。ちく生、おれはそれほど悪いことをしていないぞ——自室で仰向けにころがって、そんなことをとめどなく考えていると、永倉新八が沖田総司と二人で武装して部屋に入ってきた。

「松原さん、ネズミ捕りを手伝って下さい」

「ネズミ捕り？」

「ええ、案外大物かも知れないんです」

「行こう」

松原はハネ起きた。しかし、屯所を出るとき、縁の上に立って、じっと松原をみている土方歳三の姿に気づいた。松原はなぜかひどく狼狽《ろうばい》した。

歳さんは、枡屋という割木屋の主人を捕えに行く一隊を見送っていたのだが、その中にこっちをみて、あきらかに顔をゆがめた松原がいるのをみた。

（へんな野郎だ……）

歳さんはそう思った。松原の表情の変化は、歳さんにとってあまり気持のいいものではなかった。松原は最近、歳さんをみるとよくああいう顔をするからだ。

（おれに何か含むところがあるのか）

歳さんは歳さんで気にしている。あるいは西院村《さいいんむら》の藤のところに通うのをみて、副長にあるまじきことだと憤慨しているのか、いや、まさかそんなことはあるまい、と歳さんは自室に戻った。

（なるほどな、新撰組の芹沢や近藤とは大分ちがう）

桂小五郎と会ったあと、車一心は、つくづくそう思った。今日、仲間の浪士から、

「どこへ行っていたんだ。桂先生がおまえに至急会いたいって、さっきから捜しておられるぞ」

まるで桂の家臣のように居丈高《いたけだか》に興奮する語調で告げられて、車は、思わず、え？　ときかえした。在洛浪士にとって、桂は雲の上の人だ。長州藩の若き指導者で、かつては江戸の斎藤弥九郎《さいとうやくろう》道場の塾頭《じゅくとう》で、いまは長州藩京都留守居役、浪士群のあこがれの的だ。彼に、ひと声、

「元気かね」

と、声をかけてもらっただけで、その浪士は幾日も眠れないはずだ。仲間にはそれ以後大いに顔がきく。

芹沢鴨が近藤一派に暗殺された事件を逆用して、車一心は、何だかだ、うまいことをいいながら尊攘派浪士《そんじょうはろうし》の中にもぐりこんだ。しかし、それで満足できる彼ではない。何とか目立つ人間になりたい。それには、桂に注目されなければ駄目だ。

何度も伝手《つて》を求めて、接近戦術を展開したが、桂のほうは歯牙《しが》にもかけない。

（若僧め）

自分よりかなり年下のこの花形志士を、胸の中では罵るが、実力の差はどうすることもできない。

その桂が急遽《きゅうきょ》会いたいという。が、車一心はなぜ急に桂がそういう気になったのか知っていた。車は河原町にある長州藩邸に投げ文をしたのである。桂小五郎あてに、

「ある新撰組幹部の不祥事をつかんでいます。これをネタに、新撰組内部のひみつを探ることができます。拙者を活用してみませんか」

という売りこみの手紙を投げこんだのだ。桂はその手紙をみたにちがいない。大いに興を寄せたのだろう。

桂は、先斗町《ぽんとちょう》の小さななじみの酒亭で待っていた。大胆にも、下の階の上がりかまちの座敷にいた。

「桂先生、車を捜してまいりました」

過分な褒辞を期待して、意気ごんで車を紹介する浪士に、桂は、

「そうか、ごくろう」

と、その浪士の顔をみずに応じた。しかし車をみると、満面を笑みで溢《あふ》れさせ、

「きみが車君か。いや、久しく会いたいと思っていた。ま、ここへ上がりたまえ」

と、自分の横の席を手で叩いた。そして、車を連れてきた浪士が、まだ媚びるような笑みを浮べて、何かを待っているのに気づくと、何だ？　という表情をした。おそろしく冷たい眼だ。

たじろいで、浪士はぐあい悪そうに去った。

際立った使い分けをする桂に、内心、ひじょうに得意なものを感じながらも、車は本能的に、桂という男はゆだんができないと思った。

「おい、鱧《はも》はまだかね？　この車君にもたのむぞ」

すぐ近くの調理場に声を投げながら、

「投げ文は読んだよ」

と、声を低めていった。複雑な笑いに変っていた。

「おそれいります……」

車は固くなった。

「きみが、そのネタでギュッといわせられる新撰組隊士ってのは、一体、誰だね」

銚子をとりあげて、車の猪口に酒を注ぎながら、桂は江戸風の言葉を使っていった。何気ないききかたがなめらかだ。

(人づきあいの達人だ)

車はすぐ感じた。

「副長助勤の松原忠司です」

車は名を出した。

「まつばらちゅうじ？」

「はい。変った男でして、頭を丸坊主にしています。柔術の強い男です」

「ふむ、柔術ね。で、きみがいうその松原の不祥事とは？」

車は話した。

「そいつは面白い」

桂は手をうって喜んだ。が、女中が持ってきた鱧の鉢に箸をつけると、すぐ、

「ご主人よ」

と、けわしい眼になって店主を呼んだ。へい、何ぞ？　と、桂の声の調子から緊張してとんできた主人は、桂が示した鉢の中をみて顔色を失った。小さなハエが、軆の脇にそえられたキュウリの上で死んでいた。

「これは……」

「とりかえてくれたまえ」

「はい、すぐ」

「車君、きみの鉢にはハエはいないかね？」

「いえ、私のほうには……」

「そうか。では、私の鉢にだけ入っていたのだな」

私の鉢だけ、というところをことさらに強調した。

店主が使用人のひとりを店の裏に追い立てた。まもなく、バシッ、バシッというはげしい音がきこえた。

あれは？　というように車が桂の顔をみると、桂は、

「ハエを鉢に入れた奴が、店主に折檻《せっかん》されている。ここのおやじはきびしくてね、すぐ仕置をするんだ」

と説明した。車は、なぐられている使用人の身になって、一体、どんな気持だろうと思った。折檻はあきらかに桂にわかるようにおこなっているのだった。

やがて、裏口からふたりは戻ってきて、頰《ほお》をおさえている使用人を、ころぶほど邪険に調理場に突きとばすと、店主は、のれんを分けて卑屈な笑顔で桂におじぎした。

「わかった……」

桂は手をふった。そして、

「車君よ」

と、探るような色を眼の底に浮べながら、

「今日、古高君がシコのシコグサに捕えられた」

「え、古高さんが」

「ああ、宮部さんの従者がちょっとしたヘマをやってね、新撰組に古高君が怪しいと思わせるようなことをした」

「一体、どんな？」

「いや、ヘマのことはまあいい。問題は、古高君がどこまで吐くか、だ。車君、それをきみのカモからきき出してくれ」

「………」

なるほどな、桂ほどの人間が、何の目的もなくておれのような食いつめ浪人に、京のうまい酒やうまい料理をごちそうしてくれるはずがないものな、と、車はすぐさとった。

同じころ、松原忠司は、頭に手拭《てぬぐい》で鉢巻をして、捕えてきた古高俊太郎を屯所の梁《はり》から吊し、竹刀《しない》片手に、異常な責め方をしていた。古高はなぐられながら、なぐる松原に蔑《さげす》みのうす笑いを浮べていた。

「この野郎ォ」

松原はいよいよ躍起になった。

過激派志士は北に送れ

いくら責めても、古高俊太郎《こだかしゅんたろう》は吐かない。しかし、古高が吐かない尊攘過激派《そんじょうかげきは》の計画を、このころ、ひそかに知っている幕府人がいた。勝海舟《かつかいしゅう》である。

勝海舟は、その計画を門人の坂本龍馬《さかもとりょうま》からきいた。坂本は、同じ土佐の出身で、勝が主宰する神戸の軍艦操練所でまなんでいる北添佶磨《きたぞえきつま》と望月亀弥太《もちづきかめやた》のふたりからきいた。

北添と望月は、目前の事件よりも、大波のかなたを見渡して、海事の学習にはげめ、という師海舟の教えにあきたらず、目前の事件こそ男の生きがいだ、と過激派の群にとびこんでいた。特に、肥後の宮部鼎蔵《みやべていぞう》を尊敬し、いつも宮部のそばにいた。

去年（文久三年）の八月十八日に京を逐《お》われた七卿と、長州藩の冤罪《えんざい》を雪《そそ》ごうと、宮部たちがたてた計画というのは、つぎのようなものだった。

○七卿と長州逐い出しの中心人物である中川宮《なかがわのみや》と守護職会津《あいづ》容保《かたもり》を殺す。
○朝廷の公卿を、尊攘派に一新する。
○七卿と長州藩を入洛させ、政局を八・一八政変の前に戻す。
○このため、烈風の吹く日をえらんで、御所の北から京の町に放火する。
○火災の混乱に乗じて、右の計画を実行する。目標はおよそ六月二十日とする。

追いつめられた志士群にすれば、窮鼠《きゅうそ》猫を嚙《か》むような計画だったかも知れないが、京の市民にとっては、めいわくこの上ない計画である。

北添と望月から、このことをきいた坂本は、心の中でひどい衝撃をうけたが、すでに頭に血がのぼっているふたりに驚いた表情をみせれば警戒される。また、

「そんな無謀なことはやめろ」

と意見をしても、きくようなふたりではない。坂本は、苦笑して、

「大変なことを考えたものだな」

とだけ応じた。そしてすぐ神戸に戻ると、勝にこのことを話した。

「ふうむ」

勝はうなった。が、このことを京都の幕府機関、つまり京都守護職だの所司代だの、あるいは町奉行だのに告げて、志士群を取締らせるようなことをしなかった。勝は幕府の軍艦奉行という要職にありながら、やることはまったく幕府高官らしくなかった。

「龍さんよ」

「はい」

「北添はたしか去年、蝦夷《えぞ》をみてきたよな」

「ええ、安岡金馬《やすおかかねま》や能勢達太郎《のせたつたろう》らもいっしょです」

「どうだろう、京都の物騒な連中をまとめて北に送っちまっては」

「え」

きいて坂本の頭ははげしく回転した。そうか、そういう手があったな、と思った。

北添たちの計画が成功するわけがない。成功したとしても、世論が支持しない。火をつけられて町を焼かれた市民がだまっているわけがない。

京にいる過激派浪士を、まとめて北に送りこむというのは名案であった。坂本は北添を説いた。はじめは不審な顔をした北添も、次第に心がほぐれ、

「そうしますかね」

と折れてきた。やはり北添も勝軍艦操練所の人間なのである。坂本は、勝に紹介してもらって、在京中の老中水野《みずの》忠精《ただきよ》に会い、この案を話した。水野はすぐに乗った。ただ、

「前にも同じことをして、清河八郎《きよかわはちろう》にだまされたことがあったぞ」

と笑った。

「過激浪人を江戸においておくと物騒ですぞ。適当な口実をつくって、まとめて京に送りこんだらどうですか」

清河八郎は幕府にそうもちかけて、二百数十人の浪士を京に連れてきた。そして突然、浪士隊は天皇の親兵だといい出し、勅諚《ちょくじょう》まで手にいれた。

あのときの浪士隊の反主流派が、いまは新撰組《しんせんぐみ》として壬生村《みぶむら》にがんばっている。その新撰組は、すでに、

「過激派浪士の巣」

として、勝の軍艦操練所に眼をつけていた。勝のことを、

「幕臣のくせに何だ」

と疑惑の眼でみている。もちろん、塾頭の坂本の行動にも眼を光らせている。とにかく、長崎に行ったり、越前に行ったり、江戸に行ったりしている坂本に、深い疑いをもっていることはたしかだ。

平野国臣《ひらのくにおみ》が新撰組のことを、

「醜《しこ》の醜草《しこぐさ》」

と腹立ちまぎれにののしったのとはちがう眼で、勝も坂本も新撰組をみているが、好感をもっていないことはふたりともかわりはない。

「ああいう警察組織をつくるから、逆に志士たちがいよいよ過激になるのだ」

と思っている。ふたりが志士たちを蝦夷に送ろうというのは、志士たちの無謀な計画を未然に阻止しよう、というためでもあるが、裏をひっくりかえせば、新撰組の〝浪士狩り〟から、かれらを救おうという意味もある。

一時、北で開拓でもやらせて、この険悪な京から待避させようというのだ。

（浪人の中には、これからの日本を背負うすぐれた人材が沢山いる。いま死なせるのは惜しい）

というのが勝の肚であった。坂本は水野に、

「四、五千両の資金を調達して下さい。それから幕府の船を貸して下さい」

と申しいれた。水野は承知した。

「船は黒竜丸を貸してやろう」

といって、ただ、この話を詰めるために、私の紹介状を持って江戸城に行け、といった。

坂本はそうしますと応じた。

坂本は江戸に出発した。元治元年六月一日のことである。出発前、楢崎《ならざき》という京の医者の娘で、ちかごろとみに親密度を加えているお龍《りょう》という女に、このことを話した。坂本の依頼で、北添はすでに数十人の浪人を大仏と通称される寺に集めていた。蝦夷移住に応じた浪人たちだ。

しかし、何分男ばかりの所帯なので、お龍は坂本にいわれて、母親といっしょにここへきて、食事その他のめんどうをみていた。坂本はいった。

「とにかく、おれが江戸から戻ってくるまで、こいつらをたのむ。どんなことがあっても暴発だけはさせるなよ。北添や望月にもよくいってあるから」

いつもの坂本らしくなく、真剣な顔だった。が、新撰組は、すでにこの大仏組の存在を探知して鋭い眼を注いでいた。

(野郎ども、何をする気だ)

と、ずっと探索と張りこみをつづけている。そして、宮部の下僕忠蔵《ちゅうぞう》が捕まって南禅寺《なんぜんじ》山門にさらされ、それがきっかけになって、古高俊太郎が壬生の屯所《とんしょ》に連行されてから、事態は一変した。特に北添と望月の気持が一変した。

「この野郎を、梁《はり》から逆さに吊せ」

歳さんはいった。隊士たちは後手にしばった古高の足に縄《なわ》を結び、滑車を使って古高を宙にブラさげた。

拷問室は前川邸《まえかわてい》の土蔵だ。階段がある。土蔵は二階造りになっている。歳さんは階段を上って二階に行くと、下との仕切り板の一部をはずした。上下ぶっこぬきになったので、

「もっと上に吊せ」

といった。そして、

「五寸釘を二本と、太いローソクを二本持ってこい」

と命じた。柔和な歳さんが今日は怖い表情をしている。志士たちが、新撰組のことを、

「醜の醜草」

と呼んでいるときいたときから、時々、こういう表情をするようになった。笑っているときは無類にやさしいから、一旦こういう顔になると人一倍怖い。

古高はさらに吊りあげられ、ちょうど歳さんがいるあたりに足がきた。歳さんは、はずしてない仕切り板の上に屈みながら、

「おい、醜の醜草」

と、ニヤリと笑って古高によびかけた。お返しをしているのだろう。

「おめえたちが何を企んでいるのか、どうしても話さねえってんだな」

「くどい」

血が逆さに流れて、額に破れんばかりに静脈を浮かせ、顔を真赤にして古高は、全身、打

擽傷だらけのまま、いいかえした。

「早く殺せ」

「そうはいかねえよ。そんなかんたんに楽にしてやれるものかね」

歳さんは上ってきた隊士から、五寸釘とローソクをうけとった。うけとるとすぐ、

「こういうのはどうだね」

そういいざま、いきなり五寸釘を一本、古高の足の甲から裏へ突き刺した。恐るべき力である。古高が思わず、ああっ、ううう、とうめいている間に、釘は古高の土ふまずに突き出た。

ううむ、と古高がひと呼吸入れようとするのを、その間も与えず、歳さんはもう一本も突き刺した。歳さんの首のあたりが、ググッと筋肉がかたくなり、顔も染まった。

ああ、と全身でこらえ、あぶら汗で顔中いっぱいにした古高には目もくれず、歳さんは突き出た釘にローソクを立てた。そして火をつけた。それだけのことをすると、階段を降り、目をまるくしている隊士たちに、

「これで吐く」

といいすてて、サッサと土蔵から出て行った。四半刻《しはんとき》後永倉新八《ながくらしんぱち》が近藤と話をしていた歳さんに、

「吐きました……」

と報告にきた。報告の内容をきいて、近藤と土方は愕然《がくぜん》として顔を見あわせた。近藤の顔

がみるみる怒気でドス黒くなり、近藤は、

「志士野郎どもオッ」

と、噴き出るような大声をあげた。そして、

「歳さん、すぐ黒谷《くろだに》（金戒光明寺《こんかいこうみようじ》のこと。守護職松平容保の本陣があった）に行こう」

と立ちあがった。

烈風の夜に御所北方から火を放ち、おどろいて参内する中川宮と松平容保を討つ、そして七卿と長州藩を入洛させ、再び政局を尊攘派に主導させる、という古高が吐いた過激派の計画に、会津藩の重職田中土佐《たなかとさ》は、一見おどろいた風をみせたが、その後の対応は必ずしも鋭くなく、近藤勇《こんどういさみ》と土方歳三《ひじかたとしぞう》のふたりに、妙な感じをもたせた。率直にいって田中はあまり慌てなかった。その態度は、近藤と土方に、

（志士の計画を、この人はすでに知っていたのではないか）

と思わせた。ふつうなら、こんな計画をきけば、すぐさま御所に緊急会議を召集し、在京幕軍は急遽《きゆうきよ》出動の準備をするだろう。

それが、この静かな悠長さは一体どうしたことだ。近藤と土方は、拍子ぬけを感ずるとともに、つよい疑惑の念を湧かせた。

「ただちに守護職さまのご指示を賜り、私ども新撰組はもとより、在洛各藩にも浪士捕縛《ほばく》の出陣を願わしう存じます」

そういいながら、近藤はじっと探るように田中を凝視した。田中は、射抜くような近藤の

視線に、多少まごつきながら、

「守護職さまに、貴殿のご要請はしかとお伝えする」

といった。しかとお伝えするといいながら、すぐ立ち上がる気配がない。近藤はジリジリしてきた。

「この場にて、ご指示を賜りとうございます」

早く奥に行って、容保の返事をもらってきてくれ、と暗に催促したが田中は立たない。近藤はさらにひざをすすめた。

「われら新撰組の探索によれば、三条付近の旅宿《はたご》、縄手《なわて》の小川亭、小橋《こばし》際の池田屋、その裏の四国屋などに不逞浪士《ふていろうし》が頻々と出入する由にございます。さらに新たに大仏にも。ご指示がありますれば、即刻立ち帰って、全隊士に出陣を命じ、これらの旅宿、寺を一挙におそいます」

何をためらっていやがるんだ、という東国人らしい短気さが段々眼に浮き出てくる。ところが田中は、

「わかっている」

と、何度もうなずき、こういった。

「出陣の支度はいいが、出撃はこちらから指示するまで待ってほしい。いいな、必ず待ってほしい」

念をおした。その念のおしかたが妙だ。さっきからの奥歯にもののはさまったいいかたに、

近藤と土方は、何かあるな、と感じているが、それが何なのかまったくわからない。

ただ、その何かは、剣一筋に生きる近藤たち新撰組とちがって、このごろの京で、めっきりハバをきかせるようになった、

「政治《まつりごと》」

というやつだろうと見当はついた。口先と肚芸とで、祇園あたりの酒亭に集まっては、アッハッハァ、いや、どうも、どうも、と、およそ空虚な笑いと、みえすいたかけひきで、この国のいとなみの方向をきめようとする連中の好きな行為だ。

ここのところ、特にそういう手合が多くなった。そして、「情報収集」だとか、「意見交換」だとかいっては、無制限に藩の金を使う。多摩の農民出身で、年貢を納める者のつらさを熟知している近藤や土方や沖田、井上たちは、こういう連中をずっと苦々しくながめていた。

しかし、それがこんどの事件にどう作用したのか。近藤たちには皆目わからなかった。苛立たしい不透明な壁が、突然、眼の前に立ちはだかった感じだった。

「近藤先生」

金戒光明寺の長い石段を降りながら、歳さんはいった。

「どうします」

近藤は歳さんをみかえした。

「やるだけだ」

「あたりまえだ、だまってひっこんでいられるか。こうなりゃ、新撰組は、誰からも指図はうけねえ志を持った人間の集まりよ。なまじっかのヒモは、こっちで断ち切ってやる」

気迫のこもった近藤の決意に、歳さんは、

「そうこなくっちゃ」

と笑った。そして、

「ひさしぶりに胴ぶるいがします」

と、からだをふるわせた。


守護職会津容保は、幽鬼のように痩《や》せほそっていた。もともと丈夫ではないのに、入洛以来の精神的緊張が溜り、容保の神経を極度に消耗《しょうもう》させた。

夜もほとんど眠れず、どんな小さな音にも敏感に反応した。樹木が多いから鳥がよく啼《な》くし、小さな獣も走る。冬など落葉もカラカラと鳴る。そのたびに容保は浅い眠りからめざめ、胸の動悸《どうき》を早めた。心臓も弱っていた。

ことしの夏は、それでなくても京は暑いのに、さらに酷暑で、ほとんど食欲がなかった。絶食同様のありさまである。微熱も去らない。床の中から、容保は入ってきた田中土佐にきいた。

「近藤がきたそうだな？」

「はい。さすが新撰組です。ご老中から殿にひそかにお話のあった、例の浪士どもの計画を探知いたしました。殿に出陣の許可を求めにまいりました。同時に、在洛各藩の出動も要請しておりました」

「もっともな願いである。ご老中のお達しがなければ、私も即座に近藤の言に従ったであろう」

「殿のそのお気持がわかりますだけに、それがしとしても応答がいたって歯切れが悪く、敏感な近藤や土方は、おそらく深い不信の念を抱いたことと思われます」

「かれらは誠忠の士だ。入りくんだ政治の仕掛けはわからぬ。私とて思いは同じだ。しかし、ご老中水野さまのたってのお達しとあらば背けぬ。そのほうも苦しかったであろう」

「は。心の澄んだものをだますことほど、つらいことはありませぬ」

「ごくろうであった……近藤たち新撰組は哀れである」

「殿」

田中は容保をまっすぐに見た。

「水野さまが、勝安房《かつあわ》殿や坂本とか申す土佐の浪人を使っての、浪士の移住計画、果してうまくいくものでございましょうか？」

「わからぬ。しかし、いまはうまくいくことをねがうよりしかたがない」

「近藤は、北へ渡る浪士どもが大仏に屯集していることも知っておりました。もちろん、北へ渡る者たちだとは知りませんから、やはり過激の者とみて、襲う口ぶりでありましたが

「……」

「すばやいな。しかし、ほかのところはさておき、大仏の浪士だけはぜったいに襲わせてはならぬ。あの寺に集まっている者を襲えば、この隠忍もすべて水泡に帰す……」

容保は呼吸が苦しそうにいった。田中は重くうなずいた。

「近藤には、当方の指示あるまではぜったいに出陣してはならぬ、と申し渡しておきました」

「うむ、誠実な近藤のことゆえ、必ず守ってくれるであろう」

容保と田中土佐の会話ではっきりしたように、守護職としての容保に、老中水野忠精はすでに密命を下していた。

「過激浪士は烈風の日に、京を焼き、中川宮と貴殿を討つつもりである。が、これら浪士を目下蝦夷国に送るべく画策中である。軍艦奉行勝安房守の門人坂本龍馬なる者を、密使として江戸表にさしむけた。どうか坂本が戻るまで、浪士取締りを一切控えられたい」

というものである。殺される標的として、はっきり自分も入っているのに、しばらく指をくわえてみていろ、といわれたのと同じであった。

が、容保は柔軟な考えかたをする人間であった。八・一八の政変の元兇を、中川宮と会津・薩摩の両藩だと信ずる長州藩士は、藩地に戻ってから、下駄の裏に、

「薩賊・会奸」

と書いて踏みつけて歩いた。それほど憎んでいた。が、それほど憎まれながら、容保は必

ずしも長州に敵意をもっていなかった。会津っぽの頑固さは、長州人の一途さに共通するものをもっていた。薩摩藩のように、時の状況に合せて、いい位置を占めるために藩の生きかたをクルクル変えることはなかった。容保は、いまの京都での同盟者である薩摩藩よりも、一途に敵対してくる長州藩のほうに純粋さを感じていた。薩摩藩は信用できなかった。

だから、八・一八以後も、廟堂《びようどう》(御所の会議)では、いつも、

「長州の意見もきくべきである」

と発言して、公武合体派の公卿《くげ》や大名から妙な顔をされていた。いや、長州藩に対してだけではない。容保は京に蝟集《いしゆう》した浪士群にも、意見をのべさせる回路を設けるべきだ、という考えをもっていた。去年までは、そのケジメがつかなくなって、浪士に学習院を乗っとられたのだ。しかし、たとえそうでも、ものもいわせないで、ただ弾圧するという方法を容保はきらった。

だから、長州系の過激志士の計画の中に、

「会津容保を殺せ」

という一項が入っていても、容保は、もし本当に成功するならば、水野の〝浪士蝦夷移住計画〟は大いに支持したい気持であった。

もちろん、こんな容保の気持は、過激志士にはわからない。かれらは単純に、

「会奸の頭目」

として容保をみていた。だから最近もまた、

「会津容保は、病死した」

という悪質な噂を流していた。そしてこの噂を本気にし、快哉《かいさい》を叫んで、行動にはずみをつける浪士たちもいた。

風にのって、かすかに鉦《かね》の音がきこえた。耳を立てる容保に、田中は、

「祇園祭《ぎおんまつり》が近うございます。たしか、明日は宵山《よいやま》でございます」

と告げた。容保はうなずき、

「近藤が、じっとしんぼうしてくれるといい」

と、もう一度くりかえした。が——容保のこのねがいも、水野の観測も、結果としては裏切られた。近藤のせいではない。大仏に集合していた浪士のほうが動き出してしまったのである。古高俊太郎が一向に釈放されないからであった。

四条西木屋町《しじようにしきやまち》上ル真町にあった古高の店（枡屋《ますや》という割木屋。現在の〝志る幸〟のとなりは志士大高又次郎《おおたかまたじろう》の店で、大高は武具屋をやっていた。大高の急報で、宮部、松田重助《まつだじゆうすけ》、吉田《よしだ》稔麿《としまろ》らがよび集められ、これに北添、望月も加わった。場所は四国屋である。池田屋とは走って二分とかからない位置にある。志士たちが心配したのは、古高の身よりも、古高が拷問によってどこまで吐くかであった。

「新撰組の拷問にあっては、いかな古高でもとてもがまんできまい」

というのが、一致した意見であった。では、どうする、ということになる。激論がつづいた。新撰組に話がいくと、志士たちの憎悪心は一斉に火をふき、こんどだけでなく、入洛以

来の新撰組の行動がすべて俎上《そじょう》にのぼった。

「節操なき野良犬の群だ」

「生きるためには、幕府の走狗《そうく》にすらなる」

「下賤《げせん》な醜の醜草め」

　ここにいないからいいようなものの、新撰組隊士がきいたら、すぐカッと頭へ血をのぼらせそうな悪罵《あくば》をつぎつぎと口にした。

　人間の考えをきめるのは、多く、理知でなく、激情だ。その激情は場と、その場の雰囲気によって生み出される。若者は特にそうだ。

　北添も望月も若かった。はじめのうちは頭の中の大部分を占めていた移住計画が、話をしているうちに、次第に減り出し、半分になり、四分の一になり、ついに忘れてしまった。いや、忘れたわけではないが、そういう先の話よりも、目前のことのほうが大事だと思う気持がつよくなった。

　また、こういう席では衒気《げんき》（てらい）が先に立つから、とにかく目立つことをいおう、と皆はげしいことばを競いあう。北添はこういった。

「この際、まず壬生村をおそい、新撰組の屯所に火をつけよう。そして奴らをみなごろしにし、古高君を奪い返そう。

　御所の議奏、伝奏を討ちとり、長州藩を守護職に任ぜさせよう。中川宮は幽閉、会津は殺し、一橋慶喜《ひとつばしよしのぶ》は京から放逐、そして攘夷の即時実行を帝から将軍に命ずる。これらの策が成った場合は、われわれ一同は割腹しよう」

烈風放火計画にさらに壬生村放火と殺人を加えた計画である。一同は賛成した。そして、今夜、旅宿池田屋に同志を集め、その場から壬生の新撰組を襲おうと決定した。新撰組のほうが、浪士たちに狙《ねら》われる結果になったのだ。

もちろん、新撰組のほうは、こんなことは知らない。

ある決意を胸にひめた近藤は、黒谷から戻るとすぐ、全隊士に出動を命じた。時期が祇園祭の宵山（当時は六月六日）を明日にひかえていたので、

「散策をよそおえ。祇園社石段下の会所で武装しろ。三々五々、出て行け」

と命じた。ところが近藤勇を愕然《がくぜん》とさせ、すぐ激怒させる事態が起った。

「この襲撃には参加したくない」

という隊士が続出したのだ。その先頭に立ったのは総長の山南敬助《やまなみけいすけ》であった。

「なに」

さすがの近藤も目をむいた。

「出陣しないというのか？」

思わず大きくなった声で山南にきいた。

「そうです、これは新撰組の初心・志に反します」

「一体、何をいっているんだ。この事態になって、新撰組の初心などと」

「新撰組の初心は攘夷《じょうい》です。同志を討つわけにはいきません」

「同志？　奴《やつ》らはおれたちを同志だなどと思ってはいない」

「それは、こっちの対応が悪いからです」

「おい、サンナン」

近藤は、隊士が愛称にしている山南の姓の音読みでいった。

「古高が吐いた計画では、奴らは六月二十日前後にこの京に火をつける気だ」

「おどしでしょう」

「おどしかどうか、そんなことがわかるか。もし、本当に火をつけたらどうするのだ？」

「とにかく、私は出陣しません」

「隊規に背くことになる！」

さっきからのやりとりをきいていた歳さんが、鋭い声をはさんだ。山南は歳さんのほうに向きなおった。

「どこが隊規に背いているのだ」

「ひとつ士道ニソムクマジキコト、ひとつ局ヲ脱スルヲユルサズ……」

「私のどこが士道に背き、局を脱しているのだ？　同じ志をもつ者を殺傷しようとするきみたちのほうが、よほど士道に背いている」

「ばかをいっちゃこまる、火つけや人殺しを捕えるのは、新撰組の役目だろう。そんな奴は本当の志士じゃない。向こうが同志だといってもおれのほうでことわる」

「土方君」

山南が声をはげましたとき、廊下を鳴らして、沖田、永倉、斎藤、井上、藤堂らの副長助勤群がとびこんできた。

「局長、隊士の半分が出動できません」

「なに」

近藤だけでなく、歳さんも目をむいた。

昼間、スイカ売りが屯所の前にきたのだそうだ。暑いので隊士たちは寄ってたかって買った。売り切ってしまうと、スイカ売りはどこへともなく姿を消した。そのスイカにあたって、食った奴はみんな腹をこわし、座敷の中をうんうんいいながらころげまわっているという。

「仮病だ……」

歳さんは冷たくいった。

「そんな」

沖田は抗議した。

「厠《かわや》だっていっぱいですよ。腹をおさえた隊士が、早く早くといいながら、順番を待っているんです。仮病なんてひどいですよ」

「中には本ものもいるだろう。だが、出動できないんじゃない、出動したくねえんだ。このサンナンさんみてえにな」

ジロリと歳さんは山南をみた。沖田たちはおどろいて、

「山南さん、本当ですか？」

と山南をみた。山南はうなずいた。

「本当だ、私は行かない」

「なぜです？」

「私たちも攘夷思想をもつ者だ。同志は斬れぬ」

「…………」

みんな呆気《あっけ》にとられて顔をみあわせた。これはえらいことになった、と思った。近藤がきいた。

「何人、出動できる？」

「三十人ちょっとです」

「ちょうど半分だ、うまく仕組みやがった」

歳さんは憎々しげにもう一度山南をみた。山南も歳さんをにらみかえした。

「近藤先生、どうします？　考えなおしますか？」

歳さんは近藤にきいた。近藤は首をふった。そして、

「おれは、やる」

と短く答えた。歳さんはニッコリ笑った。しかし、まわりの者をゾッとさせる凄い笑いだった。

このころ、三条小橋《さんじょうこばし》脇の旅宿池田屋には、新撰組を襲おうという志士たちが、すこしずつ集まりはじめていた。

鴨川に血風が吹きはじめた

この日（元治元年六月五日）の夕暮から、尊攘志士は、三条小橋際の小さな旅宿《はたご》池田屋に集まりはじめた。

「小川亭がいい」

「いや、丹虎《たんとら》のほうが安全だ」

と、いろいろ意見が出たが、宮部鼎三《みやべていぞう》が、池田屋にしよう、ときめた。

午後八時ごろ、桂小五郎《かつらこごろう》がきた。すでに集まっていた宮部、大高、野老山《ところやま》、吉田、佐伯、杉山、山田、内山、松田らの志士は、桂の参加を大いによろこんだ。そして、

「すぐ計画を実行しよう。大仏組とふた手に分れ、一手は御所の北に、一手は壬生村に走って火を放とう。大仏組はいま北添君が説得に行っている」

と桂にいった。桂は、いや、ちょっと待ってくれ、と手をふった。長州藩から参加している吉田、杉山、広岡、佐伯らは、たちまち気色《けしき》ばんだ。

「この期《ご》におよんで、ためらうのですか」

と、桂にむけることばが詰問調になった。桂は、そうムキになるな、ムキになると、こういう大事な計画はうまくいかないぞ、と吉田たちをたしなめた。

が、全体に頭に血がのぼっている若い志士たちは、桂のこういう態度が気にくわない。

「桂さんはいつもそれだ。一体、桂さんはムキになることがあるのですか」

といいかえした。さすがに桂はムッとしたが、長州藩京都藩邸の実質的責任者の身だから
グッとこらえ、

「理由《わけ》があるんだ」

といった。

「理由とは？」

と迫る同志に、

「いま、新撰組に諜者を放ってある。まもなく新撰組の動きがつかめるはずだ。その結果によっては、果してこの池田屋が安全なのかどうかわからない。きみたちも、すぐ移動できるように脱出の方法も万全を期しておいたほうがいい」

桂はそういった。しかし、今夜計画の決行をきめた志士たちは、

「相変らず、桂さんは苦労性だなあ」

と苦笑した。宮部が、

「いや、桂さんのいうことは理《ことわり》だ。慎重を期そう」

と真顔でいった。何といっても、この夜池田屋で死ななければ、維新政府の総理大臣になったろうといわれた宮部のいうことだ。重みがある。志士たちは宮部の言に従った。桂は微笑して宮部に黙礼し、席を立った。

「どこへ？」

ときく広岡に、

「すぐそこの対馬藩邸だ。大島君（友之丞《とものじょう》。対馬藩士で朝鮮貿易拡大論者。幕府の勝海舟にまで朝鮮貿易を説いた。勝はこのころ、坂本龍馬を使って、実際にこの貿易商社をつくろうとしていた）に会ってくる」

「………」

まさか、逃げるんじゃないでしょうな、というような疑いの眼差しが、チラと数人の志士から走った。桂は、優秀な志士ではあるけれど、頭が切れすぎて、暴発計画になると、どうも冷《さ》めた対応をする。それが、桂の行動をあいまいにし、同志からみれば、不透明になる。その意味では、一部の志士の間に、

「桂はどうも信じきれない」

と、よくない噂《うわさ》がある。いままでだまっていた吉田稔麿が、

「桂さんは、朝鮮貿易で反幕闘争の資金をつくるつもりなのですよ」

と説明した。吉田は、吉田松陰《よしだしょういん》の門下で、まだ二十四歳の若さだが、言動が落ちついていて、松陰は「無逸」といって愛し、〝松下村塾の三俊秀〟のひとりになっていた。あとのふたりは高杉晋作《たかすぎしんさく》と久坂玄瑞《くさかげんずい》だ。吉田も、この夜、池田屋で殺されなければ、維新政府の大臣になっていただろうという。

桂は去った。去りぎわに、

「もし、車一心《くるまいっしん》という男がきたら、すぐ連絡してくれ。いずれにしても一刻（二時間）ほど

したら戻ってくる」

といった。のこった志士は、何だか中途半端な気分になった。桂のいうように、もし新撰組がうごき出しているようだったら、まず、そのうごきを知るのが先決だ。それまでは落ちついて会議をするわけにもいかない。いつでも脱出できる態勢で、この池田屋に坐っていることになる。だからひじょうに坐り心地が悪い。

「酒でも飲むか？」

誰かがいった。

「冗談じゃない」

大高又次郎が怒ったようにいった。大高は古高俊太郎の店のとなりで、武具屋をやっていたから、ずっと頭の一角で古高のことを案じていた。

（おそらく、新撰組はかれを拷問にかけただろうから、どこまで白状したか……）

そのことが気になっていた。その心配はここにいる志士に共通するものだった。中には、

（全部吐く前に、古高が舌でも嚙《か》んで自殺してくれるといい）

と、非情なことを考えている者もいた。

こういう計画に参加していて、新撰組に捕まるなどというのは、やはり本人の不注意なのだ、という考えが皆にあった。そのためにほかの同志にめいわくがかかる、そういうことのないように、ひとりひとりが常時緊張して警戒し、今日まで捕まらずにきた、それを古高君は……という、捕まった者をとがめる気持は、誰にもあった。責めたくはなかったが、やは

り責める気持をぬぐい去ることはできなかった。大高は、店がとなりだけに、よけいその気持をつよくもっていた。大高自身は、十二分に注意してきたからである。

　壬生村で、車一心は目を血走らせて、ものかげに立っていた。新撰組が屯所にしている前川屋敷から、ポツンポツンと隊士が出て行く。それも二人、三人というように何気なく出て行く。顔見知りの隊士に、

「どちらへ」

　声をかける村人もいた。

「祇園見物だ」

　隊士たちはそう答える。が、車はその応答のしかたを、

（ワザとらしい）

と感じた。どうもくさいという気がする。隊士はその後も出つづけ、この分だと、かなりの隊士が祇園見物に出かけることになる。古高俊太郎を捕えておいて、そんなことがあるだろうか。これではまるで新撰組の〝祇園祭り休暇〟だ。

（こんな馬鹿な話はない）

　車は、古高を拷問して、新撰組は何かをつかんだのだ、と思った。それは確信にちかい予感だった。

（やつらは、どこかを襲う気だ）

ゾロゾロ出て行くのは、襲撃計画を知られないために、おもてむきをつくろっているのだ。

（そうか！）

車は突然気がついた。こいつらは、一旦どこかに集結する気なのだ。出かける隊士はすべて普段着で、隊服もひっかけていない。三々五々、出て行って、どこかに集まって武装する気なのだろう。

それはどこか？　そして、新撰組は一体どこを襲う気なのか？

車は、松原忠司《まつばらちゅうじ》が出てくるのをジリジリしながら待っていた。あの坊主頭《ぼうずあたま》の、不倫の恋野郎をとっつかまえて、ぎゅうぎゅうしぼりあげ、吐かせるのだ。吐かなければ、

「安西の女房とのことを全部書いた手紙を、副長の土方歳三に届けるぞ」

と脅すのだ。

が、どうしたのか、肝心の松原がいくら待っても出てこない。とっくに出て行ったのか。そんなことはあるまい、車は、まだ日の高いうちからこのへんをうろついていた。新撰組がうごき出したのは夕暮からだ。

「車君、きみは有能だなあ。ひとつたのむよ。きみの報告ひとつで、われわれ同志の多数が生命を救われるのだよ」

そうささやいた桂小五郎の声が、耳の底でひびいている。こころよいひびきだ。今日ここで新撰組のうごきをつかめば、実力者の桂は、きっとおれを重用してくれることだろう。そうすれば、ドブネズミのようななかまたちからも尊敬と羨望の眼でみられる。いや、すでに、

おれが桂から特別の任務を与えられたことは、ドブネズミなかまに知れ渡って、大変な評判になっている。

「車さん、一体どうやって桂さんに取入ったんだ」

と、きのうまでは、車くんだの、おい車、などとよびすてにしていたやつらが、さんづけで、おれにきく。はは、馬鹿《ばか》やろうどもが、と車は得意だ。

しかし、それにしても、今日、手柄を立てなければ、桂に愛想をつかされ、車は再びドブネズミの群に逆戻りだ。何としても松原をつかまえたい。

（出てこい、松原、出てこい、松原）

と、車は胸の中で呪文のようにとなえだした。そして、となえているうちに、突然、

（あっ、そうか）

と気がついた。車は、ものかげをはなれ、突然、走り出した。

車の予感はあたった。松原忠司は、壬生の天神横町《てんじんよこちょう》の安西の家にいた。

「ちょっと危ないしごとに出ます。これは、私の持金すべてです。おいていきます」

松原は安西の妻女にそういった。

「危ないおしごと？」

ピクッとして、妻女は眼をあげた。ふだんでもうれいを含んだふたつの眼の底に、みるみる心配の色をいっぱいにみたす妻女をみて、松原の胸はきゅっとうずいた。うなじにかかったほつれ毛が一、二本、でも、姿全体が清潔なだけに、逆に色気が溢《あふ》れ、松原は上にあがっ

て抱きたい欲望にかられた。怯《おび》えたような、過度の反応をみせた妻女に、松原は、

（いいすぎた）

と後悔しながら、あわてて、

「いや、危ないしごとといっても、別に気にすることじゃありません。鼻唄まじりで、軽い調子でやってきますよ」

と冗談めかしていった。妻女はしかし信じなかった。眼に涙をいっぱい浮べて、松原をみつめていた。もうそれは、夫の死体をとどけてくれ、その後も何くれとなくくらしのめんどうをみてくれる恩人に対する眼ではなく、恋する男に対する眼であった。

松原は当惑した。松原は根が正直だから、こういう状況を、うまいことをいってごまかす能力はない。

しかし、いつまでもグズグズしているわけにはいかなかった。集結の時刻は迫っている。松原は、ふりきるようにして安西の家を出た。松原は今日の襲撃で、自分からすすんで闘死するつもりであった。死ぬことだけが一切を解決する、と考えていた。外に出て歩きだすと、辻のかげから車一心が現れた。松原は釘づけになったように足をとめ、しかしすぐ走り出そうとした。そのからだのかまえをみて、

「松原さん……」

「土方に手紙を届けるぞ」

車は鋭い声を放った。松原は車のほうにむきなおった。

「勝手に届けろ」

「ふ」

車は笑った。

「ひらきなおったな。つよがりはよせ」

「つよがりではない。もう怖いものはないんだ。ウジ虫め、きさまの好きにしろ」

「もう怖いものはない？　どういうことだ」

「何でもいい、馬鹿め」

車に吐きかけるように、松原はバッとツバを道の上に吐いた。ウジ虫という罵声が、はげしく車の劣等感を刺激したが、かろうじてこらえた。まだ怒るときではない。車は、煮えたぎる胸の憤りをおさえていった。

「イキがるなよ、松原さん。そんなに突っぱらなくたって、あんたも安西の女房も、そしておれも、皆、しあわせになる道があるぜ。おれが桂さんにたのんで、あんたがあの女とくらせるようにしてやるよ」

「桂？」

「ああ、知ってるだろう、長州の桂小五郎さんさ。いまの京じゃ、かくれたる実力者さ。ちょっとした縁でね、おれはよく知っているのさ。口をきいてやるよ。その代り」

「………？」

「新撰組は、今夜、なにを企んでいるんだ？　どこを襲うんだ？　それを教えてくれよ」

「フ」

こんどは松原が嘲笑《わら》った。

「ウジ虫め、大方、そんなことだろうと思った。おい、ドブネズミ」

松原は一歩前に出てきた。おそろしい光を眼に湛えている。車はドキッとした。

「この前もいったはずだ。おれは、きさまのオドシなんかにのらない。なぜのらないか、きさまのようなドブネズミにはわかるまい。いいか、おれは新撰組なんだ、たとえどんなことがあろうと、おれは死ぬまで新撰組なんだ」

わかったか、といいながら松原はさらに前に出てきた。殺意が顔中にみなぎっていた。

(斬られる)

一瞬、車はそう思った。

が、ちかづけるだけちかづいた松原は、刀には手をかけずに、いきなり拳《こぶし》をかためると、思いきり車の頰《ほお》をなぐりとばした。

柔術師範の松原が思いきりなぐったのだ。馬鹿力がある。車は眼から火花を散らし、横に吹っとんで路上にころがった。その車を憎しみの眼でにらみすえ、松原はおしころした声でいった。

「きさまのようなウジ虫がこの京にいるから、新撰組が要るんだ」

いい捨てると、松原は足早に去った。死のうと思った以上、もう何が起ってもかまわないという肚だった。

「松原！　きさま」

立って頬をおさえながら、車は叫んだ。松原はふりかえらなかった。

「くそォ」

怒りが屈辱感とともに湧き上がってきた。

車は屈辱感を過剰にもっているから、そこをやられると殺意が湧く。屈辱感を与えた相手に執拗《しつよう》なうらみをもつ。いつまでも根にもつ。どうやって報復してやろうか、とそのことばかり考える。いまがそうだった。

が、かつて新撰組にいたことのある車は、ここで大さわぎをするわけにはいかない。顔見知りに会わないともかぎらないからだ。

車は天神横町に行った。そして、実にイヤらしい笑みを浮べながら、

「あんたの亭主を殺したのは、松原忠司だよ。あんな男のおためごかしにダマされ、いっしょに寝ているなんて、あんたは大変な罪をおかしているぞ」

と告げた。そのとき、またたきもせずに呆然《ぼうぜん》とした眼で車を凝視した妻女の姿を、その後、いつまでも車は忘れなかった。正直にいえば、そんな妻女の姿に、車は劣情を刺激され、おし倒してのしかかりたい欲情をおぼえた。因果な業《ごう》で、安西の妻女は、あらゆる男にそういう気持をおこさせる哀しさをもっていた。

それをかろうじておさえた車は、その足で壬生寺に行き、寺男に、

「これをそこの八木《やぎ》屋敷にいる土方さんに届けてくれ」

と手紙と駄賃《だちん》を渡した。そしてはじめて大きな呼吸をした。眼はまだ松原への憎しみに燃えていた。


「先生、出撃前ですが、いやな投げ文がきました」

支度をはじめた近藤勇のところへ、歳さんはそういいながら、読んだばかりの手紙を持って入ってきた。

「いやな投げ文？」

「ええ、これです。読んでみて下さい」

近藤は眼を走らせた。いま、近藤は機嫌が悪い。総長の山南敬助が襲撃参加を拒否したのと、これに同調する隊士が半数も出てきたからだ。しかも、ひるま食ったスイカにあたって、腹をこわしている奴もいる。肝心なときに使える戦力は半分しかないのだ。

「こういうのを、士道に背くというのだ」

大きな口をへの字に結び、近藤はずっとブツブツいっていた。そこへこの投げ文である。よけいけわしい顔になった。読み流して、

「どう思うね」

歳さんをみた。歳さんは、

「事実だと思います」

と応じた。近藤はマユをよせた。

「事実だと思いますって、歳さん、そうあっさり」

「ここのところ、松原の様子がずっとおかしかったんですよ。オドオドと、ひとの視線をさけやがって」

歳さんは今日までの思いあたることを頭に浮べながらいった。

「松原はどうした」

「集結場所に出かけました。いや、それとも……」

と、フッと宙に眼をあげた。あるいは安西の妻女のところにいるかもしれないという気がしたのだ。

「……馬鹿な奴だ」

近藤は吐きすてるようにいった。しかしすぐ、

「が、哀れでもある」

といいそえた。この点、歳さんとはちがった。歳さんはもっときびしい考えをもっていた。松原は仮にも四番隊長であり、副長助勤という幹部なのだから、その行動は平隊士《ひらたいし》の範となるものでなければならない。殺した男の妻と、しかも殺したことをかくしてねんごろになるなどという卑劣なことは、歳さんにはゆるせなかった。

本当のことをいえば、歳さんは、すぐにでも松原をよびもどし、隊の一室に監禁したかった。今夜の襲撃には参加させたくなかったのである。しかし近藤はどうもそこまで考えてはいないらしい。考えていないどころではなく、「が、哀れでもある」なんていっている。歳

さんは黙した。

「松原は新撰組の早い時期からの参加者だ。人柄もいい。いま、隊内がこんなになっているとき、失うのは惜しい。少し様子をみよう」

近藤はそういった。歳さんは、

「わかりました、そうしましょう」

と、うなずいた。近藤は歳さんをみた。

「不満かね」

「いや」

首をふり、歳さんは微笑してこういった。

「やはり、先生のほうが私よりやさしいですよ」

「そうかな……もっとも、優《やさ》しいという字は人が憂える、と書く。おれも松原のことを憂えているよ」

「松原がきいたら涙を流してよろこびますよ」

「歳さんも、少しはやさしくしてやれよ」

「私はダメです。カゲヒナタのある人間はきらいです。それに、あの男とは性が合いません」

「性が合う、合わないで隊士を区別するのは副長らしくないじゃないか」

「そこが先生ほど心がひろくないんですよ。きらいな人間はきらいです」

ムキになる歳さんに、近藤は苦笑した。そして、

「やめよう。いまはそんな話をしているときじゃない。そろそろ出かけようか」

「はい」

「お藤さんにはいいのかね？」

「先生」

歳さんは真赤になった。

「先生も人が悪いな」

近藤は笑った。

「大仏の方も見張っているのだろうな」

「朝から交替で見張らせています。何だか気味が悪いくらいじっとしているようですがね」

土方はそう応じた。近藤は大小の刀をさし、袴《はかま》のヒモの間に両手の拇指《おやゆび》を入れて、ギュッと音を立てた。いつも外へ出るときのクセだった。一種の武者ぶるいだ。出て行くふたりを、総長の山南敬助が静かな表情で見送っていた。

「野郎」

あと戻りしそうな気配を歳さんがみせた。

「歳さん」

たしなめる近藤に、歳さんは、

「人にはやさしく、でしたな」

と笑った。笑ったがイマイマしそうだった。

「大仏さん」

と、京の人間が略称するのは方広寺《ほうこうじ》のことである。豊臣秀吉が建てた寺で、例の、「国家安康・君臣豊楽」の鐘銘が、徳川家康をバラバラに切りきざみ、豊臣家がこの世を楽しむつもりだ、といういいがかりをつけられ、大坂冬・夏の陣の導火線になった。

いま、この寺に反幕派の浪士が大勢いた。

反幕派の志士が使う寺社は、どういうわけか豊臣系のものが多い。西本願寺がそうだ。西本願寺も、もともとは秀吉の庇護《ひご》下にあって、ひとつの寺だった。が、何でも割《さ》いて統合することの好きな家康は、これもふたつに割いた。東本願寺というのをつくった。だから、長州人やこれに同調する浪士は西本願寺に集まる。別に豊臣家に恩顧を感じているわけでもないのだろうが、反徳川ということで、徳川系の寺社には集まらない。

だから新撰組の探索方は、まず、それを志士狩りのときのひとつの基準にする。徳川系の寺社は、まず探索の対象から消去できるからだ。

歳さんは、今朝から大仏さんの浪士たちは静かだ、といったが、ふたりが屯所を出たころ、つまり午後七時から八時の間には、その大仏さんで大きな騒ぎがはじまっていた。騒ぎというのは、池田屋から説得にやってきた北添佶磨と、北添と同じ土佐人で、しかも同じ神戸の軍艦操練所員である望月亀弥太とが、大激論をはじめてしまったのだ。

望月は二十七歳、北添は三十歳だ。共に、武市半平太《たけちはんぺいた》の土佐勤皇党《きんのうとう》に加盟したが、のちに次第に坂本龍馬のいうことに傾倒して、いまでは坂本といっしょに勝海舟を師と仰いでいたが、ここのところ、ふたりとももっと過激な方向に走っていた。が、望月のほうは大仏組と行動をともにしていることでもわかるように、ちょっと複雑だった。

望月はどなった。

「北添君、馬鹿をいうなよ。われわれは、蝦夷《えぞ》へ渡るために坂本さんを待っているんだ。それがどうして、きみたちの放火の手伝いなんかできるんだ」

「事情が変ったんだよ。古高さんが捕まった以上、もう蝦夷へ行こうなんてのんきなことはいっていられないんだ。皆、池田屋にきてくれ。計画に加わってくれ」

「おかしいぞ、きみは。坂本さんは、京にいる浪士がもしもそんなことをしたら、新撰組の思うツボで、一網打尽になる、それを避けるために皆蝦夷へ行けといったはずだぞ。これからの日本に役立つ青年が、京を焼くような暴発計画に加わってはいけない、とあれほど口をすっぱくしていい、きみだって賛成していたじゃないか」

「わからないやつだな。それは昨日までの話だ。今朝からガラリと事情が変ったんだ。望月、皆を連れてきてくれ」

「行かない、おれはここで坂本さんを待つ。坂本さんの苦労を水の泡にしたくない」

「坂本さんにはすまないと思う。しかし、目前のさしせまった状況をみすごすわけにはいかない、きてくれ」

「行かない」

「望月、きさま！」

「やるのかっ」

ついにふたりとも刀に手をかけた。まあ、待て、ふたりともやめろ、落ちついて話せ、などの声がまわりをかこむ浪士たちからとんだ。しかし、がんばっている望月亀弥太にも、実をいえば心配があった。

それは、坂本を待つとはいっても、その坂本がいつ帰ってくるかわからないからである。坂本が帰らないうちに、もし今夜、池田屋の志士たちが暴発してしまえば、あとの志士狩りはきわめてきびしくなる。当然、この大仏組にも新撰組や幕吏の手はのびてくる。

「われわれは関係ありません」

という言訳は通用しない。全員捕えられるだろう。そうさせないためには、結局、池田屋側の暴発を中止してもらわなければならない。少なくとも、坂本が帰ってくるまでは待ってもらう必要がある。望月亀弥太は、

（この大仏にいる志士たちの安全は、おれに全責任がある）

と思いこんでいた。しかも、その安全を守る方法が、坂本といっしょになって幕府が貸してくれる船で、志士たちを北に送る以外ないとすれば、どうしても今夜暴発してもらっては困るのだ。が、それをいつまでも北添といい争っていてもキリがない。結着はつかない。ついに望月はいった。

「おれが池田屋に行こう」

「行ってどうするんだ」

「同志によく説明する。これはぜひともききわけてもらわなければ困るんだ」

「そんなことをすれば逆効果になる。池田屋に集まった同志たちはきき入れっこない」

「きいてくれなくても、おれは話したい」

「おい、望月」

北添は、このとき、望月の異常ぶりに気がついた。

「きさま……」

さぐるように、じっと望月の眼の底をのぞきこんだ。望月は眼をそらした。北添は感じとった。

(こいつ、ひとりでわれわれの行動に加わる気だ)

その証拠に、望月は、同志の重立ったのを脇によぶと何かささやいた。ささやかれた方はすぐ反応を示した。きこえなかったが、口のうごきで、

「馬鹿な」

といったのがわかった。そして、袖をひいて、よせ、というしぐさをした。望月はそれをふりきって北添のそばにきた。そして、

「行こう」

といった。北添はさすがに、

「むりをするな。おれがもう一度向こうと話してくる」

といった。向こうというのは、池田屋に集まっている連中のことである。望月は首をふった。そして、

「北添、人間には運というものがある……」

といった。話が伝わって、浪士たちがバラバラと追ってきて、

「望月さん！」

と呼んだ。望月はふりかえって、

「心配するな、必ず話をつけてくる」

と微笑んだ。

門のところで坂本の妻のお龍に会った。お龍はさしいれの酒をかかえていた。

「おや、望月はん、どこへ行かはるのや」

ときいた。望月はことばをにごした。お龍は疑いの眼をチラと走らせたが、

「危ないことをしやはったらあきまへんえ。早うお帰りやす」

といった。ええ、とうなずいて十メートルばかり歩き、ふりかえると、お龍はまだこっちをみていた。それが、お龍のみた望月と北添の最後の姿だった。

近藤勇が隊士に指示した集合場所は、八坂神社石段下の会所である。隊士たちはどんどん会所の奥に入り、そこで武装した。隊士たちは、もう何も考えなかった。近藤の様子で、

（これは、はげしい斬りあいになる）

と覚悟した。近藤が出した守護職への援兵要請は、まだそのまま何の応答もなかった。床几《しょうぎ》に腰をおろした近藤の表情は、次第にきびしく、けわしくなってくる。そして――車一心は、尾行《つけ》に尾行《つけ》て、ようやく新撰組の集結場所をつきとめた。が、これだけではどうにもならなかった。

新撰組が、これからどこへどううごくかが問題であった。会所ちかくのものかげにひそむ車一心の顔も、極度にけわしく、焦りの色が濃くなってきた。

鴨川に、血風が吹きはじめた。

その前夜、龍馬暗躍す

頭の芯を針で突かれたような痛みが走った。このごろ、よく経験するからだの変調だ。これが起ると、ゾクッとする悪寒がからだ中を走る。いまがそうだ。

（夏なのに……）

沖田総司《おきたそうじ》は、そういう自分の肉体に腹を立てる。夕暮になると、きまって微熱が出るからだ。微熱に腹を立てているのではない。微熱の底にひそむ病いが憎い。が、沖田は自分がすでにその病いにおかされたとは思いたくない。沖田は多摩の日野で育っていたころから、その病いのことを知っていた。

村の農家の三男で、栄次という若者がいた。男のくせに色が白く、やさしい気質だった。しかし、どういうわけか働かず、いつもぶらぶらしていた。しかし、もの知りなので、少年の総司はよくあそびに行き、その家の縁側で栄次からいろいろな話をきいた。そのうちに、栄次はその家の納屋に住むようになった。母屋から出されてしまったのである。そのころの栄次は、顔の色は白いというより青くなり、からだも骨が目立つように痩せほそっていた。

それでも相変らず総司は話をききに、納屋に遊びに行ったが、ある日、突然、姉のみつときんのふたりにきびしく叱られた。ふたりとも鋭い見幕《けんまく》で、

「あの人のそばに寄るんじゃない！」

といった。なぜだ、ときく総司に、

「あの病気が伝染《うつ》ったら、おまえも死んじゃうよ」

とふたりの姉はいった。あの人の病気はろうがいという死病だということを、そのときはじめてきいた。「かかったら決してなおらない。効く薬もないんだ。はじめは弱い熱が出る、それもきまって夕暮に。やがて熱は慢性になり、胸が呼吸《いき》苦しく、痛くなる。骨が腐るんだ。血を吐くようになり、毎日少しずつ死んでいくんだよ。それにあの病気は他人《ひと》に伝染る。だから栄次さんも納屋に移されたんだ、かわいそうだけれどしかたがない、母屋の家族は、おそらく栄次さんが一日も早く死んでくれればいい、とねがっているよ。だから、おまえも、もう二度と遊びに行くんじゃないよ」とくどいほどいわれた。

家族が家族の死をねがっているなどというおそろしいことがあるものか、と少年沖田総司は反撥した。しかし、多摩川畔の葦《あし》が枯れて、その間を吹きぬける埃《ほこり》を巻き立てる風が、里一帯をつらぬくある冬の日に、栄次は死んだ。まだ二十五歳だったという。

死ぬまぎわまで、栄次は一匹の黒い野良猫《のらねこ》をかわいがっていた。人間はもう誰もよりつかなかったから、その猫だけが栄次の唯一の友人だった。死んだとき、栄次は猫を抱いてカッと両眼をあけていた。幽鬼《ゆうき》のような顔で、からだの色は、青さから黒さに変っていた。抱かれた猫は苦しがり、啼《な》きながら栄次の腕にツメを立て、ようやく逃れ出ると、そのままどこかに行ってしまった。新しいエサのくれ手を探しに。

沖田は、あのときの栄次の死顔をはっきりおぼえている。通りかかって、納屋での栄次の死をさわぐその家の人たちの後から、そっとのぞいたのだ。

（ああいう死にかたはしたくない）

そのとき、骨のズイまでそう思った。恐怖といってよかった。そのときの恐怖はいまも鮮明にのこっている。

ところが、ここへきて、毎日夕暮になるときまって熱が出る。クラクラするほどの高熱ではない。からだ全体がダルくなり、考えがあいまいになる。要するに、意識と行動がにぶくなり、

（何だっていいや）

という、投げやりな気分が湧いてくる。いまがまったくそうだった。志士古高俊太郎《こだかしゅんたろう》が白状したところによれば、京都の志士野郎どもは、大風の日に京に放火し、会津さまたち佐《さ》幕《ばく》派要人を殺すという。風は今日にも吹くかも知れない。

新撰組局長近藤勇は、この自白を重大視し、すぐ守護職会津さまに報告した。そして、幕兵の出陣を要請した。が、どうしたのか幕府側の対応はにぶい。近藤は、隊士に目立たないように出陣を命じ、祇園さん（八坂神社）の石段下にある町の会所に集合を命じた。

「五つ（午後八時）には守護職、所司代、町奉行所などの兵、役人が一斉に出陣する。その配置を待って、新撰組は行動を開始する」

土方歳三といっしょに会所にやってきた近藤は、こもごも武装していた隊士たちにそういった。隊士たちは歓声をあげた。

「でけえ声を出すな」

外を気にして歳さんが渋い顔をした。

そのまま一時間すぎた。そしてまもなく午後十時になる。二時間をただ馬鹿《ばか》づらをして待ったことになる。正直な近藤はとっくに仁王《におう》のような表情になっている。隊長だから、自分が憤りの色をみせてはならない、と一所懸命にその憤りをおさえつけているさまが手にとるようにわかる。その努力ぶりをみていると、隊士のほうが肩がはってくる。

歳さんはその点洒々《しゃしゃ》とした顔をしていた。幕府の違約にもあまり腹を立てている風はない。もともとあまり期待していないのかもしれない。

沖田総司は夕暮からからだに浸みこんでいる微熱のおかげで、多少、緊張感を捨てていた。自然体で淡々といこう、と思っていた。

(もし、おれの病いがろうがいだとしたら?)

という恐怖はある。しかし、そう思う一方、微熱がおこると、どうでもいいや、という気が湧いてくるのもたしかだ。

(人間、どうせ一度は死ぬんだ)

そうだ、そういえば、と沖田自身が改めて気がつくほど死への恐怖は消えていた。栄次のようにみじめな死にかたでなく、今夜の志士野郎との斬りあいで死ねるのなら、いっそそのほうが格好がいい、近藤先生は早く出動の命令を下さないかな、と思っていた。

事前の打ちあわせで、新撰組は三手に分れることになっていた。歳さんを隊長とする一隊は鴨川右岸を三条へ向かう、沖田を隊長とする一隊は大仏（方広寺）を襲う、そして本隊としての近藤は数人の隊士を手もとにおいて、土方・沖田両隊の形勢不利なほうにかけつける、ということとりきめであった。だから、本隊は鴨川左岸を、機動性をもたせながら北上する、ということになっていた。

それにしても、今夜出動できた隊士は三十数人しかいない。半数は腹痛と仮病で屯所《とんしょ》にころがっている。

「歳に十四人、総司に十四人、のこりはおれとこい」

近藤は人数をそうふりわけた。のこりはおれとこいといっても、三十人を割いてしまえば何人ものこらない。

「大丈夫ですか」

沖田は心配してきいたが、近藤は心配するなと微笑を送った。

「それより、総司、ばかに赤い顔をしているな」

と、チラと眼を光らせた。

「暑いんですよ、今夜は特に」

沖田はごまかした。

「そうかな……」

一抹の疑惑をのこして近藤は歳さんをみた。歳さんはさっきから沖田を凝視していた。近藤が自分のほうをみたのにも気づかない。歳さんの眼の底には、あきらかに沖田を案ずる色

があった。が、それらのことはいずれにしてもずっと前のことだった。夜が深くなったいまは、会所内の空気は、

「幕兵はいつ応援配置を終るのか」

その知らせをもたらす伝令が、いつとびこんでくるのか、その一点に凝縮していた。だから近藤は仁王のような憤怒の表情をいよいよつよめるばかりだし、逆に歳さんは白ばくれた顔になるばかりだ。

午後十時、東山の寺で鐘が鳴っている。近藤がいった。

「総司、何刻《なんどき》だ」

「四つ（午後十時）です」

沖田は答えた。近藤は仁王の表情のまま、床几《しょうぎ》から立った。

「出陣」

新撰組は会所からおどり出た。

この日から三日前の六月二日に京を出た坂本龍馬は、大坂から海路江戸に向かった。かれの乗った船が、江戸に入港するのは六月十七日である。江戸では勝海舟に浪士の蝦夷《えぞ》移住計画への協力を改めて要請し、幕府への船の貸与と資金調達を頼んだ。

京都ですでに老中水野《みずの》和泉守《いずみのかみ》（忠精《ただきよ》）の内諾をとりつけていたから、交渉はとんとん拍子にまとまり、幕府は黒竜丸という船を貸してくれ、四千両の金を集めてくれた。

「これで、京の浪士たちも北に移せる。新撰組を出しぬける」

と、龍馬はニンマリ笑った。が、このときはすでにその京の浪士群が潰滅していたことを、龍馬はまだ知らない。襲撃のあった六月五日の夜は、まだ海上で龍馬はしきりに、

（お龍のやつ、おれがたのんだとおり、うまくやってくれただろうか）

と、気をもんでいた。

「万一、大仏が新撰組に襲われたら、浪士たちを逃がしてくれ。まちがっても、新撰組と斬りあいをさせるんじゃないぞ」

京を出るとき、そういいおいた。

お龍は、京市内の柳馬場で医者をしていた楢崎将作《ならざきしょうさく》の娘である。妹がふたり、弟がふたりいた。父は勤皇医者で、頼山陽《らいさんよう》や梁川星巌《やながわせいがん》・紅蘭《こうらん》夫妻などと親交があったが、この間死んだ。父に貞淑に仕えた母は、おとなしい気質でしかも人が好い。一家の生活を支える責任はそっくりお龍にかかってきた。

しばらくは家財道具の売りぐいをしていたが、それも尽きて、お龍は女中奉公に出た。そのスキに、悪党がふたりの妹を大坂と島原の女郎屋に売った。これを知ったお龍は短刀をふところにしのばせてその悪党と男まさりの争論をし、妹をとり戻したのは有名な話である。とにかく勝気だ。しかし、瓜実顔《うりざねがお》の色の白い、文字どおり京美人だった。

いまでもそうだが、京美人には欠くことのできない条件がある。それは、削ぎ落したように肩がないことである。早くいえば三角形のような体形が必要なのだ。この体形が着物がい

ちばんよく似合う。お龍は、そういうからだつきをしていた。

龍馬はきっかけがあって、このお龍と知りあい、実はすでに金蔵寺の住職が間に入って内々の結婚をしていた。しかし、龍馬がほとんど家にいないのと、家族を養わなければならないので、彼女はいまでも扇谷《おうぎや》という旅宿《はたご》の女中を兼ねながら預けられていた。京にいる浪士たちの世話は、そのかたわら、母と交替でしていた。大仏に蝟集《いしゅう》している浪士たちを一時蝦夷に移そう、という龍馬の計画をもっともよく理解し、その手助けをしていた土佐の北添佶磨《きたぞえきつま》と望月亀弥太《もちづきかめやた》のふたりが、行きがかり上、池田屋に行ってしまうと、お龍は大きな不安を感じた。

殊に、大仏の門のところですれちがった望月の、あの訴えるような深い眼をみたとき、お龍は、

(望月はんは、もう戻ってきやはらない)

と直感した。望月の眼はあきらかに別れを告げていた。

「京に火を放って、会津や中川宮を斬る？　馬鹿やろう、やめろ、そんなくだらないマネは」

北添から志士たちの計画をきいた龍馬は大声でどなった。そして、

「おい、おれたちは広い広い海を相手に生きようと誓ったはずだぞ。どうして、眼の前の、しかも小さな枝のようなことにこだわるんだ。新撰組なんかほうっておけ、あんなものは浜につくられた砂の山だ。時勢の潮が満ちてくれれば、すぐ波に崩される。やめとけ、やめと

け」

　といったが、北添はきかなかった。

「そんな馬鹿馬鹿しいことに、これからの日本を背負う若い生命を散らされてたまるか」

　と、龍馬が大仏に集めた浪士を、とにかく蝦夷に退避させて、しばらく開拓作業に従事させようと走りまわりはじめたのは、志士群の京都放火計画を知ったからである。知った以上、龍馬の気質としてはほうっておくわけにはいかなかった。

　お龍はむずかしいりくつは不得意だ。でも勘はいい。龍馬の考えていることはわかる。いま、やらなければならないのは、とにかく大仏にいる浪士たちを全員どこかへ逃がすことだった。しかし血の気の多い若者が多いから、

「逃げるのはいいやだ、新撰組と戦う」

　といい出しかねない。

（どう説明しようか）

　お龍は思案した。

　走った。車一心《くるまいっしん》は走った。

（三手に分れやがった）

　新撰組は車の意表をついた。午後十時、会所入口の幕をハネとばして、突如、おどり出てきた新撰組は、一か所に向かったのではなかった。土方歳三の一隊は四条大橋の方角へ走っ

た。沖田総司の一隊は五条の方角へ下った。そして、二、三人の隊士をつれた近藤は、悠然と北上をはじめた。

（これは、どういうことだ！）

たちまち車は惑乱した。血走った眼で三隊の行方をたしかめようとしたが、これは土台無理である。

（こうなったら、ありのままを桂さんに報告するよりしかたがない）

そう心を決して車も走りはじめた。行先は池田屋である。桂小五郎には、新撰組の動静がわかり次第、池田屋にこい、といわれていた。

八坂神社から西に向かい、花見小路《はなみこうじ》を右に曲る。北へ向かって走り出した。本当は大橋を渡って木屋町通りを走れば、池田屋は高瀬川畔にあるからそのほうが早いのだが、あいにく祇園会《ぎおんえ》が明後日（七日）からはじまる。宵山《よいやま》も明日で、時期としては中途半端なのだが、すでに他国から入った見物客が、祭前であろうと何だろうと、寸刻を惜しんで町を歩いている、鴨川のほとりは人が多くて走れない、というのが車の判断だった。

（とにかく新撰組より先に池田屋に着かなければならない）

それが、いま車の頭を占める唯一の思いであった。

四条大橋を西へ渡ると、歳さんは、

「右へ行く」

といった。右は先斗町《ぽんとちょう》である。酒亭と旅宿《はたご》が密集している。

「木屋町通りじゃないんですか？」

脇にいた探索方の島田魁《しまだかい》が、汗まみれの巨体の胸をあえがせながらきく。歳さんは微笑した。

「四つをすぎた。町の木戸は全部しまった。それに木屋町はその名のとおり、材木屋と炭屋ばかりだ。志士野郎の集まるのは、やはり旅宿か飲み屋だろう。この通りを三条まで追い立ててみよう」

歳さんのいうとおりだった。京の町は江戸よりも徹底して町の入口に木戸をつくっている。木戸の脇には番小屋もある。夜の十時（四つ）になると一斉に閉めてしまう。急用や病人があれば別だが、尋常では通さない。

四つ辻は四つの町に面しているから、各町の木戸が閉められてしまえば、全く交通を遮断された形で浮きあがる。道路をうろうろしていればすぐとがめられる。町々はだから檻《おり》になってしまう。町人たちはこの檻の中で夜をすごすのだ。夜があければ、再び木戸はひらく。

これは、長い歴史をもつ、京の自衛力のない町人が強盗や乱暴者を町の中に入れない自衛方法なのである。

町には年寄と組役《くみやく》がえらばれている。町奉行所に直接結びつく自治役人だ。だから、町奉行所のしごとの下請けも多く、所司代や町奉行の〝触れ〟を伝えたり、怪しい浪人、キリシタン、犯罪者の告発や、店子《たなこ》への訪問者で長期逗留《とうりゅう》している人間の身もと調査などのことをする。こういう仕組みは、京の町々にクモの巣のように張られている。

従って、本当なら京の町には尊攘浪士《そんじょうろうし》が長く滞在できる場所はないはずなのだ。それが千人ちかい浪士たちが、あちこちにひそんでいるというのは、やはり禁をおかしてかくまう町人がいるからだ。

（なぜなのだ）

歳さんにはわからない。いのちがけで志士野郎をかくまう京の町人の心意気とは一体何なのだろう。表面は柔らかい応対をするが、芯はシタタカなこの町の人間は、その反面で、ひじょうにケチで計算高いことを、歳さんは知っている。

そういう京の人間が、損得をはなれて大量の志士をかくまうということはどういうことなのか、歳さんにはまだつかめなかった。

しかし、いずれにしても祇園下会所でじりじり待ちつづけた二時間はムダではなかった。午後十時を期して、京の全町は木戸をしめてしまったからだ。その木戸は、祇園会をむかえるために、昨日、町の人間が総出でピカピカに洗い磨いたばかりである。六月四日に町木戸を洗うのは、京の人間の長い共同行事であった。

一方、京にきた文人墨客（たとえば滝沢馬琴や大田蜀山人ら）たちが、口をそろえてほめた〝京の夕納涼《ゆうすずみ》〟は、実は六月七日に解禁され、十八日に終る。鴨川に張り出した茶店の床で茶屋女が接待するのも、河原に蝟集《いしゅう》した見世物や売り店がにぎわうのも、すべてこの期間だ。悪疫をはらうという祇園会の祭りの期間に一致している。

その意味では、六月五日というこの日は中途半端な日であった。山鉾《やまぼこ》も、町々でまだじっと待機していた。

燃料店街である木屋町通りは、このころ商人街だから、まあ、お上《かみ》の方針に忠実な町だとみていい。古高俊太郎はそういう町の性格を逆用してもぐりこんでいたといえる。

歳さんは、自分のひきいる人数からいっても多くのことはできないと判断した。実をいえば志士野郎はどこにいるのか、正確にまだつかんでいない。が、数十人の人間が目立たずに集まれる場所は、にぎやかなところにもぐりこむのが一番だ。静かな町では集まっただけですぐ目立つ。だから歳さんは木屋町を放棄し、先斗町にしぼったのである。

先斗町という妙な名の由来はよくわからない。現在、この町の入口に立つ史標には、〝突き出た場所〟つまり〝岬〟をポルトガル語でポントというとか、英語のポイントがその語源のようだ、とか書いてある。

いずれにしても、京のいわゆる〝路地《ろうじ》〟の長いやつだと思えばいい。四条から三条へ抜ける〝抜け路地〟の長い通りなのだ。

「ふたりずつ屋根にあがれ」

歳さんはそう命じた。身の軽い隊士がすぐ屋根によじのぼる。京の民家は高さがそろっていて、平坦だから屋根伝いにも歩ける。

「虫籠窓《むしこまど》から、ご用改めだ、とどなれ。ひそんでいる奴《やつ》がいれば必ずとび出す、おれたちが捕える」

猿のように屋根の上でかまえた隊士たちに、歳さんはそう指示を出した。

このころ、京には四十万人前後の人が住んでいた。が、この中には公家、武家、寺社関係の人が入るから、純粋な町人は三十五万人前後になる。いずれにしても大人口だ。大人口を住まわせるには、京はせまい。

そこで、為政者は土地の配分は間口をせまく、奥行きを深くした。そのため、〝ウナギの寝床〟といわれる形の家が密集した。

ふつうの家は、三畳・四畳半・三畳くらいの間取りしかとれない。これにわずかな庭とカマドがつく。井戸は共同が多い。虫籠窓というのは二階の前面につくられた採光と通風のためのもので、タテに格子をはめこんだ窓のことである。はめこんだ格子が、ちょうど虫をいれる籠《かご》のようにみえるので、そうよばれていた。〝べんがら（紅がら）格子〟とともに京の名物的住居の一部だ。

歳さんはすでに、こういう京の住居のつくりをよく知っていた。町人が浪士をかくまうのは、虫籠窓に面した天井のひくい二階の部屋であった。この窓からのぞけば、外からはみられずに、逆に外の様子がよくわかる。

しかし、屋根からいきなり、

「ご用改めだ」

とおどかされれば、虚をつかれたことになって、ひそんでいる者はあわてふためくにちがいない。歳さんらしい作戦であった。

若い隊士たちは、こもごも屋根から虫籠窓を槍で突いて、

「ご用改めだ！」

と、どなりはじめた。

ああ、一度はこういう思いをしたかった、という爽快感《そうかいかん》が隊士たちの胸をよぎった。それは、何となく身を屈して生きてきた新撰組が、公然と公権力を行使できるという、胸のひろがりを感じたからであった。いきおい、

「ご用改めだ」

と叫ぶ声に力が入った。

歳さんは残りの十人をひきいて、先斗町の通りを歩いて行く。民家からとびだしてくる浪士がいればすぐ捕えるつもりだ。屋根を伝い歩く隊士は狩のときの勢子《せこ》だ。

が、獲物はほとんどなかった。一、二軒の家から浪人とやくざがとび出してきたが、生活苦から法をおかして逃げまわっている者で、放火計画にかかわりをもつほどの知力も根性もない男たちだった。

「町奉行所へひき渡しましょうか？」

と島田がきいたが、歳さんは首をふった。

「そんなひまはねえ」

浪人とやくざは、ほうほうのていで逃げ去った。通りを次第に三条にちかづきながら、

（こいつは、やはりどこかに集まっていやがる。勤皇浪士がそれだけ集まれるというのは、縄手《なわて》の小川亭か、三条小橋際の池田屋か、あるいはその裏の丹虎か）

と歳さんはさすがに興奮してきた。

（それにしても……）

歳さんは屋根を伝い歩く四人の隊士と、自分についてくる隊士たちをみた。

（実によく働く、生き生きしてやがる）

そう思った。同時に、屯所《とんしょ》を出るときは、山南敬助ほかの抵抗と怠業に腹を立てたが、考えてみれば、このほうがよかったと思った。それは、今夜出撃した連中はりくつは一切いわない。ただ、忠実に近藤や歳さんの指示命令に従う。

（新撰組はそれでいいんだ）

歳さんは、この夜はじめて、出動した隊士たちに深い愛情を感じた。隊士たちが弟のように可愛いと思った。

豊臣秀吉が死んだあと、その遺児秀頼に莫大な貯蓄金を使わせようと徳川家康がつくらせた大仏は、何度つくっても地震にあった。はじめから災厄つづきの大仏で、いまはもうない。首が落ちたり倒れたりした大仏像は、幕府が江戸へ移して溶かし、銭《ぜに》に鋳《い》なおしてしまった。二十年間鋳つづけたというから、相当に巨《おお》きかったのだ。

大仏だけでなく鐘も文句をつけられた。彫ってあった「国家安康」という銘が、家康をバラバラに切りきざむものだといわれて、大坂冬・夏の陣が起り、豊臣家はほろびてしまった。

ところが「大仏さん」とよばれるこの寺（方広寺）に、大仏はないのに、鐘はのこっていた。

あれほど問題にしたのに、幕府は忘れてしまった。いまもちゃんと残っている。

沖田総司のひきいる一隊は、大仏さんに乱入した。

「ご用改めだ！」

口々に叫びながら庫裡《くり》や本堂に向かった。が、モヌケのカラであった。たしかにいたはずの浪士たちはそっくり逃げ去っていた。かれらが生活していたことを示す食器や寝具が、そのまま放置されていた。隊士たちはくやしがって壁や天井を槍で突いた。お龍の談話が残っている。

「あとで大仏へ行ってみると、天井や壁やを槍でもってむちゃくちゃに突き荒してありました。乱暴ですね、だれも浪人はいないのに――」

浪士はすでにお龍が逃がしていた。

沖田はすぐ命令を出した。

「ここをひきあげて、縄手に向かう」

土方隊や本隊は志士群を捕捉して、すでに斬りこんだかもしれない。何とかまにあいたい。沖田はいまは微熱を忘れていた。隊士たちがきびきびと実によくうごくからだ。沖田はしかもその隊士たちが、指揮者としてのかれに絶大な信頼をよせているのを知った。沖田の下す指示に、自分たちのからだを最大限に駆使するのだ。

（かんたんには死ねないぞ）

沖田は隊士たちに大きな責任を感じた。

「急ごう」

再び一団は走りだした。鐘楼《しょうろう》の脇を走りぬけるとき、

「これがいわくつきの鐘だ」

と坊主頭の隊士がいった。松原忠司だった。一団は大和大路に出、五条通りを突っきって、さらに四条通りを横切り、そのまま、縄手通りに突入した。失った時間をとり戻そうと、必死だった。途中で近藤の本隊に追いついた。近藤は数人の隊士を指揮して、歳さんと同じように、一軒一軒、シラミつぶしにご用改めをおこなっていた。

「私の隊が替ります」

真赤に燃える顔で沖田がそういうと、

「そうか、では、たのむ」

とうなずいた近藤は、

「しかし、総司はおれとこい。そうだ、永倉、藤堂、それに周平はおれとこい」

と改めて本隊員を指名した。そして、沖田隊の中に坊主頭の松原忠司を発見すると、

「松原、おまえが別手の指揮をとれ」

といった。松原は、え、とおどろいた。いや、ほかの者もおどろいた。特に、いま歳さんの命令で松原の隊も預かっている武田観柳斎《たけだかんりゅうさい》が不満の色を示し、

「局長」

といった。近藤は、

「何だ？」

と武田に向きなおった。武田は、そうなると眼を伏せ、

「いえ、特段……」

と、ことばをにごした。

「非常の時である。特段のことがなければ口をきくな」

近藤は鋭い眼で武田をにらみすえた。普段、おべっかで近藤や歳さんにとりいっている武田は、近藤ににらまれて一度に悄気《しょげ》た。

「おれは近藤先生のお気にいりだぞ」

と屯所の内外で高言していたのが、みごとに踏みつぶされたからである。

「松原、いそげ」

「はい！」

松原の眼にパッと輝くものが走った。松原は、

（今夜こそ死のう）

と改めて決意した。しかしその決意は、さっきまでの厭世的《えんせいてき》な、投げやりなものではなかった。松原は、

（この近藤先生のために死のう）

と思った。松原の指揮で、ずんずんご用改めがすすみはじめると、近藤は、

「周平、会津本陣に走れ。新撰組はすでに出動、大仏は無人、よって、縄手、先斗の両通り

を三条に向かってご用改め中、早々に出陣ねがいたい、と守護職さまに伝えろ」

といった。びんびん腹にひびく気合のような声である。はい、と大きくうなずいて周平は走り出した。まだ十五歳の少年である。近藤は最近この周平を養子にした。その事情がよくわからないので、隊士の中には、

「ご老中板倉さまのかくし子だそうだ」

とワケシリ顔で説明する者もいる。そんなことをいえば、いま本隊に残された藤堂平助《とうどうへいすけ》も、藤堂和泉守という大名のご落胤《らくいん》だとうわさされていて、本人も否定はしない。

走り去る周平少年の後姿をみながら、沖田は多摩の市作《いちさく》少年のことを思い出した。こどもなのに、やくざ旗本をふたりも叩きのめせるほどの腕前をもっていた。

(あの少年も、京に呼んでやりたいな)

そんなことをフッと思った。

鴨川の両岸を勢子のように攻める二隊は、次第に三条通りにちかづいていた。しかし、志士たちは発見できない。一体どこにいるのだ。新撰組はあせり出した。そして、松原隊がもうすこしで通りに出る時、松原忠司はふっと川岸に出た。かれの視線が鴨川に釘づけになった。川の中に車一心がいた。早い流れの中を必死にこっちへ渡ろうとしていた。

五人の襲撃者

三条大橋は、天正《てんしょう》十八年（一五九〇）に、豊臣秀吉が小田原攻めをするときに架けた。戦役に参加する軍馬・物資の輸送路として急造したのだが、架橋奉行は増田長盛《ましたながもり》だった。四百年以上経つのに、現在《いま》も、三条大橋のネギ坊主《ぼうず》状の擬宝珠《ぎぼし》には、この橋をなぜ架けたかという理由が、増田長盛の名できざまれている。もちろん、

「小田原を攻めるためだ」

などとは書いていない。

「通行人を助けるためにつくった。橋脚には石柱六十三本を使ってある。地下に六尋《ひろ》（約十一メートル）入っている。日本で最初の石柱だ……」

という意味のことが彫ってある。増田はこういう工事に才能のある人物だったから、自分では、小田原へ行くために、ただ一回だけ使う軍用橋を架けたつもりはなかったろう。多くの人々の往来に活用してほしいと希《ねが》う土木建築家の良心があったのにちがいない。

東海道の終点になるこの橋の界隈は、江戸の日本橋のようなもので、大変なにぎわいだ。橋の東西だけでなく、橋下の河原まで沢山の店が出ていた。

鴨川の上流地点の水位は、南方の東寺《とうじ》の五重塔の高さだといわれるが、それだけに川の流れは速い。また、当時はいまよりもっと深い。水の中に入ればたちまち流されてしまう。

ところが——いま、橋際の東岸から川をにらみつけている松原忠司の眼には、川の中の車一心は、そんな気配はなく、いとも軽やかに水の中を渡っているようにみえた。足もそれほど水中に浸っていないし、だから足はこびも早い。

「………？」

まるで魔人のような車の川の渡りぶりに松原は眉をよせた。やがて、そうか、と気がついた。

大橋が架けられる前、川の中には車馬用の石の道が設けられていた。これはいまでも活用されていて、橋を渡る人の多さから、車馬はなるべくこの石の道を渡るように、町役人が規制していた。車はその石の道を渡っているのであった。

(あの野郎、どこまで抜けめがないんだ)

松原は苦笑した。

この石の道へ降りるために、現在も三条大橋の西側のちょっと南に河原へつながるゆるい坂がある。恋人たちは、自分たちのために行政がつくってくれた親切なサービスだと思っているかもしれないが、行政はそこまで人は好くない。この坂は前に書いた古くからある車馬用の道である。

石の道の上で、突然、車は岸の松原に気がついた。恐怖の色が面上を走った。松原はうすく笑った。そしていった。

「上がってこいよ」

途端、車は反転してもときた岸のほうへ戻りかけた。が、すぐ思いかえした。もときた岸には土方歳三の隊がいる。土方隊から逃げて川の中にとびこんだのだ。土方は松原よりももっとおそろしい。

よし、と自分を勇気づけて、車は松原のほうへ上がってきた。松原は手を貸してひきあげ、そのままつかんだ腕をはなさずにうしろにねじあげた。柔術師範の松原が渾身《こんしん》の力をこめてねじあげたから、車は思わずうっとうめいた。うめいたあと、

「おれにこんなことをすると、後悔するぞ」

とにくにくしげにいった。

「後悔なんかしねえよ」

松原はそういって、いよいよつよくねじあげる。

「いえよ」

「何をだ」

「志士野郎はどこに集まっている」

「ふ」

車は冷笑した。

「新撰組はみんな同じことをききやがる。志士の集結場所もたしかめずに出動したのか」

冷笑は、それで相手の神経を苛立たせ、怒らせてその隙《すき》に乗じようというこいつのいつもの術《て》だ。松原にはもう効かない。

った。


「いえ、志士はどこにいる」

松原は本気になっている。顔が真赤だ。表情は鬼のようになった。その気迫は車にも伝わった。

「この野郎、本気だな」

洩《も》らす声が苦痛のために悲鳴にちかくなってきた。

「おれはいつでも本気だ。きさまのように、世の中を茶化して生きたことは一度もない」

「安西の女房とのことが近藤や土方に知られていいのか」

「いいとも。もうそんなことを怖れてはいない。第一、きさまに近藤先生や土方さんを呼び捨てにする資格があるのか、この二股膏薬《ふたまたこうやく》め」

腕をねじあげたまま、松原は怒りにまかせて、もう一方の手で思いきり車の顔をなぐりつけた。拳《こぶし》は車の鼻から口のあたりにあたり、両方から血が流れた。

こうなると、車のような男は一遍に自分を支えていた心の張りを失う。からだから力が一切ぬけ、それは足の先から地の中に吸いこまれた。車は地に坐りこんだ。周囲はもういっぱいの人だかりだ。松原も焦った。

「いえ！」

つづけざまになぐった。車の顔は血まみれになる。ついに、

「……屋だ」

といった。

「なに、きこえないぞ。大きな声でいえ」

またなぐる。

「池田屋だ」

泣くように車は答えた。

「池田屋……」

松原は興奮した。眼を光らせた松原に、からだの奥を慄《ふる》わせた車は、

「見のがしてくれ、たのむ」

と哀願した。生命を助かりたい一心以外何ものもない。松原は連行しようと思っていたが、
この大事なときに、

「この松原は実は安西の女房と」

と、ほかの若い隊士の前でわめかれたりしてはたまらない。よし、放そうと心をきめた。

こんなゴミ浪人はいつでも始末できると思ったからだ。が、手を放しかけて突然気がついた。

「きさま、土方さんに何と告げた」

「え」

とぼけて松原の顔をみかえす車を、おそろしいいきおいでなぐりつけると、

「大方、向こう岸で土方さんの隊につかまって、いいかげんなことをいって逃げてきたのだろう。土方さんには何といってきたのだ！」

この坊主頭は馬鹿ではない、と車は思った。そのとおりだった。先斗町《ぽんとちょう》の通りで土方隊に

つかまった車は、いきなり抜刀した土方の形相《ぎょうそう》におそれをなし、志士の集合場所を白状したのだった。しかし、それは池田屋ではなかった。

「どこだと告げたのだ！」

首に両手をかけて咽喉《のど》を絞め、吐く息がまともに顔にかかるちかくまで迫った松原に、車は、

「……丹虎だ」

と白状した。

「丹虎？　では土方さんたちはいま丹虎に向かっているのだな」

「ああ」

「それで丹虎には、志士はいるのか」

「………」

「どうなんだ！」

また首に手がかかったのをみて、車はついに叫んだ。

「いない、誰もいない！」

「この野郎！」

もう制止することのできないほどの怒りを爆発させて、松原は、とうっと気合をかけて、いきなり一本背負いで車のからだを宙に投げあげた。車は弧をえがいて、こんどこそ鴨川の流れの深いところに水音を立てて落ちこんだ。

松原の報告をきいて、近藤勇は、

「そうか、池田屋か」

と、大きくうなずいた。しかし、告白者が近藤もよく知っている車一心なので、近藤はなおも慎重に出た。近藤の養子の周平は会津本陣から走り戻ったが、まだ会津勢が出動した気配はない。近藤はこう命じた。

「総司、永倉、藤堂、それに周平の四人はおれとこい。他は、そのままご用改めをつづけろ」

「局長、私もぜひ」

松原は迫った。が、近藤は笑った。

「ここの指揮をとってくれ。きみのほかに指揮者がいない」

そういうと、

「つづけ、池田屋に行く」

と走り出した。その後姿を見送りながら、

「すっかり気にいられちゃったじゃないか。一体、局長にどんな賄賂《まいない》をしたんだ」

と、武田観柳斎が嫌味たっぷりに松原にささやいた。おどろいて武田をみかえした松原は、

(ここにも車一心とまったく同じ人間がいる)

と感じた。武田の腐った根性が、臭いまで放っているような気がした。

近藤勇が祇園下会所から出撃したとき、同じころに守護職松平容保《まつだいらかたもり》も、田中土佐、横山《よこやま》主税《ちから》、手代木直右衛門《てしろぎなおえもん》らの重臣たちに出陣の指示を下していた。重臣たちは危惧した。

「しかし、それではご老中水野様のご意向にそむくことに相成りますぞ」

「わかっておる。しかし、水野様が土佐の坂本龍馬なる者に命じた、在洛浪士の蝦夷《えぞ》移住計画も、もし、他の浪士が新撰組報告のようにこの王都に放火するようなことがあれば、たちまち水泡に帰す。烈風は今夜にも吹くかもしれぬ。守護職の手の者だけでなく、所司代、町奉行らすべての兵を出せ」

「殿のご指示、よくわかりますが、それではこれよりただちに二条城に使い《つかわ》を派し、ご老中のご許可を得て出陣という手はずにいたしましては」

「間にあわぬ」

「は」

「それでは間にあわぬのだ。近藤たち誠忠の者どもは、浪士らに逆に討たれるやもしれぬ。さきほど、近藤の養子とか申す少年が、再度、出陣の督促にまいったそうではないか」

「お耳に達しましたか。そのとおりでございます」

「ああ」

と、突然、容保はひくい嘆声を発した。

長い石段上の、それも東山の中腹に溶けこむように建てられたこの寺（金戒光明寺《こんかいこうみょうじ》）は、深い樹々の重なりの中にあって、静寂そのものである。鳥も眠りについたのだろう。そういう中で容保の吐息はことさらに大きくひびいた。重臣たちは、緊張して容保を凝視した。容保はうめくようにいった。

「余としたことが、なぜ、ためらったか。もし、近藤たちが討死するようなことがあったら、かれらに顔むけできぬ」

「そのようなことはございませぬ。入洛後、生活《たつき》の道にも窮したかれら壬生浪人《みぶろうにん》を、当会津藩は殿の温かき思召《おぼしめ》しにより、我が藩士同様に庇護《ひご》してまいりました。おそらくかれらも殿のご高恩には感謝しこそすれ、うらむなどとは、全く考えますまい」

「余のいうのはそういうことではない。近藤以下は誠忠の士である。この容保も幼時から何よりも誠忠を重んじてきた。それが、やむを得ぬとは申せ、ご老中の政治《まつりごと》によって歪《ゆが》めたのが無念なのだ。早い時刻の出陣をためらった余自身が憎い……」

重臣たちはかえすことばがない。

容保は純粋である。潔癖だ。人間の不正や邪心をことごとくきらう。そのため、入洛以来、王城、王都の守護の責任を四六時中考え、いまはついにからだをそこない、神経まで痛めている。肉体の衰弱ぶりははげしく、そのため、反幕浪士たちから、

「守護職は死んだらしい」

などという意図的な噂《うわさ》を流されることもある。いまは辛うじて、気力で自分の肉体を支えているのだった。

重役たちは、そういう主君をみるにつけ、痛々しさが先で、正直にいえば、もう守護職な

んか返上して会津に帰りたい。それにこの仕事をやっていると、金がかかってしかたがない。それでなくても窮乏している藩財政は、いよいよ苦しい。しかも、世間の業績評価は必ずしも好意的なものばかりではない。

孝明帝はひどく感謝しているが、肚に一物ある藩は凝《じ》っと横目で会津藩をうかがっている。

(それを、いままた自ら新しい問題を起しに出陣するのか。不逞浪士《ふていろうし》の始末など、新撰組にまかせておけばよいではないか)

と重役たちは思っている。いや、中にはもっと非情に、

(志士も浪士、新撰組も浪士、互いに殺しあって双方とも潰れてしまえば手間がはぶける)

と思っている重役もいた。芹沢鴨《せりざわかも》の乱暴がまだ忘れられない。

(浪士とはああいうものだ)

という印象が去らない。新撰組もいずれああなる、名門会津藩のきずにならなければよいが、ということを、重役以外の藩士にも考えるものが沢山いた。

が――いまは容保の呻《うめ》きにも似た述懐に、重役たちは気をのまれ、胸を衝かれた。

「かしこまりました。ただちに出陣の指示を出します」

とそろって平伏した。

幕府軍の調練場は、この岡崎の丘から鴨川に寄った一帯の地域で、河東《かわひがし》調練場とよばれていた。出陣のための集合場所として、ここが指定された。が、所司代、町奉行所、さらに京都警衛を命じられている各藩の将兵は、突然のことでもあって容易に集まってこなかった。

祇園祭が目前なので、多くのものが酒をのんで、そろそろ寝るか、という状態にあった。緊急出陣など思いもよらなかったのである。

「出陣？　冗談ではない。もう今日の分の精力は使い果した。明日にしてくれ」

「久しぶりに家族の顔を見ながら一杯やって、陶然《とうぜん》としているところだ。この気分を失いたくない。一体、何が起ったのだ」

「浪士が烈風を待って都を焼く？　噂に過ぎん。いかな浪士でもそんな非道なことをするものか。大げさだ」

「新撰組ごとき浪士の輩のためになぜわれわれ歴とした藩が出陣しなければならぬのだ。大方、やつらは功名をあせっているにちがいない。そんな手伝いはできぬ」

使いをうけた所司代、町奉行所の役人や佐幕《さばく》派藩士は、口々にこういった。それでも、

「出陣は厳命だ」

と迫られて渋々支度にかかった。だから全員が河東調練場に集結するまでには、ひどく時間がかかってしまったのである。

このころ、池田屋にはほとんどの志士がそろっていた。

肥後　宮部鼎蔵、松田重助
長州　吉田稔麿、杉山松助、広岡浪秀、佐伯鞆彦、佐藤一郎、佐伯稜威雄、内山太郎右衛門、山田虎之助

土佐　野老山五吉郎、石川潤次郎、北添佶磨、望月亀弥太、藤崎八郎
播磨　大高忠兵衛、同又次郎
京都　西川耕蔵、森主計
和泉　大中主膳、沢井帯刀
美作　瀬尾幸十郎

事件後、近藤勇が故郷に出した手紙によれば、討留《うちとめ》七人、捕縛《ほばく》二十三人とあるから、逃げ切った者も入れると三十余人の志士が集まっていたことになる。

池田屋は、間口三間半、奥行十五間で、総建坪が約八十坪（二六四平方メートル）、客室にあてられているのが畳の数にして六十畳だったという。表のほうの二階は八畳二室、裏二階は五室、全体に天井が低く、思うようにうごきまわれるような広さではない。東北にあたるところに舟入りがあった。廊下も三尺程度の幅しかない。階段も三尺五寸あるかないかという狭さだった。

午後十時ごろ、集結した志士たちは、大仏（方広寺）にいる数十人の浪士たちを、何とか計画の中に引きいれようと、大仏からきた望月亀弥太をかこんで強硬に迫っていた。

「そんなことはできません」

と、もちろん望月も頑強にがんばる。

「なぜ、できないのだ」

「坂本さんにきびしくいわれているのです。江戸から戻ってくるまでは、ぜったいに軽挙し

てはならないと」

「なに、きみはわれわれの計画を軽挙だというのか」

「坂本さんは、大仏にいる同志をこれからの日本のために役立てたいのです。私は坂本さんのいいつけを守ります」

「われわれが生命を賭けて、大義を実行しようというときに、きみたちは暢気《のんき》に逃亡しようというのか。やはり幕府の軍艦操練所にいる人間は考えがちがうよ」

「逃亡とは何ですか」

ききとがめて望月は色をなした。

「そうだ、いまのことばはいいすぎだ」

北添佶磨《きたぞえよしまろ》は抗議した。北添も操練所に籍をおいている。周囲はこの北添の発言にたちまち、

「おかしいじゃないか。きみは一体どっちの味方をしているんだ」

と嚙《か》みつく。北添は望月に対《むか》った。

「望月、きみの気持はよくわかる。しかし、ことがここまで運んだ以上、もうどうにもならん。坂本さんがいつ戻ってくるかわからないのだから、一応蝦夷《えぞ》行きはあきらめてくれ。本心をいえば、それはきみ以上におれの夢だった。そのためにおれは蝦夷の現地へ行って踏査までしたんだ。望月、たのむ、大仏にいる連中に壬生の新撰組を襲わせてくれ。おれも行く」

「…………」

悲痛、といったほうがいいような表情で、望月は北添をみつめかえした。それはまわりをかこんでいる志士たちを無視して、同じ操練所のなかま北添だけに語りかける眼つきだった。その眼はあきらかに、

（そんなことはできない）

と告げていた。望月はつぶやくようにいった。

「壬生には、おれが行くよ。おれが新撰組屯所に火をかける……」

さすがに志士たちは気をのまれて望月をみた。はじめて望月の決意が容易ならないものであることを知った。その空気を裂くように、

「ところで、桂さんはどうしたんだ」

突然、誰かがいった。

「さっき、そこの対馬藩邸に行くといって出て行ったが」

「車一心とかいう男も一向に現れないではないか」

「こうなったら、新撰組のうごきなどどうでもいい。座して待つより、こっちから先に襲うではないか」

実をいえば、席には酒が出ていた。桂と、桂がいった諜者の車一心がいつまでたっても現れないから、座は間がもたず、

「すこしならいいだろう」

と、ついに酒をのみはじめた。二時間ちかく待っているのだから、首領格の宮部にも、も

うとめきれなかった。

そのころ、桂小五郎は、ことばどおり対馬藩邸内で藩留守居役の大島友之丞《おおしまとものじょう》と朝鮮交易の話をしていて、話の面白さに夢中になり、時間のたつのを忘れていた。

大島はこのころ、三十八、九歳で、小さな対馬藩の人間にしては、気宇壮大な男であり、対露戦略のためには、早く朝鮮と手を結ばなければだめだ、ということを力説していた。

そして、かれは日本を二分する尊皇佐幕《そんのうさばく》などという一般論にはこだわらず、この考えを幕閣に吹きこんだ。老中の板倉勝静《いたくらかつきよ》は、この案を、

「妙案だ」

といって採用し、勝海舟に対朝鮮貿易商社の設立をひそかに命じていた。勝はこの準備を坂本龍馬に命じた。

征韓論というと、西郷隆盛といわれるが、もっと早くから朝鮮経営を考えていたのは、本当は桂小五郎だ。桂は大島の発想からその示唆《しさ》をうけていた。

ちょうど対馬藩の御用商人で、但馬出石《たじまいずし》の広戸甚助《ひろとじんすけ》という男が来合わせ、これがまた血の甚だ熱くたぎる性質《たち》なので、たちまち二人の話に加わった。

ひさしぶりに、気鬱《きうつ》を払いとばすように話に興じた桂は、ようやく時間がかなりたったことに気がついた。

「惜しいが、約束をしたので池田屋に戻る」

といった。大島は、

「朝鮮貿易によって、あなたの藩もひとつの活路がひらけるはずだ。くれぐれも自重して過激の志士には同調せんで下さい」

といった。桂はうなずく。

「もちろんですよ。池田屋へ行くのは、かれらの暴発をとめるためです」

刀を持って立ち上がったとき、対馬藩士が廊下の板を鳴らしてとびこんできた。

「お留守居役、大変です。新撰組がそこの旅宿《はたご》池田屋に斬りこみました！」

なに、と声をあげておどろいたのは、大島よりも桂小五郎のほうだった。

北添佶磨は厠《かわや》に立った。用を足して廊下を階下への階段のあるところまで歩いてくると、下で主人の惣兵衛《そうべえ》が来客と何か押し問答をしている。

「どうしたんだ？」

北添は、階段の途中まで降りて、つかえそうな天井に頭を斜めにしながら、のぞいてきいた。惣兵衛はふりむきざま、

「新撰組の、お客さま改めでございます！」

と早口で告げた。新撰組ということばに、北添が思わず、

「なに」

と叫んで胸を衝かれたとき、土間にいた数人の新撰組員の中から、指揮者格の男が、いきなり惣兵衛をつきとばして土足のまま走り迫ってきた。その男をはじめ土間にいる連中も完

全に武装している。

（しまった）

北添は頭から冷水を浴びせられた気分になった。会議が望月の説得に時間をくいすぎたのだ。

「新撰組だ！」

北添は志士の集まっている部屋に向かって叫んだ。いや、叫んだつもりだった。しかし声がまだ咽喉のあたりでまごついている間に、かれは袈裟《けさ》がけに背後から斬られ、右手の拳《こぶし》を宙に突きあげて音を立てて階段の下にころがり落ちた。北添は即死だった。

近藤勇は自分が殺した志士が誰であるか知らない。今夜の襲撃は志士の斬殺が目的ではない。すべて生かしたまま捕縛し、幕府の司直の手に渡せばいい。

が、この男は同志に急を告げようとした。声を出す前に殺したのはやむをえない、近藤は初端《しょっぱな》からの殺人をそう自分に説明しながら、音を立てないように階段をのぼって行った。

沖田がついてきた。ふりむいて近藤はいった。

「総司、あとは三人に裏表の出入口をかためさせろ。配置が済んだら、おまえはもう一度上がってこい」

沖田はうなずいた。近藤はチラと沖田に心配そうな眼をむけたが、沖田は、うすい笑いで軽く首をふった。そして静かに階段を降りて行った。後姿を見送りながら、

（総司の奴《やつ》、落ちついているな）

と安堵《あんど》した。廊下を歩いて、南に面した部屋の障子をあけた近藤は、内部をみて、思わず、ウッと声をあげそうになった。いる、いる、二間をぶちぬいて志士たちがからだとからだをくっつけるようにして集まっていた。近藤は眼を走らせて目算した。

（三十人はいる）

と思った。そう思うと、胸の鼓動がはやまった。

（こっちは、たった五人だ）

どうする、と忙しく自問する。土足のまま障子をあけて座敷に入ってきた近藤をみて、志士たちは一瞬信じられない表情をしたが、たちまち騒然とした。

「新撰組だ！」

と、すぐ近藤の正体に気づいた志士もいた。それぞれ刀をつかんで膝《ひざ》を立てた。北添を斬って、付着した血が畳の上に垂れ落ちる大刀を、やや下段にかまえながら、近藤は、

（こっちが五人だということをさとられてはならぬ）

と思った。沖田が静かに入ってきた。内部をみてはっとしたようだったが、さりげなく、

「表と裏の一切を全隊士で固めました。ネズミ一匹逃げられないでしょう」

といった。

（うまい芝居だ）

近藤は満足し安心した。全隊士とはうまいことをいいやがると感心した。さも大勢いるようにきこえる。まあ、志士側にしてもまさか五人で襲ってきたとは思うまい。最後まで気づ

かせてはならぬ。

（そのためにはどうするか）

志士たちをこの部屋に封じこめることだ。かれらが池田屋の内外をみて、実際にはいまこの池田屋にきている新撰組は、たった五人にすぎないということをさとらせないことだ。が、保《も》つだろうか。永倉、藤堂、そして周平の三人はどういう配置についたのか。最少限、表口、裏口と、そして舟入りが守らなければならない位置になる。

（ああ、丹虎に行った土方隊か、鴨川の東岸をシラミつぶしに当っている松原隊のどっちでもいい、早くかけつけてきてくれ）

近藤は祈るような気持になった。もちろん、沖田総司の気持も同じだ。

「おかしい」

しばらくして宮部鼎蔵がいった。何がですか？　というように志士の何人かが宮部をみた。宮部は近藤勇に鋭い視線をおいたまま、こういった。

「宿の内外が静かすぎる」

はっ、と気がついたように志士たちは顔をみあわせた。そういえばそうだ。いきなり踏みこんできた新撰組に気をのまれたが、よく考えてみればここにいるのはふたりだ。

若い新撰組は、全隊士は配置につきましたといったが、ふつう、全隊士といえば、数十人をさすだろう。

が——宿の内部でも外でも、ほとんどもの音がしない。数十人もいれば、いかに何でも多少の話しごえや、武具のふれあう音もするはずだ。それがどういうわけかまったく何もきこえない。第一、ここへもその後誰もこない。

近藤と沖田の剣に牽制《けんせい》されて、三十余人が一挙にひとつ座敷に押しこめられた形になっていた志士たちは、宮部のことばに触発されて、一様にその異常さに気がついた。宮部は頭領らしく、的確に、しかも沈着に指示した。

「吉田君、表をみてくれたまえ。杉山君は裏口を、松田君は舟入りをたしかめて下さい。十人ほど、そのふたりを牽制して、三君がたしかめるのを援護して下さい」

ちく生、と沖田総司は胸の中で舌うちした。考えやがった、十人も一度にかかってこられたら、これはちょっと厄介だ。

斬りあいは気のものだ。闘志は状況に左右される。近藤と沖田は、宮部が名をいった吉田、杉山、松田が移動するのを牽制しようとしたが、その前に十人ほどの志士たちが一斉に前に出て、弧をえがき、刀の林で妨げた。

「新撰賊、なのりたまえ」

後方から宮部がいった。

「新撰組局長近藤勇」

近藤はなのった。

「一番隊長沖田総司」

沖田もなのる。宮部はうすい笑いを浮べた。

「きみが近藤か」

と吐きすてるようにいった。その冷笑的態度にむっとした沖田が一歩前へ出た。志士たちはさがる。しかし、隙《すき》をねらって三方に走って下をのぞいた三人の志士は、こもごも大声で報告した。

「宮部先生、表の通りにいるのはひとりです」

「裏口もひとりしかいません」

「舟入りもそうです」

宮部は会心の笑いになった。

「外はわずかに三人、ここにふたり、そうか、たった五人でおそってきたのか。文字どおりとんで火に入る夏の虫だな」

宮部は突然声をはげました。

「諸君、おそれるな。新撰賊はたった五人だぞ」

うおう、という声が期せずしてあがり、志士群はどっと近藤と沖田に斬りかかってきた。

祇園会の日、歳さんは川を掘った

襲ってきた新撰組が、わずか五人だとわかると、志士側は安堵《あんど》し、にわかに士気があがった。とりわけ、頭領の宮部鼎蔵《みやべていぞう》の指示は的確で冴えたものになった。

「諸君、相手は五人である。まず、落ちつきたまえ、落ちつきたまえ」

と、二度くりかえして、志士たちに精神の鎮静をよびかけた。

「気持がしずまったら、冷静に脱出の途《みち》を考えよう。こんな醜《しこ》の醜草《しこぐさ》と斬りあうのは、そのこと自体くだらない。当面の相手はふたりだ。ほかに宿の表にひとり、裏にふたり、それぞれ数人ずつ斬りかかってかれらのうごきを牽制し、そのすきにほかの同志諸君は脱出したまえ」

志士の中から、

「宮部先生こそ、早く脱出して下さい」

と叫ぶ者がいた。宮部は首をふった。

「諸君のすべてが脱出し終るまで、私が指揮をとります」

そういって、

「灯を消したまえ」

と命じた。池田屋の二階は闇になった。が、実際にはとなりや前後の家々に軒灯があって、

また、家々も灯をともしているので、かなりのうすあかりが残った。それでも宮部は、

「諸君、同志の合言葉は、〝正気《せいき》の歌〟だ」

といった。近藤勇と沖田総司を数人で牽制《けんせい》して、志士たちは一斉に逃げはじめた。あちこちで、

「天」

「地」

「正」

「大」

とよびあう声がはじまった。近藤勇は苦笑した。

「総司、藤田東湖《ふじたとうこ》先生の〝正気の歌〟を知っているか」

志士にきこえよがしにきいた。

「知ってますよ、天地正大《てんちせいだい》の気、粋然として神州にあつまる、そんなのは常識でしょう」

「ところが、ここの志士諸先生は、新撰組にはそういう素養がないと思っていらっしゃる。総司、こっちも正気の歌でいこうじゃねえか。この詩は、頼山陽先生の『日本外史』とともに、おれの大好きなものだ」

そういうと、近藤は、志士のようにこまぎれでなく、

「天地正大の気、粋然として神州にあつまる」

と、抑揚こそつけなかったが、詩文を正確に唱えはじめた。志士側の合言葉の邪魔をする

より、詩の朗誦をそのまま気合に代えたのだった。

「秀いでては富士の嶽となり、巍巍《ぎぎ》として千秋にそびゆ、とうっ」

と斬りこむ。志士側はあっけにとられて、退いた。

(馬鹿にしやがって)

近藤は腹を立てているから剣尖《けんせん》のひらめきは鋭い。志士で傷を負って畳の上をころがりまわるものが出た。

「発しては、万朶《ばんだ》の桜となり、衆芳ともに儔《たぐ》いがたし」

近藤のうちならす声の太鼓にこたえるように、沖田も朗誦しつつ、側面から斬りこむ。一時は絶望したが、近藤の朗詠で一遍に闘志がよみがえった。それにしても、咽喉《のど》まで何かこみあげてきている。ぷわっと吐きだしたいが、沖田はそれが何だかを知っている。いま、座敷に血の花を撒《ま》けば、志士たちはいきおいを増し、近藤は窮地におちいる。沖田はこらえた。沖田にとって、生涯でもっともつらい局面であった。

「神州誰か君臨す、万古天皇を仰ぐ」

近藤がそう続けて巧みに剣尖を数人に均等に向けた時、

「醜草め、きさまに天皇の名を口にする資格はない」

次第に部屋隅に追い立てられた志士の中から、そんな声がとんできた。近藤はグイとそっちをにらむ。

「忠誠皇室を尊び、孝敬天神に事《つか》う」

返事のかわりに詩をつづけた。

「逆賊どもが！　新撰賊、皇室の名を口にするな、けがれる！」

志士は眼をつりあげてわめく。

「だまれっ」

近藤はどなった。鬼のような形相に変っている。

「おれたち新撰組のどこが逆賊か。強風の夜に、おそれ多くも王都に火を放ち、無辜《むこ》の民を塗炭《とたん》の苦しみに追いながら、鳳輦《ほうれん》を私《わたくし》しようとしたのは誰かっ。志士ととなえるきさまらこそ逆賊である！　この近藤は皇室に対する崇敬の念において、誰にもひけはとらぬ。きさまらにふるうこの剣は、天誅《てんちゅう》の剣である！」

本気で怒っていた。もう正気の歌などとなえなかった。うすい闇の中でのとうっ、うむっ、りゃあ、という気合だけを、その後の沖田総司はきいた。

それにしても、宮部の脱出作戦はかなり成功した。坂本龍馬の〝志士の蝦夷移住計画〟の推進者のひとりだった望月亀弥太は、二階から表通りにとびおりた。三条通りに出ると、会津兵が走ってくる。先頭の数人と戦い、寺町に出た。そこから加賀藩邸の方向へ出て長州藩邸の前にきた。が、長州藩邸の門は固くしまっている。藩邸はすでに、新撰組の池田屋斬りこみを知っていた。しかし、留守居役の乃美織江《のみおりえ》は、

「すぐ志士の救援に行こう」

と刀をつかんだ血気の藩士たちを、

「ならぬ」

と抑え、

「すぐ門をとじよ。当藩の藩士以外は門内に入れてはならぬ」

と厳命した。非情だ、とたちまち抗議の声がとんだが、乃美は、

「こんな軽挙暴発で、長州藩をつぶすわけにはいかぬ。よく考えろ」

と、どなりかえした。従って土佐人である望月は門内に入れてもらえず、

「……無念だ」

と、複雑なことばをのこして門前で自刃《じじん》した。脳裡を、志士を満載して太平洋の海を北に向かう大船の姿が走りぬけた。二十七歳だった。

長州大嶺神社の神主だった広岡浪秀《ひろおかなみひで》も、脱出した。しかし池田屋で近藤に斬られ、下で永倉に斬られて、傷だらけだった。長州藩邸のすぐそばまできたが、体力も気力もつきた。閉まった門を見ながら、路上を爪で掻いて絶命した。二十四歳。

吉田松陰の松下村塾で、久坂玄瑞《くさかげんずい》、高杉晋作とともに〃三秀〃とよばれた吉田稔麿《よしだとしまろ》も脱出した。かれはちょうど江戸に行く途中で、京に寄ったために、事件に遭遇した。乃美が、

「池田屋には行かないほうがいい」

と忠告したが、

「同志の顔を見たい」

といって、強いて池田屋に行き、難に遭った。

乃美は、池田屋が危険だということを、どうも事前に知っていたようだ。そして、かれは志士たちの暴発計画には反対だった。浪士たちにひきずりまわされるのでなく、藩として整然と行動すべきだ、というのが乃美の考えだった。その点、桂小五郎と同じだったが、桂のほうは志士のほうにもいい顔をしているので、乃美は多少不満だった。

吉田稔麿は、手傷を負いながらも、とにかく二階から裏口にとびおり、付近にいた桑名兵を二人斬り倒し、長州藩邸のそばまできた。しかし門が閉まっているので、叩くこともせず、路上で自殺した。という説と、いや、吉田は一旦藩邸に戻ったが、

「同志をみすてるわけにはいかない」

といって、手槍を持ってすぐとびだして行き、加賀藩邸で幕兵と戦って死んだ、という説とふたつある。一体に、こういう騒乱のときの記録は正確なものは得にくい。吉田は二十四歳だった。

杉山松助も吉田松陰の門人で長州人だが、かれはもともと池田屋の謀議組ではなかった。池田屋に新撰組が斬りこんだ、ときいて、桂小五郎の身を案じて、池田屋にとびこんでいったのだ。池田屋で斬りあい、脱出して藩邸に戻ってきた。そして、

「門をかたく閉めて、決してあけてはなりません」

と告げた。新撰組の斬りこみがそれだけですまず、走り戻る途次で、つぎつぎとくり出してくる幕兵をみて、

（これは大事になる）

と思ったのだろう。しかし、戻ったときは片腕を斬り落されており、出血多量で翌日死んだという。二十七歳。

松田重助は、肥後の藩士で宮部の門人。一度、新撰組に縛られたが隙《すき》をみて脱走。しかし河原町三条まできて、会津兵の槍ぶすまにあい、突かれて死んだ。三十五歳だった。

野老山《ところやま》五吉郎《ごきちろう》は、土佐藩の足軽で、斬りあって深い傷をうけたが、脱出。土佐藩邸で六月二十七日まで治療をつづけたが、死亡した。年齢は十九歳という若さだった。

新撰組側も志士側も、妙ないいかただが、この夜が初対面で、互いに名も顔も知らない。死者はあとで三縁寺《さんえんじ》にかたづけたのを、池田屋の使用人を呼んで、首実検をさせた、という。新撰組も一体どこの誰を殺したのか、わからなかった。

こうして、何人もの脱出者を出しているときに、ようやく土方隊と松原隊がかけつけてきた。近藤は息をついて総指揮にまわり、歳さんが実質的な指揮をとった。このころは、ようやく河東調練場に集結した幕兵が、それぞれ割りあてられた地域をびっしりかためはじめていた。

そして――応援隊の姿をみると、こらえにこらえていた沖田総司は、大量の血を吐いて昏《こん》倒《とう》した。

「総司！」

顔色をかえて、近藤と歳さんが走りより、暗然と顔をみあわせた。

池田屋騒動を総括的にまとめた記録は、近藤勇が事変後、養父の周斎ほかにあてた手紙が唯一のものだろうが、実はこの手紙の実物の所在はよくわからないという。
その中に「討留《うちとめ》七人」とある。
自殺した宮部鼎蔵のほか、近藤に真先に殺された北添佶磨、大高又次郎、石川潤次郎らが判明した池田屋での死者だ。とばっちりで、何人かの人が殺されているが、池田屋ではない。
玉虫左太夫《たまむしさだゆう》という仙台藩士の書いた記録には、
敵方浪士　即死四人　手負少々
会津　即死五人　手負三十四人
彦根　即死四人　手負十四、五人
桑名　即死二人　手負少々
新撰組　深手二人内一人死　ほかに手負
とあるという。
新撰組では、奥沢栄助が現場で闘死した。安藤早太郎、新田革左衛門、藤堂平助の三人が重傷を負い、安藤、新田は屯所《とんしょ》に戻ってから死んだ。永倉新八は指をそがれた。
玉虫左太夫の記録は、何をもとにしたのかわからないが、これが本当だとすると、佐幕《さばく》諸藩の死傷者の多さは、一体、何を物語るのだろう。
池田屋での騒動を知った潜伏志士が、一斉に蜂起したのならともかく、池田屋から脱した前記志士たちに斬りまくられたのだとしたら、あまりにも情けない。

包囲陣に窮鼠《きゅうそ》のごとくおどりこんできた、数人の志士に、これほど各陣がひっかきまわされたということか。すっかりなまったグウタラ幕兵が、わずかひとりの志士におどりこまれて、真青になって右往左往する光景が目に浮ぶ。

そして、当時の幕兵の実態からすれば、それもあながち真実とは遠くない気もする。というのは、そういうていたらくだから、新撰組の活動分野がひらけていたのだ。

残党追及を幕兵にまかせて、新撰組は壬生の屯所へ引き揚げを開始した。翌六月六日の正午すぎである。京は、祇園祭の宵山にあたっていた。夜になると、町々が仕立てた鉾《ほこ》に灯が入り、そのころは一斉に、おはやしの練習がはじまる。

この日の、新撰組の池田屋襲撃は、たしかに京の人々をおどろかせはしたが、京の人々は、だからといって祇園会《ぎおんえ》を中止するようなことはしなかった。いつもの年とおなじように、淡々と祭りの準備をすすめた。

「できましたよ」

「できましたよ」

歳さんと藤《ふじ》が同時にそういった。歳さんは庭から、藤は縁の上からである。

「あら」

藤は口に手をあてて、おかしそうに笑った。そして、庭で歳さんが仕上げた工事のあとをみると、

「まあ、涼しそうだこと」

と、眼をみはった。歳さんは、けさ早くから藤の家の庭で工事をしていた。

歳さんは池田屋から引き揚げる前に、鴨川の東岸にある三縁寺に志士の死体をはこばせた。その時、三条大橋を渡って、鴨川の流れに張り出された〝床《ゆか》〟の群をみて、

（こいつは涼しそうだ）

と思った。京へきてから、歳さんは、京の人間のうわべと、心の奥で考えていることの二層性に、

（なかなかホンネをみせやがらねえ）

と、その慎重さに必ずしも好感をもっていなかった。志ば漬や千枚漬という京名物の漬物をみるたびに、

（京の人間は、この漬物とおなじだ）

と、よく思った。少ない材料を、重い石で圧《お》され、圧されに圧されて、カブや大根は自分の身の汁をしぼり出す。京の漬物は、そういうふうに、いじめられて美味《うま》い味を出す。

歳さんからみれば、三方を山にかこまれ、海もないからしかたのないことではあるけれど、それにしても、野菜ひとつにしても、こうまでいじめなくたって、いいじゃねえか、と思っている。

（どうも、することが、いじけて、底意地が悪いんだよな）

それが歳さんの〝京都人観〟だ。鴨川の〝床〟は、その京都人観を一変させた。床は川の

中に家の尖端を突っこんだ、京の人の知恵の所産だった。その知恵に、歳さんはすなおに感嘆した。

家の尖端を川の中に突っこむ、という発想は、しごく思いきったことだ。いじけていてはできない。

(こいつは、おれの早トチリか)

京も満更捨てたものではないな、という新しい発見だった。

その瞬間、歳さんの脳裡をかすめたのは、藤の家のことだった。藤の家に、川の流れと〝床〟があったら、藤も涼しがることだろうな、と思った。

「歳さん、何をみている」

ギラギラ照りつける真昼の太陽が、川面を銀色に輝かせているのを、手をあげてまぶしそうにみながら、近藤勇がきいた。近藤の着ているものは血だらけで、その血も乾いて茶色のシミになっていた。歳さんの視線の先に床をみつけると、

「玉川か浅川にも、あんなのがあるといいな。江戸へ帰ったら、ひとつ、つくろうじゃないか」

近藤はそういった。ええ、と歳さんは近藤の顔をみかえしてほほえんだ。その近藤は、

「河原の涼みも、明七日からゆるされる。祇園会と重なって、このあたりの人出は大変だ。斬りこみが、昨夜でよかったな……」

そういった。なるほど、この人はそこまで考えるのか、町の人にめいわくをかけちゃいけ

ないという配慮をしているのだ。

（やっぱり、先生は頭領だな、おれとはちがう）

と思った。屯所《とんしょ》に戻ると、近藤は参加隊士の全員に休暇を出した。

「祇園会をたのしんでこい」

といった。

「志士野郎が報復にくる、という噂がもっぱらですよ」

永倉新八がそういったが、近藤は、

「留守はおれが守る」

と笑った。そして、ごろごろしている不参加組にも、

「腹の癒《なお》ったやつは、あそびに行っていいぞ」

と告げた。仮病で斬りこみを逃げた連中は具合のわるい表情をした。総長の山南敬助《やまなみけいすけ》は、帰隊した近藤や土方に、

「ごくろうさまでした」

といったが、近藤は、おう、とうなずき、歳さんはソッポをむいた。しかし、山南はそのあと、ずっと深刻な顔をして何か考えこんでいる。西国系の隊士と、何度もひそひそ話をしていた。

「何を考えこんでいやがるんだ」

気にして近藤がつぶやくと、

「考えこんでいるフリをしているんですよ。体裁が悪いんでしょう」

歳さんはそう応じた。

「歳さん」

「ええ」

「落ちついたら、おれは江戸へ行ってこようと思っている」

「…………」

男ってものは、あまりことばを多くするものじゃねえ、と思っている歳さんは、何のためですか、とか、なぜですか、などという合の手になることばはほとんど口に出さない。無言ですませてしまう。近藤は腕をくんでしみじみといった。

「こんどのことで、おれはつくづく感じたよ。武士は東の人間にかぎるとな。西の人間は、口は達者だが、コスっからくっていけねえ。江戸へ行って、少し東の人間を集めてきてえんだ」

「そいつぁ、いい了簡《りようけん》です」

歳さんはうなずいた。近藤は、

「それと、大樹《たいじゅ》（将軍）が京にいねえと、どうもおさまりが悪い。いつもすぐ帰《けえ》っちまうけど、あれは周囲《まわり》が悪いんだ。江戸城へかけあって連れ出してくる」

そうつづけた。こんどの斬りこみが、このままですむとは近藤は思っていなかった。山南敬助のひそひそ話も、近藤は歳さんのように、体裁が悪くてつくろっているのだとは思っていなかった。

（あいつは、これから起ることを心配しているのだ）

と直感した。近藤のこの直感は当っていた。昨夜から今朝にかけて、池田屋で起ったことの報告をつぎつぎときいた山南は、

（新撰組は、大変なことをしてしまった）

と思った。大変なことをしてしまった、というのは、してはならないことをしてしまったという意味だ。

一部の志士が壬生の屯所に報復にくるなどという、そんなちいさなことではない、これは、京をゆるがす大きな政治問題に発展する、というのが山南の感じた予測だった。だから、新撰組の中でも、まだ尊皇攘夷《そんのうじょうい》の気持を捨てていない連中と、これから起るであろう事件の推測をあれこれ話しあっていたのだ。本心から近藤たちに、

「ごくろうさま」

という気は毛頭なかった。はっきりいえば、山南は新撰組の池田屋襲撃を暴挙だと思っていたし、率先してその先頭に立った近藤、土方を馬鹿《ばか》だと思っていた。

「先生」

歳さんは勇を鼓していった。

「うむ？」

「明日は私も休暇をもらっていいですかね？」

「もちろんだ。斬りこみのあとしまつは、少しは各藩兵に身にしみてやってもらおうじゃねえか。約定の時刻にもきやがらねえで、たるみきっていやがる」

昨夜の集結時刻を守らなかった幕軍に、近藤は改めて腹を立てた。が、これは腹を立てた様子をみせただけで、本当は歳さんが出やすいようにそんな態度をみせたのだ。そのことは歳さんにも痛いほどわかった。

（先生は、やさしいな）

と、しみじみ思った。しかし、同時に、あんまりやさしいと、いずれ、どっと苦労しますぜ、と心の中でつぶやいた。

「先生は？」

ときくと、うん、おれは菓子でも食って留守番をしよう、と答えた。歳さんは寝ている沖田総司の枕もとに寄った。土気色だった顔にかなり血の気が戻り、沖田は床の中から、ほほえんだ。

「どうだ」

「大分いいです、心配かけて済みません」

「うん。早く快《よ》くなれ」

「もう大丈夫です。そろそろ起きようか、と思っていたところです」

「むりをするな」

「お出かけですか」

「明日、ちょっとな」

「町は祇園会で大変でしょう。京の古い町家は、自分の家の宝物を、全部窓のところに並べてみせるそうですね。私もみて歩きたいな」

「来年はみられるさ」

「はは、鬼が笑いますよ。土方さん、例の虚労散薬を下さい。土方さんのお家でつくった……」

「わかった。だがな」

歳さんは沖田をみかえした。

「あまり効かねえぞ、とにかくおれがつくったんだからな」

沖田は、ははは、と大声で笑った。そんな大声で笑ったら、からだにさわるぞ、といいかけたが、歳さんは、その沖田の笑声にも、私はこんなに元気です、という周囲への配慮を感じて、そのままにした。そして、

(今日はどういうわけか、皆、やさしい)

と思った。

歳さんは、けさ、未明に屯所を出た。西院村《さいいんむら》の藤の家までは小一里ある。急ぎ足で歩いた。手にクワを持っている。

西高瀬川に沿って西へ歩いた。西高瀬川は桂川から取水して、東へ流し、京の西部の舟運

と灌漑に使われている水路だ。西院村の中央を貫流している。

村に着いて、川からさらに田畑へ分けられた水の流れをたしかめると、歳さんは、

「よし」

と、ひとりで笑った。藤の家はまだしまっていた。歳さんは勝手に作業をはじめた。

(庭に川を流してやる)

小さな川を。北高南低の京の土地は、北から南に溝を掘って、水路から水をひきこみ、また水路に戻せば、流れができる。藤の家の縁は東に向いているから都合がよかった。

本当は、その流れの中に〃床〃をつくりたかったが、それではおおごとになる。せめて細い流れを庭に通そう、というのが歳さんの計画だった。

藤をよろこばせたい、という気持でいっぱいだったから、作業はどんどんすすみ、やがて陽がのぼって、相当な暑さの中でのしごとになったが、歳さんは気にならなかった。いつのまにかもろ肌ぬぎになり、上半身、裸になった。歳さんは色が白いから、たちまち陽光で赤く灼《や》けた。

午前十一時、

「あら、あら」

とおどろきの声をあげて、藤が庭の木戸から入ってきた。手に籠《かご》を持っている。

「何だ、るすだったんですか」

いまだにしまっている雨戸をみながら、歳さんはいった。

「祇園会でしょう、あるいはおみえになるかと思って。錦《にしき》（錦小路のこと）まで買いものに行ってきました。ハモのいいのがありましたよ。落し（刺身）にしましょうね。それからサバずし……」

藤は、籠を掲げてみせた。そして、

「お庭に、壬生菜《みぶな》でもお作りになるの？」

ときいた。

「そうじゃありません。庭を流れる川をつくっているんです」

ほとんど掘りあげた溝をみながら歳さんはいった。

「そうすれば、少しは涼しくなるでしょう。京の夏は、とても暑いから」

歳さんの作業の意味を理解した藤は、でも、一瞬まぶしそうに、それから顔を赤くして歳さんの裸身をみた。歳さんも藤のその視線に気がついた。しかし、からだのあちこちが泥だらけで、いまは着物に手を通すわけにはいかなかった。

「すばらしい思いつきですこと。私、とても嬉しい。でも、ご無理をなさらないでくださいね」

「前からお話しししているように、私は多摩の農民の子ですよ。あなたのような、いいとこ、、、のお嬢さんとはちがう。こんなしごとはしごとのうちに入りません」

「まあ、ずいぶんとお威張りになること。では、いいとこのお嬢さんは、お料理にとりかかります。今日はゆっくりして下さるんでしょう」

じた。

「そのつもりです」

そう応じた歳さんは、しかし無意識に、

「何もなければ……」

とつけ加えた。そのことばの意味が、すでに池田屋での事件を知っている藤には、すぐ通じた。

チラと視線を鋭くした藤は、

「では、何か起る前に、お料理を急ぎましょう」

と家に入った。そして、それから一時間後、手を前掛けで拭きながら、藤が、

「できましたよ」

と台所から縁に出てきていった。ひきこんだ流れの縁を、要所要所を小石を使って固め終った歳さんも、顔をあげて、

「できましたよ」

といった。ひきこんだ水は、しばらくの間は掘った土を溶かしてにごっていたが、それもやがて澄み、いまは清冽《せいれつ》な水が流れていた。灌漑用の水路からひきこまれた水は、藤の家の庭を走りぬけ、再び水路に戻るように工夫したのだった。でも、

「お水は大切ですから、明日にでも、私から村のお役人におことわりしておきましょうね」

と藤はいった。

「いや、新撰組のほうからことわっておきますよ」

歳さんがそういうと、藤はうなずいた。

「そうですね、もう新撰組は有名ですものね」

どういう意味ですか、と、ややけわしい眼をむけると、藤は歳さんをまっすぐにみてこういった。

「私、京の町に火をつけるような人はきらいです。ゆるせません。その人たちは、祇園会をどうするつもりだったのでしょう。ここしばらくは、よその土地からも沢山の人が京にきているじゃありませんか」

そして、

「ごくろうさまでした」

と、ていねいに歳さんに頭をさげた。それをみて、歳さんは、

（ああ、この女《ひと》はわかってる）

と思った。山南敬助の非難めいた表情が脳裡をよぎった。

「あの野郎」

と思わず口に出た。

「何ですの」

藤がききとがめた。

「何でもありません。京に火をつけようとした奴《やっ》らを思いだしたのです」

歳さんはそういった。

コンチキチン、コンコンチキチンと、四条通りの東の果てのほうから、風にのってはやしの音が流れてくるような気がする。

静かだった。歳さんは縁から裸足の足を水の流れに浸して酒を飲んでいた。ハモを食い、サバずしを食った。

「若狭《わかさ》から大原にくるサバ街道をね、若狭の人が丸一日かかってサバをはこんでくるんですって。若狭の浜でひと塩ふったのが、京につくころ、ちょうどいいお味になって。おいしいでしょう」

そんな話をしながら、藤は自分もしきりにサバずしを食べた。好きらしい。そして、藤も歳さんと並んで、裸足を水の流れに浸《つ》けていた。その白さが光るようだった。

「あなたの足は白いな。まるで洗った大根のようだ」

歳さんは少し酔ったので、そんな軽口を叩いた。

「まあ、大根のように足が太いとおっしゃりたいんでしょう」

「そうじゃありません。京にはそんな太い大根なんかありゃしません。もっともあなたは江戸で穫《と》れたんだな」

「穫れただなんて。でも、京の聖護院《しょうごいん》かぶらは大きくてよ」

「かぶらは大根じゃありません」

ラチもない話をしていた。村人も祇園会の見物に出かけたのか、里は静かだった。突然、藤がいった。

「土方さま、今夜はお泊り下さい」

「え」

「私、土方さまの赤ちゃんが欲しいのです」

「……………！」

「奥さまにして下さいなどとは申しません。あなたにもしものことがあった時、あなたの赤ちゃんを抱いていたいのです」

「もしものこととは」

思わずききかえす歳さんに、藤は急に語調をはげしくしていった。

「ちかく必ず何か起ります、殊に新撰組に」

叫ぶようなことばだった。この夜から二日後の六月九日に、池田屋の変報は長州に届いた。

長州藩は沸騰した。

長州は京を囲んだ

元治元年（一八六四）七月十九日の、長州軍御所突入は、普通、新撰組の池田屋襲撃が主因のようになっているが、そうではない。

長州藩は、去年の八月十八日に京を逐《お》われた直後から、藩主父子の雪冤《せつえん》と、擁《よう》した七卿の名誉回復を策していた。そして、八・一八の政変前の状態に京都政局を戻そうとしていた。この動きは、文久三年の秋から翌元治元年の春にかけて、異常にたかまっている。

こういう長州藩の政治的動きを、一挙に軍事的なものに変えてしまったのが、三田尻《みたじり》（防《ほう》府《ふ》）の招賢閣《しょうけんかく》にいた三条実美《さんじょうさねとみ》以下の公卿《くげ》と、これを護衛する諸国浪士であった。ことばは悪いが、〝長州の居候《いそうろう》たち〟である。

いずれも、去年までは京にいて、御所で尊攘派《そんじょうは》藩士と交わり、肩で風を切って歩いていた志士だった。そのころの思い出はまだなまなましく、しかも興奮させる。それだけに、京を逐われたことが何としても口惜しい。

公卿と浪士たちが日々語るのは、在りし日の華やかな追懐と、それを奪った会津・薩摩両藩への憎しみだ。

志士の中に、真木和泉《まきいずみ》という久留米《くるめ》の神官がいた。五十二歳という、志士の中でも当時としては高年齢だったが、勤皇《きんのう》の志が厚いので、若い志士たちは、真木のことを〝今楠公《いまなんこう》〟と呼んでいた。南北朝の忠臣楠木正成《くすのきまさしげ》に擬したのだ。

しかし南北朝のころ、楠木正成は孤独だった。真木も志士群から尊敬をうけてはいるが、どこか孤独である。人間、孤独になると、ものごとを純粋培養次元で考える。だから、その立てる計画が時に現実から遊離する。あるいは、いずれそうなるにしても、そのいずれそうなるであろう日程を短兵急にくりあげる。

このときの真木がそうだった。真木は、敵の会津・薩摩を一挙に徳川幕府におきかえた。南北朝の足利《あしかが》幕府に擬した。三条以下の公卿は、吉野朝の廷臣であった。が、天皇は悪臣の手中にある。

「君側の奸をのぞこう」

という長州藩の策を、真木は一挙に、

「討幕の軍を起そう」

というところまで拡大した。三田尻にいた公卿と、これに従う日本浪人軍はたちまちこの真木の策に同調した。そして、長州藩から七卿の護衛に派遣されていた遊撃隊長来島又兵衛《きじままたべえ》も、この案に興奮した。

浪人軍が真木の案にのったのは無理もない。居候生活は気分を鬱屈《うっくつ》させるし、鬱屈すれば、その突破口として威勢のいい話にとびつく。

あまりにも窮屈な環境は、まだ〝早すぎる〟真木の計画が、京に突入さえすればすぐ実現できるかのような錯覚を起させた。

「京へ進発しよう」

という声は、三田尻の海にひびき渡った。文久四年（二月二十日に元治と改元する）の初春には、公卿と浪人軍はこの策で一致し、明日にでも東上するかまえになった。

結果として、ヒサシを貸した長州藩は、オモヤをひきずられる格好になるが、このころはまだ藩内には進発反対者が沢山いた。たとえば、血の気の多い高杉晋作や久坂玄瑞《くさかげんずい》、それに桂小五郎にしてもそうである。

高杉はすでに上海に渡航し、清国の侵されぶりをみて、イギリスほかの列強の力が並々ならぬことを知っていた。心の中ではとっくに持論の攘夷論を捨て、開国論に変っていた。だから、

「おれは、真の進発が得意で、ウハ（いい加減な）の進発は不得意だ。ウハの進発はきくのも腹が立つ」

と、はっきり進発派に嫌悪の情を表していた。そして、三田尻に行って三日三晩ひざづめで来島又兵衛に、

「馬鹿《ばか》なまねはよせ」

と迫ったが、来島は、どうしても進発するといってきかない。業を煮やした高杉は、

（それでは京にいる連中に、正確なことをきいてこよう）

と、そのまま東上してしまった。京に着くと、桂も久坂も、さらに京都留守居役の乃《の》美《み》織《おり》江《え》も進発には反対である。久坂は、

「堂上への切り崩し工作をすすめているが、少しずつ長州への同情者がふえている」

と御所工作の部分的成功を語った。桂は、

「市中巡察に、得体の知れぬ壬生浪士《みぶろうし》など使うので、最近会津藩の専横を憤る藩が急にふえた。たとえば岡山、鳥取、筑前、阿波、対馬などだ。これらの藩が朝廷に長州呼び戻しの工作をやってくれている。それなのに、いま進発なんかされたらぶちこわしだ」

と、これも真向から反対した。高杉は、久坂の至純さを愛していたが、桂にはあまりいい感じを持っていない。

(昔からこの男は、肝心な時になると逃げまわる。またその悪い癖が出たのではないのか)

と思っている。それに政治工作ばかりやっていやがる、と、どこか不透明なみかたをしていた。

しかし、いずれにしろ、京にいる連中はすべて進発反対だという確信を得て、では、そろそろ萩に戻るか、と支度にかかった時、藩庁から目付がふたりきて、

「同行ねがいます」

といった。

「同行しなくても帰国するところだ」

といったが、ふたりはきびしい監視をしながら高杉を萩に連行した。萩に着くと、

「脱藩の罪により入牢を命ずる」

と、野山獄《のやまごく》にほうりこまれてしまった。高杉は、

「この時期におれを牢に入れてどうする、三田尻の馬鹿者たちをとめられんぞ」

と抗議したが藩庁はきかなかった。無表情に藩法を実行した。進発派をとめるものはいなくなり、藩は過激派にひきずられた。そして、藩議は、六月四日、

「世子定広《さだひろ》様をいただいて上京する」

と決定した。つまり、新撰組が池田屋に斬りこむ（六月五日）前に、長州藩の軍勢上洛はきまっていたのである。藩主毛利敬親《もうりたかちか》は、各指揮官に軍令状を出しているから、これはもう三田尻の居候軍の私的行動でなく、長州藩としての公的行動であった。

そこへ池田屋襲撃の急報が届いた。長州全土に憤激の怒号がみち、火に油が注がれた。

「京は、長州軍に囲まれてしまった」

という、この家の主の話をきいた時、車一心《くるまいっしん》は一瞬動顚《どうてん》した。これからそうしようと思っていた生きかたが、またまた大きく狂った気がしたからだ。車は、現在《いま》、

（もう一度、新撰組に戻ろう）

と思っていた。とにかく、六月五日以降の新撰組の噂《うわさ》は凄い。どこへ行っても、しんせんぐみだ。壬生の狼というものもいる。狼でも何でもいい、寄らば大樹のかげだ。

松原忠司といういやな野郎がいるが、新撰組がこれほど名をたかめたのは、もとはといえば、おれが松原に、

「志士の集結するのは池田屋だ」

と教えてやったからだ。一軒一軒南からしらみつぶしに町家を探索しても、おれのひとことがなければ、新撰組はまだ志士がどこに集まるのか、わからなかったはずだ。

（その意味では、おれは恩人だ）

車は自分の立場を自らそう位置づけた。そしてさらに、

（桂小五郎からきいた、あることないことを土産にしよう）

と考えた。持ちこむのは、あの土方歳三がいいときめた。あの野郎はいつもにこにこしているが、結構、情報好きだからな、と、自分に都合のいい勝手なりくつをこねあげて、車は新しい進路を、そう楽観するのであった。

三条大橋の左岸で、柔術につよい松原忠司に、一本背負いで鴨川に叩きこまれ、何度も水をのみながら、車は一挙にここまで流されてしまった。

ここ、というのは東九条村《ひがしくじょうむら》だ。息も絶え絶えに岸に這い上がると、そのまま気を失ってしまった。それを親切に助けてくれたのが、この家の主だ。中年の農夫で、川のちかくでネギをつくっていた。変り者で家族はいない。数日せわになって、川の中での打撲傷や擦過《さっか》傷《しょう》が癒《なお》っても、車はその家を出なかった。

「おれは新撰組の者だ」

となのった。新撰組の名が急にたかまったことは、寝ていた車の耳にも家の主が伝えていた。目をまるくする主に、

「探索方の者でな、あの日も逃げる浪士を三条大橋に追いつめ、取っくんで川に落ちたの

だ」

といった。そして、浪士は川の中でしめ殺したのだと告げた。そういいながら、自身は松原忠司に首をしめられた、あの苦しさを思い出した。

「長州の動静が不穏なので、ここでしばらく竹田街道をみはる。誰にもいうな。もちろん、かかった費用は後日屯所《とんしょ》から支払う」

でまかせにそんなことをいって、居候をきめこんだ。転変はげしい京で、転変はげしい生きかたをしてきたので、少し疲れたのだ。ゆっくり休養して、それから壬生の屯所に行こうと思っていた。家の主は、素朴に車のいうことを信じた。信じただけでなく、今日、外から、

「おまえさまのいうとおりだ」

と血相を変えて走り戻ってきた。長州軍が伏見《ふしみ》、山崎天王山、嵯峨《さが》の三地域に蝟集《いしゅう》し、すぐにも京に攻めこむかまえをみせている、という。主の眼には、的確な予測力をもっていた車への畏敬《いけい》の色が溢《あふ》れていた。

「そうか……やはりきたか」

でまかせが事実となったことに、本人がいちばん驚きながらも、車は、深刻な表情をしてうなずいた。そして、

(こいつは、軽々しく新撰組には帰れないぞ)

と思った。そこで主に、

「もうしばらく探索をつづける、いいな」

といった。主は、へえ、いつまでもどうぞと大きくうなずいた。そして、そうだ、いい忘れていた、と自分で自分の頭をたたき、

「裏の九条河原に、おなかまの新撰組が出張《でば》っています」

と告げた。

「なに」

と車は思わず主をみかえした。裏の戸のすき間からのぞくと、丈の高い夏草の群の向こうに、高々とかかげられた縦四尺、幅三尺余のノボリが見えた。誠の字が大きく染めぬいてあった。ノボリの下に四、五十人の隊士がいた。具足や剣術の胴をつけ、上に浅黄色《あさぎいろ》の隊服を羽織っている。

「あいさつに行きますか」

後から主がきいた。

「冗談じゃない」

思わずふりむいてどなる車の顔は、狼狽《ろうばい》のためにゆがんでいた。

伏見に集結していた長州勢は、国老福原越後《ふくはらえちご》のひきいる藩正規軍と数百人の浪人軍である。伏見の長州藩邸に本陣をおいた。ここからひそかに、京の市内にいる浪士たちに連絡し、

「義軍に参加されたし」

とよびかけた。たちまち、百五十人の浪士がかけつけてきた。天王山には真木和泉を将とする志士軍が陣取った。久坂玄瑞はぴったり真木についていた。が、久坂はこの時になって

もまだ、

「武力を背景とする交渉」

の途に期待を捨てていなかった。かれ自身には最後まで暴発突入の意志はない。

嵯峨《さが》天竜寺《てんりゅうじ》に陣したのは、国老国司《くにし》信濃《しなの》のひきいる兵で、これには来島又兵衛が遊撃隊を連れて加わっている。

国老益田右衛門介《ますだうえもんのすけ》は、進発には気のりうすだったが、藩議の決定にはいさぎよく従い、数百の兵をひきいて、八幡に陣をおいていた。世子定広は、いつでも上京できるように、三条実美らとともに三田尻にいる。

数千人の軍勢で、京はたしかにかこまれた。農家の主のことばは嘘《うそ》ではなかった。昔から京は何度かこういう目にあっている。そのたびに京の町は侵入者に荒された。財宝を盗まれ、女は犯された。が、こんどの長州軍に対して、京の人々の気持は複雑だった。

「長州人を京に迎えたい」

という心理がどこかにあるのである。それは、長州人が天皇を敬い、金ばなれがよく、また行動が馬鹿《ばか》の字がつくくらい正直で、純粋だったからだ。

本当なら、京の町を焼こうとした長州系志士を憎み、それを事前に制《と》めた新撰組のほうに、感謝や親近の情を持ってもよさそうである。が、京の人々は、新撰組に、

「人斬り」

とか、

「壬生の狼、みぶろ」

とかの新しい呼称はつけたが、決して親愛の情は持たなかった。やはり過激な暴力はきらいなのだ。

車一心は、敏《さと》い男だから、そのへんの空気はすぐ察知する。かれの気持はぐらついた。新撰組へ戻ろう、ときめた意志は、たちまちゆらいだ。直感的に、

(長州のほうが旗色がよさそうだ)

という気がしたからだ。そう思いはじめると、裏の九条河原で、〝誠〟のノボリを立てて陣取っている数十人の新撰組など、急にみすぼらしいものにみえてきた。数千人の長州軍にくらべれば、虫のような存在でしかない。たちまち踏みつぶされるだろう。

汗みずくになって陣をはっている新撰組の姿を、凝《じ》っと戸の穴からのぞきつづけながら、車一心は、胸の中で、

(さて、男車の正念場だ)

と、気取った声をあげていた。

歳さんは、武装して伏見奉行所の一室にいた。会津藩軍事奉行飯田覚左衛門《いいだかくざえもん》の介添《かいぞえ》としてである。本当は、近藤勇が命ぜられたのだが、近藤は、おれは苦手だ、歳さん、代ってくれ、というので、歳さんが代理できた。

ふたりの前には、長州軍の伏見方面の指揮者福原越後がいる。五十歳で、もともとは長州

支藩主、徳山の毛利広鎮《もうりひろしず》の子だ。永代国老福原家の養子に入って、一万一千三百石の知行をとっていた。歌人である。飯田の、

「守護職の命によって、おたずねしたいことがある」

という召喚にも、悪びれずに出てきた。ふつうなら用心するのだろうが、出てくるということは、相当に自信があるということだ。飯田は、

「さっそくにおたずねする」

と、やや硬い表情で肩をはった。

「何なりとどうぞ」

応じながら、福原は飯田をみかえし、それから歳さんに視線を移した。やや気おされる重みがある。ちく生、と思うが、これは人間の年輪のようなもので、それに、生れと育ちがからんでいる。飯田はきいた。

「このたびのご出京の理由は」

「朝廷および幕府に、攘夷《じょうい》のご国是を実行するよう嘆願するためです。あわせて、ご滞国中の堂上方と、長州藩主父子の冤罪《えんざい》を訴えるためです」

「そもそもは、どこへ赴かれるご所存でしたか」

「江戸です」

福原はきっぱりと嘘をついた。相手にわかる嘘だ。だから、このへんの返答にも自信が溢れている。あまりにもみえすいた嘘なので、飯田は、ちょっと険しい眼になったが、

「しかし、それではなぜ、伏見に滞留されているのか？　伏見だけではない、嵯峨、山崎天王山と、軍をもってまるで京を威嚇《いかく》しておられる」

「滞留は、江戸に向かう途中、池田屋の襲撃をきいたためです」

これには耳をかさず、

「肝心なことをおたずねしたい」

飯田は心もち坐りなおした。

「攘夷実行の嘆願、雪冤の訴えなど、一応は理解する。しかし、なぜ大軍をひきいてこられたのか。嘆願に軍勢は無用でござろう」

しかし、この質問も、はじめから想定していたようで、福原の答えは淀みがなかった。

「暴発する浪士鎮静のためです」

「浪士鎮静？」

飯田はききかえした。

「さよう」

福原はそれ以上いわない。何のことかわからない。飯田はさらに突っこんだ。

「京を包囲されている理由を、もうすこしくわしくうかがいたい」

「池田屋の襲撃に会した狼藉者《ろうぜきもの》を探索し、これと一戦まじえて討滅するためです。主上のおわす王都下での暴挙は、ぜったいゆるせません」

福原はそう答えた。

「狼藉者と一戦？」

ききかえしながら、飯田は歳さんの顔をみた。歳さんの顔は紅潮していた。福原のいう狼藉者が、新撰組をさしていることは、歳さんにもわかった。飯田は、歳さんに、

（こらえろ）

という目くばせをしてから、福原のほうに向き直った。

「狼藉者といわれるが、たとえば、新撰組をさしているとするなら、それは甚だしい考えちがいです。かれらは守護職の命に従って行動したのであり、また守護職、所司代、町奉行所、さらに京の治安にあたる藩軍も出動しております。それらを称して狼藉者といわれるのなら、新撰組だけではありませんぞ」

威嚇するような飯田の語調であった。しかし福原は退かなかった。かれはこういいかえした。

「われわれがめざすのは、あくまでも新撰組などとなのる浮浪の徒です。しかし、これに与《くみ》するご藩があるのなら、やむをえず、そのご藩とも一戦仕ることになりましょうな」

「なに」

飯田はカッとしてわれを忘れかけた。福原は泰然としてその飯田を凝視する。宙でふたりの視線が激突した。しかし、やがて、

「おたずねがお済みなら、これにて」

と福原は座を立った。部屋を出がけにふりかえって歳さんにきいた。

「先ほどより、おなまえもうかがわずに失礼いたした。貴殿も会津のご家中でござるか？」

「いや」

歳さんは首をふった。

「新撰組副長土方歳三と申す者です」

「新撰組？」

さすがに福原はハッとしたようだ。が、年の功で、うすく破顔した。そして、

「さようか。では、いずれ戦場にて」

と、鋭い眼の一閃《いっせん》を歳さんに注いで去った。その一閃に、歳さんははじめて福原の新撰組への深い憎悪をみた。


「芯が疲れましたよ」

九条河原の陣に戻ると、歳さんは床几《しょうぎ》に腰をおろして腕をくんでいる近藤勇に報告した。

近藤は微笑した。

「済まない、詰問立会の代役をたのんで」

「それにしても、長州野郎の自信は大したものです。新撰組を狼藉者だとぬかしやがった。おれたちを討滅するそうです」

「口実だよ」

近藤はいった。

「口実？」

「ああ、長州の本心は、やはり堂上と藩主の雪冤さ。おれたちを討つというのは、軍を背景に交渉を有利にしようという策略さ。やつらにとって、おれたちなんぞ虫けらさ」

ちかくの農家で、車一心が考えていることと、まったく同じことを近藤はいった。そして、

「心配なのは、御所の長袖どものぐらつきさ。まったく風見鶏だからな、あいつらは」

歳さんはうなずいた。廟堂《びょうどう》でひらかれた緊急の朝議では、列席した公卿たちのほとんどが、

「この際、寛大な処置をとるべきです。そうしなければ、長州藩は、たちまち禁中に侵入するでしょう」

と、ふるえあがった発言をした。また、中山大納言忠能《なかやまだいなごんただやす》ほか三十七人の公卿は、連署して、

「長州への寛典をのぞむ」

という意見書を出してきた。しかも、こうなると、

「昨年の長州駆逐が過酷にすぎたのだ。私があれほど反対したのに」

と、結果から過去を糾問する無責任派がふえてきた。

御所内の空気は、次第に長州藩に有利に展開していた。公卿からの密報で、長州軍の指揮者は、正確にこういう状況を知っていた。もちろん福原越後も知っていた。だからこそ伏見奉行所に召喚されても、びくともしなかったのである。

長州軍が三田尻を出て、京を包囲したのは六月の二十一日あたりからである。二十五日に

は布陣を終っていた。だから、七月に入って、半ばになろうとする現在《いま》まで、長州軍は、その意味では暴発することなく、ねばりづよい朝廷交渉をつづけていたのだ。

去年の八月十八日に京から長州藩を逐ったのは、何も会津藩だけではない。薩摩藩もいっしょだった。ところが、こんどは、その薩摩藩が寂として音を立てない。まったくの無干渉で知らん顔をしている。

きくところでは、遠い南の島に流されていた西郷吉之助《さいごうきちのすけ》という大兵肥満の男が、突然、軍務役として京の薩摩藩邸に着任した。かなり人望があるらしく、特に若い藩士たちに対する指導力は相当なものだという。

「さいごうきちのすけ？　知らねえな、そんな男は」

と、近藤たちは話しあったものだ。この西郷が、長州軍の京都包囲にも、こんなことをいったそうだ。

「たとえ戦さになったとしても、それは長州と会津の私戦である。他藩が口を出すことではない」

つまり、戦いになっても中立傍観するという意志表明だ。これをきいたとき、近藤も歳さんも、

「そんな勝手なりくつがあるか。去年のことは知らん顔か。しかし、薩摩ってえのは、そうくるくる変るようじゃ、これからも油断がならねえぞ」

と顔を見合わせた。薩摩だけではなかった。在洛諸藩も一斉に形勢観望の日和見《ひよりみ》に入った。

いきおい、守護職の会津容保《あいづかたもり》だけが、唯一の強硬論者として際立ってきた。

容保は、ここのところ、心身ともに疲れはて、病床にあったが、日々の朝議の模様をきいて、ついに参内した。そして、

「いま、長州を討たなければ、朝威幕威、ともに失墜《しっつい》いたします。もちろん、士は仕えるもののためにつくすのは当然の忠で、主の雪冤をねがう長州藩士の哀訴は、十分にきくべきであります。しかし、その哀訴をおこなうに、多数の軍勢をもってし、しかも、諸国浮浪の徒まで与させるにおいては、言語道断であります。武力をもって主上をおびやかすとは不忠のきわみ、断乎、粛清《しゅくせい》すべきであります」

と、苦しい呼吸をこらえていった。容保の天皇への忠誠は誰もが知っている。また、日夜をとわぬ職務精励のために、容保が健康を害してしまったことも、皆、知っていた。さすがに面と向かって反論する公卿もなく、座は白けた。

その中で、逆に禁裏守衛総督の地位にあった将軍後見人の一橋慶喜《ひとつばしよしのぶ》が異をとなえた。

「守護職殿の言、もっともなれど、そのような強い処置こそ、帝の御心をおさわがせするものである。平穏な方法をとりたい」

容保はきっとなった。

「平穏な方法とは、いかなる道でござるか。よもや長州の武力恫喝《どうかつ》に屈し、かれらの主張を容れるということではござるまいな」

二者択一を迫る容保に、一橋慶喜は、さあ、そこだ、この問題はひじょうにむずかしい、

と逃げた。容保は、

「むずかしいからといって、延引はゆるされません。断然、長州膺懲《ようちょう》を」

とさらに追う。慶喜は英明といわれ、いまの将軍家茂《いえもち》と将軍の座を争い、大老井伊直弼《いいなおすけ》に蹴落《けおと》された期待の人であったが、それにしては、幕府の重大な節目に遭遇すると、かなりあいまいで不決断なところがある。幕府の衰亡が早かったのは、慶喜の不決断にも相当に原因がある。

長州の京都包囲に猛り狂っていた新撰組隊士の中には、

「一橋を斬れ」

という怒声があがったし、

「おれたちもいっしょに行く」

と同調する会津藩士もいたほどだ。が、こういう情報は、すべていやらしく屈折、潤色されて長州藩に筒ぬけになる。長州系の公卿たちは、いかに自分たちが長州のために努力奮闘し、しかし、それをまたいかに会津容保が頑固に妨げているかを誇大に告げる。悪者はすべて会津藩と、その手先になっている新撰組ということになる。

こういう煮えきらない対応が約一か月続いた。断を下したのは孝明天皇だった。天皇は、

「守護職を呼べ」

と命じ、しかも禁裏付の粕谷筑後守《かすやちくごのかみ》に、

「守護職の病患重しときく。庭の内まで駕籠《かご》を許すと伝えよ」

といった。粕谷はとんできて、この旨を容保に伝えた。容保は、感動に瞼《まぶた》をうるませ、

「恐懼《きょうく》のみ、ただちに御前に」

と伺候《しこう》した。その容保に、帝は命じた。

「去る八月十八日の措置は、私の意向である。三条以下の暴臣ならびに長門宰相の罪はゆるせぬ。長人入京の儀はよろしからず、守護職は御花畠にあって禁中を守護すべし」

「はっ」

これですべては決した。容保はただちに九門の閉鎖を命じ、在洛各藩に各門の防衛を指令した。

蛤門《はまぐりもん》は会津、中立売門《なかたちうりもん》は筑前、清和院門は加賀、下立売門《しもたちうりもん》は仙台、堺町門は越前、寺町門は肥後、石薬師門は阿波、今出川門は久留米、そして乾門《いぬいもん》は薩摩と割りふった。勅命では薩摩も出動せざるをえない。

宮門の外には、水戸、尾張、桑名、紀州、小田原、岡、彦根の各藩が陣を布いた。会津はさらに東寺《とうじ》前から九条河原に兵を送り、新撰組はその防衛線の最尖端に布陣していた。

七月六日、十一日と二回、長州軍に、

「即刻、退去せよ」

という命が出たが長州はきかない。逆にいよいよ兵力を増強している。七月十七日から十八日にかけて、夜を徹しておこなわれた朝議は、ついに、

「本日、退去の最後命令を出す。長州が拒めば、追討仰せいだされる」

と決した。守護職邸に、長州藩京都留守居役乃美織江が呼び出され、この通告をうけた。

乃美は河原町の藩邸（いまの京都ホテル辺）に戻ってきた、桂小五郎にこのことを話した。ふたりとも暴発には反対だから暗い表情をしていた。が、

「もうとめられないだろうな」

ということではふたりの意見は一致していた。特に来島又兵衛の遊撃隊と、真木和泉の浪人軍が過激だ。

「桂君、あんた、戦さになったらどうするんだ」

乃美がきいた。

「加わらない、身をかくす」

桂はまじめな顔で応じた。池田屋の襲撃以来これで二度目になる。勝っても敗けても、

「桂は逃げた」

と、評判は悪かろう。

（だが、そんな戦さには加わりたくない。おれには、まだまだすることがある）

政治工作に一切を託す桂は、そういう気だ。

「乃美さん、いざとなったら、秘密書類を焼いてくれ。おれはもう一度、久坂の陣に行ってみる」

桂はそういって藩邸を出た。そのころ、久坂玄瑞は、来島又兵衛に、

「この卑怯者め、この期におよんで、まだそんなことをいっているのか！」

と、ののしられながらも、

「突入は無謀だ。いま、御所にすすんでも、誰ひとり援護者はないぞ。自重、自重のときである」

と、過激突出派を説得していた。そして、

「これでは、長州は足利尊氏と同じになる」

と、今楠公の真木和泉をみた。真木はちょっと苦しそうな眼をした。が、すぐ、

「形は尊氏でも、心さえ楠公ならばよいではないか」

といった。この一言で長州軍の突入は決した。桂は必死にこっちへ向かっている。そして、炎天下の河原に立つ新撰組は、そんなことは知らない。ただジリジリしていた。遠い空で雷が鳴った。

薩摩藩よ、汚ねえぞ

「こいつぁ、えれえことになった……」

歳さんは慨嘆した。火はまだ鎮まらない。燃えつづけている。すでに七月十九、二十、二十一の三日間、昼も夜も燃えていた。

火もとは御所内の鷹司邸《たかつかさてい》だという。いや、河原町の長州藩邸だともいう。わざと火をつけたのか、はずみで燃え出したのか、戦争中のことだからわからない。敵味方とも殺しあいに夢中だから、少々の火が燃え出しても気にしない。しかし、その少々の火が、いまはとめどもない大火になってひろがっていた。

しかも、この年（元治元年・一八六四）は、京都は六月四日以来雨が降らない。三回ばかり、わずかな夕立があったが、それこそ焼石に水だ。カンカン照りが四十五日間も続いて、京は乾ききっていた。そこへ火だ。京の町は待っていたようにバリバリ音を立てて燃えはじめた。

九条河原に陣をおいていた新撰組は、七月十九日の午前十時ごろ、北方に上がった煙をみた。折から強い北風が吹いている。

「火です」

沖田総司が手をかざして心配そうな顔をした。見ている間にも火はひろがって、空に立つ煙は何本も増えた。

会津藩の陣から伝令が走ってきた。

「長州勢は、御所の中立売、蛤、堺町の三門を攻撃中、新撰組は堺町御門に駆けつけられたし。わが陣も急遽《きゆうきよ》移動中」

といった。近藤勇は、すぐ、

「堺町御門へ向かう。隊伍をくずすな」

と、汗まみれの顔で厳命した。近藤は九条河原に陣をおいた時、「陣中法度《じんちゆうはつと》」を出した。

一、役所（陣）をかたく守り、式法を乱してはならない。進退は組頭の下知《げち》にしたがうこと。

一、敵味方について、強いとか弱いとかの批評は一切してはならない。特に奇矯妖怪不思議の説を唱えてはならない。

一、食物は粗食のこと。

一、昼夜にかぎらず、急変があっても決して騒いではならない。心静かに下知を待て。

一、私の遺恨があっても、陣中において喧嘩《けんか》口論をしてはならない。

一、組頭が討死した時は、その組員はその場で全員戦死せよ。もし臆病心にかられて、逃げる者があったら斬罪に処す。

一、合戦の勝ったあとの乱取りを禁ずる。

等々であった。かなりきびしい。この法度を申し渡す時に近藤は、

「われわれ新撰組は、このたびの戦争においては、禁裏守護兵であるという自覚を持て」

と告げた。近藤自身、そう思っていた。

が、世の〝べからず〟集がすべてそうであるように、法度で「してはならない」と禁じていることは、多くの場合、そのひとつひとつが現実に起っていることが多い。新撰組のこの時の法度は、はっきりいえば、

「隊士の動揺と混乱を憂えての禁止事項」

につきる。デマ、パニック、怯懦心《きょうだしん》、ドサクサまぎれの私怨闘争などが起ることを憂えている。

ということは、寄せ集め組織の新撰組には、いつもそういう心配の種がいくつもころがっていたということだ。

隊士の精神状況を、近藤たち幹部はまだ的確につかんでいなかった。別段、全隊士が気をそろえて近藤に心服しているわけではないのだ。

池田屋襲撃によって、一挙に名をたかめた新撰組は、単なる人斬り集団ではなく、統制ある天皇守護、王城警衛の軍である、ということを、近藤は隊の規律によって示したかった。が、正直にいって、隊士の質は必ずしもこの近藤の期待にこたえる者ばかりではない。食いつめ者もいるし、生れつき品性下劣な奴もいる。酒で内臓を腐らせ、女で性病に苦しんでいる隊士も相当に増えてきた。その意味では、この法度はかなりな理想を掟にしたものといえた。

伏見から京に突入しようとした長州藩国老福原越後の軍は、伏見街道藤ノ森にいた大垣藩《おおがきはん》兵にさえぎられた。長州勢は決して弱くはなかったが、大垣藩兵はさらに強かった。長州勢は散らされた。将の福原は負傷した。

が、天竜寺の国司信濃隊、八幡の益田右衛門介隊、天王山の久坂玄瑞隊は、それぞれ巧みに市内に侵入し、御所に迫った。中立売、蛤、堺町の三門に突入し、一時はかなり幕軍を後退させた。公家たちは、

「主上を叡山《えいざん》に遷し奉れ」

と、すでに神器を入れた唐櫃《からびつ》を縁におき、自分たちも手に草履《ぞうり》を持って、おののいていた。

この時、戦局を一挙に押しかえしたのは、西郷吉之助のひきいる薩摩軍であった。

「こんどの戦いは、会津と長州の私闘だ。介入すべからず」

と日和《ひよ》っていた薩摩軍は、守っていた乾門から突如転進、よく訓練された銃兵で、つぎつぎと各門の長州勢を駆逐した。

「おのれ、薩摩!」

と、長州勢は歯噛《はが》みしながら敗退していった。久坂玄瑞、入江九一《いりえくいち》、寺島忠三郎《てらじまちゅうざぶろう》らは、無念の戦死をした。全戦線にわたって長州勢は敗れた。長州勢の突入を、何とかしてとめよう、と天竜寺に向かっていた桂小五郎は、町のもの蔭からこのありさまをみつめて絶望した。暗い心を抱いて河原町の藩邸に引きかえした。京都留守居役の乃美織江が、すでに機密書類を焼きはじめていた。火の粉がしきりに空に舞いあがった。

新撰組が堺町門に着いた時、戦争はすでに終っていた。長州勢を撃退した薩摩軍や幕軍の、得意満面とした興奮の表情が、いまごろ何しにきた、と侮蔑の色を露骨にして新撰組をにらんだ。新撰組はみじめになった。

ここへくるまでに、新撰組は、火に追われるおびただしい市民の姿をみた。着のみ着のまで、飯櫃《めしびつ》や位牌《いはい》、小さな包みていどをかろうじて持って、藪《やぶ》や寺の境内や河原に逃げて行く老若男女の群をみた。悲鳴と叫びと、恐怖心でとび出すほどの眼をして、まさに地獄であった。

「こんな馬鹿《ばか》な話はない」

御所へ向かって走りながら、沖田は憤りの声をあげた。

「長州系浪士に烈風の日に京を焼かせないために、おれたちは池田屋に斬りこんだ。それが、どうだ。いま、こんなに京を焼かれてしまっては、何にもならない！」

そういう沖田の憤りの底には、

（ひょっとしたら、新撰組の池田屋襲撃が、今日の大火災の原因になったのではないか）

という深い疑いがあった。しかし、そう疑いながらも沖田は、

（そうじゃない、そんなことはない）

と即座に否定した。が、否定しても否定しても、その疑いは執拗《しつよう》に沖田の脳の片隅にこびりついた。

見ても哀れなこの大火　末代ばなしのタネとなる

ばらばら残りし町町は　お旅町から川東

あるいは、

虫よりも　泣く人多し　京の秋

おく露の　おくところなし　焼がら

などという唄や句が、町でさっそくうたわれた。

南は、伏見・深草・稲荷山・大仏・東福寺・八条・九条・西七条・島原・東寺・淀・竹田、そして北方は山端・鷹ケ峰・上賀茂・平野・みぞろ池・御室・松の尾・嵐山、東は白川・鹿ケ谷・吉田山・真如堂・黒谷・南禅寺・粟田口等は難民で溢《あふ》れた。また、縁者をたよって他国へ脱出する難民が、京都七口へ殺到した。

焼けた町数八百十一、家数二万七千五百十七、土蔵千三百十六、寺社二百五十三、寺社境内建家百五十五、大名邸四十、公家邸十八、類焼地域は、北は御所近辺、南は御土居、東は寺町、西は東堀川までだった。

北風だったため、下京がほとんど焼けてしまった。京の人々は、この災害を、

「甲子《きのえね》のどんどん焼け」

といって、長く語り伝えた。復興作業は明治維新後まで続いた。新撰組の屯所《とんしょ》のある壬生《みぶ》村《むら》界隈は南へかけて藪や大寺があるから、多くの難民が、いつまでも心細そうに小さな包みを抱えて、かがんでいた。行くところのない市民たちだった。そういう難民たちをみて、沖田総司の心は痛みつづけたが、かれらに気をつかっているひまはなかった。

「長州勢追討」

の命が新撰組にも下り、新撰組は七月二十一日、残敵がこもっているという天王山への攻撃軍の尖兵を命ぜられた。主力は会津、桑名の軍である。ほかに、薩摩、松山、小田原、膳所《ぜぜ》の藩軍は天竜寺に向かった。

天王山は、かつて織田信長を殺した明智光秀を追って、豊臣秀吉が明智を電撃的に破った地域だ。〝天王山〟といえば、戦局の岐路という意味に現代も使われる。

長州の残敵がこもっている、といわれたのは、その山にある宝積寺《ほうしやく》（宝寺）である。JR山崎、阪急大山崎の両駅から十五分ばかりのところだ。

宝積寺は、神亀四年（七二七）、行基《ぎようき》がひらいたという古い寺で、中世ではこの地方の最大の寺だったという。

新撰組は、近藤勇を先頭に斜面を走り登った。上方から一斉に銃砲射撃の音が起った。

「伏せろ」

草いきれの充満する斜面に、思わず顔をすりつけるほど伏して、敵のつぎの射撃を待った。が、それだけだった。しんと山頂は静まり、鉄砲は鳴らない。

「ワナかもしれん、注意して行け」

土だらけになって、近藤は匍匐《ほふく》前進を命じた。カンカン照りの中を、汗と土にまみれてようやく山上に辿《たど》りつき、それ、と宝積寺内に突入した。

が、相変らず寺内は寂としている。そして本堂前に、いま焼けたばかりの幕や床几《しようぎ》があった。ここに陣をおいていたらしい。いや、焼けたのは幕や床几だけではなかった。その中に十数人の死体がころがっていた。

「自決した……」

山南敬助が息をのんでつぶやいた。よくみると、まわりの松の枝に、扇や白紙がくくりつけられ、それぞれ辞世が書いてあった。本堂に、

「甲子七月、出師討二会賊一、大不利引還、我輩不レ忍三徒去二京師一、屠二腹于所営レ之天王山一、欲三陰護二至尊一也」

という志詩が記され、脇に自決した者の名が書いてあった。

久留米／真木和泉　池尻茂四郎　杉浦八郎　加藤常吉

肥後／小坂小次郎　加屋四郎　中津秀太郎　酒井庄之助　宮部春蔵　西島亀太郎

土佐／松山深蔵　千屋菊次郎　能勢達太郎　安藤真之助

宇都宮／岸上弘　広田精一

筑前／松田六郎

全部で十七人である。長州人はひとりもいない。長州の三田尻や湯田で、三条実美以下の公家を守った忠勇隊の連中だ。諸藩脱走の浪士で、皆、長州の居候《いそうろう》だった。

冒頭の詩の中にあるように、

「いたずらに京師を去るに忍びず……」

というのは、この連中の切実な気持だったろう。特に真木和泉は、こんどの行動の主唱者

で、最後まで御所突入に反対した久坂玄瑞をも押しきった。久坂はそのために、二十五歳の有為《ゆうい》な生命を散らせた。

（もう、おめおめと生きてはいられない）

というのは、真木の率直な気持だったろう。真木は自決して責任をとった。

（自決したからといって、この責は消えぬ）

と思いながらのせめてもの心組みであった。近藤たちは凄絶な十七人の屠腹《とふく》に、しばし圧倒された。神保内蔵助《じんぼくらのすけ》、長坂平太夫《ながさかへいだゆう》、加須屋左近《かすやさこん》、坂本学太輔《さかもとがくたゆう》、林権助らの会津の諸将がひきいる軍が上ってきた。一様に、

「これは……」

と絶句した。近藤は冷静さをとり戻し、

「埋めろ」

と隊士に命じた。穴を掘って埋めたあと、札を立てておけといった。

「何と書くんです」

沖田がきいた。

「忠勇十七烈士の墓だ」

山南敬助《やまなみけいすけ》がいった。山南の眼は、感動の興奮で妖しく燃えていた。が、

「ふざけるんじゃねえ」

歳さんが鋭い声を出して山南をにらみつけた。そして、

「筆を持ってこい」

と、寺から筆と墨を持ってこさせ、無言でツ、ツと筆を走らせた。のぞきこんでいた山南の顔に、さっと怒気が奔《はし》った。歳さんは立札に、

「長州賊徒の墓」

と書いたのだった。賊徒の二字の中に、歳さんのあらゆる思いがこめられていた。それは何よりも、いまも京の藪や寺社の境内で、行きどころもなく、炎天下にかがんでいる難民たちの姿であった。

(誰が京を焼きやがったんだ！　こいつらじゃねえか、おれはかんべんできねえ)

歳さんはそう憤っている。それを、山南の馬鹿は忠勇烈士だといいやがる、ふざけるな、と歳さんは胸の中で悪態をついた。

「局長、こんなものを立てるんですか」

山南は、こんどは近藤にホコ先を変えてきいた。

「こんなものとは何だ！」

怒気をそのまま声にして、歳さんはどなった。その歳さんに、

(歳)

と、近藤は制止の眼をむけて、

「立てろ」

隊士に命じた。ああ、とうめき声を出した山南は、横に歩いて、

「何という心ないことを」

と、きこえよがしにいいながら、松の枝から十七人の遺書をはずしはじめた。

しかし、幕府の処置はもっときびしかった。賊徒の在陣をゆるしたというので、寺の住職丹元は捕縛され、神宮寺、観音寺などの系列建物を焼かれてしまった。せっかくの由緒のある寺が惜しいことだった。

十七人の浪士隊は、米六百俵、馬二頭、大砲二門などを残していた。馬や大砲は会津藩が没収した。

「米はどうしよう、近所の農民にでもやるか」

そういう神保内蔵助に、沖田が、

「局長、新撰組にもらって下さい」

と近藤を突っついた。

「うむ？」

思わず妙な顔をする近藤に、沖田は、

「お願いします」

と熱意をこめていった。

京の市民は、家を焼かれただけでは済まなかった。米、醤油、塩などが一ぺんに値上がりしてしまった。米が一升四百文にハネ上がった。材木屋街である堀川通りも木屋町も焼けてしまったから、木材も大変な値上がりだ。

焼けのこった御所では、そんなことにおかまいなく、公家たちが朝議をひらいて、

「長州にどういう制裁を加えるか」

と、毎日論議している。新撰組は二十三日まで残敵探索で、大坂のほうまで行き、高槻《たかつき》の昆陽宿《こやじゆく》で、鉄砲、具足、榴弾、槍、さらに長州勢間で交していた秘密書類を多数押収して戻ってきた。

沖田は、帰途天王山で下げ渡してもらった米俵六百俵を、人夫に車でひかせて屯所に持って帰ってきた。

「総司、その米をどうするんだ」

不審がる近藤に、

「難民に分けます」

と笑った。そうか、と近藤は破顔した。そして、

「おまえはやさしいなあ……」

と、改めて沖田をみた。ところが、沖田のこのやさしさは先をこされていた。先をこしたのは、薩摩の西郷吉之助である。

薩摩軍は、七月二十日に天竜寺の残敵追討に向かったが、長州勢はひとりもいず、そこで寺を焼きはらってしまった。

このとき、武器、弾薬のほかに、薩摩藩は長州勢が遺棄していった兵糧米千俵ちかくを押収した。そして、間髪を入れず、兵たちを市中に走らせ、

「薩摩藩が米を渡す。東洞院錦小路《とうどういんにしきこうじ》の薩摩屋敷までこい。代金はとらぬ」

と大声でふれさせた。さつま、さつまとしきりに叫ばせた。どっと難民が押しよせた。口伝えで、さつま、さつまと、薩摩藩の美挙は市中に知れ渡った。

こうなると、幕府もだまっているわけにはいかなくなった。東西町奉行所、守護職などは、積極的に救米の給付をはじめた。が、りくつがついた。

「このたび、長州人の乱妨《らんぼう》によって米が払底《ふってい》している。あまつさえ、かれらは町を焼いた。市民はさぞ困っているだろうから、特別のご仁慈をもって米を渡す」

というような能書が布令《ふれ》られた。恩きせがましい。お上の意識がぬけない。下立売釜座の守護職普請場、四条道場、芝居小屋などでひとりに米一升、銭二百文が渡されたが、やりかたとしては、薩摩藩のほうがずっとスマートであり、機敏だった。りくつは何もいわない。

ただ、

「米をやるから取りにこい」

である。薩摩藩の人気はたかまった。巨漢西郷吉之助は、そういう報告をつぎつぎときいて、

「よか」

と会心の笑みをもらした。

「汚ねえな、薩摩の野郎は」

憤激したのは新撰組だ。はじめは日和っていやがったくせに、潮の流れの変化をさとると、

たちまち王都防衛軍の先頭に立つ。そして、残敵掃討時に押収した長州の米は、幕府に納めずに独断で難民に放出し、京市民の人気を攫《さら》ってしまう。

七月二十三日になって、ようやく沖田の熱意で壬生寺の境内で、米を分けはじめた新撰組は、口々に薩摩のやり口を詰《なじ》った。

「得になることには、まったくナリフリかまわねえんだからな。放出している米だって、元は長州の米じゃねえか。それを、まるでてめえの蔵から出したようなツラで分けていやがる」

群がる難民に米をすくって渡しながら、藤堂平助《とうどうへいすけ》あたりは、しきりにいきまいた。

「しかし、そうとばかりはいえないよ。おれたちのこの米だって、天王山から持ってきたものだ」

沖田総司は柔らかく藤堂をなだめた。沖田のほかに、藤堂、松原忠司、原田左之助、井上源三郎、山崎烝《やまざきすすむ》、それに山南敬助らが、この奉仕に参加していた。

朝廷は、連日連夜、会議をつづけていたが、なかなか結論が出なかった。長州に同情する公家が沢山いたからである。中でも中山忠能、鷹司輔煕《たかつかさすけひろ》、大炊御門家信《おおいみかどいえのぶ》などは強硬な長州擁護論者だった。

公家勢のこういう乱れに対して、会津はじめ在洛諸藩は、つよく長州征伐を主張した。そして、意外なことに、薩摩藩が征長を唱えて退かなかった。

「わからねえ……」

近藤勇は苦笑した。

「とにかく機をみるに敏だ。な、そう思わないか、歳さん」

「思いますね。あの西郷って野郎、とにかく油断ができませんね」

歳さんもそう応ずる。二人とも、もちろん長州への大討ちこみを主張している。ここまで京を目茶目茶に荒されて、このうえまだ、

「寛大な処分を」

なんぞとほざいている長袖（公家）野郎の了簡《りようけん》がまったくわからねえ、とジリジリしていた。それに禁裏守衛総督の一橋慶喜の態度が、これまた、はっきりしない。煮えきらない。十四代将軍の相続問題がゴタゴタしたときに、

「人望、英明……」

ということで、日本中の開明的大名や旗本に担がれ、期待され、結果として安政の大獄までひきおこした当人とは、とても思えない。

「英明ってえのは、いつも狡《ずる》く立ちまわり、ものごとの解決をズルズルひきのばすことなのかな」

このごろでは、近藤ははっきりそういう批判をする。けじめのつかない状況は、がまんできないのだ。

しかし、七月二十三日、またしても、時の帝孝明天皇が断を下した。

「長州宰相父子は逆賊である。速やかに討て」

こう命じた。そして長州藩に同情する中山、鷹司、大炊御門らの公家十二人ならびに二親王の参朝を禁じた。一橋慶喜は在洛二十一藩にこの勅命を伝え、出兵を命じた。江戸でもこれに応え、八月二日、

「征長の総指揮は将軍が親しくとる」

と発表した。供は、老中水野和泉守《みずのいずみのかみ》ほか若年寄まで幕閣の幹部のほとんどがつくことになった。征長総督には、紀伊中納言茂承《きいちゅうなごんもちつぐ》が命ぜられ、副総督には前越前藩主松平茂昭《まつだいらもちあき》が命ぜられた。

「やっと重い腰を上げやがったか」

近藤はそう笑って、新撰組にも出陣の命令がくることを予期し、隊士の訓練を怠らなかった。

が、そこまでだった。征長軍の役職はきまり、攻撃分担もきまったのに、どこの藩も出兵せず、総督もうごかなかった。第一、将軍が全然江戸城から出発する気配もみせなかった。そのうちに、総督の紀伊茂承が、突然、

「辞《や》める」

といい出し、総督は尾張慶勝《おわりよしかつ》が命ぜられたが、慶勝は、

「冗談ではない、私はすでに老人だ」

といって受けなかった。よくわからないが、権限のことで揉《も》めているようだった。そのま

ま日がいたずらに過ぎた。

「こんなことでは、とてもだめだ」

夏を無為に送り、秋がどんどん深まりはじめた十月のある日、近藤勇は、気をしずめるためにやっていた習字をやめ、どんと拳《こぶし》で机を叩いた。硯《すずり》から墨の汁がとんで散った。墨の汁は、書きかけの紙の上にとんで、近藤の好きな頼山陽の詩をだめにした。

近藤が、こんなことでは、とてもだめだ、といったのは、自分の習字に対してではなかった。征長軍のうごきの鈍さに対してである。征長軍のうごきは、このところ頓《とみ》に渋滞していた。

（それも、すべて薩摩藩の不可解な行動によってである）

近藤は、そう考える。

薩摩藩は、長州勢が京を包囲した時は日和った。が、長州勢が御所に突入すると、突然、猛反撃し、押された幕軍を挽回《ばんかい》させた。残敵掃討の先頭にも立った。朝議では、

「間髪を入れず長州を討つべし」

という。強硬な長州征伐論者であり、しかも、

「長州討伐の後は、藩主父子は切腹、その領土は半減し、二分の一を征長軍諸藩に与え、長州を抹殺すべし。長州こそ、実に日本をあやまらせるものなり」

と主張していた。主張者は、禁門の変のころから突如として頭角を現してきた、巨漢西郷

吉之助である。

守護職である会津藩はじめ、親幕諸藩が圧倒されるほどの過酷な長州処分論だ。西郷はさらに、

「そのためには、征長軍の総指揮は将軍がみずからとるべきである」

といって、十四代将軍家茂の上洛を促した。近藤勇は、その勇み足に半ば呆れながらも、西郷のいっていることは正しいと思っていた。特に、こんどの征長軍は将軍が指揮をとらなければ、

「幕府は、いよいよコケにされる」

と思っていた。幕府が方針だけをきめて、無為に日を送っている間に、長州は英米仏蘭四か国の攻撃をうけた。去年、馬関海峡《ばかんかいきょう》（関門海峡）を通る外国船を砲撃したので、外国艦隊が報復行動に出たのだ。禁門の変に敗けたうえに、さらに追い討ちをかけられたわけだが、長州はよくねばった。そして四か国とは独自に講和してしまった。

この状況に、また、たちまち、

「そういう長州を討つのは、武士道にももとる、寛典に処すべきだ」

という同情論が頭をもたげた。辛うじて、

「馬鹿をいうな、それとこれとはちがう、あくまでも長州は征伐すべきである」

という征長論が保たれてはいるものの、幕軍の戦意は一向にあがらない。参加諸藩も何か他人《ひと》ごとと考えており、自分たちの問題とは思っていない。

そして、またもや薩摩が変った。三月中旬すぎると、西郷吉之助は、

「目下、長州藩は、過激派と温和派の二派に分れて抗争中だときく。幕軍は包囲にとどめて直接手を出さず、長州処分は、長州自らの手にまかせてはどうか」

と、急になまぬるいことをいい出した。近藤は呆《あき》れると同時に、

（一体、何があったのだ）

と、西郷の変化の裏を読もうとした。

〝裏を読む〟というのは、このごろ京で流行《はや》り出した政治的かけひきである。それが日増しに流行の度合を深めていく。近藤の性には合わない。しかし、性に合わないからといって、横を向いていれば、新撰組は時流からとりのこされてしまう。新撰組存続のためには、その頭領として、近藤は政治と無縁ではいられなくなった。しかし、その政治というやつはあまりにもどろどろしていた。

「へえ、珍しく癇癪《かんしやく》を起しましたね」

紙の上や畳に散った墨の汁をみながら、歳さんが入ってきた。近藤は苦笑した。

「ああ、どうもまだ人間ができていない。はずかしいことだ」

そういって本当に顔を赤くした。歳さんはそれには応《こた》えず、うしろをふりむいて、

「山さん、入れよ」

といった。探索方の山崎烝がいつものように、それこそ、できた人間の柔らかい微笑をみせながら、入ってきた。歳さんがいった。

「先生、この山さんが大坂で耳寄りな話を仕込んできましてね」

「ほう、何だ」

「山さん、あんたから話してみな」

はい、と歳さんにうなずきかえした山崎は、

「神戸の軍艦操練所頭取が、薩摩の西郷吉之助と、ひそかに会っていますな」

「なに」

近藤はたちまち険しい顔になった。

「軍艦奉行の勝さんがか？」

「そうです。もちろん、薩摩も征長軍ですから、幕府の幹部と会っても何のさしつかえもありませんが、どうも不自然でしてね。操練所からは、池田屋でも禁門戦争でも、長州に与《くみ》した激徒を何人も出していますしね。よくわからないんです」

「……何を話したんだろう」

近藤は腕をくんだ。

「そこです」

山崎はまっすぐに近藤をみつめた。

「ふたりが会ったのはいつだ」

「私の調べでは九月十一日の夜、大坂でです」

「九月十一日……」

近藤はつぶやいた。そして急に、はっと思いあたった。

「そういえば……そのころから西郷のいうことがずいぶんと変ってきた。あれほど長州に強いことをいっていたのに、突然、なまぬるくなったものな」

「そうです」

政治のうごきを正確に把握している山崎は、自信をもってうなずいた。近藤は長いあいだ考えた。やがて、

「歳さん、おれは江戸に行く」

といった。

「江戸へ？」

ときかえす歳さんに、そうだ、と大きくうなずき、近藤は眼を燃やしてこういった。

「こうなったら大樹（将軍）とじか談判だ。大樹に出てきてもらう。そして、ごそごそ政治とやらにうごきまわる小汚《こぎた》ねえ野郎どもを、みんな吹っとばしてやる」

嫌酒家近藤の胃はなぜ痛む

十月七日、壬生《みぶ》の新撰組屯所《とんしょ》に、突然、多摩の若者がふたり訪ねてきた。

「近藤勇先生におめにかかりたい」

という。前に、多摩で近藤に剣術を習ったそうだ。副長の土方歳三が会った。ふたりは歳さんとも旧知の仲であった。

が、通された部屋で、ひと眼、歳さんを見てふたりは息をのんだ。歳さんはすっかり変っていた。昔の女好きで色男の歳さんが、ひどく威厳のある武士に変貌《へんぼう》していた。まるで大身の旗本のようだった。しかもその威厳は、昨日、今日の付け焼き刃でなく、からだの内部からにじみ出ていた。ふたりは気圧《けお》された。

「よくきた。京へは何か用があったのか」

同郷のふたりに歳さんはニコニコしていった。ふたりは、へえ、と固い坐りかたをしながら、

「お伊勢さまにお詣りにまいりました」

と応じた。歳さんは、

「伊勢神宮に？　そうか、それはごくろうでした。せっかく訪ねてくれたが、あいにく近藤先生はお留守だ」

と告げた。たちまち落胆の色を露骨に表すふたりに、歳さんはさらに、

「近藤先生は江戸に行かれたよ。きみたちと入れちがいだ……」

といった。江戸に？　と若者ふたりはますます無念そうな表情になった。

「ご用がふたつあってな。ひとつは大樹公のご上洛をお願いするため、もうひとつは、江戸で新撰組の隊士を募集するためだ。先生は、兵《つわもの》は東国の人間に限る、というのが持論だからな」

そういって歳さんは微笑した。しかし、歳さんのこのことばをきくと、ふたりは、たちまち眼に輝きをよみがえらせ、

「実は、近藤先生におめにかかりたかったのは、そのことなのです」

と、そろって膝《ひざ》をすすめた。そのこと？　とききかえす歳さんに、

「はい。歳さん、いや、土方先生、どうか私たちを新撰組に入れて下さい」

とふたりは熱心な口調で頼んだ。歳さんは答えずに腕をくみ、ふたりを凝視した。やがて首を横にふった。

「だめだ」

「なぜですか。近藤先生は、兵は東国の人間に限る、とおっしゃったのでしょう」

「たしかにおっしゃった。しかし、それはきみたちのことではない」

「私たちが農民だからですか」

ふたりのことばつきと眼が鋭くなった。歳さんは柔らかく首をふった。

「ばかなことをいうな。そんなことをいったら私も農民だ。近藤先生も農民の出だ。そうでなく、多摩の人間は、新しく新撰組に入れてはならぬ、と、近藤先生から固くいわれているのだ……」

歳さんのこのことばに、ふたりの若者はまた、なぜですか、という問いを発した。歳さんは、うむ、といって、ちょっと無言になった。どう説明すればわかってくれるだろう。近藤勇の考えていることは、歳さんにはとてもよくわかる。常人には信じられないことだが、近藤は、時勢の流れからみて、いまの徳川幕府は必ずしも安泰ではない、ということを鋭くみぬいている。安泰ではない、というのは、幕府に人がいないということだ。また、人がいても身分の問題があって、活用されていない。

「歳さん、このままだと、幕府はひょっとしたら、ひょっとしちまうぜ」

歳さんとふたりきりになると、近藤はよくそういうことをいった。ひょっとしちまうぜ、ということばの意味を、歳さんは正確に理解している。同じ危惧を歳さんも持っているからだ。

そこで、心配のあまり、近藤は江戸へ行った。

「大樹を京に連れてこなければだめだ」

といって。そうしなければ、くるくる猫の眼のように変る薩摩藩に、いいようにふりまわされる、と憤っていた。

「幕府の本当の敵は、長州より薩摩かもしれねえぞ」

京における政局の推移を凝《じ》っとみていて、近藤はそんなことまでいった。江戸行きには、もちろん守護職の松平容保《まつだいらかたもり》の内意をうけている。容保は、別に家臣の小森久太郎《こもりきゅうたろう》という侍に親書を持たせて、江戸に向かわせていた。容保もまた、近藤とまったく同じ心配をしていた。

その近藤は、池田屋襲撃以来、新撰組の名が列島上にひびき渡り、入隊志望者が急増するさまをみて、

「兵は東国の者に限る。しかし、多摩の農民は絶対に入隊させてはならぬ」

と、歳さんはじめ、沖田、山南、永倉、藤堂、原田、井上等の旧試衛館門人にいった。近藤の厳達に、歳さんは、

（先生は、どんな時代になっても、多摩の人間を純粋に残したいと思っておられるのだ）

と感じた。近藤のそういう配慮は、同じ多摩の土埃《つちぼこり》の中で育った歳さんには、痛いほどわかった。

が、そういう近藤の気持は、どういういいかたをすれば、眼の前の直情的なふたりの若者は理解するだろう。第一、徳川幕府の近未来に、近藤がすでにつよい危機感を抱いているなどということを、どうしていえよう。そこで歳さんは、こういういいかたをした。

「評判とは別に、新撰組の内実は外からみるほど華やかなものではない。隊士にすれば、歯をくいしばって外に洩《も》らせない苦労がある。近藤先生は、きみたちには、そういう苦労をさせたくないのだ」

「私たちは、逆にそういう苦労がしたいのです。ぜひ入隊させて下さい」

遠まわしな歳さんのことばは、所詮、ふたりの若者にはわからない。歳さんも、わかるはずがない、と承知しながら説明している。しかし、いずれにせよ、

「きみたちの入隊はゆるせない」

と首をふりつづけた。


幕府の医学所は江戸神田の和泉橋《いずみばし》のそばにある。発祥はお玉ケ池の種痘所《しゅとうじょ》だ。安政年間に、伊東玄朴《いとうげんぼく》を中心とする八十二人のオランダ医者が、金を出しあって建てたのがその最初になる。最初の敷地は、誓願寺《せいがんじ》の前にあった幕臣川路聖謨《かわじとしあきら》の拝領地を借りたものだった。

しかし、安政《あんせい》五年（一八五八）十二月十五日に火事で焼けてしまったので、改めて藤堂侯《とうどうこう》の屋敷のとなりに百七十坪の敷地を得て建て直した。文久年間に入って、幕府はこの種痘所を官営にし、西洋医学所として内容を充実した。のちの東大医学部の前身だ。

大槻俊斎《おおつきしゅんさい》、緒方洪庵《おがたこうあん》などが頭取をつとめたが、去年（文久三年）の二月二十五日、ちょうど近藤たちが京に入ったころ、松本良順《まつもとりょうじゅん》が頭取になった。

良順は、順天堂の創始者佐藤泰然《さとうたいぜん》の次男に生れたが、十八歳の時に幕医松本良甫《まつもとりょうほ》の養子になった。長崎でオランダ人ポンペについて西洋医学をまなんだ。現在、三十五歳だ。

元治元年（一八六四）の十月のある日、近藤勇はこの松本良順を訪ねた。突然の訪問である。

京から江戸に急行した近藤は、牛込二十騎町の試衛館《しえいかん》にこんどの活動拠点をおいた。近藤とは剣術の同門であり、また、土方歳三の姉を妻にしている日野の名主佐藤彦五郎《さとうひこごろう》が、実に丹念に道場の面倒をみてくれていた。

一年半余の留守にもかかわらず、道場はほころびもなく磨きぬかれていた。門人も逆に増えているという。妻のツネからそういう話をききながら、近藤は佐藤に感謝しながらも胸の中で苦笑した。

（おれがいねえほうが、試衛館は賑わっている）

と思ったからだ。娘のタマ子は人みしりをし、父の近藤を忘れていた。が、やさしい近藤のあやしかたにすぐなついた。

「京へお戻りのとき、あとを追うと困りますね」

ツネがしみじみといった。そのことばの底には、女としての別の意味があった。近藤は知らん顔をした。

気にかけていた師であり養父の近藤周斎《こんどうしゅうさい》老人は、小康を得ていた。ちかくの隠居所に見舞うと、ちょうど府中から医者の粕谷良順《かすやりょうじゅん》が診察にきていた。粕谷は土方歳三の兄で、他家へ養子に入った。剣術が強く、酒の好きな豪快な人物だ。近藤の顔を見て、涙ぐんでよろこぶ周斎老人に、

「ご隠居、くれぐれも大事にして下さいよ」

と温かい眼でいった。あいよ、と応ずる周斎は、

「おまえさんも歳三も、京ではひどく名をあげたねえ」

といった。周斎の周囲には相変らず妻妾とりまぜて数人の女がいた。そろって憧れと欲情の視線を近藤に送った。近藤は粕谷を別室に呼んで、

「おやじをたのみます」

といったあと、

「ところで、いま、江戸で信用できる医者は誰でしょう」

ときいた。

「私も医者だぜ、勇さん」

苦笑いした粕谷は、そうさな、と考え、

「まず松本良順さんかな、医学所頭取でまだ若いが、なかなかの気骨人だ」

と答えた。答えたが、すぐ、

「しかし、何か？」

ときいた。近藤は狼狽して、いや別に、と首をふった。その近藤を探るようにみつめて、

「勇さん、あんた、どこか悪いんじゃないだろうね」

と粕谷はいった。

「どこも悪いところなんかありませんよ。そんな様子がありますか」

「そうさな、顔の色があまりよくありませんな」

「疲れでしょう、急いで江戸へ来ましたから」

「それに、息が少し臭《にお》う」

「………」

さっと不安の色が自分の面上を走るのを、近藤は知った。粕谷の指摘は近藤の気にしていることを衝いた。その近藤に、

「ま、あまり無理をせんで下さい。私で役に立つことがあったら、いつでも」

と、粕谷は淡々といった。近藤は黙礼した。京からの早駕籠《はやかご》のせいか、実をいうと近藤はいまひどく胃を痛めていた。しかし、胃の痛みは京にいるころからはじまっていた。

(ほとんど酒も飲まないのに、どうしたわけだ)

近藤はいぶかり、思いあたる原因のない胃の痛みに腹を立てた。京で医者にかかればすぐ知れる。近藤が病んでいるとわかれば、それでなくても、西国浪人との確執で安定しない新撰組は、いよいよ混乱する。特に旧試衛館員が当惑するだろう。

(江戸に行ったら、そっと医者にみてもらおう)

というのは、京を発《た》つ前からずっと近藤の考えていたことだった。しかし、それも粕谷良順のような旧知の医者でないほうがいい、と思っていた。

うっかり粕谷にきいてしまったことを近藤は悔いた。やはり粕谷は敏感な医者だと思った。

「幕臣です。姓名の儀は松本先生に直接お目にかかって申しあげる」

そういいはる近藤に、受付の者はなかなか取次がなかった。しかし、近藤の押出しの立派

さに威圧されて渋々、松本にこのことを告げた。

「七面倒くせえことをいう野郎が来やがったな。何でもいい、通せ」

松本はそう応じた。診察室に入った近藤は、そこで、かつて嗅《か》いだことのない薬品の匂いや、西洋医術の器具にかこまれた松本良順をみた。柔らかいが鋭い眼をした医者である。

「京都新撰組局長の近藤勇です。名を申さず、非礼を仕りましたが、理由あってのことです」

固い近藤のあいさつに、松本はちょっと緊張の色をみせた。近藤が告げた名を胸の中で反芻し、すぐ、

「すると何ですか？　私を斬りに？」

ときいた。とんでもない、と近藤は首をふった。

「ひそかに診断をお願いしにまいったのです」

「何のこった」

正直に安堵《あんど》の色をみせて松本は、

「いや、西洋かぶれの医者はけしからん、ということで殺しにきたのか、と思ったのですよ」

と笑った。

「そんな色が私にありましたか」

「あるある、まるで殺気が人間の皮をかぶっているようだ」

松本は冗談めかしていったが、眼は笑っていなかった。じゃ、拝見しましょう、と、片膝を立てた松本は、念入りに近藤を診《み》た。診終って、

「かなり胃をやられていますな」

と率直にいった。

「酒はほとんど飲みません。私は甘いものに目がなくて、菓子ばかり食っていますが、そのせいでしょうか」

近藤はきいた。松本は複雑な表情をした。

「甘いものの影響も少しはあるかも知れないが、近藤先生、原因はもっと別なことですよ」

「別のこと？」

「そう、気の病いです」

近藤は笑い出した。

「私は、気の病いなど病んではおりません」

「ところがそうじゃねえんだな」

伝法なことばづかいをしながら、松本はこんなことをいった。

「私がいう気の病いとは、ふつう日本でいっている気の病いのことじゃねえんです。多くの人間を率いたり、ままならねえ政治《まつりごと》に気を揉《も》んだりする、そういう気の病いが、西洋じゃ、酒よりも甘いものよりも、胃や腸をこわすというんです。本当ですよ、こいつは、おそろしいんです……」

「…………」

そんなばかな、と近藤は胸の中で否定しながらも、その否定の声は弱かった。松本のいうことは正しかったからだ。正しかった、というのは、松本のいう気の病い以外、近藤には自分が内臓を悪くする原因がみつからなかったからだ。

それにしても、人を率いる苦労や、政局へのうっぷんが胃や腸をそこなう、という松本の説明には一驚した。人間のからだとは、そういうものなのか、と不思議な気がした。

「しかし、これは性分だ。悩むな、といってみても、あなたのような律義なお人には無理でしょう。精々、脇を固めている人たちとよく相談することですな。人に話すということのほうが、先生の病いには薬より効きますよ」

松本はそういった。はっきりものをいう、伝法なこのオランダ医者に、初対面ながら近藤は深い信頼をおぼえた。それは態度に出た。そして、そのことは松本にも正確に伝わった。

松本は、

「ぐうたら野郎がそろっているいまの幕府です。先生が胃をこわすのもよくわかります」

といった。幕府医学所頭取は江戸城の奥医師を兼ねている。将軍をはじめ要人の診察を通じて知る幕政のうごきに、松本は松本なりに感じていることがあるのだろう。

「憂いは他人に話すことです」

と、いまいわれたばかりなので、近藤はよほど今日までの幕閣人とのやりとりを、松本に話そうか、と思ったが、すぐ思いかえしてやめにした。

はっきりいって、近藤の今回の東下の目的のひとつである「大樹の急遽《きゅうきょ》入洛」の交渉は、失敗していた。

江戸城にいる要人には京都政局の臨場感がまったくなかった。遠く京から離れているため、認識がひどくズレていた。幕威だとか、将軍の勢威だとか、京ではすでに屑化しているそんな観念でしかものを考えなかった。江戸城にいても、そういう観念で日本はうごくと思いこんでいた。

その中でも、比較的、現状を認識している北辺の大名で老中の松前伊豆守《まつまえいずのかみ》は、

「あなたの誠忠心には、このとおりです」

と率直に頭を下げたが、その直後、

「しかし、大樹が上洛したくても、いまの幕府には行列の旅費すらありません。情けない始末です」

といって近藤を啞然《あぜん》とさせた。が、近藤は何人かの要人に会えただけでも幸いだった。松平容保がさしむけた使者の小森久太郎は、誰にも会えなかった。幕府は小森に会うことを拒んだ。拒否者の中には、

「ちかごろの会津殿は、しばしば僭上《せんじょう》の向きがあり、まるで京都の老中のようなふるまいが多い。このたびの使者もそのあらわれだ」

と非難する者さえいた。それなのに、近藤に会ったのは、近藤の面上に、形式を超えた憂国の誠意がみなぎっていたためであろうか。とはいうものの、その誠意でも幕府はうごかな

かった。

近藤の胃痛はにわかにつよまった。

それにひきかえ、もうひとつの目的は着々と遂げられた。もうひとつの目的というのは、歳さんが壬生の屯所で多摩のふたりの若い農民に話した、

「東国人の新入隊者」

を募る仕事であった。これには弁の立つ藤堂平助《とうどうへいすけ》や武田観柳斎《たけだかんりゅうさい》、尾形俊太郎、永倉新八等の同行者が分担して当った。おべっか使いの武田を連れてきたのは、かれが口舌による宣伝能力を十分に持っているからであった。

六十人前後の応募者がいた。中に、藤堂平助と旧知の北辰一刀流《ほくしんいっとうりゅう》の剣客伊東甲子太郎《いとうかしたろう》とその門人八人がいた。

もちろん、京都での新撰組の活動を知っていた伊東は、はじめは、入隊をすすめにきた藤堂に、

「新撰組に？ 冗談ではない。私は、かれらを討滅したい側にいる」

と、自身の尊皇攘夷《そんのうじょうい》思想を語って、笑殺した。ところが藤堂の、

「近藤先生は、本当は尊皇攘夷論者です」

ということばをきくと、眉をよせて妙な表情をした。関心をそそられたらしい。とにかく、たとえ新撰組にせよ、京に活動拠点が得られるということは、志に燃える伊東にとって大きな魅力であった。伊東の心のゆれをみた藤堂は、

「どうか、伊東先生のご参加で、新撰組を尊皇攘夷の初心に戻して下さい。いまのままですと、新撰組は取返しのつかない道を歩みます」

と煽《あお》った。この新撰組を初心に戻して下さい、という藤堂のことばが決定的になった。伊東は近藤に会った。そして、自分を決して安売りしない計算をしながら、

「一応京にまいりましょう」

と約束した。たちまち顔をほころばせ、

「旅費の一切を当方で」

という近藤に、伊東は、

「いやいや、まだ入隊するときめたわけではありませんので」

と、近藤を焦らす手管を使った。この時の伊東は三十二歳で、常陸国志筑《ひたちのくにしづく》の出身だが本名を鈴木大蔵《すずきおおくら》といった。剣術の師であった伊東精一《いとうせいいち》のところに養子に入った。実弟の鈴木三樹三郎《すずきみきさぶろう》たちと攘夷運動に熱心で、単なる町道場主ではなかった。文学の素養も深く、詩歌もよくつくった。

新撰組を自分の力で、尊皇攘夷集団に変革する、ということは、伊東の心を微妙にくすぐった。伊東の衒気《げんき》でもあり、おごりでもあったが、伊東はその可能性を信じた。藤堂は、

「もちろん、自分がそうだし、そうなれば、隊内の同調者が一斉に起《た》ちます」

といった。藤堂のこの話を軸に、伊東は弟の三樹三郎や、師範代の内海二郎《うつみじろう》、中西登《なかにしのぼる》らに相談した。こもごもの意見が出た。が、

「体質を尊皇攘夷に変えた新撰組をみやげに、京の活動に参加しよう」

という伊東の気負いが、やはり皆には魅力だった。伊東一味は、京で活躍している志士群に対して、自分たちが〝出遅れた志士〟であり、〝江戸で無為に日を過している浪人〟であることを知っていた。遅れをとり戻し、進んだ志士たちと肩をならべるには、それなりの思いきった方法が必要であった。

志士の斬殺組織としての新撰組に、心をいれかえさせ、〝ぐるみ〟で尊皇攘夷運動の戦列に参加させることは、たしかに京を一驚させる戦術であった。伊東の文学好きは、この夢想を現実におきかえさせた。

「しかし、藤堂君、その時は、きみはつらい立場になるぞ」

すでに近藤への背信計画に参画している藤堂平助に、伊東はふっとそんなことをいった。

藤堂は、

「覚悟していますよ」

と明るく笑った。屈託のない若者であった。鈴木三樹三郎が、

「しかし、近藤さんは、藤堂君のそういう気持に、まだ気がついていないのですか」

ときいた。藤堂は、

「気がついていません。私を信じています」

と答えたが、心の底のほうでは、いや、近藤先生は気がついている、と思っていた。試衛館で近藤の門人だった藤堂は、近藤が剛直な性格の裏に、かなり鋭い洞察力を持った人間で

あることを知っていた。

　伊東甲子太郎は道場をたたんだ。師であり養父であった伊東精一の娘（甲子太郎の妻）は、三田のほうに家を買って住まわせた。うめ、というその妻は、かなり納得しない表情で伊東の話をきいた。しかし、伊東が江戸を発った直後、常陸に住む伊東の母こよに、

「伊東のこんどの京行きは、まったく国家のためを思い、志を立てるためですから、どうかご心配のありませんように……」

　と、けなげな手紙を送っている。そして、この手紙をもらった伊東の母は、伊東の行動を正確に理解したが、うめのほうは正しく理解しなかった。

　夫が仮の方便とはいえ、悪名高い新撰組に籍をおいたことを心配したのか、あるいは女として別の心配をしたのか、やがて、うめは、

「常陸のお母さまが危篤《きとく》です」

　という嘘《うそ》の手紙を京に急便で送る。おどろいた伊東は早駕籠でとんできたが、母はどこも悪くなく、丈夫でにこにこしている。問い糺《ただ》すと、うめは、いつわりの手紙を送ったことを告白した。あまりのことに蒼白になった伊東は、その場でうめを離縁してしまった。

　伊東一味が、新撰組入隊のために、江戸を発ったのは、元治元年の十一月十五日である。

　しかし、藤堂が感じたとおり、この時点で近藤はすでに藤堂や伊東の企みを見抜いていた。が、近藤は近藤で、

（伊東一味を佐幕《さばく》派にひきこんでやる）

と考えていた。若者たちの尊皇攘夷運動を、近藤は、

「熱に浮かされた流行《はや》り病い」

と思っていた。京の渦《うず》を一度でも経験すれば、そんなものはたちまち吹きとぶ、特に江戸でオダをあげている奴《やつ》のそれは、いたって底が浅い、とみていた。

しかし、これは近藤の誤算だった。伊東甲子太郎はそんな底の浅い男ではなかった。特にかれの尊皇心には筋金が入っていた。双方共、相手を甘くみていた。この誤算がのちに熾烈《しれつ》な闘争を生む。


「多摩の人間は、新しく新撰組には入れない」

というのは、近藤の鉄則であったはずなのに、近藤はその鉄則をみずから破った。例外をつくってしまったのだ。

一日、近藤は多摩の日野に行った。日野宿の名主佐藤彦五郎に留守中の礼をいうためである。現在、JR日野駅の近くで、名物そば店になっているところに、佐藤が建てた天然理心《てんねんりしん》流《りゅう》の剣術道場があった。

「見てみませんか。いま、ちょうど少年新撰組が稽古《けいこ》中ですよ」

近藤と義兄弟の約を結んでいる佐藤は、温厚な微笑で久闊《きゅうかつ》を叙しながら、近藤を道場に誘った。

「少年新撰組？」

苦笑して佐藤のことばをききながら、近藤は久しぶりに多摩の道場の匂いをかいだ。去年、京へ発つときに、多摩の門人たちとはここで別れのあいさつをした。

道場には、二十人くらいの少年が集まり、羽目板の前に整然と並んでいた。隅に「誠」と書いた紙の旗が立ててあった。

近藤が入って行くと、あっ、というおどろきの声が湧いた。たちまち私語が起り、若い興奮が一斉に噴き立った。近藤の突然の出現が、少年たちに渦《うず》を起させた。

立合っていたふたりの少年も、木刀をさげ、近藤を見て深い礼をした。近藤は、自分の胸に依然として、この少年たちとの間に信頼の地下水が流れているのを知った。それは、何の疑念も持たずにすっと溶けて血肉になる温かい感情の行きかよいであった。瞼《まぶた》が熱くなる思いであった。思わぬ気持のよみがえりに、近藤は、

(おれは胃をやられているだけでなく、心のほうも相当にやられている)

と思った。新撰組とはそういうところなのだ、と改めて感じた。

「しばらくだ。皆、元気か」

声をかけると、争うように高い声を出して、

「はい」

という答えがかえってきた。そうか、そうかと頬《ほお》をくずしながら、近藤は、

「それでは立合いをつづけてくれ」

と立っているふたりにいった。神前の下には行かず、少年たちの間に割って入って坐った。

両脇の少年が感動で胸を一杯にした。

　立合っている少年のふたりのうち、ひとりにはみおぼえがあった。もうひとりは新しく入門した少年なのだろう、近藤は知らなかった。ひと目みて、ふたりの力量差ははっきりわかった。かまえがまったくちがう。

　みおぼえのある少年は腰が安定していた。だから足さばきが軽快だ。剣尖《けんせん》が合った、と思った一瞬、みおぼえのある少年は右側から相手の木刀を左へばちんとはじいた。つられて相手の少年は、そうはさせまい、とはじきかえした。しかし、力をいれすぎたので、木刀は中心からさらに左へ寄った。

　とたん、みおぼえのある少年の木刀は、うねるような弧をえがいて、相手の木刀をすりぬけ、同時に足が一歩踏みこんで、相手の右の小手に入った。みごとなきまりかたで、相手は腕をしびれさせ、思わず木刀を落した。

「小手あり」

　佐藤彦五郎の判定の声がひびいた。互いに礼をして席に戻る少年を、近藤はにこにこして眺めていた。

（沖田にそっくりだ）

　みおぼえのある少年の立合いぶりに、近藤はそういう感懐を持った。顔形がではない。小手のとりかたが沖田総司にそっくりなのだ。沖田は、この少年と同じ小手のとりかたが得意だったし、擦《す》りあげ面や、突きが得意だった。いずれにしても相手を誘い、相手の力を空費させて、その虚をつく、いわば知能的剣法だ。

（この子は、きっと頭もいいにちがいない）

近藤はそう思った。

「この子をおぼえておいでですか？」

道場から出て、自室で近藤をくつろがせ、廊下に呼んだその少年を示して、佐藤はきいた。

「おぼえています。市作《いちさく》くん、たしかそうだったな」

自分の名を正確に告げられて、少年は頬と眼を紅くした。近藤はさらに、

「たしか、甲府勤番におもむく悪直参《じきさん》を叩きのめした、あの市作くんだったね」

といった。はい、と市作少年は気を失いそうになるほどの気持のたかまりをおぼえて応《こた》えた。

「いやあ、まったくよくおぼえておいでだ」

佐藤は感嘆した。

「いくつになった」

「十三歳です」

近藤の問いに市作は、はっきりした口調で答えた。

「かれは、多摩の少年新撰組の局長です。夜警その他で、宿場は大助かりです」

佐藤が目をほそめて少年たちの活動を話した。そして、

「近藤先生、実は折入ってお願いがあります。この市作を京へお連れになって、どうか、あ

なたのおそばで使ってやって下さらんか」

といった。近藤は思わず佐藤をみかえした。佐藤は真剣だった。温厚な佐藤がものをたのむことはめずらしく、それだけに、その思い入れには深いものがあった。そのことを近藤はよく知っていた。近藤はきいた。

「親は」

「去年の暮にふた親ともなくしました。身寄りはありません」

佐藤が代って答えた。

十月十五日、近藤は江戸を発った。一緒にきた連中に、

「おれが探してきた新隊士だ」

と市作を紹介した。市作をのぞきこんで、

「きみの名は？」

ときく藤堂に、市作に代って、近藤がこう答えた。

「玉川《たまがわ》市作だ」

即興で命名した名であった。

歳さんは行く道を決めた

「私は玉川市作と申します。よろしくお願いいたします」

市作は、近藤が生れ故郷の多摩川からとってつけてくれた姓を名乗った。きちんと挨拶《あいさつ》する市作少年を見て、沖田総司と山南敬助は、可愛い犬の子でも見るように、思わず頰《ほお》をゆるめた。

ふたりとも市作を知っていた。試衛館から、日野の佐藤彦五郎の邸内にある道場へ出稽古《でげいこ》に通っていたころ、市作は際立って剣技のすぐれた少年剣士であった。

江戸で集めた五十人ほどの新隊士とともに、近藤勇が連れてきた市作少年を紹介されて、沖田も山南も、相手が少年であることを忘れて懐かしがった。

歳さんは複雑な表情をしていた。こんな少年を隊に連れてきた近藤の真意をはかりかねていたからだ。というのは、歳さんは、近藤が江戸に行って留守の間に、多摩の青年ふたりの来訪をうけた。ふたりは、新撰組に入れてくれと懇願《こんがん》した。しかし、歳さんは拒絶した。近藤の考えが、

「多摩の青年は、決して入隊させない」

と決まっていたからである。それは、近藤なりに、これからの世の中を見通し、そうすることのほうが、多摩の青年にとっていいことなのだ、と判断したからだった。そういう近藤

の考えに、歳さんも賛成だった。

それなのに、いい出しっぺの近藤が、まぎれもなく多摩の人間である市作を連れて戻ってきた。しかも、市作はまだ十三歳の少年だ。

（一体、どういう了簡《りょうけん》なのか……）

わからねえ、と、歳さんはさっきから胸の中で首をかしげている。歳さんのそういう気持を察したのだろう、近藤は、

「佐藤彦五郎さんにたのまれた。ことわれない」

といった。佐藤彦五郎の妻は歳さんの姉だ。歳さんの義兄にたのまれたのだから、ことわれまい、と、近藤は暗に佐藤のせいにした。しかし、本当は近藤自身が、自分で立てた原則を破ってでも、市作を京都に連れてきたかったのは事実だ。近藤には市作を活用したい仕事があった。市作は、土方歳三を見て、

（歳さんは変った）

と思った。

石田村《いしだむら》にいたころの、あの柔和な、そしてどちらかといえば女好きな歳さんが、いまはりっぱな武士に変身していた。薬を箱に入れて、村から村を歩いていた歳さんのおもかげはかなり消えている。

市作のおじぎにも、軽くうなずきかえしただけで、沖田や山南のような笑顔はみせてくれない。懐かしさも色に出さない。憎んでいるわけでもないだろうが、凝《じ》っと市作をみる眼の

底には、冷静なものが漂っている。

少年ながらに、市作は歳さんが決して双手をあげて自分を迎えていないことを知った。もちろん、歳さんがなぜ双手をあげて迎えないか、そのわけは知る由もなかった。

「市作は局長づきにする」

近藤はいった。

「それはいい」

手を拍《う》つように沖田がすぐ反応した。歳さんは沖田をみた。沖田もすぐ歳さんをみかえした。その眼は、

（面白くなりますよ）

と、いたずらっぽく笑っていた。近藤より約一か月遅れて、伊東甲子太郎《いとうかしたろう》一派が壬生村にやってきた。

「一応、入隊しましょう」

尊大な態度で、近藤にそう告げる伊東甲子太郎に、歳さんは、いきなり、

（何だ、この野郎は）

と、悪感情を持った。新規応募者の謙虚さがなく、

「入隊してやる」

といわんばかりの押しつけがましい伊東の態度は、かなり歳さんの癇《かん》にさわった。

また、それをあたりまえのように受けとめ、卑屈と思えるくらいの過剰な笑顔でよろこん

でいる近藤にも、不快な気持を持った。

「伊東甲子太郎先生だ。これは副長の土方歳三君です」

近藤の紹介に、伊東は軽く顎《あご》であいさつした。眼には格別の関心の色はなかった。儀礼的なあいさつである。が、近藤が、

「総長の山南敬助君です」

と、山南を紹介すると、伊東は、ぱっと眼を輝かせ、

「これは」

と坐り直した。そして丁寧《ていねい》に、

「未熟者です。どうかご高導のほどを」

といった。これには居合わせた旧試衛館出身の沖田、井上、原田、永倉たちがびっくりした。藤堂平助がちょっと顔を赤くした。

(ははあ)

と歳さんは気がついた。そういうことか、と、江戸で近藤がいろいろと吹きこまれたことを、一瞬、推理した。

が、いずれにしても歳さんには不快だった。不快だったというのは、歳さんのもっともきらいな世間知や、政治のようなものが、伊東一派とともに、いきなり新撰組の中に入りこんできた気がしたからだ。

そして、もっとおどろいたことがあった。それは、伊東一派の中に、実に意外な男がまじ

っていたからである。

「車一心《くるまいっしん》と申します」

鈴木三樹三郎、加納道之助《かのうみちのすけ》、服部武雄《はっとりたけお》、佐野七五三之助《さのしめのすけ》、篠原泰之進《しのはらたいのしん》、中西登、内海二郎と、順に名乗った伊東一派の最後に、そう名乗った浪士をみて、新撰組側は唖然《あぜん》とした。車が伊東たちといっしょに屯所《とんしょ》に入ってきたことは、近藤はじめ皆が気づいていた。

が、まさか伊東といっしょに入隊するとは思わなかったのだ。深い疑惑の表情で、自分を凝視する新撰組幹部たちに、車一心はつとめて平静をよそおい、眼を宙にあげて、近藤たちと視線が合うのを避けながら、必死に固い姿勢を保っていた。名乗ったあと、

「伊東先生とは、江戸以来、ご指導をいただいております」

車はそういった。近藤たちはただもう呆《あき》れて車をみつめていた。

「ほんとかよ」

部屋の隅から声がとんだ。松原忠司だった。そっちをみた車は、さすがに顔色をかえたが、すぐ元の固い姿勢に戻った。それは、おれははじめから伊東派なのだ、ということを殊更《ことさら》に強調している態度だった。

「どうするね」

さすがに近藤は歳さんをふりむいてきいた。どこでどうつながったのかわからないが、とにかく過去にあれだけのいきさつのある車を、このまま再入隊させていいのかどうか、近藤にもちょっと抵抗があったのだ。

「いいじゃないですか、車君も入ってもらって。伊東先生のご指導下にあるのなら、おそらく車君も、新しい車君に変っているでしょう」

歳さんが口をきく前に、山南敬助がそういった。

（この野郎、余計な差出口を）

と腹が立ったが、そうはいっても、歳さんにもいい方法があるわけではなかった。いい方法がなくなったのは、みていると、どうも近藤は伊東という男に、かなり入れこんでいるからだ。身を低くしても、この男が隊にほしいらしい。車はその伊東が連れてきたのだ。無下にことわるわけにもいかない。近藤はうなずいた。伊東が敬愛の視線を山南に送った。それを歳さんは静かに凝視していた。

「車さんは、ひとつ、おれの隊にいただきますかな」

松原がいやみたっぷりにいった。車の顔の上を恐怖の色が走った。伊東は松原をさげすむような眼でみて、

「いや、車君は私の手もとで使いたい」

といった。近藤はいいでしょう、とうなずいた。車はほっとした。

「兵《つわもの》は東国人に限る」

と近藤はいったはずだった。伊東甲子太郎は常陸国の出だという。歴とした東国人だ。が、歳さんが頭の中に描いていた東国人の像は、もっと素朴な、土埃の匂いを失わない荒々しい人間だった。

いま、目の前にいる伊東のように、色が白く、眼が涼しく、髪が女のように真黒な色男ではなかった。

（おれも色男だが、こいつとはちがう）

歳さんはそう思った。それに、歳さんのみた伊東は、剣客というよりは学者だった。それも相当に口の達者な学者のようにみえた。歳さんは、

（また、清河八郎《きよかわはちろう》みてえな奴《やつ》が入ってきやがった）

と率直に思った。そう思うと、車一心が伊東に接近したのもわかる気がした。車一心は最初、清河八郎の腰巾着《こしぎんちゃく》だった。それから、芹沢鴨《せりざわかも》の腰巾着になって、ついに新撰組から逃げ出したのだ。

最近までは、桂小五郎に使われているという噂《うわさ》だった。それにしても、

（この野郎は、いつでもおれたち試衛館一門には、楯《たて》つく立場を貫いていやがる）

と、歳さんは、改めて、車一心の奇妙な生きかたに気がついた。

新撰組の局長づきは二十人ちかくいた。近藤の小姓というか、直属親衛隊のような存在だったが、配属されて市作はおどろいた。おどろいたというより呆れたのだ。

近藤の局長づきの連中は、ほとんどが碌《ろく》に剣術ができなかった。学問もなかった。早くいえば新撰組の屑《くず》だった。近藤は屑ばかり集めて自分のまわりに置いたのだ。

（これでは、近藤先生の身に何か起ったときにも、守りきれない）

局長づきの先輩たちをみて、市作はとっさにそう感じた。おそらく、近藤先生は、実戦部隊に置いても役立たない、こういう屑連中を、自分の手もとに集めることによって、各隊の負担を軽くしているのだろう。

しかし、その屑の中におれを投げこんだのはどういうことだろう、と市作はいぶかしんだ。そしてその理由はすぐわかった。市作を局長づきの連中に紹介した近藤は、

「玉川君は、きみたちの剣術指南に当る」

と告げた。さらに、

「また、伊東先生はきみたちの学問指導に当る」

とも告げた。ははあ、そういうことか、と幹部たちは、近藤の真意を理解した。近藤は屑の再教育を考えていたのだ。そして、その鍛え直しは、学問よりも剣術のほうに重きをおいていた。

しかし、隊内の剣術指導は、沖田、永倉、斎藤たちが当っているが、局長づきになっている連中は、どう鍛えても上達しない。それに、はじめから尻ごみしてしまっている。沖田たちは剣の天才だから、ある水準にまで達していなければ、稽古そのものもうけられない。新撰組の名声に魅《ひ》かれて入ってきた者の中には、そんな粗末な人間が沢山いた。それを近藤は市作少年によって鍛えなおそうというのだ。

「こいつは面白えや」

原田左之助が大声で笑った。初稽古は、前川邸の庭でおこなわれた。非番の隊士が何だ、

何だととび出してきた。縁側には幹部たちも全部立って見ていた。

局長づきの屑たちは、市作が少年なので頭から舐《な》めてかかった。見物している隊士たちへの見栄もあった。できもしないくせに、いっぱしの剣客のふりをした。

が、屑たちは片端から叩きのめされた。市作は容赦《ようしゃ》しなかった。かれは、日野の佐藤道場でやってきたとおりの稽古をつけた。相手の実力に合わせて、自分の伎倆《ぎりょう》を加減するということはしなかった。思い切って叩いた。屑たちは、擦《す》りあげ面《めん》や出小手《でごて》などの、市作の得意な技に翻弄《ほんろう》され、木刀を宙にとばされ、腕はしびれ、横面をうたれて転倒した。あるいは抜き胴をくらって、あばら骨の痛さに土の上を身を抱えてころがりまわった。

おどろきの声が大きく見物の中からあがり、市作は、

「まるで沖田さんの後継者《あとつぎ》だ」

と、ささやかれた。沖田の稽古も相当に乱暴だったからである、隊士のささやきに、沖田は嬉しそうに笑った。近藤勇はひとりで何度も満足そうにうなずいて微笑した。歳さんは腕をくんで、凝っと食いいるように市作の動きを追っていた。しかし、心の中で、

（このガキは、何て野郎だ）

と呆れていたことは事実だった。局長づきの屑たちは、とんでもない剣術指南を迎えたのだった。

市作は近藤の扱いに感動していた。少年なのに一人前の隊士として、しかも得意な剣術の仕事を与えてくれたことに、心から嬉しさを感じた。局長づきの屑たちを、ひとりひとり叩

きのめしながら、そのたびに、

(おれは、近藤先生のために死ぬぞ)

と、胸の中で叫んでいた。叫びは気力となり、気合となって市作のくちびるからほとばしった。やあっ、とうっと叫ぶ市作の気合の中には、だから、強く、

(おれは、近藤先生のために死ぬぞ！)

という思いがこもっていた。

縁側に立っている歳さんが、市作から感じたのは、市作のこの思いであった。歳さんは市作が屑を叩きのめすたびに、何か鋭い気迫を感じた。それは単に市作の剣技ではなかった。もっと内面的なものだった。この少年から発する精力の底に、歳さんはいいようのない純粋なものを感じた。

それは、歳さん流にいえば、新撰組への純粋な思い入れであった。のめりこみであった。新撰組のために自分の一切を捨てよう、という心意気であった。

入隊早々の市作少年に、歳さんは、その心意気を発見した。歳さんが、このガキは、と呆れたのは、市作の中に、及び腰でないほんものの新撰組精神をみつけたからであった。

というのは、歳さんがそれを大切に保っていたからである。歳さんはまたたきもせずに市作をみつめながら、

(このガキは、おれと同じだ)

と思った。そして、

（やはり、多摩の人間だからだ）

と、改めて共通する出身地のことを思った。歳さんは、市作少年の中に、強力な協力者を見出した。


「どこまで尾行《つ》いてくる気だ」

車一心はふりかえった。

「おまえの行くところまでさ」

懐手《ふところで》のまま松原忠司は応ずる。屯所を出てから、松原はたしかに車を尾行していた。

「昔の女のところだよ、野暮はよせ」

車はそういった。松原は首をふった。

「信じないね。第一、おまえに女ができるわけがない。そうキョロキョロしていてはな」

「馬鹿にするな。おまえこそ、天神横町《てんじんよこちょう》の女はどうした。まだ、亭主を殺したことをかくして、白ばくれて通っているのか」

さっと松原の顔の上を怒気が走った。が、松原は苦しそうに微笑した。

「おまえの差出口で、あの人は事実を知ったよ。ふたりとも、苦しんでいる、というのが本当のところだろう……」

「相変らず格好をつけていやがる。亭主の位牌《いはい》の前でいちゃつくなんて、女もいい玉だよ。そんなことはどうでもいい、もうおれを尾行《つけ》るのはやめろ」

「そうはいかない。おまえの行先を見届けるまではな」

「おれはな、伊東先生のご用で行くところがあるのだ。しつこいマネをしやがると、伊東先生に申しあげるぞ」

「ああ、いいよ。おれは、その伊東って奴を信用していないんだ。もちろん、おまえはもっと信用していない。信用していない奴がふたりで何かごそごそやれば、おれでなくたって疑うのはあたりまえだろう」

「相変らず遅れた男だな。いつまでもそんなことをいっていると、時勢にとりのこされるぞ。新撰組もすぐ変るぞ。伊東先生がお変えになる」

得意そうになる車一心を、あわれむようにみつめ、

「相変らずなのはおまえのほうだ。流れ木のように、ただ時勢の川に流されて。情けない男だ」

「馬鹿にするのか」

「おまえを馬鹿にしているのは、何もいまにはじまったわけじゃない」

「…………」

車は松原を憎しみの眼でみた。

「再入隊を機に、知らない仲ではないから、せめておまえだけでも伊東先生に取次いでやろうと思っていたが、やめたよ」

「もともとおれのほうにそんな気はないよ。おい、車」

松原は突然、立ちどまっていった。

「おれのほうも知らない仲ではないから教えておいてやる。夜のひとり歩きは気をつけろよ。おまえを狙《ねら》っているのはおれひとりじゃないぞ」

そういうと松原は、くるりと反転した。車はおどろいて、

「おい、どういう意味だ？」

と松原の後姿に声を追わせたが、松原は答えずに歩き去った。

「ちく生」

と罵《ののし》った車は、しばらくそこに立っていたが、やがて歩き出した。かれが四方を落ちつきのない眼で見まわしたあと、入って行ったのは西本願寺であった。

それをちょっと離れた柳の木のかげから、ひとりの新撰組隊士がみていた。山崎烝《やまざきすすむ》だった。山崎は車の入って行った西本願寺の大伽藍《だいがらん》を、仰ぐように見渡したあと、

「やっぱりな」

とつぶやいて、ひとりで笑った。山崎の調べでは、西本願寺はいまだに長州藩士のかくれた巣であった。本願寺というのは、もともとはひとつしかなかったのに、ふたつに割《さ》いて東本願寺をつくったのは徳川家康だった。西本願寺が徳川家にいい感情を持つわけがなかった。幕末の現在《いま》になって、西本願寺は長州藩士あるいは長州系過激志士の潜伏場所になった。

禁門《きんもん》の変の時に、長州藩京都留守居役乃美織江《のみおりえ》は、部下とともに寺内の飛雲閣にひそんでいたし、ここからひそかに脱出していった。いや、禁門の変には、この寺の末寺の僧たちが

金剛隊という坊主隊を編んで、長州軍とともに御所に突入しようとしていた。

もっと過激なのは、各藩の脱藩士が、この寺の門主を擁して参内し、御所内を開放して長州軍を引き入れようなどという計画もあった。この計画には鷹司家《たかつかさけ》の家臣もからんでいた。当然、西本願寺の寺侍も一味だった。

はっきりそうだと証拠のあがった連中は、新撰組が捕えて六角牢に入れたが、それが二十余人いた。まだ、あとどのくらいいるのかわからない。

近藤勇が、大樹（将軍）上洛を要請しに江戸へ行っている間に、幕軍は長州を囲んだ。参謀は薩摩の西郷吉之助だ。総督は尾張藩主徳川慶勝《とくがわよしかつ》である。

総督本営は広島におかれ、西郷は長州の分家岩国《いわくに》の吉川《きっかわ》家を媒介にして、長州藩が自発的に服罪するように裏交渉をすすめていた。

自発的服罪の条件は、
一　禁門の変の責任者を処刑すること
二　藩主父子の自判による謝罪書の提出と謹慎
三　山口城の破却
四　長州領内にいる七卿を他領に移すこと
の四つであった。

長州藩は、西郷に示されたこの条件をのむべきか、のまざるべきか、いま夜を徹して論議中だ。江戸から戻ってきた近藤は、このことを知って歯を嚙《か》みならした。

「薩摩の西郷という奴は、まったくゆだんができない。あの野郎は、おれが二階（江戸）へ行っている隙《すき》に、梯子をはずしやがった」

といきまいた。いきまきながら、近藤は、薩摩藩という巨大な組織を背景にする西郷と、食いつめ浪人の集団である新撰組局長の自分との差を、身にしみて味わった。

どんなに突っぱろうと、西郷の眼からみれば、新撰組など、波の上に浮いた小さな水の泡にすぎない。そういう状況の中で、いま、京都ではしきりに貼紙、投げ文があって、文には、

「会津、薩摩、彦根、桑名、越前、一橋などは、天朝さまの臣でなく、アメリカの家来だ。いずれ天誅《てんちゅう》を加えてやる」

と書かれていた。禁門の変で長州藩を撃退した諸藩の名が並べられているから、あきらかに長州系の志士のしわざだろう。山崎烝は、この投げ文の犯人の潜伏拠点が西本願寺だ、とにらんでいた。

伊東甲子太郎が、一応、新撰組に籍をおこうと心を決めたのは、やはり、京に入ったものの、どこにも、誰にも、自身の尊皇攘夷《そんのうじょうい》の志を実現するとっかかりがないことだった。

伊東自身はかなり学問の深い人物であったが、しかし尊皇攘夷といっても別に新しい思想や方法をひっさげて、京都にきたわけではない。

尊攘運動は、京都ですでに何度も血の試練をうけている。伊東は、〝遅れてきた地方志士〟のひとりでしかなかった。主張も、

「いまごろ、何をいっていやがるんだ」

との譏《そし》りを免れない。結局、江戸で藤堂平助がいった、

「新撰組そのものを、尊皇攘夷の初心に戻して、同志へのみやげにする」

という方法が、一番いいように思えた。それと、伊東が新撰組をもう一度見直したのは、新撰組に入る情報の量の多さと、その質のよさである。何しろ、職務が京都の治安維持だから、反幕側のうごきが細大漏らさず入る。と同時に、佐幕《さばく》側のうごきもよく入る。伊東にとって、この佐幕側のうごきがよく入るということが、ありがたかった。いながらにして、両陣営の最高情報が入ってくる。

「いま、隊の組織再編成を考えています。その際は、伊東先生にも要職をお願いするつもりです。それまでは、隊士に学問を授けていただくほかは、どうぞご随意におすごし下さい。ご旅行もご自由です」

近藤は伊東にこういった。破格の扱いである。

「少し、甘えさせすぎるんじゃないですか」

さすがに苦いことばを出す歳さんに、近藤は、

「いや、そんなことはない。新撰組も、これからは頭が要る。いろいろと考えなければな」

といった。頭が要るだの、考えるだのということは、新撰組に学問をとり入れようということだな、と歳さんは感じた。それは、近藤が江戸へ行ったときに連れて行った供が、武田《たけだ》観柳斎《かんりゅうさい》や尾形俊太郎などの、隊内学者たちであることもそうだった。

（近藤先生は、世間の新撰組をみる眼を変えようとなさっている）

歳さんはそう思った。池田屋襲撃以来、一挙にたかまった新撰組の評判は〝人斬り〟によってであった。新撰組が池田屋に集結した志士を襲ったのは、かれらが烈風の日に京の町に火を放つ、という暴挙を制するためだったが、世間はそうはとらなかった。

「新撰組が池田屋で人斬りをやったから、長州が怒って御所を攻め、本当に京も焼いてしまった」

と思っている。京が丸焼けになった原因は、だから新撰組にある、新撰組は人斬りや、壬生の狼や、というのが世間の評判であった。

これは、近藤勇には耐えられないことであった。近藤は、いま必死になって、新撰組に貼られた〝人斬り〟という紙を剝《は》がそうとしている。それは、新撰組の体質を変えることによって。

現在のいいかたをすれば、〝力の集団〟を〝知の集団〟に変えようということだろうか。その意味では、近藤のこの意志は伊東甲子太郎が乗ずる隙を与えていた。

そして、それが歳さんには気にくわなかった。

（いまさら、新撰組が学問をしてどうなるんだ）

率直な疑問だった。そういうもやもやがあったところへ、市作少年が入隊してきた。市作は、隊内のもやもやを払いとばし、単純明快に、口先だけの連中をやっつける。いまの歳さんの胸を爽快《そうかい》にしてくれる少年であった。

市作の稽古ぶりをみて、歳さんが市作に同質性を感じたのは、実をいうとそういうことであった。

が——いま、西本願寺へやってきた車一心の目的は、そういう複雑な、また政治的な隊内事情とは何の関係もなかった。広大な境内の砂利を踏んで、まっすぐ寺務所に歩いた車は、

「はい」

と促すようにこっちをみる僧に、

「新撰組の者だ。ちょっと立入った話をしたい」

と告げた。新撰組が立入った話をしたい、というので、僧はさすがに緊張し、ちょっとお待ちを、といって奥へ行った。

やがて、奥から中年の寺侍が世馴れた笑みを湛えて出てきた。こちらへ、と一室へ案内した。きちんと車と対《むか》いあって坐った寺侍は、

「西村兼文《にしむらかねぶみ》と申します。お名前をどうぞ」

といった。笑ってはいるが視線は鋭い。車の胸の中をすべて見透かすような眼だ。車は多少、坐り心地が悪くなった。

(この寺侍は、おれのような用向きでくる人間を扱いなれていやがる)

と直感した。

「車一心です」

「くるまいっしん？　どういう字をお書きになるのですか」

「くるまは馬車の車です。一心は一心不乱の一心です」

「ほう、お珍しい。どこか地方に行くと沢山おありになるお名前で？」

西村は悠長に車の名の詮索をつづけた。車は弱った。車も一心も、親がくれた名を捨てて、自分でつけた偽名だとはいえない。

「さよう、先祖はたしか中国筋とかききましたが」

「中国筋のどちらですか」

「備中松山あたりとか」

「ご老中板倉様のご領地ですな。ちかく松山にまいります、その節、調べてみましょう。いや、祖先のこと、特に姓の由来をたずねるのは楽しいことです。戻ったらご報告しましょう」

そういって西村は坐りなおし、

「さて、お話を伺います」

といった。車はいった。

「新撰組が、当寺の一部を屯所に拝借したい、という話があります」

「ほう」

「もちろん、まだ幹部の間でひそかに語られている段階ですが、いずれ、表に出てくるでしょう」

「はい」

はい、と応じながら、西村は、それで、と話の先をうながしていた。

（やりにくい野郎だな）

車は胸の中で舌打ちをした。どうもはじめから調子が狂ってしまった。車という姓の由来を長々ときかれたときから、気勢をそがれたのだ。

（食えねえ寺侍だ）

と思う。

「そうなっては、さぞお困りになるのではないか、と思いまして、それで」

「それで、事前にお知らせ下さった、というわけですな」

「そうです」

「ありがたいお話です。ご存知のように当寺はいろいろとありましてな。新撰組の方々には睨まれている、と思っておりましたので、つい、いろいろと。それで、車殿」

「はい」

「話のすすめようによっては、あなたがご仲介の労をおとり下さり、そのお話が立ち消えになるようにおはからい下さる、と、こういうふうに考えて、よろしゅうございましょうか」

（何もかも見透かしていやがる）

と、車一心は思った。さすがに大寺だ。煮ても焼いても食えねえ寺侍がいる、と感じた。押され気味になった立場をはっきり自覚しながら、車は、

「ええ、まあ、そういうことです」

と答えた。ありがとうございます、と頭をさげた西村は、急に相好を崩して、

「こういう話は、こういうところではしにくいですな。どうですか、これは？」

と、右手の拇指《おやゆび》と人さし指を丸めてつくった輪を、グイと口もとにはこぶ手つきをした。

「けっこうですな」

「では、暫時《ざんじ》、お待ち下さい。支度をしてまいります」

そういって一旦西村は去った。やがて、門から連れ立って出る二人を、柳の幹から身を剝がした山崎が、そっと尾行《つけ》はじめた。

慶応と改元の日、総長脱走す

車一心《くるまいっしん》が、西本願寺の寺侍西村兼文《にしむらかねぶみ》を強請《ゆす》った話は、その西村から山崎烝《やまざきすすむ》に伝えられた。山崎と西村は、とっくに通じ合っていた。山崎はこのことを近藤と土方に報告した。近藤はたちまち、顔に怒気を浮かべ、

「車を斬れ」

といった。歳さんは首をふった。

「もう少し泳がせておいたほうがいいでしょう」

「…………」

近藤は歳さんの顔をみた。きかなくてもわかった。歳さんの表情で、

(歳さんは、車を伊東一派と一緒に始末するつもりでいる)

と感じた。歳さんは近藤を見返していった。

「車の奴《やつ》が考えた、西本願寺へ新撰組を移すというのは、よく考えれば面白い。その線でいきましょう」

「しかし、寺だよ」

近藤は渋った。そこへ山南敬助《やまなみけいすけ》が入ってきた。険しい顔をしている。歳さんをみると、その険しい色はさらに濃くなった。

「屯所《とんしょ》を西本願寺に移す相談ですか」

と、いきなりいった。近藤と歳さんは、びっくりした。山南の情報把握があまりにも早いからだ。特に山崎はおどろいた。西本願寺のことは、西村からきいた話を、いま近藤と歳さんに報告したばかりだ。ほかの隊幹部の誰にもまだ告げていない。それを、山南はどうして知っているのか。

近藤たちの驚愕《きょうがく》で、自分がいったことに自信を得て、山南は坐った。近藤に視線を据えて、

「そういう大事なことは、私にもご相談下さらなくては困ります。これでも、私は総長です」

これでも私は総長です、というところに、殊更《ことさら》力を入れていった。あえて土方を見ないが、相当に意識している。わざと見ない虚勢が感じられた。

「相談も何も」

普段《ふだん》温和な山南の異常な興奮ぶりに、近藤は弱ったように苦笑していった。

「私たちも、たったいま、山崎君から報告をうけたところだよ」

「そうでしょうか」

たちまち、山南は反論した。近藤のことばに全く耳をかさない態度だ。

「このごろ、どうも私抜きの話が多すぎるような気がします」

「ひがみだよ、さんなんさん」

歳さんは苦笑してことばをはさんだ。山南のことを、やまなみといわずにさんなんといったのは、隊士たちが皆そう呼んでいるからだ。山南の愛称なのだ。それだけ山南は隊士たちから慕われていた。近藤も普段よくいっている。

「隊内の人気競争じゃ、とうてい総司と山南にはかなわない」

隊士の悩みを、本当に親身になってきくので、隊士たちは沖田と山南に、兄に対するような気持を持っていた。

しかし、その山南が今日は一体どうしたのだ。尖《とが》りすぎる。山南は歳さんのほうへさっとふりむいた。

「土方君、私の名をそういう呼びかたをしてもらいたくないな。私はやまなみというのださんなんではない」

「しかし」

歳さんの眼に怒気が奔《はし》った。

(ふざけるな、この野郎。皆、さんなんと呼んでいるじゃねえか)

という思いが胸の中をかすめたからである。

「歳さん」

気配を察して近藤が制した。出かかった悪態をのみこんで、歳さんはいった。

「あんたを無視なんかしていないよ。何か大事な相談をしようと思っても、このごろのあんたは、伊東さんと始終どこかをほっつき歩いてばかりいるじゃないか」

これをきくと、山南はさらに憎悪の色をむき出しにして歳さんをみた。顔が蒼白になって、ことばがふるえた。

「卑しいことばを使わないでくれ。あんただの、ほっつき歩くなどというのは、武士の使うことばではない」

「おれは多摩の農民だからな、気にさわったらかんべんしてくれよ」

もうこの男とは二度と気持が溶けあうことはない、という深い絶望を感じながら歳さんはいった。負けていなかった。しばらく歳さんを睨《にら》んでいた山南は、再び近藤に視線を戻していった。

「私は反対します。西本願寺は霊場だし、善男善女の多く集まるところだ。それに、隊士もようやくこの壬生村《みぶむら》に馴れたところです。移転など考えないで下さい」

「移転も何も、その話は、だからたったいま山崎君から」

弱り果てた近藤は、山南の思いこみを持て余してそう応じた。が、歳さんが静かにいった。

「いや、新撰組は西本願寺へ移りましょう」

鋭い口調だった。近藤はおどろいて歳さんを見た。山崎は一切を察した。

(車の奴だ)

山南は伊東一味のところで車一心に焚《た》きつけられたのだ。

「山南先生は、近藤先生と土方副長に干されていますよ」

と。大事なことは近藤、土方のふたりで決め、あなたには相談しない、現に西本願寺移転問題がそうじゃありませんか、と。

最近、頓《とみ》に接近の度合をつよめている伊東甲子太郎《いとうかしたろう》の前で、こういういわれかたをしたのではたまらない。総長というのは副長よりも上位の職だ。その権威が疑われる。それでなくても、多少そうではないかな、と疑っていた山南の疑心は、車の一言で火を噴いた。ひがみ、と歳さんがいったが、根はたしかにひがみかもしれない。

ただ、それにしても、いままでの山南なら、たとえそういわれたとしても、こんなに勢いこんだ態度は見せなかった。山南も変ったのだ。伊東甲子太郎の出現によって、変ったのだった。

（隊が割れるな）

山崎はふっとそんなことを感じた。憂鬱《ゆううつ》になった。

このころ、近藤勇が唖然《あぜん》とするようなことが起った。その年（元治元年＝一八六四）の暮、長州征伐軍が江戸幕府の許可もなく、勝手にひきあげを開始したのだ。征長総督尾張慶勝《おわりよしかつ》の独断であった。というより参謀の薩摩藩士西郷吉之助の判断であった。

西郷は、この年の九月十一日に、幕臣の勝海舟と会ってから、まったく考えを変えていた。それまでは、

「長州藩主は切腹、封土は十万石に削って、北辺の僻地《へきち》に移封せよ」

と主張していたのに、突然、

「長州は寛典にすべし」

といい出した。そして、頻りに手をまわし、毛利《もうり》支族の吉川《きっかわ》家を通じて、

「自発的に恭順の証しを示せ」

と長州藩上層部に密使を送った。長州藩庁では、西郷の言に従い、禁門の変の責任者の三人の家老、四人の参謀の首を届けてきた。西郷は、総督の尾張慶勝に、

「これでいいじゃありませんか」

といい、あとは毛利父子の謝罪状提出と、山口城の破却を条件に、尾張総督に、

「長州征伐の実はあがった。全軍を解く。それぞれ藩地に戻られよ」

と解兵宣言をさせた。軍はどんどんひきあげはじめた。もともとあまり気ののらない戦争だから、各藩軍はよろこんで故郷への道を急いだ。

おどろいた幕府は、

「将軍の許可もないうちに兵を解くとは何ごとか。戻れ、戻って長州を囲め」

と叱咤《しった》したが、藩軍は耳をかさなかった。

「総督の命令だ」

といって、ひたすら帰国の途についた。京都の松平容保《まつだいらかたもり》・定敬《さだあき》（所司代）兄弟は呆《あき》れ果てた。信じられないことが起ったのだ。普段はあいまいなところがある一橋慶喜《ひとつばしよしのぶ》も、さすがにおどろいて、

「総督の英気は至って薄く、芋に酔い候は、酒よりも甚だしきとの説がしきりだ。芋の銘は

大島(西郷の変名)とか申す由……」

と書いている。芋は焼酎の意味なのかどうかわからないが、とにかく尾張慶勝が西郷のいいなりだ、ということは、公然の噂《うわさ》だった。

「おれのいったとおりだ」

近藤はこれ以上の渋い表情はできないというほどの渋い顔で、つぶやいた。

「あの西郷という野郎、得体の知れねえ怪物だぜ」

そういう近藤をみつめながら、歳さんは、その西郷にもっと別な恐ろしさを感じていた。

それは、西郷が新撰組を全く歯牙《しが》にもかけていないことであった。こんどの征長戦にも、新撰組に出動の命令はこなかった。

京都の治安が大事だ、といわれればそれまでだが、そうではあるまい。西郷の政局の廻しかたは、藩単位になってきている。

特に薩摩藩の売り出し方は巧妙だ。藩単位でものごとを片付けていくということは、正規の組織を重視するということで、いきおい、浪人や浪人の集りなど無視黙殺するということだ。

それは、いままで、あまりにも京で跳梁《ちょうりょう》していた〝志士〟とよばれる浪人たちの行動に、西郷はひどく考えこむところがあったのにちがいない。おそらく、

(こいつらに、藩がとって替らなければだめだ)

と感じたのだ。西郷の底意は、浪人掃討にある。敵も味方もない。浪人には政治を任さな

いという発想だ。だから、素性の知れない浪人集団の新撰組など、征長軍には参加させなかった。正規の藩軍だけで編成したのである。

（このままでいくと、新撰組は干しあげられる）

そういう不安を歳さんはつよく感じた。予感のようなものだったが、おそらく、この予感ははずれないだろう、と思った。

が、その予感が当る前に、新撰組廃止の話は別な方角からやってきた。別な方角というのは、江戸である。


世の中には、常識では考えられない勘ちがいをする人間がいるものだ。征長総督尾張慶勝の解兵に、

「将軍の許可なく、勝手なことをするな」

と憤った幕閣は、しかし、その後、長州は幕府に降伏したのだという噂がひろがると、たちまち考えを変えた。そして、

「これは、江戸の幕府にまだ権威があるからだ」

と錯覚した。この錯覚が江戸幕閣に自信をもたせ、

「長州藩の処置はさらにきびしい条件で江戸でおこなう。将軍は江戸からうごかない。各大名はむかしのようにきちんと参勤せよ」

という触《ふ》れを出した。京にいる要人たちは、

「何というズレたことを」

と、その触れに呆れたが、呆れることはさらに起った。老中の本荘宗秀《ほんじょうむねひで》と阿部正外《あべまさと》が京にやってきて、二条城でこういうことをいいはじめたのである。

「このたびの長州藩の降伏は、江戸幕府の勢威に長州藩が怖れをなしたものである。ついては、これからの政務は一切江戸でおこなう。一橋殿は江戸へお帰りねがう。また、守護職、所司代は廃止する。よって、会津殿も桑名殿も、それぞれ帰国されたい」

このご託宣を、馬鹿馬鹿《ばかばか》しさを通りこした面持で、一橋慶喜はきいた。

「そうなると御所の警衛はどうするのか？」

「旗本でおこないます」

「いまの旗本で、できるのか？」

「と思います」

「と思いますでは困る。私は、いまの旗本共ではとうていお役はつとまらないと思う」

「そのとおりです。だからこそ、誠忠の士・新撰組が並々ならぬ苦労をしているのです」

病気の苦しさに耐えながら松平容保もことばをそえた。本荘は容保をみた。

「その新撰組ですが、幕府が素性の知れぬ浪人どもの、しかも農民風情が指揮をとる新撰組の手をかりているというのは、いかにも幕府に人がいないようで、天下の恥です。これを真先に潰します」

容保はびっくりした。

「新撰組を潰し、われわれを帰国させて、京洛の不逞浪士《ふていろうし》を誰が鎮《しず》めるのですか？」

「ですから、直参《じきさん》旗本が」

容保、定敬、そして慶喜は顔をみあわせて苦笑した。この連中はどうしようもないな、という無言の声が三人に共通した。一橋慶喜がきいた。

「さきほど、これからの政務は江戸でとるといわれたが、朝廷はどうなさるおつもりだ。公家たちは、かんたんにひきさがらないぞ」

「それはご安心下さい」

阿部が応じた。

「賄賂《わいろ》でだまらせます。三十万両の金を用意してきました」

「………」

慶喜は黙った。

（江戸で、机仕事をしていると、ここまでズレてしまうのか）

と、何とも情けない気持が湧いた。普通、話せばわかるという人間は多いが、この連中は話してもわからない、と絶望した。

京にいるといないとでは、現実認識がこれほどまで隔ってしまうのだ。

「明日は、関白に会います。関白から抱きこみをはじめます」

ふたりの江戸からきた老中は、得意そうにそういった。

「ご随意に」

慶喜は笑って応じた。胸の底で、

（この馬鹿が。無邪気なものだ）

と嘲《わら》笑っていた。容保はまじめな性格だから、不安と憤りを混ぜた悲痛な表情で、ふたりの老中を凝視していた。


「まったく月日の経つのは早い。もう梅の季節か」

藤の家で、庭の梅の花を見ながら、歳さんはいった。

「ええ、すぐ春がきます」

「そう。春がくるのに、おれたち新撰組は一体何をしていることか」

最後は自嘲めいた口調になる歳さんを、チラとみた藤は、

「でも、新撰組は潰されずに済んだわけでしょう」

といった。

「そうです。土台、馬鹿ですよ、江戸からきたふたりの老中は。あんなに何も知らなくて、のこのこ御所へ上がったのだから、いい度胸です」

「関白さまが、大変にきびしかったそうですね」

「ええ、二条関白は頑固な人ですからね。ふたりの老中はさんざんにとっちめられたらしい。いま、公家を賄賂で買収するなんて、とんでもない。甘い、甘い。朝廷の勢いはいままでとちがいます」

ふたりの老中の無邪気な公言で、三十万両の資金で買収工作をはじめる、という話はすぐ朝廷に伝わった。朝廷は公家たちに、

「江戸よりの到来物は、一金といえども受けとってはならない」

と令した。その上でふたりの老中と会った。ふたりの老中は、関白に面会を申しこんだのだが、二条関白は、

「ひとりでは会わぬ」

といって、ふたりを小御所《こごしょ》に連れてこさせた。入室してふたりは、あっと声をのんだ。右大臣の徳大寺《とくだいじ》、中川宮《なかがわのみや》、常陸宮《ひたちのみや》、一条、九条などの宮家や公家がズラリと待っていた。

そしてさらに、一段高い座にみすが垂れ、その向こうに人の姿があった。

（主上だ！）

ふたりは仰天した。二条関白は、孝明帝を出御させていた。息をのんで狼狽《ろうばい》するふたりに、
二条関白は声をはりあげた。

「両老中のこのたびの上京は、一体、何のためか？」

「はっ」

「昨秋来、主上より大樹（将軍）進発のお沙汰あるに一向にその気配なし。その方たち、大樹進発の日取の返事を持っての上京か？」

「いや、別にそのような」

「別にそのようなとは何ごとか。主上の御前で不忠であろう！」

二条の大喝にふたりはふるえあがった。江戸で、

「朝廷なんて」

と舐《な》めきっていた京都朝廷が、想像もつかないほどの自信を持っていた。賄賂を贈ればかんたんに抱きこめる、と思ったのは大変な誤算だった。

武家に対して、かつてのような卑屈さを払拭《ふっしょく》した公家たちは、ふたりの老中を叱責《しっせき》した。ふたりはほうほうの体《てい》で御所から退出した。一橋慶喜はそのふたりを、夜、酒席に招いて慰労した。そして、

「どうであったか」

と様子をきいた。ふたり共、苦虫を噛《か》みつぶしたような顔で、ろくに答えなかった。しかしふたり共、心の中で、

（朝廷の公家どもを、あそこまでのさばらせたのは、この一橋卿や会津、桑名たちだ）

と思っていた。それは、

（一橋卿らは、朝廷と結んで江戸をないがしろにし、京都にもうひとつの幕府をつくっている）

という考えにまで発展していた。ふたりの老中は、

（朝廷など、棚の上の神であればいいのだ）

と考えていたが、京にきて、いよいよその考えを深めた。というような話を、近藤や歳さ

んは、会津藩の重役からきいた。

「替ってもらおうじゃねえか。旗本たちに」

江戸の老中が、真先に新撰組を廃止するといった、ときいて、壬生村に戻ってきた近藤は、歳さんにそういって笑った。そして、

「歳さん、江戸のおエライさんにはもうあいそがつきたな」

といった。歳さんは、

「あてにするからですよ。私はとっくに見放しています」

と応じた。

「いうじゃねえか」

「だってそうでしょう。江戸の幕府がだめだってことは、おれたちのような農民侍や浪人を集めて、京に送りこんだ時からわかっていたはずです」

「そうかも知れないが、おれはもう少しマシかと思っていたんだよ。おれは甘いんだな」

「いや」

歳さんは首をふった。

「先生はやさしいんですよ、誰に対しても」

「しかし、歳さんよ、だめだってことがわかっていながら、歳さんは、また何でその幕府に肩入れするんだね」

「だめだからでしょう、大丈夫なら私たちの出る幕はない。だめな幕府につくすのが、八王

子千人隊の精神であり、多摩の人間の根性でしょう」

「うん、それはそうだ」

近藤はうなずいた。そして、凝《じ》っと探るように歳さんをみつめていった。

「もし幕府がだめでも、最後まで幕府につくすのかね」

「そのつもりです」

歳さんははっきりうなずいた。

「それが、多摩の人間の生きかたでしょう。私は、新撰組をそういう隊にしたいんですよ。いまの世の中は、いい加減な野郎ばかり多くて、口でいうことと肚で考えていることがみなちがいやがる。いうこととやることが一致する本物の人間たちの集まりが、この世の中に、たったひとつくらいあってもいいじゃありませんか」

抑えたことばづかいだったが、歳さんの思いが如実に表れていた。それは正確に近藤に伝わった。近藤はいった。

「そうだな。ほろびることを承知で、堂々と歩いて行くことも、ひとつの生きかただ」

「そうです、それも逃げるんじゃなく、何かに向かって、胸をはってほろびていくんです。ほんものですよ」

ほんもの、ということばを歳さんはまたくりかえした。近藤はうなずいた。

「歳さんの話をきいて、何かふっ切れたぜ、こう胸の中の霧が霽《は》れたような」

「お願いしますよ」

半ば道化《どうけ》て歳さんはいった。そしてすぐ真顔になって、

「先生、そのためにも西本願寺への移転を本気で考えましょう。新撰組は、もっと目立つ場所に出るべきです」

といった。今日は元治二年（一八六五）の二月二十二日、ちかく改元されるという噂がある。


いま、歳さんの顔は暗い。表情が冴えない。しかし、それは幕府の将来を思ってではない。藤はさっきから気にしている。ついに口にした。

「落着かないご様子ですね、何かご心配ごとでも？」

「そうです」

歳さんは、あっさり藤のことばを認めた。

「総長の山南敬助が脱走しました」

藤は息をのんだ。山南の話は、これまでも歳さんからよくきいていた。歳さんとは合わないという話だった。

山南敬助は近藤あての手紙を残して隊から脱した。文意は、

「自分は総長として遇されていない」

という点に力点が置かれていた。が、それだけでは脱走の動機としてよくわからない。

「弱ったことをする……」

真実弱りきって、近藤は歳さんに山南の手紙をみせた。山南の手紙には、〝この手紙は誰にもみせないでくれ、特に土方歳三にはみせないでほしい〟と書いてあったが、近藤は歳さんにみせた。総長という幹部の脱走は大事件である。

西本願寺への移転問題では、山南は狂ったように歳さんに反対した。そこで退けば総長の権威が失墜《しっつい》するとでもいうような、異常な頑張りかたであった。そしてその頑張りかたは、あきらかに伊東甲子太郎一派を意識していた。

ところが、伊東は冷静だった。

「移転問題などどうでもいい」

という態度で終始した。これは山南にとって誤算だったろう。いや、誤算どころでなく、伊東はもっと冷たかった。かれは、当初接近してきた山南を高く買った。総長という要職にあり、隊士の人望厚い山南が自派にくることは、こんごの新撰組を変革する作業に、百万人の味方を得たような心強さを感じた。

が、山南は純粋で直情径行型の人間であった。駈けひきも政治性もなく猪突猛進《ちょとつもうしん》した。伊東は、そういう山南をみていて、

（これは）

と首をかしげはじめた。やがて、

（この男と組んでいると、危険だ）

と思うようになった。ああ真向から土方歳三と対立し、近藤勇に楯《たて》ついては、土方の警戒

心を固くさせるだけだ。

（山南君の犠牲になるのはごめんだ）

伊東は山南に距離をおきはじめた。西本願寺への屯所移転は決定した。山南は押しきられた。伊東一派が反対しなかったからだ。

（その寂寥感《せきりょうかん》から脱走したのか）

そんな気がしないでもない。しかし、歳さんは実をいうと、もっと意地の悪いみかたをしている。それは、山南の脱走を、

（近藤先生の心を試しているのではないのか）

と見たのである。近藤の心を試しているというのは、山南は本気で逃げたのではなく、山南の脱走に近藤がどういう反応を示すかを窺《うかが》っているのだ、ということだ。早くいえば、

「おれという人間を、近藤先生は必要としているのかどうか」

ということを知るために脱走したのだ。

「おれが必要なら、近藤先生は、おれを呼び戻し、その後は土方歳三を退けるはずだ」

と踏んでいた。だからこそ、

〝この手紙は、特に土方歳三にだけはみせないでほしい〟

と書いた。が、近藤は手紙を歳さんにみせた。それで結論が出たようなものだった。近藤は土方を選び、山南を捨てたのだ。

そのことを山南はまだ知らない。まだ知らないが、すぐ知る。追手として沖田総司が馬を

とばして行ったからだ。

そうはいうものの、歳さんもさすがに居たたまれなかった。つい、藤の家にきた。山南敬助の脱走のことを告げたあと、歳さんは藤にこんなことをいった。

「私はどうもあなたに甘えすぎるようだ。いや、甘えるよりももっとひどい。心に憂さがあると、必ずここに捨てにくる……」

「私を心のハキ溜めにしているのではないか、とおっしゃりたいんでしょう」

「そうです」

「いいじゃありませんか？　私は、そうしていただくほうが嬉しいんですから」

歳さんはふりかえって藤をみた。藤の眼は濡れていた。濡れていながら燃えていた。藤はいった。

「もうひとつ、私の中にいただきたいものがございますのよ」

「………？」

「あなたの赤ちゃん」

藤よりも歳さんのほうが狼狽して顔を赤くした。こどもを生ませてくれ、というのは、池田屋を襲撃する時からの藤の希望《ねがい》だ。

が、歳さんはその希望に応《こた》えてはいない。応えていないどころではなく、まだ一度も藤を抱いてはいない。抱きたくないのではなく、歳さんには考えがあった。それは、

（ほろびる男の子どもなんか、この世にのこすものじゃねえ）

と、つよく自分にいいきかせていたことである。また、自分が責任を持てない生命を、新たに生んでこの世に残していくことが、ひどい罪のように思えたからだ。

が、藤にすれば全く逆だ。藤は鋭い女だ。深く話をきかなくても、歳さんの気質を知っている。今後、歳さんが何をめざし、何をしようとするのかを知っている。

藤は、大坂城に勤めていた夫が生きているころから、徳川幕府の屋台骨がゆるんでいることを感じていた。それは、もう腐っていた。どこか一部を取替えれば元に戻る、という程度の腐り方ではなかった。

農民の子なのに、歳さんはその幕府を最後まで支え、いっしょに潰れていこうというのだ。

多くの新撰組隊士は、そんなことは考えていない。隊士のかなりの数は依然として立身出世亡者だ。あるいは束の間の生活安定志向者だ。入隊できたことを、いい勤め先を得たように喜んでいる人間もいる。あるいは、侍になれたと欣喜《きんき》している商人の子たちもいる。いまの時期に、

「幕府はもうだめだ」

などと思う歳さんのような人間はいない。たとえ思っても、自分たちが守り立てれば、幕府はもう一度昔のような威望を取戻せると考えている。

藤は、歳さんの考えを正しいと思っていた。藤もまた徳川様は、京の西山にかかった落日だと思っている。人間の力では東へはおろか、中天にも戻せないのだ。

（だから、赤ちゃんがほしい。土方様の子がほしい）

土方様の生命をそのまま継ぐ新しい生命と、たとえ土方様が去っても、その生命と日々暮せるというよろこびを味わいたい。それは心だけでなく、藤の女としてのからだのねがいでもあった。

江戸にいたころ、藤は旗本の娘で、お城の内濠に近いところに住んでいた。歳さんは、

「あなたは、いいとこのお嬢さんだ。そこへいくと、おれなんざ、多摩の農民ですよ」

と、いつか笑ったが、その多摩の農民の至純な強さを、このごろ、藤は改めて考える。江戸にいたころは考えもしなかった。しかし、土方たちは、二百六十年前に、徳川家の家臣に加えられた恩を、土を耕しながらも片時も忘れなかったという八王子千人隊の気持を、いまもそのまま保っている。その気持が土方たちを動かしている。

現在《いま》の世の中では想像もできない。まして政争の渦《うず》の輪が日増しに大きくひろがるこの京では、稀有《けう》のことだ。

だから――おそらく誰にもわかるまい。人斬りの壬生の狼たちの胸の底に、そんな清冽《せいれつ》な地下水脈があろうなどとは、誰も思いはしないのだ。

日暮れごろ、庭から若い声が立った。

「土方先生、近藤先生がお戻り下さいとのことです」

中から土方は応じた。

「戻る。きみは？」

「玉川市作《たまがわいちさく》です」

こがらしが吹きはじめていた。

おれたちは京の防人だ

「ものごとというものはな、決して急には起らない。ある日、突然そうなるということはないのだ。そうなるのには、それまでに何回もそうなる兆《きざ》しが現れる。そういう兆しがいくつも重なって、そのことが起る。ものごとは必ず皆の眼にみえながら起る。が、時には、それが眼にみえていても人間にはとめられないことがある。そうなる、ということがわかっていながら、人間はじっとみているより仕方がないことがあるのだ。それが時勢という奴《やっ》だ」

何の時だったろうか、尊敬する佐藤彦五郎《さとうひこごろう》が、日野で市作に語ったことばだ。

市作は、玉川市作と名のって新撰組に入った直後から、彦五郎のいったその時勢という奴を凝《じ》っとみた。

時勢とは時の潮流だ。しかし、京での時の潮流は何というめまぐるしさで流れていることだろう。あり余る力をもて余す潮は、ただ流れるだけでは済まず渦《うず》を巻いた。阿波《あわ》の鳴門《なると》の渦のようにである。そして、市作が入隊した新撰組は、その渦の中でいいようにふりまわされていた。

薩摩藩の西郷吉之助の主導によって、長州藩は禁門の変の責任者七人を処刑し、その首を征長軍総督の前に提出した。征長軍総督尾張慶勝は解兵を宣した。征長軍を編成していた各藩兵は、堰《せき》を切ったように先を争って引き揚げを開始した。もともと気ののらなかった参戦だ。大体、何のための長州征伐なのか、正確にその理由をつかんでいる藩は少なかった。

征長軍がひきあげを開始した直後、長州では、九州に脱走していた高杉晋作らが突然蜂起した。そして、またたく間に藩内を席巻し、萩政庁に迫った。萩政庁は降伏し、保守派は総辞職した。正義派を名のる高杉派が藩庁の要職をすべて占めた。

そして、山崎烝たちの探索によれば、その中心に据えられたのは桂小五郎であった。

「本当か？」

さすがに近藤勇も歳さんもびっくりした。

「本当です」

柔らかいが自信にみちた微笑で山崎は答える。諜者として自分の調べたことには絶対まちがいがない、という誇りを持っていた。

「藩政庁も根こそぎ変えましたな。人を替えただけでなく、役所の機構も変えたようです。特に銭《ぜに》と物産を一手に扱う国用方をつくったことと、町人、農民まで軍勢に仕立てようという策を積極的に押し出しているのが、新藩庁の考えの二本柱です」

物産というのは密貿易です、それも相手はエゲレスです、と山崎は語った。

「エゲレス？」

と近藤は眼をむいた。

「エゲレスは、長州が攘夷《じょうい》、攘夷といって、一昨年、馬関海峡で砲撃を加え、去年はその報復で手痛い目に遭わされた相手ではないか？」

「そうですよ」

「その相手と密貿易をしているというのか、恥も外聞もなく」

「へへへ」

山崎は笑い出した。

「何を笑う」

「近藤先生らしいからですよ。現在《いま》の長州藩が真先に捨てたのが、その恥と外聞ですよ」

「しかし、長州藩といえば攘夷で名を売った藩だ。どんなひどいめにあっても、コケの一念のように尊皇攘夷を唱えているのは日本中が知っている。その長州がエゲレスとツルんでいるなどというのは、文字通り言行不一致で、世の中に対するごまかしではないか」

「そのとおりです。でも、そのごまかしを平然とやっているんです。長州は伊藤俊輔《いとうしゅんすけ》（博《ひろ》文《ぶみ》）と井上聞多《いのうえもんた》（馨《かおる》）とかいう若僧を、長崎に派遣して洋式兵器をどんどん買い漁っていますよ」

「洋式兵器？　朝敵の長州藩にそんなことができる資格はない」

「だから別な藩の名をなのっています」

「別の藩の名？　どこだ？」

ここで山崎は微笑を消し、鋭い眼つきになって答えた。

「薩摩藩です」

「薩摩？」

「そうです。井上は薩摩藩士山田新助《やまだしんすけ》、伊藤は吉村荘蔵《よしむらしょうぞう》となのっています。ゲベール銃をエゲレス商人から一万梃《ちょう》買いました」

近藤は絶句した。絶句して歳さんの顔をみた。歳さんは嚙《か》みつくような表情で山崎を凝視していた。やがて、近藤が呻《うめ》くようにつぶやいた。

「長州は、やる気か」

「そうです、やる気です」

「薩摩もやる気なのだな」

「そうです、薩摩のほうがもっとタチの悪い大ダヌキです」

ううむ、と近藤が唸るような声を出すのを、歳さんも山崎もきいた。近藤が唸ったのは、そういう状況に対して、新撰組が全く手が出せないからだった。

山崎が話したことは政治であった。政治に口出しはできなかった。新撰組に命ぜられているのは京の治安維持であった。政治は幕府や雄藩のおエライさんがやっていた。それぞれの武力を背景に、虚々実々の駆けひきをしていた。新撰組などハナもひっかけられなかった。

むかし、東国の武士は御所の警衛に動員された。しかし御所の公家たちは武士を人間として扱わなかった。犬として扱った。東国の武士は番犬であった。同じことが、いま新撰組にも起っていた。守護職である会津藩は、何かにつけて新撰組を立て、庇《かば》ってくれたが、京にいるあらゆる藩はそういうみかたはしなかった。各藩の新撰組をみる眼は、あくまでも、

「食いつめ者の集まり」

であった。生活の安定と、あわよくば立身を、という昔ながらの出世亡者浪人たちの集団としかみなかった。だから、各藩人とも、「新撰組」と呼ぶ者はひとりもいなかった。「壬生《みぶ》浪人《ろうにん》」であった。事件を記す公式記録にさえ、壬生村の浪人としか書かれなかった。新撰組は、眼の前を激しい勢いで流れ、渦を巻く時の潮を、ただ唇を噛んでみているより仕方がなかったのである。

そして、その分だけ燻《くすぶ》った思いは隊内部に向けられた。五か条の局中法度に拠る処断が、日を逐《お》ってはげしくなっていた。

総長山南敬助も、脱走の罪でとっくに切腹させられていた。些細《ささい》なことで、たとえば借金とか、喧嘩《けんか》とか、あるいは長州藩の密偵の疑いをうけるとかで、多くの隊士が腹を切らされたり、首を落されたりした。中には証拠がはっきりしない者もいた。

殺された隊士の縁者の中には、こういう新撰組に憤り、金で多くの僧を雇って、屯所《とんしょ》のある坊城通りを読経させながら、何度も何度も往復させるというイヤガラセ行為に出る者もいた。

新撰組内の空気は次第に陰鬱《いんうつ》になった。玉川市作は、そういう状況を十三歳の少年の眼で避けることなく、しっかりとみつめていた。

歯が生えはじめるのだろうか、赤ん坊はしきりに口からあぶくを出す。あぶくはよだれになって口の端を流れる。松原忠司は、タライの中で赤ん坊を膝《ひざ》の上に乗せながらそのよだれを拭った。台所の土間で行水をしているのだった。

生れてから、まだ一年もたたない赤ん坊は、暑いとたちまちむずかった。ことばを持たない赤ん坊は泣きわめいて不機嫌ぶりを表した。

赤ん坊は松原の子だ。前夫・安西の子と松原はふたりの子持ちになった。前夫の子は松原を実の父親だと信じていた。だから疑いも持たずに弟を可愛がった。その限りでは松原も安西の妻も悩みはない。が、松原は安西を殺している。ひたかくしにしてきたその事を、安西の妻はすでに知っている。知らせた奴《やつ》がいるからだ。以来、安西の妻は妻なりに、自分の犯した罪の深さに苦しんだ。女の業《ごう》の深さを憎んだ。かつての無垢《むく》な幸福感は消えた。

タライの中で水を叩いてはしゃいでいた赤ん坊が、松原の股間にあるものを発見して、新しい玩具として手をのばそうとした時、松原はわれになく狼狽《ろうばい》して、赤ん坊の両脇に手を入れ、高く抱きあげた。

「おい、出るぞ」

座敷の方に向かって大声を出した。応答はない。首をねじまげてふりむくと、赤ん坊の母親はタタミの上に横になって、ものうげにウチワをうごかし、自分を煽《あお》いでいた。京の夏は暑い。狭い長屋の内は殊更《ことさら》に暑い。

赤ん坊の母親は眠っているわけではなかった。右腕のひじのところから立てた手で自分の首を支えて、凝っとこっちをみていた。

「すっかりなついちゃったのね」

笑いもせずにそういった。そして、

「屯所に連れて行ってもらって、お父さんとふたりでくらしなさい」

といった。

「いやなことをいうな」

思わず眉を寄せて、松原は声を尖らせた。安西の妻が冗談でそういうことをいっているのではないことを、ここのところ、松原はつよく感じているからであった。

「それより、早く拭いてやれ。茹《ゆ》だってまるでタコだ」

支えているのに疲れて、もう一度赤ん坊を膝の上に下ろしながら松原はいった。妻はものうい動作で起き上がり、手拭を持ってこっちへきた。兄が弟のまねをして、手をのばし松原の股間のものを摑《つか》もうとした。

「きたない！　そんなものを摑むんじゃありません」

妻の手が兄の頭にとんだ。わっと兄は泣き出した。松原は無言で妻を睨《にら》みつけた。兄を叩いた妻を非難する眼だった。しかし、妻はいささかのたじろぎもみせずに、兄を睨み弟を抱きとった。その妻から、松原は酒の臭いを嗅《か》いだ。

「また飲んでいるな」

「いけませんか」

たちまち突っかかってきた。

「可愛がるだけ可愛がって、あとが大変なんですよ。あなたを恋しがるから。少しは私の苦労も察して下さい」

「………」

あの、触れればたちまち壊れてしまうような京人形のような脆《もろ》さは、一体どこへいってしまったのだろう。常に誰かが脇から支えてやらなければ、とうていひとりでは生きていけないような優しい風情はどこに消えたのだろう。

（何もかも、あの車一心の野郎のせいだ）

あいつがあることないことをこの女に吹きこんだのだ。松原が女の亭主を殺したこと、そんな松原と通じあうことが、いかに人の道からはずれていることかとか、隊内での松原の評判のこと等、とにかく、ありとあらゆる悪口を告げているのにちがいない。

昼間から酒を飲まずにはいられなくなったこの妻の気持は、苦労人の松原には痛いようにわかる。妻はよくいった。

「もう、どうして生きていけばいいのか、わからない」

どうして生きていけば、といういいかたは生き方の方法を探しているようにきこえる。が、本当は、何のために生きていけばいいのかわからない、という目標喪失がこの女の真実の声だったろう。

その声がよくわかる、というのは、松原忠司自身も生きる目標を喪失しているからであった。一旦は局長近藤勇ののばしてくれた好意の手にすがって、浮上をしてみたものの、結局は長続きしなかった。隊内の雰囲気に松原は負けた。

「自分が殺した男の女房をモノにした」

という噂《うわさ》と眼に耐えるには、松原の精神もまたそれほど強靭《きょうじん》ではなかった。松原は近藤がさし出してくれた手を、自分の方から放した。再び投げやりな懶惰《らんだ》な日々に還った。

「おい」

松原は突然、女にいった。

「一緒に死なねえか」

背を向けて赤ん坊のからだを拭いていた女の背が、ピクリとうごいた。

夏、幕府は各藩に長州再征を布告した。そしてこんどは、

「将軍が自ら指揮をとる」

と発表した。が、各藩は一向に起ち上がらなかった。いわれのない戦争のための戦費徴収で、苦しんだ農民がしきりに一揆を起したからだ。長州征伐どころではなかった。各藩は自分の頭のハエを追うのに精いっぱいだった。征長軍総督には、紀州藩主の徳川茂承《とくがわもちつぐ》が命ぜられていた。

将軍家茂《いえもち》は、窮迫した幕府財政の中から、旅費を何とか工面して大坂にやってきた。しかし家茂を迎えた大坂の空気は険悪だった。戦争に反対する市民群が、盛んに家茂を牽制《けんせい》しようという運動を起していた。

長州を攻撃した英、蘭、仏、米の四か国は、この時期に突然、

「われわれは、日本国内の内乱には干渉しない」

と宣言した。征長の理は我にあり、と信じている幕府にとって、これは痛手だった。それだけではなかった。四か国は、

「こんごは、われわれは各大名とも自由に貿易したい」

と申し出てきた。さらに、

「長州藩が四か国を攻撃した時の賠償金を、早く払え」

と迫った。幕府にとって泣きっ面にハチであった。

そして、八・一八の政変から禁門の変、さらに第一次征長の時にかけて、たぐいない協力ぶりを示した薩摩藩は、こんどの第二次征長には全く知らぬ顔の半兵衛をきめこんだ。出兵を督促《とくそく》すると、大久保一蔵《おおくぼいちぞう》（利通《としみち》）という新顔の侍が大坂城にきて、

「出兵を辞退したい」

といった。辞退したい!?　大坂城の幕府高官群は啞然《あぜん》とした。幕命に対し、辞退したいとは一体何事か。叛逆ではないか。

「長州と一緒に薩摩も討て」

という強硬論が起った。が、その強硬論が単なる虚勢にすぎないことを、誰もが知っていた。いまの幕府は長州一藩でさえ持て余しているのだ。この上、得体の知れないほどの底力を持つ薩摩を敵にまわして、一体勝てるのか。

幕府内部の良識派の中には、

「事態収拾のためには、将軍が政権を朝廷に返してしまったほうがいい」

と、ひそかにささやく者さえ出てきた。こういう推移の中で、新撰組は家茂を迎えに行ったり、大坂・京の往復を護衛したりする、という毎日を過していた。

将軍親発に反対する藩は多く、江州《ごうしゅう》膳所《ぜぜ》藩士の一群は、実力でこれを阻止するうごきを示した。事前にこの報を得た新撰組は膳所藩士の密会場所を急襲した。

大坂では土佐系の浪士が、

「大坂市中に放火し、大坂城から家茂を奪おう」

という計画があると報ぜられた。谷万太郎《たにまんたろう》以下が急襲したが、その密会場所にいたのは二、三人の浪士であり、しかも、散々抵抗されて新撰組は負傷者を出した。その上、浪士の一人は逃亡した。

情報にふりまわされて、小火《ぼや》の消火に狂奔させられているのだ。こんな仕事が面白かろうはずがない。ある程度の政治意識を持つ隊士は、真向から隊幹部に不満をいい立てた。

政治意識をもたない隊士は、酒色に奔《はし》り、借金を重ねた。性病患者がどんどんふえた。歳さんは、どっちの層も仮借なく罰した。粛清だけが組織を守る唯一の方法であった。ホトケの歳さんが、いまはオニの歳さんに変っていた。

「こんな隊はいまの世に稀有だ。恐怖心で隊士をつなぎとめるというのは、あまりにも時代遅れではないのか」

新しい組織編成で参謀という要職についた伊東甲子太郎が、隊士処刑の発表があるたびに近藤と歳さんにこういった。近藤は苦渋に満ちた表情で無言でいたが、歳さんは伊東をまっすぐみていた。

「時代遅れであろうとなかろうと、新撰組がびしっと締まっていくのには、これしか方法がねえんだよ」

「過酷すぎる、もっといたわりが要る」

「ぺろぺろ舐《な》めあっていたんじゃ、仕事にならねえよ」

「……………」

伊東は、無教養な人間をみるように歳さんをみて、深い呼吸をするのであった。

「歳さん」

伊東が去ると近藤はいった。

「おれは、時々、新撰組は蝦夷《えぞ》に行ったほうがよかったかな、と思うことがあるよ」

「？」

「あの八王子千人隊のようにな……」

眼をあげて庭の上にひろがる空をみる近藤に、歳さんは近藤の現在の複雑な気持がよくわかった。

八王子千人隊は、近藤や歳さんや沖田が育った多摩の特別な徳川家臣団だ。半農半士の同心群である。六十余年前の寛政《かんせい》年間に、そのうちの百人が蝦夷の勇払《ゆうふつ》（苫小牧《とまこまい》市）と白糠《しらぬか》（釧路《くしろ》市のそば）に渡った。開拓をしながら北辺の防衛に当ろう、としたのである。

しかし北の自然は予想以上にきびしく、開拓は失敗した。死者も沢山出た。それを知りながら、近藤がいま、

「北に行きたい」

などというのは、京で展開される政治の汚さ、醜さに疲れてきたのだろう。

表には尊皇攘夷《そんのうじょうい》を唱えながら、裏ではとっくにその夷《えびす》と武器密買をすすめる長州藩、つねに権力のある側につきながら、巧みに藩の方向をくるくると変える薩摩藩などの動きに、近藤はつくづく嫌気が差したのだろう。そして、そういう事態になりながらも、相変らず身分や家格にこだわって、ボンクラばかり要職に据え、有能人をくすぶらせている幕府の古さが、いよいよがまんならない。

近藤は、蝦夷地に行って、そのきびしい風雪で、京で身に染みついた汚濁の脂を、きれいに洗い流したいのにちがいない。歳さんは微笑んだ。

「先生、京にいてもおれたちは千人隊ですよ」

「うむ？」

近藤はケゲンな顔をした。

「おれたちは千人隊だと？」

「そうです」

「おれたちのどこが千人隊だ？」

「気持の持ちかたがですよ。はじめからそうだったし、このごろは特にそう思っています。

汚ねえ藩野郎や、ダラシのねえ幕府のありさまをみていると、せめておれたちだけでもしっかりしねえことには、世の中はガタガタだ。先生は、兵《つわもの》は東国にかぎる、とおっしゃった。おれは、それを八王子千人隊の精神におきかえているんです。先生がいまいわれた千人隊の組もたしかにきつかった。が、考えてみりゃあ、京のほうがもっと厄介です。北の国へ行った千人隊は、北の防人《さきもり》だった。でも、おれたちも京の防人ですよ。その根性がいまの新撰組の奴らには欠けているんです。だから、おれは性根を入れかえさせるためにきびしくするんです。先生、新撰組を最後まで生かすのは、結局、おれたち多摩の人間ですよ。多摩以外の人間にはわからねえ、いかに東国の人間でもね」

いかに東国の人間でもね、ということばの外には、暗に伊東甲子太郎への批判があった。

歳さんは、近藤勇の、

「兵《つわもの》は東国に限る」

ということばを、そのとおりだと思っていた。そしてその東国者とは、

「余計な口をきかずに、黙って行動する男」

というふうに考えていた。口先ばかり達者で、その癖、権力の好きなのは西国者だと思っていた。その意味では、伊東甲子太郎は、歳さんからみれば、生れは東国でも性格は西国者であった。

事実、伊東は隊内外の西国者とよく気が合ったし、隊務なんかそっちのけで、始終旅をしていた。

「不逞浪士《ふていろうし》の探索とその捕縛《ほばく》」を口実にしながら、実はその不逞浪士と胸襟をひらいて談じ、捕縛どころか逃走方法を示すのが伊東一派であった。

「北へ行った千人隊は北の防人で、おれたち新撰組は京の防人か。なるほど、歳さんはいいことをいうねえ」

近藤は感心した。焦燥感も少し癒《いや》された面持である。部屋の隅にきちんと正座している玉川市作をみると、近藤は、

「わかるか、市作？」

ときいた。市作は、

「わかります」

と、はっきりした口調で答えた。眼はまっすぐ歳さんをみていた。しかしその眼の中には、いままでのような、歳さんにある種の怖れを持つような光はなかった。尊敬の念がみなぎっていた。新撰組は京の防人で、その心組みは八王子千人隊の精神だ、という歳さんのことばは、同じ多摩で生れ育ち、千人隊にも普及している天然理心流の使い手である市作には、深い共感をおぼえさせるものであったにちがいない。

「そうか、市作はわかるか、そうだろうな」

近藤はよろこんだ。歳さんは市作をみた。そして自分を熱っぽい眼で凝視しているこの少年に、静かに微笑んだ。それは、市作が新撰組に入ってから歳さんが市作にみせた、はじめ

ての笑いであった。

もちろん、この時の歳さんは、自分が口にした北の国へ、最後の最後まで戦いぬくために行くことになろうとは、考えもしなかった。


秋――松原忠司が安西の妻と心中した。赤ん坊は先に締め殺してあった。

冬がくると、近藤勇は幕府の長州訊問使に随行を命ぜられた。護衛の役である。が、訊問使の永井尚志《ながいなおむね》はかつて京都町奉行の経験があって、

「あまり人斬りの名が高くない者をつけてくれ」

と近藤に指示した。幕府が長州を訊問しようということになったのは、第二次征長に理由をみつけようということからであった。つまり、

「第一次征長の時の降伏条件をきちんと守っているか、どうか」

をたしかめて、もし守っていなければ、すぐ第二次征長を実行しようというのだ。訊問するまでもなく、高杉晋作一派が叛乱して藩庁を乗取ってしまっているのだから、降伏条件を破ったことはあきらかだ。

が、それを確認することで、幕府は第二次征長の名目を立てよう、というのだ。世論に対してそれだけ弱腰になっていた。

「世の中の人間が何といおうと、長州は討つ」

という昔日の気概はとうに失われていた。幕府はガタがきているのだ。

「訊問など恥の上塗りだ。幕府の弱点を天下に表明するようなものだし、それだけ長州をつけ上がらせる」

近藤はそう嘆いたが、政治向きに口ははさめなかった。

「番犬は黙って従うのみ」

自嘲する近藤に、

「番犬じゃありません、京の防人です」

沖田総司が冗談めかしていった。歳さんがいった京の防人ということばは、このところ大流行で、特に旧試衛館員は大いに気にいっていた。

しかし、近藤が訊問使随行として選んだのは、自身のほかに伊東甲子太郎、武田《たけだ》観柳斎《かんりゆうさい》、尾形俊太郎の三人であった。隊内で一応学者として位置づけられている者ばかりである。

「人斬りは困る」

という永井の指示に従った人選だった。

「そうはいっても、この人達では」

と、旧試衛館員は危惧《きぐ》した。何かあった時に、この連中では訊問使を護衛するどころではなく、自分を守ることに精一杯だろう。そうなった時、いちばん苦労するのは近藤だ、と皆思ったからだ。

「まあ、おれに任せろ」

そういって近藤は出発した。

長州藩は訊問使を藩領に入れなかった。

「国境にておめにかかる」

と応じてきた。近藤勇は緊張した眼で永井をみたが、永井はのちに将軍慶喜の大政奉還書《たいせいほうかん》を草案するほどの人物である。長州の申出を認め、広島国泰寺《こくたいじ》に長州藩の責任者を呼び出した。やってきたのは宍戸備後助《ししどびんごのすけ》という武士だった。従来からの重臣でなく、このことのために急に仕立てた使節であることが歴然としていた。しかし毫《ごう》も悪びれたところはなく、態度は堂々としていた。それでいて礼儀正しかった。慇懃無礼《いんぎんぶれい》ではない。

宍戸となのる武士をみて、永井も近藤も、

（これは手ごわい）

と感じた。そして、いまの長州にはこういう武士がごろごろ育っているのだ、と思った。それは譜代、名門の家に育った者しか要職につけない幕府と、無名、低身分であっても、藩が求める能力を持っていれば、どんどん要職につける長州藩との差であった。

「訊問をはじめる」

永井が宣した。

「何なりとどうぞ」

下座で宍戸は平伏した。

「長州においては、この春、内輪で争闘があったそうだが、藩主父子が鎮静したと届けてきた。しかし、本当のことがちっともわからない、この儀」

「藩主父子の申すように、鎮静のお届けのとおりでございます」

「…………」

永井は呆《あき》れて宍戸をみつめた。鎮静どころではない。叛乱派に政庁を乗取られてしまっていることは、永井もよく知っている。宍戸の返答は全く洒々《しやしや》としたものだった。

「つぎ。藩主父子は先年来、萩においてきっと謹慎を申し渡したにもかかわらず、目下、山口にあって城下を巡回しているという噂がある。この儀」

「根もなき噂にございます。藩主父子は萩にきっと謹しみ中でございます」

「つぎ。山口城は破却を命じたにもかかわらず、逆に大がかりな修理をほどこしている由、この儀」

「そのようなことは全くございません。破却いたしました」

怒るよりも呆れ、呆れるよりも可笑《おか》しくなってきた。

(この野郎は、すべて白《しら》を切る気だ)

と席にいた者全部が思った。が、同時に一藩の責任をたったひとりで負っているこの武士に、近藤は好意を持った。

(けなげな野郎だ)

と胸が熱くなったのだ。が、永井に応答しながら、時折、チラリとみる宍戸の眼の奥では深い憎悪の念が燃えていた。それは、あきらかに近藤を新撰組局長と知る男の眼であった。

「つぎ。幕府より引渡しを命じた長州藩家来桂小五郎、高杉晋作らは死亡したとあったが、探索によれば馬関《ばかん》、長崎においてエゲレスと交易中なりときく、この儀」

「両名はたしかに死亡いたしました」

「伊藤俊輔、井上聞多両名、長崎において多量の銃砲買入れの儀」

「全く事実無根」

「清国において、村田蔵六《むらたぞうろく》（大村益次郎《おおむらますじろう》）なる長州藩人名義による、外国蒸気船購入の証書を発見したが、この儀」

「何者かの詐称と思われます」

きくだけ時間の無駄だった。あらゆる問いを宍戸は否定した。永井は質問を終えて、しばらく宍戸をみつめた。完全にコケにされた。永井はいった。

「使者大儀であった。藩庁に戻ってこう伝えよ。返答の次第、よくわかった。ついては、明日より長州藩領に入り、その方が返答したことを、いちいち実地に検分したい」

宍戸は眼をあげた。そして深く息を吸うとこう答えた。

「折角ですが、その儀、かたくご辞退申しあげます」

なに、と永井は固くなった。座は緊張した。宍戸も決死の表情になった。

転がる樽から逃げだすな

広島国泰寺《こくたいじ》で、単身、幕府の訊問使と渡り合い、その合間合間に、近藤勇をにらみつけていた長州藩代表宍戸備後助は、もちろん偽名である。

本名を山県半蔵《やまがたはんぞう》といった。もともとは、萩郊外松本村の軽士の家に生れた三男坊だったが、その才幹を買われて、藩校明倫館《めいりんかん》の学頭山県太華《やまがたたいか》の養子になった。

太華は儒学者だったが、日本の国体論については一歩進んだ考えを持っていた。

(天下は天下のものだ)

と考えていた。この考えに、吉田松陰が、

「そんなことはない、天下は一人《にん》の天下、即ち天皇のものだ」

と嚙《か》みついた論争は有名だ。宍戸備後助のビクともしない応対に、近藤は、

(長州は幕府と戦う気だ)

という気持をいよいよつよめた。そして、

(この男の自信の裏には必ず何かがある)

と感じた。宍戸の体《てい》のいい拒絶にあって京に戻ってきた近藤は、守護職邸に行くと、

「長州のご処置は極力寛典に」

と進言した。会津藩の重役は妙な顔をした。

「長州を寛典に？　近藤殿ともあろうお人が、ご本心か？」

とききかえした。近藤は、

「本心です」

とまじめに応じた。胸の中では、

(戦っても、現在《いま》の幕軍では長州に勝てません)

といっていた。近藤の胸の中のつぶやきは、守護職会津容保《あいづかたもり》に正確に伝わった。さらに老中板倉勝静《いたくらかつきよ》にも正確に伝わった。

訊問使永井尚志《ながいなおむね》らの報告をもとに、大坂城で、

(長州をどう処分するか)

という会議がもたれた。将軍家茂はもともと寛典派だ。そこへ会津容保やその弟の所司代桑名定敬《くわなさだあき》らが、

「極力、寛典に」

といい出したから、会議の結論は決ったようなものだった。が、たったひとり、

「それでは、朝廷がないがしろにされ、幕府も羽毛の軽きにされる」

と反対した人間がいた。一橋慶喜《ひとつばしよしのぶ》である。慶喜は長州再征伐を唱えて退《ひ》かなかった。それを板倉たちが説得して、ようやく処分案が決った。
一　長州藩の石高から十万石を削る
二　藩主父子は蟄居《ちっきょ》

三 禁門の変の責任者である三人の家老の家は永久に断絶

という内容だった。第一次征長戦で、参謀西郷吉之助が決めた降服条件のむしかえしみたいなもので、しつこい。幕府のあせりがみえた。

慶応《けいおう》二年（一八六六）一月十六日にこの決定をして、二月四日、老中小笠原長行《おがさわらながみち》が正使として、このことを長州藩に伝えに行くことになった。永井尚志らが従う。そして、再び新撰組に幕使護衛の命が下った。

近藤は、こんどは、前回の伊東甲子太郎《いとうかしたろう》と尾形俊太郎のほかに篠原泰之進《しのはらたいのしん》を加えた。そのかわり武田観柳斎《たけだかんりゅうさい》をはずした。篠原は伊東派なので、歳さんたちは心配した。が、

「大丈夫だ」

と、近藤は笑った。そしてまた広島に行った。

しかし、小笠原以下の使者は、小僧の使いに終った。いや、それ以下かもしれない。長州藩は、誰も出てこなかったからである。通告場にきめられたのは、前と同じ広島の国泰寺だったが、幕府側が指名した岩国の領主も、清末《きよすえ》の支藩主も、

「病気のため」

といって欠席届を出してきた。小笠原は怒った。

「一か月待つ」

と通告したが、うんともすんとも応答がない。さらに一か月延ばして四月まで待ったが同じである。近藤は、長州藩のこの態度に、

（山崎がいったことは本当だな）

と思った。長州は薩摩と手をにぎったのだ。そうでなければ、こんなまねはできない。

小笠原たちがいたずらに広島で日を送っている間に、長州藩から脱走した第二奇兵隊の一部が、岡山の倉敷代官所を襲った。となりの国で幕府代表に、これみよがしの露骨な叛乱を起したのだ。そんなときに、また宍戸備後助《ししどびんごのすけ》がやってきた。

「私では、軽格でお役には立たないでしょうが、何か承ることがございますれば」

という口上である。少なくとも支藩主に通告したかった小笠原は、やむなく、宍戸に幕命を伝えた。が、宍戸のほうが手をふった。

「そんな大変なことを、私のような駈け出しがとても承ることはできません」

という。小笠原は怒って、

「それなら支藩主を出せ」

といいきり立つ。宍戸は、

「支藩主は病気です」

と応ずる。

「四人ともか」

「はい、四人ともです。折悪しく」

こういうやりとりを、親長州派の伊東と篠原は、クスクス笑いを洩《も》らしてみていた。近藤の眼は鋭くなる。埒《らち》があかない。小笠原は役目が失敗したことを知った。

「ひきあげよう」

一行にそう令した。そして、

「この者を捕えよ」

と宍戸を示した。近藤たちは宍戸を拘禁した。

この時、宍戸が近藤をみつめかえした眼の色を、近藤は死ぬまで忘れない。宍戸は、はっきり、

（この愚か者めが）

という蔑みの色を浮べていた。それは前回にみた憎悪主体のそれでなく、

（時勢にとりのこされる哀れな奴め）

という眼だった。宍戸の眼は、たった半年でそういう変化をしていた。それは、もう日本中を敵にまわしても、おれたちは戦うぞという気概を示していた。しかも、戦うだけではない、おれたちは必ず勝つ、という自信の誇示であった。戻ってきた近藤に、

「どうでした」

と歳さんはきいた。近藤は、

「戦さになる」

と短く答えた。

戦さになった。幕軍は、芸州口《げいしゅうぐち》、石州口《せきしゅうぐち》、小倉口《こくらぐち》、大島口《おおしまぐち》の四口から攻めこんだ。そして四口とも敗けた。しかも、驚いたことに、幕軍を敗ったのは長州藩の侍たちではなかった。

いや、侍もいたが、それは普段、

「この軽輩者よ」

と、藩の上級武士から馬鹿にされている下級武士たちであった。

もっとも勇敢に戦ったのは、奇兵隊ほか諸隊と呼ばれる農民や、僧、猟師、力士、商人など、あらゆる職業の人間が編んだ隊であった。

長州藩は、武士だけでなく、農民も町人も、兵士になっていたのだ。そして、この人々が実に強かった。長州藩内でも、上級武士は役に立たなかった。

それを、幕軍は武士だけで攻めた。こっちの武士もおよそ役に立たなかった。長州再征伐は、攻めるほうも、攻められるほうも、

「もう、武士は戦争の役に立たない」

ということをはっきり証明した。

「いざ鎌倉」

というときに役立つから、という理由で、二百六十年間ムダメシを食うことを認められてきた日本の武士は、そのいざ鎌倉、というときにも、全く役に立たないことを、自ら証明したのである。

「武士は要らない」

という、おどろくべき発見が、この戦争に参加した者の、心ある人間たちの得た唯一の収穫であった。

新撰組には、また参陣の命令はこなかった。敗報、また敗報と、血をこびりつかせた急使が大坂城内にかけこみ、その報告が京へくるのを、近藤勇たちは切歯扼腕《せっしやくわん》してきいた。

「農民が、戦いの主力になってるってえのは、どこも同じなんですね」

長州軍の主力が農民隊や町人隊だ、ときいて、歳さんは感慨深げにいった。そういう歳さんを、玉川市作《たまがわいちさく》少年が眼に熱をこめてみつめた。市作少年もまた農民侍だったからだ。そして、市作からみれば、歳さんも近藤も農民侍であった。

幕軍の旗色が悪い、という噂《うわさ》は京中にひろまっていた。もぐっていた反幕派の浪士がまたぞろうごめきはじめた。

しかし、いまは親幕、反幕をとわず、〝藩〟がそれぞれ京に拠点を擁していて、闘争はすべて言論とかけひきに変っている現状では、浪士たちにとっても、活動の場はかぎられていた。

組織の世の中になったいま、個人のできることは、かなり局限されてしまった。そこで浪士たちは、たとえば、三条大橋に立てられた、長州藩の罪を天下に告げる町奉行所の制札をひっこぬいたり、文面に墨を塗ったりするのが関の山になった。

一方、新撰組にとっても、戦争に参加せよの声はかからず、役目は相変らず、京の治安確保であってみれば、こういう制札へのいたずらも無視できない。

「新撰組、出陣！」

出陣のかけ声だけは勇ましく、屯所《とんしょ》から走り出して行くが、やることといったら、立札をひっこぬいたり、墨を塗った犯人の追跡である。士気が上がるはずがない。当然、

「やることがみみっちい」

「こんなはずではなかった」

などという不平不満の声が上がる。脱隊者が相ついだ。歳さんは、必ず追跡させた。そして隊に連れ戻し、みせしめのために処刑した。

（まるで鬼だ）

歳さんをみる隊士の眼には、恐怖と憎しみの色が湧いた。その眼に歳さんは耐えていた。

（いまの新撰組には鬼が要る）

と思っていた。近藤局長はいってみれば仏さまだ。沖田もそうだ。二人は愛されていていい。だが、おれは憎まれよう。隊士の憎しみと怖れがつよまればつよまるほど、新撰組はぴしっと締まる、それが副長としてのおれの役目だ、歳さんはそう思っていた。

だから、このごろはもうほとんど笑わなかった。不機嫌な仏頂面《ぶっちょうづら》が多かった。

幕軍が長州軍に敗けに敗けているころ、七月二十日、将軍家茂《いえもち》が死んだ。二十一歳だった。帝の妹を妻にしたこの若い将軍は、朝廷と幕府をつなぐ橋だった。頼りない、細い吊り橋だったが、とにかく橋であることはたしかだった。その橋が切れて落ちた。

家茂が京や大坂にきたり、また江戸へ戻って行くたびに新撰組は護衛についた。そのときに知った家茂の人となりを、近藤は愛した。

「上様の死は、当分ひみつだ」

大坂城にいる老中からそういわれたが、近藤は、屯所の居室の机の上に家茂の名を書いた位牌《いはい》を置き、ひとりで香を焚いた。通夜のつもりだった。近藤は、

(大樹、何もいいことはありませんでしたなあ)

と、胸の中で位牌に語りかけた。涙が出てきた。

その近藤の姿を、歳さんや沖田や、原田、井上、山崎たちが、眼をうるませてみつめていた。

「……大樹は私より若い、きのどくだ」

沖田がつぶやいた。

「内外《うちそと》からふりまわされっぱなしだったものな、保《も》つわけがねえよ」

原田が共鳴した。そして、

「殊《こと》に薩摩のイモ野郎にな」

とつけ加えた。くるくると変転きわまりない薩摩藩が、いまは、はっきり長州藩と手を組んで、エゲレスから薩摩名義で銃砲や軍艦を買いこみ、長州に渡していることは誰もが知っていた。

幕軍は、ただ長州の庶民軍に敗けているのではなく、長州藩が密輸入したエゲレスの洋式武器にも敗けているのだった。

「つぎの将軍には誰がなるんですかね？」

井上源三郎が誰へともなくきいた。

「慶喜さんでしょう」

沖田が応ずる。

「それじゃあ、徳川家《とくせん》もおしまいだ」

原田が吐き捨てるようにいった。一本気な原田は、政略好きの慶喜がきらいだった。皆、笑い出した。

「近藤先生」

座の笑いがおさまるのを待って、山崎烝《やまざきすすむ》が柔らかい口調で切り出した。

うむ？　というふうに近藤がからだをひねって山崎をみると、山崎はこんなことをいった。

「先生は、いつも、兵《つわもの》は東国の人間に限るっておっしゃっておられますが」

「うん、そのとおりだ。いまでもそう思っている」

「そうおっしゃられちゃうと、ミもフタもなくなっちゃうんですがね、先生」

山崎は目をあげた。

「私は西の国の人間です。でも、西の国の人間にも、新撰組が好きで好きで仕様がねえ奴《やつ》がいるんですよ。つぎの大樹が誰になろうと、死ぬまで徳川家につくそうっていう気組みの人間が、私のほかにも、まだまだ沢山いるってことを、この際、はっきり申しあげておきますよ。

いや、徳川家だの、大樹ってのはうそだ、私たちは近藤先生を尊敬しているんです。先生が好きで仕様がねえんです。ごめいわくでしょうが、そういうことです。少しはそういう西国人の気組みを、いじらしいと思ってやって下さい」

できた人間の山崎の口調は、どこか洒落て砕けたところがある。が、眼は洒落ていなかった。真剣そのものだった。近藤は山崎の気迫に圧《お》され、しばらく答えることができなかった。

やがて、

「……わかった、気をつける」

といった。その眼がうるんでいた。

「気をつけるなんて、そんな。私は決してそんなつもりじゃあ……」

山崎も閉口したように頭に手をやって苦笑した。

「いいお通夜になりましたね。家茂さんもよろこんでいますよ」

沖田がそういった。

年が変った。前年の暮に一橋慶喜が将軍になった。

この年（慶応三年）の夏、新撰組隊士は正式の幕臣になった。近藤勇は、見廻組与頭格《みまわりぐみくみがしらかく》となり、六百石、お目見得《めみえ》以上の格を与えられた。土方歳三は肝煎格《きもいりかく》、隊長級は全部直参格《じきさん》になった。この内示があったとき、

「どうするね」

近藤は歳さんに相談した。

「素直に従いましょうや。いまさら辞退したって、世の中のみかたは、新撰組には、はっきり色がついているんです。幕府という坂をころがり落ちる樽の中にいるんですから。そうじゃねえって突っぱったって、誰も信用しませんよ」

歳さんは笑った。幕府は近藤に大久保剛《おおくぼたけし》、歳さんに内藤隼人《ないとうはやと》という名までくれた。近藤は満更でもなさそうだったが、歳さんは、

「私は、やはり土方歳三でいきますよ」

といった。が、幕府直参になることを、そのますっとうけ容れない者も沢山いた。新撰組を幕臣にする、という話は去年もあった。その時、伊東甲子太郎一派は、

「もう少し慎重に考えたい」

といって態度を保留した。こんどは茨木司《いばらきつかさ》や佐野七五三之助《さのしめのすけ》ら十人が、

「新撰組は、尊皇攘夷《そんのうじょうい》の志の者が集まったはずだ。幕臣になったのでは、初志が失われる」

といって、会津藩邸にこのことを主張しに行った。会津藩では弱って、近藤に知らせてきた。近藤は、

「隊不調和のさまを露呈して申し訳ありません。どうか一切耳をかさず、隊へお戻し下さい」

と恐縮した。しかし茨木たちは会津藩邸から出てこない。新撰組に下した幕臣の辞令を撤回するか、自分たちを脱隊させるか、どっちかにしてくれ、と迫りつづけた。会津藩はもて余した。

そして、茨木たちが多少待ちくたびれた時、障子の外から突然槍が突き出されて、一味のうち四人が殺された。歳さんの処置である。歳さんは、

(新撰組はころがり落ちる樽からは逃げない、逃げる奴《やつ》は殺す)

という態度で新撰組の管理を貫くことに決定した。粛清《しゆくせい》の嵐が吹きまくった。

こういう新撰組の運営管理は、〝政治〟に生きる藩人、つまり組織人からみると、いよいよ、

(遅れている)

ものにみえた。それが、世間の新撰組をみる眼であった。歳さんはひるまなかった。

(新撰組は、ほんものだけで生きていく。にせものはどんどんとり除く)

と考えていた。しかし、そのほんものだけに隊士を絞ることと並行しておこなう隊の仕事は、いよいよ下らなくなった。

三条大橋の制札ひきぬきが、橋上での大乱闘になった。この中に歴とした土佐藩士がいたので、大問題になった。土佐藩は、あとが面倒とみて近藤たちを祇園《ぎおん》に招《よ》んでごちそうし、和解工作に出た。平隊士《ひらたいし》は、こういうさまをみて、

「何だ、おれたちを立札のような下らないことで斬りあいをさせておいて、局長たち幹部は酒を飲まされれば和解してしまうのか」

とかげ口をきいた。そして、

「幹部はいいな。何でも飲む口実になる」

と皮肉った。守護職は、この制札事件に対し、

「よくやった」

といって感状と賞金を新撰組に寄越した。これも世間にわらわれた。

「新撰組は立札を守って、褒美《ほうび》をもらった」

とからかわれた。

「恥だ」

と、かなりの隊士たちが憤激した。

このころ、伊東甲子太郎は、すでに新撰組に見切りをつけていた。ある日、屯所の外に藤《とう》堂平助《どうへいすけ》を呼び出してこういった。

「きみの言に従って、新撰組の性格を変えようと思ったが、だめだ。新撰組は手がつけられないほど堕《お》ちていく。そこで、心をきめた」

「？」

「離隊する」

「それは」

藤堂はびっくりした。現在の凄まじい隊規遵守《じゅんしゅ》状況を知っているからだ。離隊は即脱走罪になる。全員切腹だ。そういう藤堂の心配を見越して伊東はいった。

「薩摩藩の動向を探る、という名目で支隊をつくることにする。薩摩とも話は通じているよ。大久保一蔵《おおくぼいちぞう》さんがかかり（費用）の心配をしてくれることになった。富山弥兵衛《とみやまやへえ》君の仲介

だ」

富山弥兵衛というのは薩摩藩士だったが、人を斬ったということで藩を脱し、新撰組に入ってきた。

「臭い」

といって歳さんは反対したが、伊東は強力に推薦《すいせん》した。そのころは極力伊東の意を立てていた近藤は、

「ま、いいじゃないか」

といって富山を入隊させた。結果として歳さんの鼻は鋭かったのだが、藤堂は、いざというときは伊東と行動を共にするつもりだから、富山の背信も別に気にならない。伊東はいった。

「ちかく近藤さんにこのことを通告するが、当初からのいきさつがあるので、君には仁義を切っておこうと思ったのだ」

仁義を切っておくというのは伊東流のいいかたで、本当は、

(そこで、君はどうする)

ということだろう。藤堂は躊躇《ちゅうちょ》なくいった。

「支隊には、ぜひ私も加えて下さい」

「うむ」

うなずいたが伊東は、

「しかし、君は近藤さんの寵児《ちょうじ》だからな。声をかけていいものか悪いものか、ちょっと迷っていたんだよ」

こういうところが、この人の大器量人でないゆえんなのだ、と藤堂は思った。伊東のいいかたの底には、藤堂に対する嫌味《いやみ》めいたものがある。いつまでも近藤に愛されている藤堂に、嫉妬《しっと》とはいわないが、なにがしかの不透明な部分を持っているのだろう。

その不透明な部分を消去するためにも、藤堂は伊東と行を共にしようと思った。だから、

「たとえ局長に可愛がられていようと、私は生きかたのけじめはきちんとつけますよ」

といった。伊東一派は離隊した。車一心もその中に入っていた。伊東が近藤たちに通告する間中、車は、はじめから尊皇攘夷の志士のように、昂然と肩をそびやかしていた。しかし、近藤や歳さんの顔を正視する度胸はなく、天井のどこに視点を据えようかと、終始迷っていた。

「……平助もか」

さすがに近藤は、藤堂平助の離脱には衝撃をうけたようだった。

「去る者は追わず」

と俗諺《ぞくげん》を口にした沖田は、近藤の渋面をみて、

「というふうに、かんたんにはいきませんね」

と、急いで自分のことばを否定した。

同じころ、一橋慶喜の側近で、カミソリといわれていた原市之進《はらいちのしん》が居宅で暗殺された。慶喜に碌《ろく》な知恵をつけないとにらまれていたのだ。

そのこと自体とは別にかかわりはなかったが、会津藩重役秋月悌次郎《あきづきていじろう》が珍しく屯所に近藤を訪ねてきて、こんな話をした。

「慶喜殿が、あなたを原殿の後任に望んでおられる」

という。

「私を原殿の後任に」

これには近藤は心底おどろいた。

「どうしてまた」

「中川宮《なかがわのみや》のご推薦です」

「中川宮が?」

これもまた想像をこえた話だった。

「中川宮など、私は知りませんよ」

「あなたは知らなくても向こうはよくご存知だ。この間、あなたは、徳川の将軍がどんなぼんくらだろうと、それを守りぬくのが直参や親藩の役目ではないのか、と書いた上書を二条《に じょう》摂政《せっしょう》にお出しになったでしょう」

「出しましたよ。親藩のくせに、薩摩のようなことをいっている越前侯に腹が立ったのです」

「あの上書を中川宮は読まれたのではないかな。ひどく感心されていたというから」

「中川宮に感心されても、さして嬉しくはありませんな。私はあまりあの宮は好きじゃない。政略を用いすぎる」

「そういうだろうと思いましたよ。では、この件、断ってよろしいですな」

「もちろんですよ。私は武骨な東国の剣客であって、帷幄《いあく》中に智謀をめぐらせることのできる人間ではありません」

「そうだとはいえんが、安心しましたよ。いま、あなたに新撰組から出られたら、守護職としてのわが藩も、相当に参りますのでな」

秋月は正直な気持を吐露《とろ》した。

近藤勇に眼をつけていたのは、幕府側ばかりではなかった。土佐の後藤象二郎《ごとうしょうじろう》も急速に接近してきた。数度の会議で、近藤は後藤が将軍に大政を奉還させる考えを持っていることを知った。後藤は大政奉還後の政体を、大名と公卿《くげ》の共同によるものにし、将軍は、その共同体の議長になればいい、といった。

長州訊問使永井尚志は、すでに後藤からこの考えを示されていて、

「妙案だ。将軍の大政奉還書は私が草案を書こう。土佐藩主から将軍に建言してくれ」

といっていた。なるほどな、窮すれば通ず、で、道はいくらでもあるものだ、と近藤は感心した。道をつねに甲か乙か、あれかこれかの二つに絞って考えるのは、たしかにまちがいだとさとった。丙の道もある、丁の道もある。道は二本でなく、三本も四本もあるのだ。

（状況が切羽詰ると、人間てえやつは、いろいろと知恵を絞り出すものだ）

と、改めて人間に感嘆した。そして、大政奉還は、たしかにいま、武力討幕の密謀をすすめている薩摩・長州藩には、意表をついた先制攻撃であり、しかも、日本国内で血をみないですむ唯一の妙策だと思った。

もちろん決して上策ではない。いまいましいという気が先に立つ。しかし、こういうふうに世の中が変ってきたのは、必ずしも、薩摩・長州だけの力ではない。日本全体が変ってきている、ということは、京に四年いたおかげで、近藤にも次第にわかってきていた。

この時期、近藤の外出が多くなった。各藩重役の中にも、

（近藤殿の意見をききたい）

という人間が実際に増えていた。近藤は億劫がらずに出かけて行った。そのたびに歳さんは、

（先生は、少しでも新撰組の立場を理解させようと、懸命の努力をなさっている）

と思った。が、近藤を招いて料亭で懇談する各藩重役は、実は近藤と新撰組とは切りはなして考えていた。近藤を卓見を持つ政治人だとみる人々も、新撰組となると、やはり、人斬り浪士の集団だと思っていた。

近藤がすぐれた人間だという認識を深めれば深めるほど、そういう人々は、逆に、

（近藤さんほどの人物が、なぜ、新撰組のような人斬り集団の隊長をつとめているのか）

と思うのだった。中川宮も、一橋慶喜も、そして後藤象二郎も、おそらく近藤勇と新撰組

とを切りはなして考えていたのだろう。

そのことは、要人と話しあうたびに、近藤自身がいちばんつよく感じた。だからこそ、

（おれと新撰組は別じゃねえ。一心同体なんだ。そのことをわかってもらいてえからこそ、おれは要人の招待に応じているんだ）

と思っていた。

が――無駄な努力であった。そんなことを理解する要人はひとりもいなかった。しかし近藤は、自分に声をかけてくる人間の中で、真剣に接触する人物は大事にした。たとえば土佐の後藤象二郎のことは、全隊士に、

「どんなことがあっても、土佐の後藤さんには手を出してはならぬ」

と命令していた。

戦争がそうであるように、大きな政治事件は決してある日突然起るわけではない。まず、煙が立ちはじめて、火の存在をそれとなく示す。煙はかなり長い間、漂いつづける。そして、もう誰もが、

（あそこに火がある）

ということを知ったときに、その火は一挙に燃え上がる。大政奉還がそうだった。

（将軍が大政を奉還しそうだ）

という噂は、かなり前から流れはじめた。

（将軍が大政を朝廷に返す？）

と、はじめはびっくりした在京の各藩も、その噂が毎日のように流れているうちに、次第に驚かなくなり、ついに、

(そういうこともあるだろうな)

と半分肯定するようになる。やがて、

(いや、それが一番いい方法だ)

と積極的に考えるようになり、ついに、

(それしか方法がない)

と思うようになってしまう。どこの誰がやっているのかわからないが、現在の世でいう巧妙な世論操作である。そういうふうに、世の中の土壌を十分耕しておいて、ごく自然にそのことが登場してくる。京にいる各藩要人の使命は、

(どんなことがあっても、自藩を生き残らせる)

ということだったから、もともとはげしい変革は望んでいない。まして、薩摩・長州藩のように戦争で幕府をつぶそうなどという考えにはついていけない。大政奉還は、いま在京藩人の常識となり、問題は、その日がいつか、ということだけに絞られた。近藤勇は後藤象二郎からの連絡で、それが十月のある日だということを、九月の末にすでに知っていた。歳さんほか腹心の人間にだけは話した。

慶応三年(一八六七)十月十四日、将軍徳川慶喜は大政を奉還した。しかし、ほとんどの層がこのことを知っていたから、驚天動地の混乱は起らなかった。各藩人も、

（大名はこれからも変らない）

と思っていた。

が――このことを、生命の問題として深刻にうけとめた人間がひとりいた。藤だった。十月十五日、藤は自殺した。歳さんあての遺書があった。

歳さんは男の巨きな夢をみた

女の私が、ご政治向きのことに口を出したりして、いかに差出がましいか、よく存じております。昨夜、死んだ夫が夢に現れてこう申しました。

「大政奉還は長続きしない、なぜなら、大樹も各藩も気持がいい加減で捨身ではないからだ。土方さんたちは、これから大変なことになる。おまえも、もう土方さんのお邪魔になってはいけない……」

生前から夫の予測はよく当りました。こんどもおそらく当ると思います。でも、これから大変なことになる、といいながら、どう大変になるのか、夫は教えてはくれませんでした。きっと戦争になる、ということでしょうか。

ひとつだけ、私の耳に強く残った夫のことばがございました。それは、もう土方様のお邪魔になってはいけない、ということでございます。私もかつては旗本の家に生れ、旗本の妻でございました。土方様のお邪魔にならないよう、お先に参ります。どうか、存分にお働き下さいませ。

でも、私は変っておりますのよ。お先に参ることは、決して私のことをお忘れになって下さい、ということではございません。逆でございます。前に私は土方様の赤ちゃんをほしいと申しました。あなたはかなえては下さいませんでした。

私は気づきました。赤ちゃんをほしがるのは、あなたの忘れ形見を私の中に生かすことだと。それなら逆なことがあってもいいのではないか、と。逆なこととは、私があなたの中に生きることでございます。死んで、あなたとご一緒に生きることでございます。

土方様、久しぶりに夢に現れた夫より、いまの私はあなたのことで頭がいっぱいでございます。でも、あなたは男、これから、いままで以上にお辛い目におあいでございましょう。お邪魔にならぬよう、お先にまいります。これからはいつもあなたとご一緒です。

土方さま、どうか、いつまでも、私のことをお忘れにならないで下さいませ。

藤

歳三さま

またたきもせずに、歳さんは藤の手紙を走り読みした。藤は自分が住んでいる西院村《さいいんむら》の農夫に、手紙を届けさせたのだった。

手紙を読み終ると、歳さんは屯所《とんしょ》から走り出た。四条通りを西へ走った。京はもう冬だった。吐きとばす息が白く宙に舞った。

西高瀬川に沿って、村の入口の宗円寺《そうえんじ》まで辿《たど》りついた時、村人たちが声をあげながら、さらに西の方へ走って行くのに遭った。何だ、ときく歳さんに村人は手をあげた。村人たちが指さす方向に火の手が上がっていた。歳さんは立ち止った。火の手が何を示しているのか、きかなくてもわかった。

（藤殿の家だ）

藤は家に火を放ち、炎の中で自ら生命を断ったのだ。自分で自分の一切の始末をしたのだ。歳さんの邪魔にならないように。

歳さんは現場まで行くのをやめた。村の入口に立ったまま、天に噴き立つ炎と煙とを凝視していた。炎と煙の中から、藤がたしかな存在感を持って、自分の胸の中に入ってきたことを、歳さんははっきり感じた。

歳さんの胸の中におさまった藤は、

「もう、これからはずっとご一緒ですよ」

と、にっこり微笑みかけた。歳さんはうなずいた。

「うん、ずっと一緒だ……」

そうつぶやくと、瞼《まぶた》が熱くなってきた。いつまでもお忘れにならないで下さい、という藤の手紙の一字一字が眼によみがえった。が、同時にいい知れぬ力がからだの底から湧いてくるのを、歳さんは知った。

藤が夢にみたという、藤の亡夫の予言は当った。この時点で、

「大政奉還だけが、幕府が生きのこる唯一の妙策だ」

というのは、たしかに正しい政治判断だった。が、その判断は正しかったが態度が甘かった。将軍の徳川慶喜は、

「大政を奉還されても御所の公卿《くげ》どもに、政務がとれるわけがない。そこへいくと、幕府人には二百六十余年の経験がある。どうせすぐたのみにくる」

とタカをくっていた。また各藩の大名も、慶喜と同じような考え方をしており、さらに、

「これからは、大名の発言権もつよまる」

と考えていた。その、どっちの考えも所詮《しょせん》甘いものにすぎない、ということを、突然、大きな鉄の槌《つち》で示したのは、京の北方、岩倉村に拠点をもつ数人の人間たちだった。

そこには貧乏公卿の岩倉具視《いわくらともみ》がいて、大久保一蔵や品川弥二郎《しながわやじろう》ら薩摩・長州の要人が集り、岩倉の秘書の玉松操《たままつみさお》が侍っていた。西陣の織物技術者までいた。

かれらは慶喜の大政奉還などには目もくれず、着々と自分たちの計画をすすめていた。玉松操は、討幕の密勅を書き、王政復古の大号令の草案を書いた。品川弥二郎は、

〽宮さま　宮さま　お馬の前に
　びらびら　するのは何じゃいな
　ありゃあ　朝敵征伐せよとの
　錦の御旗じゃないかいな

と、東征軍の進軍歌を作詞した。西陣の織工は、そのびらびらする錦の御旗の意匠を、あでもない、こうでもないと首をひねって考えていた。

二か月足らずで準備はととのった。かつて、前帝孝明天皇の妹を元将軍家茂に降嫁《こうか》させた罪で、およそ五年の間、洛外のこの小さな村に謹慎させられていた岩倉は、十二月九日、突《とっ》

如《じょ》御所に入った。そして、自説の、

「公武合体」

の説をかなぐり捨て、

「王政復古」

を宣言した。御所の九門は肚を合わせた薩摩・芸州主軸の藩が固めていて、会津その他の親幕藩は排除された。

あっという間の出来事で、大政奉還後の大名会議の甘い夢をみていた親幕派は、騒然となった。それだけでなく、昨日まで朝敵にされていた長州藩の軍勢が堂々と入京してきた。まるで天皇軍であった。

京都朝廷は、それまで幕府が京においていた諸機関を全部廃止した。守護職も所司代もなくなった。新撰組も吹っとんだ。

守護職という母船が消えてしまったので、探索船のような新撰組はたちまち不安定になる。社会を漂いはじめた。隊士は騒然となる。旧幕府は、

「見廻組《みまわりぐみ》に雇われたという形で、新遊撃隊と名乗ったらどうか」

といったが近藤は笑った。

「いや、新撰組でいきますよ」

しかし、身分は一体何なのか。将軍は大政を奉還してしまったし、守護職は廃止されてしまった。

「おれたちの身分はどういうことになって、給与は一体誰がくれるんだ」

切実な生活の問題まで含めて、一部の隊士たちは騒いだ。近藤はこういった。

「これからのおれたちは、前征夷大将軍《さきの》徳川慶喜様の家来だ。給与は徳川家から出る。隊の名は変らずに新撰組となのる。が」

といって、近藤は隊士たちをみまわし、

「事態がそうなっては、初志と異なる者もいるだろう。去りたい者は去れ、とめはしない」

と告げた。去りたい者は去れ、といわれても、また脱走罪になるのでは、と一部の隊士が、疑惑と不安の眼で歳さんを見た。歳さんは苦笑した。

「心配するな、もう追いかけて腹を切らせるようなことはしねえよ」

失笑に似た湿った笑いが隊士たちの間を流れた。近藤は隊が持っていた金を全隊士に分配した。夜が明けると、隊士は半分に減っていた。

「これが、誠の旗の下に生きてきた新撰組ですかね」

とみに顔に青黒い色を増している沖田が、呆《あき》れ声を立てた。

「そうさ、これが実態さ」

歳さんは笑った。

「あれほどきびしい局中法度だったのに」

割り切れない表情で、沖田はつぶやく。もう四六時中熱があって、呼吸も苦しそうだ。毎日、血を吐いていた。近藤と歳さんは、宙で痛ましそうな視線を交した。

慶喜は、血気に逸《はや》る旧幕臣をおさえて二条城を出、大坂城に退いた。それを護衛した新撰組は、すぐ引返してきて伏見奉行所に陣を張った。戦争になれば、ここが旧幕軍の最前線拠点になる。

そして、伏見奉行所に移ってすぐ、近藤勇が旧伊東甲子太郎一派に狙撃《そげき》された。伊東甲子太郎は、新撰組が一か月前に油小路《あぶらこうじ》で斬殺したばかりだった。斬殺に参加はしたものの、あまりにも陰惨な報復ぶりに、

「こんな時期に、まだこんなことを」

と、隊内でも非難する声があったが、

「こんな時期だからこそ、こんなことをするんだ」

と、歳さんはいい張った。近藤勇を狙撃した者の中に、狙撃当日の近藤の行動を探って一味に告げた車一心《くるまいっしん》がいた。車は、銃弾を受けて馬上に伏した近藤をみると、それまでひそんでいた松林から、突然、路上に走り出て、

「近藤が死んだ！　近藤を殺した！」

と手をふりながらわめいた。その眼が異常に吊り上がっている。射った篠原泰之進が、車の狂態に呆れ、

「ばか、戻れ！」

と怒鳴った。が、おそかった。近藤を護衛していた小姓の中から、さっとひとりの少年が走り寄って、

「とうっ」

と、鋭い気合とともに抜きうちに車を斬った。額をざくっと割られた車は、うっと短い悲鳴をあげて、虚空をつかんだ。死ぬ時も、まだみはてぬ夢を追っていた。

少年は玉川市作だった。市作は、近藤の馬の尻を刀の峰で叩いて、

「はいっ」

と追った。馬は一散に南の方角へ走った。それを見届けて、市作は改めて松の蔭をにらみ、鋭い声でいった。

「出ろ、卑劣漢《もの》め」

阿《あ》部《べ》十郎《じゅうろう》と内海《うつみ》二郎《じろう》が、

「小癪《こしゃく》な小僧だ」

ととび出そうとしたが、篠原泰之進が、よせ、引き揚げよう、ととめた。そして去った。

追ってきた市作はしばらくあたりをにらんでいたが、やがてあきらめて去った。そのさまを遠くからみながら、

「新撰組にも、まだ頼もしい奴《やつ》がいる」

と篠原は苦笑した。近藤は受けた銃創が意外に大きく、起きているのが苦痛になった。大坂城では慶喜が侍医松本良順《まつもとりょうじゅん》をよこし、松平容保《まつだいらかたもり》も医者を急派した。

松本良順は伏見奉行所の内部をみ渡しながら、

「近藤先生、ここにいたんじゃだめだ」

といった。

「癒りませんか？」

「傷もだが、戦う連中の足手まといになる」

ズケズケそういって、松本はさらに脇に寝ている沖田を見ていった。

「この若者もね。どうです、ふたり共、大坂城に移っちゃあ。私もその方が助かります」

と笑った。近藤は松本のことばに従った。新撰組の指揮は全面的に歳さんに任せることになった。近藤と沖田が大坂城に移る日、見送る隊士の中の玉川市作をみて、近藤が吊り台から手をのばして市作の肩においた。微笑む近藤の眼に深い思いがよぎるのをみて、

「市作、一緒に行け」

と歳さんはいった。

「ここでイモと戦います」

市作は首をふった。

近藤は、微笑んで、

「そうだ、そうしてくれ」

とうなずいた。吊り台が門の外に出ると、

「先生……」

と、拳《こぶし》を双の眼に当てる隊士もいた。市作の眼にも涙がいっぱいに溜っていた。

いざ、というときには、ここが最前線拠点になるのに、伏見奉行所は新撰組にとって決し

て住み心地のいい陣所ではなかった。むしろ落ちつかない針のムシロだった。

新任の伏見奉行が妙な男だったからである。新任の伏見奉行は尾張藩の人間で、田宮弥太郎《たみややたろう》といった。もともと長州藩と親しく、第一次征長戦でも、西郷吉之助と共に、長州藩を寛典にし、征長総督だった尾張藩主を焚きつけて、さっさと征長軍を解兵してしまったのも、この田宮である。根っからの尊皇家《そんのうか》だった。だから王政復古で新政府ができると、すぐ召し出され、京都と伏見の民政の責任者になった。

そういう田宮だから、新撰組が伏見奉行所にいるのがどうも気になる。が、面と向かって歳さんに、退去してくれ、とはいえない。しかし、

(こんな連中がいたのでは、朝廷も警戒の念を解かないし、第一、慶喜さんたちも損なのではないか)

と思っている。そこで大坂城に出かけて行って、藩主の徳川慶勝《よしかつ》に会い、これこれだ、と自分の考えを話して、

「いかがでございましょうか、新撰組を退去させ、尾張《おわり》藩の藩兵を代りに入れようと思いますが」

といった。慶勝はもっともだ、とうなずき、このことを越前の松平春嶽《まつだいらしゅんがく》に話した。慶勝も春嶽も現在は新政府の議定という要職にある。春嶽は、松平容保に交渉した。容保は、

「誠忠の士に、とてもそんなことは申せません」

と、抗議の念をこめて固辞した。そこで、春嶽は田宮に、

「皆、新撰組の味方で、私の手に負えない。おまえから直接土方に話せ」

といった。田宮は一夕、歳さんを旅亭に招いて、

「どうでしょう」

と持ちかけたが、歳さんは、

「さるお方の密命で在陣しているので」

と受けつけない。

「密命とは、どなたの命か」

ときくから、

「密命というのは、下した方《かた》の名を明かさないから密命なのです」

と応じた。埒があかない。段々探ると、どうも大目付の永井尚志が密命者だとわかった。

そこで永井に交渉すると、

「かれらのどこに非があるのですか。不要な疑念を示せば、かれらは怒りますぞ。一部の惑乱者とちがって、かれら新撰組は不動の忠臣です」

と、逆に嫌味たっぷりな答えが返ってきた。田宮は仏頂面《ぶっちょうづら》で退《さが》った。永井はすぐ歳さんに密使をよこした。密使は、

「がんばれ、私も最後まで戦う」

という永井のことばを伝えた。永井は大政奉還文の起草者である。もともとは共和論者だった。それがこれほど硬化したのは、岩倉と薩摩・長州藩の王政復古に、心の底から憤って

いたからである。永井はことばどおり、歳さんと一緒に蝦夷《えぞ》の箱館まで戦い抜く。箱館に行った人間の中には、老中の板倉勝静もいるが、かれは在洛中は、どちらかといえば長州に対しても穏健派だった。いつも煮えきらず、歯がゆいところさえあった。が、そういう板倉でさえ蝦夷まで戦い抜いたのは、やはり王政復古が、巨《おお》きなだましうちだという思いがあったからだ。特に薩摩藩にはそういう思いをつよく持っていた。

永井の激励は歳さんを喜ばせた。新政府側の田宮と張りあうのにも後楯ができたような気がして、余計ひるまなくなった。

京の冬はいよいよ深まり、歳さんたちは四度目の正月を迎えた。雨の降りつづく暗い正月だった。その正月三日、旧幕軍と新政府軍は戦端をひらいた。

暗い正月の雨の日の戦争に旧幕軍は敗けた。敗軍は淀川の堤を大坂城まで歩いた。気持はボロボロに裂けていた。しかし、旧幕軍は、

「まだ江戸城がある」

と信じていた。特に新撰組はそう思っていた。ところが大坂城に着くと、将軍の慶喜がいなかった。昨夜、ひそかに軍艦で江戸に脱出したという。苦笑して語る近藤に、歳さんは啞《あ》然《ぜん》とした。

「大将が真先に逃げ出すなんて話はきいたことがねえ」

昔の大将は、部下を助けるために、自分が腹を切ったものだ。

「頭のいい人のすることは、おれたちぼんくらにはわかりません」

歳さんは自嘲した。沖田は怒っていて口もきかなかった。

「江戸城で決戦だ」

という旧幕軍の戦意は、こうしてまず大きく削《そ》がれた。歳さんたちは、天保山《てんぽうざん》沖で待っていてくれた榎本武揚《えのもとたけあき》の旧幕府海軍の艦で、江戸に戻った。江戸では、

「政府軍を箱根と江戸で包囲しよう」

という作戦が立てられた。江戸へ進んでくる政府軍に箱根峠をこえさせる。小田原を抱きこみ、関東地方の藩が結束して包囲する。立往生する政府軍を、海上から榎本艦隊が徹底的に砲撃する、という作戦だった。榎本艦隊は無傷である。作戦の成功度はかなり高い、と思えた。

が、ここでも慶喜は尻ごみした。かれは勝海舟に命じて旧知の西郷吉之助と、腹芸による密約をさせた。密約とは、江戸城の無血開城だった。小栗上野介《おぐりこうずけのすけ》、大鳥圭介《おおとりけいすけ》、榎本武揚らの主戦派は全部江戸城から追いはらわれた。新撰組は、勝海舟から、

「甲府城を取れ。おまえたちにやる」

といわれた。

傷の癒《い》えた近藤勇が指揮をとり、隊名は甲陽鎮撫隊《こうようちんぶたい》とした。

近藤も土方も勝の肚を読んでいた。

「おれたちは厄介者《やっかいもの》なんだ。東山道《とうさんどう》（中山道の旧称）の政府軍に殺させようって肚だ」

おれたちが何をしたってえんだ、八万騎などと三百年も大きな面《つら》をしやがった、直参《じきさん》旗本というムダメシ食いが、結局は何の役にも立たなかったじゃねえか。だからおれたちのような農民や浪人が、最後まで徳川家を守ったんだ。それを、こんどは恭順降伏の邪魔《じゃま》になるからといって、一番危険な戦場に追いはらう、それが偉《えれ》え人の常套手段《いっつもっかうて》だ。

「隊士は何も知らねえ、せめてこの世のなごりに存分に遊ばせようじゃねえか」

近藤のことばに歳さんも賛成した。沖田総司はもう動けなかった。近藤は松本良順に、

「お願いします」

とたのんだ。良順は、

「わかりました。あとのことは心配なさらず」

と、ひきうけてくれた。歳さんは、これが沖田との別れだな、と感じた。

調布《ちょうふ》の宿場で新撰組は徹夜で騒いだ。多摩の里には、まだ戦争のセの字もなかった。逆に、

「近藤先生と歳さんがお大名になった」

と、大騒ぎをして調布の宿にやってきた。近藤は若年寄格だから、そう思うのも無理はない。姿だけみれば、たしかに大名にみえるのだ。しかし、その中身が、いかに苦渋にみちみちているかを、素朴な多摩人は知らなかった。

「それでいい、知らせちゃいけねえ」

歳さんは、そう語る近藤と同意見だった。多摩にとって、何よりも大切なものは、ゆたか

な土ときれいな水だ。それを守るのが八王子千人隊の精神だった。

（おれたちが守りぬく）

歳さんはそう思っていた。義兄の佐藤彦五郎だけは、さすがに時勢をよくみていた。

「それだけは絶対に困ります」

と、最後は怒った表情で拒む近藤に、

「いや、私なりのケジメをつけたいんですよ」

と、温厚な佐藤は、自分が剣と学問を教えた農民を中心に、春日隊《かすがたい》を編成して近藤の指揮下に入った。

市作の少年武士ぶりは、多摩の少年たちの人気の的だった。

「私たちも連れて行って下さい」

という希望者が続出した。近藤は首をふりつづけた。どうせ敗《ま》けるとわかっている戦場に、多摩の若者を連れて行きたくはなかった。この先、どんな世の中になるのかわからない。

しかし、どんな世の中になろうと、若い者には未知の力がある。その力がまた世の中を変えるだろう。その力は温存しなくてはならない。

（若者たちを、この戦いにひきずりこまないことが、おれたちの責務だ）

近藤はそう考えていた。

三月四日、新撰組の到着より一日早く、政府軍は甲府城に入った。

「調布で少し遊びすぎましたかね」

一日の差をそういってくやしがる旧試衛館員に、近藤は笑って首をふった。

「生命の洗濯は中途半端にやるものじゃねえ。あれだけ遊べば、思いのこすことはあるまい」

はじめから勝つはずのない、そして勝ったら逆にえらいことになるこの戦いに、新撰組は敗けた。東山道軍を指揮する、土佐の板垣退助《いたがきたいすけ》と谷守部《たにもりべ》（干城《たてき》）の憎悪にみちた追跡を辛うじてかわして、新撰組は江戸に逃げ戻った。

しかし、江戸には政府軍が充満していて、歩くのも容易ではなかった。政府軍は幕府の残兵を発見すると、路上でなぶり殺しにした。

「がまんできない」

と、いくらかまだ骨のある旧幕臣が上野の山にこもった。しかし、上野寛永寺に謹慎中の慶喜は、あくまで恭順をつらぬいた。そして、徳川家達《いえさと》が徳川家を継ぎ、慶喜は水戸で謹慎した。上野にこもった旧幕臣は彰義隊となのったが、孤立した。新撰組の中でも、永倉新八と原田左之助が別行動をとった。こういういやな時期は仕方のないもので、くさくさしているから、ちょっとのことばのやりとりでもいきちがいが出る。ふたりは、近藤に、

「先生は少し、態度が大きすぎる」

と文句をいって別れて行った。永倉は松前《まつまえ》の、原田は四国の伊予《いよ》の人間だった。近藤や歳さんは残兵を連れて、下総流山《しもうさながれやま》に出た。ここで、

「日光の家康公の廟で、最後の決戦をやろう」

と企てる元歩兵奉行《ほへいぶぎょう》大鳥圭介の軍に合流しようとした。が、この時、近藤が突然、政府軍に自首した。

「われわれを日光に向かわせるための時間かせぎにしても、犬死にです」

と、歳さんは面詰同様に、近藤を諫《いさ》めたが、近藤は首をふった。そして、こんなことをいった。

「歳さん、おれはもう疲れたよ」

「………？」

歳さんは、ことばを失って近藤を凝視した。そして、もう疲れたという近藤に、それ以上何をいっても無駄だと思った。もちろん半分は同情だ。が、あとの半分は、

（自分から疲れた、と弱音を吐く指揮者は、もう指揮者ではない）

と思った。

どんな人間とも別れの時がくる。

（これが近藤先生との別れの時だ）

歳さんはそう思った。そう思いながら、近藤のいなくなったあとの自分の行動を考えた。すると、ふしぎに甲陽鎮撫隊への責任感が消えた。歳さんは、急に孤独になった。

（おれはひとりぼっちだ）

という感が深まった。もう甲陽鎮撫隊からは解放されたのだ。

（おれは孤独な剣士なのだ）

と思った。そう思ってすぐ、
（いや、そうじゃない、おれはひとりじゃない）
と、首をふった。歳さんの胸の中には、もうひとり、人が棲《す》んでいるのだった。藤だった。

藤殿、ふしぎなものです。敗け癖がつくと、どこで戦っても敗けます。そして、それこそ負け惜しみでなく、つぎの戦いも、そのつぎの戦いも、敗けると逆にほっとするのです。

いま、会津にいます。東北には、東側の海沿いの道と、真中の山の間の道と、会津を中心にした道の三本の道があって、それぞれ〝浜通り〟、〝中通り〟、〝会津通り〟と呼んでいます。通りといっても、いくつもの国を貫く、太い長い道です。江戸や京のこせこせした通りとはちがいます。骨太で、大きくものを捉える東北の人々の考えなのです。

その東北の二十いくつかの藩と、北越の数藩が連合して、列藩同盟というのをつくりました。政府軍が、賊軍だという会津藩と庄内藩を守ろうというのです。

が、何でもそうですが、人間が同じ志でひとつになるというのは、かなりむずかしいことです。この同盟もそうです。三十いくつの藩のひとつひとつが、大きい藩は大きいなりに、小さい藩は小さいなりに、賛成者もいれば反対者もいます。それぞれの藩がそれぞれまっぷたつに割れています。

そうなると、もうそれは理屈でなくて、力です。力の強いほうが藩を左右します。新撰組も同じでした。いまになって、ようやく京での日々をふりかえっています。無我夢中の五年間でしたが、いま考えると、あのときはああすればよかった、このときはこうすればよかった、と考えないわけではありません。

しかし、それももう過ぎ去った夢です。巨《おお》きな夢でした。でも、男の夢だったと思います。その夢に浸らせてくれたのは、実は藤殿だったのだな、といまごろ気づきました。

そう思うと、藤殿がせがんだ私の子を、藤殿の胎内に残したほうがよかったかな、と考えることもあります。

そういう事情で、はじめ白石城に集まって、固い結束をした同盟も割れ、政府軍に同調して会津を責問するところが出たり、早々と降伏したりするところも出ました。会津は孤立しています。

ところが、この孤立というやつが、私の性に合っているのです。私にはどうも、人の中にいても、いつも本当はひとりぼっちなところがあるのです。新撰組にいてもそうでした。だから、孤立が好きです。味方が少なくなればなるほど、勇気が湧いてくるのです。

この戦いで、私は死ぬかもしれません。そうなれば、藤殿に会えます。私は死を怖れてはいません。でも、できれば、もっと生きていたいと思います。そして、一日でも長く薩長の野郎と戦い抜きたいのです。

早く死ねば藤殿に会えることを知りながらも、私はそうしたくないのです。藤殿もそういう私を蔑《さげす》むはずです。

藤殿、私を冥府の入口で待っている必要はありません。私は早足です。どんなにおそく死んでも、すぐ追いつきます。どうか、藤殿らしく、どんどん歩いていて下さい。会津はまもなく深い秋です。いま、城の外の里には、名物の〝身知らずの柿〟が、どこの家でもたわわに実っています。

身知らずの柿、わかりますか？　あまりうまいので、からだをこわすほど食べてしまう、という意味だそうです。

会津の人々には悪いのですが、正直にいって、私にはそれほどうまいとは思えません。多摩の里に、もっとうまい柿があるからです。

さて、戦さの支度にかかります。雨が降りはじめました。

歳さんがこの心の手紙を藤に書いたのは、明治元年（一八六八）九月中旬のことである。会津藩はその直後の九月二十二日に降伏した。同盟の全藩ははげしく攻められ、結局、最後までのこっていたのは、会津と庄内の二藩だった。新政府軍が、

「賊の元兇」

といって標的にした二藩だ。庄内藩も九月二十三日に降服した。

歳さんは、落城寸前、会津の城（若松城）を脱出した。仙台にいる大鳥や榎本と合流するためだ。

仙台藩はよく面倒をみてくれた。が、藩そのものは九月十五日に降伏してしまったので、おおっぴらに世話ができなくなった。そうなっても、

「ご心配なく。生命がけでお世話をつづけますよ」

という仙台藩有志がいた。歳さんは大鳥と榎本にいった。

「仙台の人に悪い。誰にもめいわくをかけない所に行きましょう、そこで戦いましょう」

「誰にもめいわくをかけない所？　そんな所がこの日本にありますか？」

「ありますよ、蝦夷です」

「蝦夷？」

「そうです」

歳さんは、池田屋襲撃の時、土佐の坂本龍馬という男が、若い志士を無駄死にさせないために、まとめて蝦夷に退避させようとしていたのを思い出したのだ。

「蝦夷か、なるほど土方さんはいいことをいう。大鳥さん、行こう、私の艦隊で」

榎本がすぐ賛成した。旧幕臣や佐幕藩の有志を乗せて、榎本艦隊は出航した。甲板の舷側に立つ歳さんは、まっすぐに自分の進む方角を凝視していた。そして、また、藤に心の手紙を書いた。


さあ、蝦夷に向かいます。新天地です。もし、蝦夷で敗けたら、つぎは樺太《カラフト》に行きます。そこで戦います。そこでも敗けたら、サンタン（黒竜江流域・沿海州）へ渡ります。そして、そこで戦います。藤殿、私はなかなか死にませんよ。

が――歳さんは渡った蝦夷で壮烈に死んだ。明治二年五月十一日のことである。
土方歳三、三十五歳であった。

解説——現代に光り輝く士道の精神

長谷部史親（文芸評論家）

新撰組に関する本は過去に数多く書かれており、また映画やTVドラマなどでも親しまれてきた。幕末から明治初年にかけての歴史に関心をもっていなくても、新撰組の名称を耳にしたことのある人は少なくないだろう。ある意味において新撰組は、現代日本人の精神風土の中に深く根ざしているのである。そのような新撰組について、あらためて全体像や事態の推移を把握したいと思い、なおかつ気軽に楽しく読める一冊を探しているのならば、まずはぜひとも本書『全一冊 小説 新撰組』を手にとっていただきたい。

本書『全一冊 小説 新撰組』の時代背景である幕末から明治初年のころは、現在を起点に逆算すると、およそ一世紀半近くも前に相当する。昨今では優に百歳をすぎた高齢者が珍しくなくなっているにしても、やはり幕末の時代は遠く感じられるにちがいない。しかもおいおい説明するとおり、本書で描き出される新撰組の面々は、歴史を動かす主役というわけではなかった。それでもなお新撰組が、先に述べたように小説や演劇、あるいは映画やTVドラマなどの題材に用いられ続けているのはなぜなのだろうか。

　今さら確認するまでもなく明治維新は、日本の社会構造を変えた一大事件であった。権力の座が徳川幕府の手中から明治新政府に移ったのをはじめ、日本へは急速に西洋化の波が押し寄せるとともに、いろいろな制度の改革が断行されたのである。日本は起源が判然としないくらい古い国のひとつだが、近代における世界史の舞台へ足を踏み入れたのは、明治維新以降だといってもあながち過言ではない。そのような大きな節目へ向かって進みつつあった幕末は、まさしく激動の嵐が吹き荒れる時代だったのである。

　本書の文中にも見られるとおり、新撰組の原型にあたる浪士隊が結成されたのは文久三年（一八六三）のことであった。当初の名目は、上洛する将軍の身辺警護である。わざわざ新規に徴募した陰には、江戸の浪士たちをまとめて京都へ追いやりたい幕府の意向が潜んでいたのかもしれない。しかるに当時の京都では、すでに幕府の権威が薄れてしまい、中央集権体制など機能していなかった。朝廷をいただく旧来の貴族層や、もはや幕府を恐れない外様の藩が幅をきかせ、大いに秩序が乱れていたのである。

　細かい経緯は本文に譲るとして、京都に到着して間もなく浪士隊は、主に清河八郎の暗躍がもとで変容を余儀なくされ、大部分が江戸への帰途につく一方、わずか十三人ばかりが離脱して京都に残った。近藤勇ら試衛館道場の面々および芹沢鴨の一派で、新撰組はこの十三人をもって旗揚げされる。彼らは京都守護職の会津藩の預かりのかたちで、京都の治安維持を担当することになった。もちろん十三人では足りるわけもなく、ただちに腕の立ちそうな人員の募集が行なわれ、後には約百三十名の隊士が形成されるに至る。

初期の新撰組は、芹沢鴨の一派の素行のせいもあって、粗暴な集団と見なされがちだった。しかしながら近藤勇や土方歳三らが主導する鉄の規律のもとに、芹沢一派を誅する内部粛清に踏み切った新撰組は、少しずつ市井の人々の信頼をかちえてゆく。最大の転機となったのが、過激な尊攘派志士による騒乱計画を未然に防いだ池田屋事変であった。これが元治元年(一八六四)六月のことであり、そこから鳥羽・伏見の戦いの勃発する明治元年(一八六八)一月までが、新撰組の実質的な活動期間であろう。

大まかにいって新撰組の果たした役割は、幕府を倒そうとする勢力への抵抗であった。しかるに時代の流れをせき止めるのが無理だったのは、歴史が物語るとおりである。たしかに新撰組のおかげで倒幕の企てがいくぶん遅れをとり、その間に京都の市井人や文化財などの損失が軽減されたと考えるのは可能にせよ、後に明治新政府を樹立した面々の側から眺めれば、彼らはひどく迷惑な存在だったにちがいない。本稿の前のほうに記したように、新撰組が歴史を動かす主役たりえなかったのは明らかである。

だがそれでもやはり新撰組は、不滅ともいうべき強烈な魅力に満ちあふれている。その根幹をなしているのは、愚直なまでに一貫した武士道の精神であり、それが発散する美しさにほかならない。新撰組の隊士たちの大半は武家に生まれ育ったわけではなく、上層部から末端まで主に農民などの出身者によって占められていた。むしろだからこそ彼らは、当時の正規の武士とは比較にならないくらい剣の腕に磨きをかけ、本来の戦闘能力を高めるとともに、誇りをもって武士道の精神を保とうとしたのではなかろうか。

幕末の動乱のさなかに、前途ある若い志士たちを叩き斬って回った新撰組は、なるほど一面では邪悪な暴力集団だったかもしれない。しかしながら正邪ないし善悪といった概念は、とかく相対的な性格を帯びているものである。少なくとも幕府や、会津藩をはじめとする佐幕派の側にとって、まぎれもなく新撰組は正義の組織であった。疲弊の度合いが深刻で、徐々に崩壊への道を歩み続けていた幕府に、はたして必死の思いで守るだけの値打ちがあったかどうかは、ここでは何ら問題にする必要がない。

新撰組の活動を根底から支えた要素として、本書ではとくに八王子千人隊に着目している。文中にも言及があるとおり八王子千人隊は、戦国時代末期に徳川家康が武田家の遺臣たちを召し抱えて八王子の地に住まわせ、甲州口の守りに備えたことに始まるらしい。幕末の慶応元年（一八六五）には陸軍奉行に属し、翌二年に八王子千人隊の名称に定まったが、もとは八王子千人同心または八王子千本槍衆、千人衆長柄同心などと呼ばれ、主に将軍の上洛や日光社への参詣の際に警護を務めた幕府直属の郷士であったという。

そのような多摩の風土に生まれ育った近藤勇が、十四代将軍の上洛に随行する浪士隊の募集に試衛館門弟を率いて応じたのは、文中の言葉を借りれば「土に生き、土を忘れず、しかも徳川家への恩を決して忘れない千人隊の伝統」にしたがったゆえである。近藤の意をくみつつ土方歳三が、新撰組を「いうこととやることが一致する本物の人間たちの集まり」にすべく、自ら起草に携わったとされる局中法度書を厳格に運用して全隊士を引き締めてゆくのも、多摩の人間ゆえの生き方を反映させたものにちがいない。

　かたや本書で作者は、近藤や土方たちとは対照的な存在として、車一心という架空の人物を登場させた。この車一心は、まずは清河八郎の腰巾着であり、次いで芹沢鴨、桂小五郎、伊東甲子太郎と遍歴し、ついには近藤暗殺を企てるに至る。つねに近藤の敵側に位置する点で、終始一貫しているといえなくもないが、おりおりの風向きや欲得だけで簡単に主義や主張を変えてしまい、その行動原理には勤皇も佐幕もなければ、ましてやこれからの日本を見すえる大局観や理想像などあるわけもない。

　有力者の間を器用に立ち回り、小才を働かせて変幻自在ぶりを発揮する人物は、ほんの瞬間的に重用されることはあっても、信頼を長く保てないはずである。本人は周囲を手玉にとっているつもりで鼻高々でも、他者から眺めれば噴飯ものであり、たいていは憎悪や軽蔑の対象でしかない。本書における車一心は、近藤や土方たちに多大な被害をおよぼしつつ、やがて型どおりの運命をたどることになるわけだけれども、その反作用として不撓不屈《ふとうふくつ》の道を歩んだ新撰組の姿勢が、よりいっそう美しく見えてくる。

　先に述べたことに関連して、新撰組は明治から昭和初期にかけては逆賊と見なされるのが一般的だった。一転して現代では、むしろ幕末の時代を彩ったヒーローと目される場合のほうが多い。ひとつには、一九六〇年代の日本国内の社会風潮と歩調を合わせつつ、小説やTVドラマなどに仕立てられた影響が大きかった。さらには、活動期間がほんの数年にすぎなかったとはいえ、愚直なまでに強烈で純粋な新撰組の精神が、思想や体制のいかんにかかわらず、時を超えて光り輝いて見えてきたのではなかろうか。

作者の童門冬二氏は、子母澤寛原作によるＴＶドラマ『新選組始末記』の脚本を手がけたのを機に、急速に新撰組への関心を深めていったとのことである。そのあと童門氏は、独自の解釈のもとに新撰組の謎に迫るミステリー仕立ての長篇『異説新撰組』を執筆し、次いで隊士たちの中で山南敬助や沖田総司に着目した『新撰組山南敬助』と『新撰組一番隊』を発表した。他にも作者には、隊士と女性の恋の模様を扱った連作集『新撰組の女たち』や、随筆『新撰組―物語と史蹟をたずねて』など多数がある。

ちなみに童門冬二氏にとって、新撰組の精神の実行者として重視するに至ったのは、本書でも要部を占める土方歳三であった。本書には「略称や愛称でよばれる人間には、必ず愛敬がある。そしてその愛敬は人徳につながる」との記述が見られ、地の文の中でも土方を「歳さん」と呼んだ箇所が多い。ある意味で本書は、新撰組の勃興から終焉までを視野に収めた一大絵巻であるとともに、土方歳三という傑物へのオマージュでもあろう。

史実とフィクションが混然と溶け合った新撰組文化は、近藤や土方、沖田、山南らの人物像の魅力を含めて、これからも長期にわたって日本人の心の中に生き続けるにちがいない。繰り返し読んで楽しめると同時に、そのたびに新たな発見をもたらしてくれそうな本書は、ぜひとも座右に備えておきたい一冊であり、またときには京都観光の際のユニークな案内書としての副次的な効用さえ期待できるのではなかろうか。

鑑賞——今なお生きる八王子千人隊

神田紅（講談師）

このたび本書の「鑑賞」の依頼を受けて、うれしい反面はたと困ってしまった。というのは「新撰組」がどうも苦手で、どちらかというと避けてきた世界だったのだ。

それは幕末の京都での政権交代劇が、尊皇・佐幕・攘夷と入り乱れとにかく分かり難い点と、「新撰組」は男の物語だという先入観があったからだと思う。

女性の場合憧れはまず沖田総司からだが、それは女学生の頃までで、いい年をしたおばさんがいつまでも新撰組ファンというのはあまり聞いたことがない。

ところが男性となると、講談のお客様の中にも年齢にかかわらず新撰組フリークの多いのに驚かされる。「新撰組をやらないの？」とよく言われるのだ。

かの立川談志師匠も新撰組大好き人間で「新撰組は講談でやるといいぞ。司馬遼太郎・子母澤寛な」とよくおっしゃるが、両巨匠の本は読んではみたがとても難しくて、講談で語るのはとんでもない感じだった。

で、今回の童門さんの本書はというと、これは一読させていただいてもうビックリ。目からうろこ。

何と冒頭からスラスラと読めて、新撰組のことばかりか難解な幕末の時代背景まで、よく分かったのだ。近藤勇のリーダーとしての苦悩や、弱小組織である「新撰組」が大きな時代のうねりに木の葉のように押し流されていく様が、手にとるように見えてくる。

長年都庁に勤めて知事のカバン持ちもなさった経験がある童門さんだからこそ、人や組織の統率の難しさや、治められる側の気持ちが等身大で描けるのだろう。おかげで新撰組のイメージも、これまでの「壬生の浪人」「殺人集団」「幕府の犬」的暗いものから「死に行く忠臣」「誠に生きた武士」「時代に翻弄される義士」にかわってしまった。

特に始まりがいい。

「おきた先生がくる」

「おきた先生はこない」

少年と少女が恋占いならぬ豆占いをしている。多摩の農村は静まり返っている。ポリッポリッと豆を嚙む音が文面から聞こえてくるようだ。そこへ噂の沖田総司がやってくるかと思いきや、砂埃をたててやってきたのは村人に追われる幕臣たち。盗みをして追いかけられていたのだが、おちぶれ果てた幕臣たちはこの子供達を人質にしようとする。と、少年は少女をかばって、木刀を構えた。天然理心流だった。

この少年の名は市作といい、後に憧れの近藤勇のもと京都に赴き、晩年の新撰組に希望をあたえる存在になるのだが、時すでに新撰組の命運は尽きていた……。

ところで平成十四年の夏、本書と同じシリーズの『全一冊 小説 平将門』の鑑賞をやはり書かせてもらったのだが、その時のお礼に童門さんは浅草の老舗のうなぎやさんでご馳走してくださった。

名物のうなぎが出てくる前に、「まずこれ食べてみて。はも、うまいですよ」「ここのキモは、上物ですよ」と勧めてくれる。日頃全国を旅していらっしゃるので、各地の名物をよくご存知でお土産に何度かもらったこともあるが、食べ物やお店にはこだわりがあって、とにかくグルメだ。

本書の中にも「はも」や「豆腐」や「サバずし」、「長五郎餅」「粟餅」「下鴨のミタラシ団子」などがさりげなく散りばめられていて、甘辛両党の童門さんならではの品揃えである。

お酒は飲ませ上手。本書の沖田総司のように駄洒落を飛ばしながら、場を明るくして相手に気持ちよく飲ませる。ご自身はたしなむ程度で深酒はなさらない。それでも、昔はかなり飲まれたのか、鉄扇で部下をなぐる酔っ払いの芹沢鴨の表現はリアルだ。また茶をすすりながら菓子を食べ「ふわあ」と感嘆の声を出す近藤勇も面白い。童門さんにもきっとそんな瞬間があるのだろう。私もそうだが、一仕事終わって好きなお菓子をポリポリ（私はポリコーンなので）やる時の開放感はない。お酒もいいがお菓子もいい。

さて、老舗でうなぎを食べ終わるや「河岸をかえましょう」と、次に連れて行ってくれたのが、すぐ近くの一風変わったバーだった。ドアーを開けるとそこはクルーザーの操舵室を思わせる狭いカウンターバーで、カウンターの向こうからオシャレなおばさまが二人「あら、先生いらっしゃい」と出迎えた。ところが童門さんはカウンターには座らずに「さあ、二階に参りましょう」とおっしゃる。「え？　どこに二階が」とキョロキョロしていると、店の奥の壁のところに細い階段があって、その上の屋根裏の入り口のような所からママさんと思しき女性が「こっちよー」と叫んでいる。

「あれれ」と思っているうちに、童門さんはさっさと慣れた足取りでその細い階段をよじ登って二階に消えて行った。私もあわてて後を追ったが、そこはまるで別世界。十二畳ほどの船の豪華キャビンといったお部屋になっていて、大きなソファーが三つに低いテーブル、周りには海の絵などが掛けられ、まさに大海原を航海しているよう。

「スゴイですね。秘密の隠れ家ってとこですね」

と私が目を白黒させながら言うと、

「へへへ」

と、童門さんはいたずらっ子のように笑った。その秘密の部屋で、とっておきのブランデーを飲ませてもらったのだが、人を驚かしたり楽しませたりすることの大好きな童門さんならではのもてなしぶりだった。

海・船・航海などと言うと、やはり「男の夢」なのではないだろうか。本書のラストは、土方歳三が榎本武揚と新天地での再出発を夢見て、艦隊で蝦夷に向かうシーンで終わっている。「さあ、蝦夷に向かいます。もし、蝦夷で負けたら、次は樺太に行きます。私はなかなか死にませんよ」と心の手紙を一足先に自決した恋女の藤に書く。

本書では、主人公は近藤勇ではなく、むしろこの土方歳三だ。土方の目を通して新撰組隊士のそれぞれを見ているのだが、近藤は土方を頼りにしていて、何事も最終的には土方の一言で決まって行く。頼りにされれば、悪役にもならなければならないのが、リーダーではなく副長の宿命だ。「士道にそむく者は、皆切腹」の厳しい法をつくり、新撰組を容赦なく引き締めて憎まれ役に徹する。

「歳さん」の愛称でいつもニコニコ笑っていた土方が、次第に「鬼の歳さん」に変わって行った。男土方は、すべてを腹におさめてじっと辛抱するのだが、そんな土方の前に現れる女性が藤さんだ。幕臣の夫を亡くした未亡人で、物言わぬ土方を心で支えてきたが、新撰組の最期を感じとって、土方が後に心を残さぬように先に自殺してしまう。土方以上に「男らしい」女性だ。戦前まではこんな女性もいただろうと思う。

他に、芹沢鴨に手籠めにされてもなお付いてくるお梅は、女としてははがゆいが、芹沢と共に沖田に殺されるシーンでは、哀れと可愛さを感じてしまう。

そして新撰組の恋の中で最も悲惨なのが、夫の敵とも知らず恋仲になってしまう安西の妻と松原忠司だろう。冒してはならない一線を越えて、子供まで孕んでしまった二人の行く末は、新撰組の最期とオーバーラップして、ドラマチックで壮絶で何と悲哀に満ちていることか。

歴史の表舞台は男でも、必ずその影には女の存在がある。フェミニストの作者ならではの品のいい表現で、ドロドロにならずに「きっぱり」と男女の睦み事が描写されている。

それにしてもずっと疑問だったのは、新撰組は何故そこまでして幕府や会津に忠誠を誓ったかと言う点だった。近藤も土方も農民の出なのだから、武士になりたい気持ちはあっただろうが、幕府が大政奉還したあとはさっさと解散して、故郷の多摩で暮らすこともできたはずだ。

土方は「もうとっくに見放しているだめな幕府につくすのが八王子千人隊の精神であり、多摩の人間の根性でしょう」と言い、近藤も「受けた恩は返さねばならぬ。八王子千人隊の精神だ」と固く心に誓って、あくまで幕府に忠誠を貫いて果てる。

この「八王子千人隊（同心）」の精神がくせもので、この精神を代々叩き込まれてきた近藤たちだからこその結末であり、その哀れさ故に永遠のヒーローにもなり得たのだろう。解散して多摩でのんびりでは、ドラマにも小説にもならないのだ。

実は数年前、「八王子まつり」の「ふれあい大行進」で、奇しくも私はこの「八王子千人同心の由来」の講談を語った。詳しい説明は本書にあるので省くが、これは夏のお祭りで、八王子城主北条氏照の武者行列や、武田信玄の娘の松姫の行列と共に、「八王子千人同心」も行進するパレードが売り物のお祭りだ。家康に恩を感じた武田の家臣団は、千人同心としてその後幕府に忠誠を誓い、将軍警護の他日光東照宮の警備や北海道の苫小牧・白糠の開拓に従事した。それこそ死を賭しての作業で、今でも苫小牧や白糠には千人隊を賛える史跡公園があるそうだ。徳川の恩に報いるためには命も捨てた先人の精神は幕末まで脈々と続き、四百年後の今日でもその末裔が八王子で「千人同心旧交会」を作っていらっしゃるとか。先祖からの血や教えが土地に根付いて、それが近藤や土方のような純粋熱血漢に増幅されて伝わったのだから、そんじょそこいらの佐幕ではない、筋金入りの徳川家臣団なのだ。

しかし残念なことに、「ふれあい大行進」は平成十三年まであったが、翌年からなくなってしまったという。財政厳しい折とはいえ、淋しい限りだ。

講談の「新撰組」も、今ではあまり語られなくなった。明治政府の要人となった薩長の連中にとっては新撰組は逆賊となるからか、明治時代の講談本もほとんど残っていない。私の知る限りでは唯一、明治三十二年二月の松林伯知口演「近藤勇」があるのみで、それを少年向きに書き直した大日本雄弁会講談社の少年講談第二巻「近藤勇」が、現在ネタ本として使われることが多い。これは昭和六年の十二月発行だから、明治の終わりごろから戦前にかけては、「新撰組」は講談でさかんに語られていたのだろう。

物語は武州多摩郡調布八幡の相撲試合から始まる。そこで大活躍する土方歳三と、それを見ていた近藤勇が無二の親友になって行くエピソードが前半に語られているが、本書では将軍護衛で浪士隊に加わるところから始まるから、それ以前の部分ということになる。この連続講談も本書も一番の見せ場は「池田屋」の場面なので、そのくだりをちょっとご紹介しよう。

『「新撰組だ」

向き直って叫ぶとたんに、飛鳥の如く梯子段を登って来た近藤勇。

「えいッ」抜打ちの袈裟斬り、物の見事にきまって、「あッ」と叫ぶなり北添ぶっ倒れる。

　最初の火祭り…火蓋は切って落とされた。』

講談らしいが、簡略化されすぎて少々難解だ。

この部分を童門さんの本書からひろうと、

『「新撰組だ！」

　北添は志士の集まっている部屋に向かって叫んだ。いや、叫んだつもりだった。しかし声がまだ咽喉のあたりでまごついている間に、かれは袈裟がけに背後から斬られ、右手の拳を宙に突きあげて音を立てて階段の下にころがり落ちた。北添は即死だった。』

となる。リズム感があって読みやすい。

　古典のものに童門流の味付けをしてみたらどうだろう。これまでは避けて通ってきた「新撰組」だが、本書のおかげで俄然面白くなってきた。平成十六年のＮＨＫ大河ドラマは「新撰組」。本書を参考に手始めにこの「池田屋」から講談を作ってみようと思っている。

新撰組　年譜――（細谷正充・編）

文久二年（一八六二）
十二月、清河八郎の提言により、浪士隊結成が決議される。
松平主税介が、浪士隊取扱となる。

文久三年（一八六三）
二月、江戸で募集された浪士隊二百三十余名、京都に向けて出発。このなかに、近藤勇たち試衛館の八人がいた。二十三日、京都に到着。
三月、清河八郎と浪士隊が、幕府の命によって江戸に戻る。近藤たちは清河と決別。同じく京都残留を決めた芹沢鴨たち五人と一緒に、京都守護職お預かりとなる。沖田総司ら、隊士の殿内義雄を斬殺。
四月、近藤ら、上洛した将軍家茂の道中警護をする。警護は六月まで続いた。芹沢鴨、大坂の豪商鴻池から、強引に二百

文久二年一月　老中安藤信行、坂下門外で襲われる（坂下門外の変）。二月、皇女和宮、将軍家茂に降嫁。八月、生麦事件発生。

文久三年七月　イギリス艦隊が、鹿児島を砲撃（薩英戦争）。

近藤勇胸像（三鷹市）

両を借り入れる。

六月、芹沢鴨ら、相撲取りと乱闘。翌日、重傷を負った力士が死亡した。

八月、佐々木愛次郎・佐伯又三郎が殺害される。芹沢鴨、金談を拒否した大和屋の土蔵に、大砲を撃ち込む。禁門の変に、近藤たちも出陣。この働きにより武家伝奏から「新撰組」の名前が下賜され、市中取締りを命じられる。

九月、芹沢派の新見錦、切腹に追い込まれる。土方歳三・沖田総司ら、かねてより確執のあった芹沢鴨を暗殺（芹沢派の平山五郎も斬死。平間重助が逃亡）。これにより近藤一派が、新撰組を掌握した。禁門の変の働きに、朝廷から金子が下賜される。新撰組に潜入していた長州の間者三人が斬殺される。

十月、近藤勇、諸藩周旋方と会合をもつ。

十二月、幕府、新撰組に給金の支給を決定する。芹沢派、最後のひとりだった、野口健司が切腹。

文久四年、元治元年（一八六四）
一月、新撰組、上洛した将軍家茂の警護に出動。
二月、松平容保、京都守護職から、軍事総裁職に転じる。後任は、所司代の松平慶永。

京都市中京区にある壬生寺

元治元年七月　幕府、長州を攻撃（第一次長州征伐）。

改元
三月、新撰組支配は、従来通り松平容保との通達を受ける。

四月、松平容保、京都守護職に再任。新撰組の密偵松山幾之助が斬殺される。

五月、近藤勇、幕府に建白書を提出。下坂する将軍家茂を警護する。大坂西町奉行所与力内山彦次郎、天神橋で殺害される。新撰組犯人説あり。

六月、新撰組、池田屋に集まった西国浪士たちを急襲。吉田稔麿・宮部鼎蔵など七人を斬殺、多くを捕縛した（池田屋騒動）。新撰組で死亡したのは奥沢栄助、他二名。これにより新撰組の名前が京洛に轟いた。

七月、佐久間象山の息子が、父の仇討ちのため、新撰組の食客となる。どの程度、本気だったのかは不明。池田屋騒動に激怒した長州藩が、諸隊を率いて上洛。御所に押し寄せたが、会津・薩摩の兵により敗退した。新撰組も出撃（蛤御門の変）。

八月、池田屋騒動の働きにより、幕府より恩賞を賜る。

九月、葛山武八郎、切腹。近藤勇ら、江戸に下り、隊士を募集する。近藤は老中を訪ね、将軍上洛と長州征伐について熱弁をふるう。

十一月、蛤御門の変の働きにより、幕府から論功行賞を受け

池田屋跡と周辺商店

る。

十二月、伊東甲子太郎ら入隊。大坂の豪商二十二人から、銀六千六百貫余りを借り入れる。

元治二年、慶応元年（一八六五）

一月、蛤御門の変の働きにより、朝廷より感状を賜る。石蔵屋、天満屋半兵衛方借家など、浪士潜伏先を襲撃。多大な成果を上げる。

二月、山南敬助、隊を脱走するが、捕らえられて切腹。

三月、新撰組屯所を西本願寺に移す。

改元
四月、土方歳三ら、江戸に下り、隊士を募集する。

五月、儒者藤田藍田を捕らえる。

閏五月、新撰組、将軍家茂の入洛・下坂を警護。膳所藩士らの長州再征諫止計画を未然に防ぐ。

六月、石川三郎・施山多喜人、不始末により切腹。

七月、佐野牧太（牧太郎説あり）、商家への強請が発覚して斬首。

九月、松原忠司、自刃。

十一月、近藤勇ら、長州訊問使に随伴して広島へ赴く。

慶応元年五月　幕府、長州征伐の命を発する（第二次長州征伐）。六月、武州世直し一揆、陸奥信達両郡で打ちこわし（信達騒動）が起きる。

二条城に往時を偲ぶ

慶応二年一月　薩長同盟成立。

慶応二年（一八六六）

一月、近藤勇ら、小笠原長行一行に随伴して、広島に赴く。

二月、大石鍬次郎の実弟が、今井裕次郎に斬殺される。勘定方の河合耆三郎が、帳簿の不始末により処刑される。

四月、谷三十郎が、祇園石段下で殺害される。

六月、柴田彦三郎、脱走するが捕らえられ切腹。

九月、三条大橋で制札を引き抜く事件が起こる。原田左之助ら、犯人捕縛のために出動。武田観柳斎、銭取橋で斎藤一・篠原泰之進に斬殺されたと伝えられるが、観柳斎が死亡したのは、翌三年の六月だという。

慶応三年（一八六七）

三月、伊東甲子太郎ら、新撰組から分裂。御陵衛士を拝命する。新撰組創立時からの隊士だった藤堂平助が、近藤たちと袂を分かった。剣術師範の田中寅蔵、脱走するが捕らえられて切腹。

六月、新撰組、幕府直参となる。加藤羆、自刃。

九月、土方歳三、江戸に下る。

十月、近藤勇の養父周斎、四谷で死去。

十一月、土方歳三、新入隊士を率いて帰京。新撰組、油小路

七月、将軍家茂、死去。十二月、一橋慶喜、徳川十五代将軍に就任。孝明天皇、崩御。

三条大橋と鴨川の流れ

慶応三年十月　大政奉還成る。これにより武家政権が終焉した。

木津屋橋で伊東甲子太郎を謀殺。さらに、伊藤の遺骸を引き取りに来た七人を襲い、藤堂平助ら三人を斬殺した。

十二月、新撰組、守備のために赴いた二条城で、水戸藩と諍いを起こす。その後、伏見警護の命を受け、伏見奉行所を本陣とする。近藤勇、伏見街道で狙撃される。右肩に銃弾を受けた。

慶応四年、明治元年（一八六八）

一月、鳥羽伏見の戦いが起こる。新撰組は、京橋口・鳥羽口などで戦闘する。井上源三郎、戦死。幕府軍の敗北により、新撰組は富士山丸で、江戸に向かう。重傷を負った山崎蒸は、船中で死亡、水葬されたという（大坂の京屋忠兵衛方で死亡の説あり）。

二月、近藤勇、登城。慶喜の警護を命じられる。

三月、新撰組、甲陽鎮撫隊として甲府に向かうが、勝沼での新政府軍との戦いに敗北。原田左之助・永倉新八ら、「靖兵隊」を組織して、近藤・土方と決別。五兵衛新田の金子邸に入った近藤たちは、甲陽鎮撫隊を新撰組に復する。

四月、新撰組、流山に布陣するも、新政府軍に包囲される。近藤勇が単身投降、二十五日に板橋で処刑された。近藤と決

明治元年一月　鳥羽伏見の戦い。旧幕府軍の敗北で終わる。

三月、西郷隆盛と勝海舟の会談により、江戸無血開城成る。

五月、奥羽列藩同盟成立。北越戦争が始まる。上野戦争が起こるも、一日で終結。彰義隊は壊滅。

七月、江戸を東京と改称。

別した土方歳三は、勝海舟を訪ねて流山の一件を報告した後、下総国府台に集結した旧幕府軍に加わった。

閏四月、新撰組、白河で新政府軍と交戦。

五月、新撰組、三代に退却。会津遊撃隊と合同で、再度、白河を攻撃するも敗退。上野戦争で原田左之助が重傷を負い、二日後に死亡。沖田総司、病没。

六月、土屋鉄之助隊と合同で白河に向かうが、途中で戦闘になり敗退。

七月、新撰組、会津藩大平口総督原田対馬に属する。白河に向かうも敗退。

八月、新撰組、母成峠に移動。旧幕府軍と共に新政府軍と戦闘。多大な死傷者を出す。

改元
九月、土方歳三、榎本武揚が仙台で開いた軍議に出席する。

十月、新撰組、榎本武揚率いる旧幕府軍艦に乗り込み、蝦夷地を目指す。蝦夷地に着くと、箱館に進軍。土方歳三は、松前攻撃の総督に任命される。

十一月、土方歳三率いる先鋒軍、松前を占拠。

十二月、土方歳三、蝦夷共和国の陸軍奉行並になる。

左京区の黒谷金戒光明寺。松平容保の宿舎だった

明治二年（一八六九）

一月、新撰組、箱館市中の取り締まりを命じられる。

三月、宮古湾海戦。土方歳三は、回天に乗り込む。

四月、新政府軍、箱館に進軍。土方歳三ら、二股口で交戦。

五月、土方歳三、戦死。新撰組は弁天台場で奮闘するも、新政府軍に降伏した。

明治二年四月　新政府軍、松前城を奪還する。五月、蝦夷共和国、新政府軍に降伏。これにより維新の動乱は終結した。

年譜写真撮影／島村　稔

年譜は諸資料に基づくもので、創作である『全一冊　小説新撰組』とは異なる点があります。

全一冊 小説 蒲生氏郷《がもううじさと》

戦国の武将・蒲生氏郷は、信長に心酔し天下盗りの野望を秘めつつも若死にした。後に「近江商人育ての親」と称されることとなる彼の波瀾に満ちた生涯を活写。

全一冊 小説 二宮金次郎《にのみやきんじろう》

「勤労」「分度」「推譲」の人、二宮金次郎。だが若き日は極端な短気だった。人間味溢れるその人生を追い、誤った人物像を見事に打ち破った傑作。

全一冊 小説 平将門《たいらのまさかど》

平安期、猟官運動に明け暮れる都の軽薄を嫌い、美しい湖水に囲まれた東国で「常世の国」の実現をめざした平将門。中央と地方の対立、民衆愛、地域愛を描く。

集英社文庫

全一冊《ぜんいっさつ》 小説《しょうせつ》 新撰組《しんせんぐみ》

2003年12月20日　第1刷　　定価はカバーに表示してあります。
2010年3月7日　第6刷

著　者　童門冬二《どうもんふゆじ》

発行者　加藤　潤

発行所　株式会社　集英社
東京都千代田区一ツ橋2-5-10　〒101-8050
電話　03-3230-6095（編集）
03-3230-6393（販売）
03-3230-6080（読者係）

印　刷　凸版印刷株式会社

製　本　加藤製本株式会社

フォーマットデザイン　アリヤマデザインストア　　マークデザイン　居山浩二

ISBN978-4-08-747647-7 C0193